U0568725

中国历代通俗演义

明史通俗演义

蔡东藩 • 著

下

中国书籍出版社
China Book Press

图书在版编目（CIP）数据

明史通俗演义：全 2 册/蔡东藩著 . —北京：中国书籍出版社，
2015. 10
（中国历代通俗演义）
ISBN 978 – 7 – 5068 – 5236 – 4

Ⅰ. ①明… Ⅱ. ①蔡… Ⅲ. ①章回小说 – 中国 – 现代 Ⅳ. ①
I246. 4

中国版本图书馆 CIP 数据核字（2015）第 249861 号

明史通俗演义 （下）

蔡东藩　著

图书策划	武　斌　崔付建
责任编辑	刘　娜
责任印制	孙马飞　马　芝
出版发行	中国书籍出版社
地　　址	北京市丰台区三路居路 97 号（邮编：100073）
电　　话	(010)52257143(总编室)　(010)52257153(发行部)
电子邮箱	chinabp@ vip. sina. com
经　　销	全国新华书店
印　　刷	阳谷毕升印务有限公司
开　　本	880 毫米 × 1230 毫米　1/32
字　　数	640 千字
印　　张	26
版　　次	2016 年 1 月第 1 版　2021 年 2 月第 2 次印刷
书　　号	ISBN 978 – 7 – 5068 – 5236 – 4
总 定 价	980. 00 元（全十一卷）

第五十二回

守安庆仗剑戮叛奴　下南昌发兵征首逆

却说王守仁到了临江，与知府戴德孺接谈，德孺向守仁问计，守仁道："是处地濒大江，且与省会甚近，易攻难守，不若速趋吉安，还可整顿防务，抵御叛贼。"德孺又问道："我公晓畅军机，料敌如神，今日宸濠举兵，应趋何向？"守仁道："为宸濠计，恰有上中下三策：若他直趋京师，出其不意，最是上策。否则径诣南京，大江南北，亦必受害，虽非上策，也是中策。如或专据南昌，不越雷池一步，便是下策。他日王师齐集，四面夹攻，便如瓮中捉鳖，束手成擒了。"确是料敌如神。德孺很是佩服。守仁即转赴吉安，与知府伍文定，筹商战守机宜。守仁道："贼若出长江，顺流东下，南京必不可保，我已定下计策，令他不敢东行。十日以后，各军调集，那时可战可守，便不足虑了。"文定道："宁王暴虐无道，久失人心，哪里能成大事？得公为国讨贼，何患不济？"守仁道："古人说的临事而惧，好谋而成，现在发兵伊始，须先备粮食，修器械，治舟楫，一切办齐，方免仓皇。"此是用兵要诀。文定道："公言甚是。某虽不才，愿为效力。"守仁大喜，即与文定筹备军事，一面遣骑四出，向各府州投递檄文，略言"朝廷早知宁王逆谋，已遣都督许泰率京军四万南下，两湖都御史秦金，两广都御史杨旦，及本都御史会兵，共十六万人，趋集南昌。大兵所过，沿途地方有司，应供军粮，毋得因循误事，自干罪咎"等语。一派虚言。

这檄传出，早被宸濠侦悉，信为实事，但紧紧的守住南昌，不敢出发。李士实与刘养正两人，恰日日怂恿宸濠，早攻南京，宸濠颇为心动。忽由侦骑递到蜡书，亟忙展视，不禁失色。原来蜡书一函，是巡抚南赣王守仁，密赉李士实、刘养正两人，内称："两公有心归国，甚是钦佩，现已调集各兵，驻守要害，专待叛酋东来，以便掩击，请两公从中怂恿，使他早一日东行，即早一日歼灭，将来论功行赏，两公要算巨擘呢。"这一封密书，若由明眼人瞧着，便料是守仁的反间计，宸濠哪里晓得，还道是李、刘二人，私通守仁，暗地里将书搁起，所有二人言语，从此皆不肯轻信。二人亦无可奈何，但暗暗嗟叹罢了。上文叙宸濠中计，从守仁一边着笔，此处从宸濠一边，着笔妙有参换。

宸濠坚守南昌，阅十余日，并不见有大兵到来，方知中了守仁的诡计，追悔不及；迟了。忙请李士实、刘养正商议，两人仍依着前言，劝宸濠急速东行。宸濠乃留宜春郡王拱樤，与内官万锐等守南昌，自率李士实、刘养正、闵廿四、吴十三等，共六万人，号称十万，分五哨出鄱阳湖，蔽江而下。令刘吉为监军，王纶为参赞，指挥葛江为都督，宸濠亲督中坚，所有妃媵、世子、侍从等，都载舟从行。比陈友谅还要呆笨。舟至安庆，投书城中，招守吏出降。猛闻城头一声鼓响，士卒齐登，顿时旗帜飞扬，刀矛森列，从刀光帜影中，露出三员大将，一个是都督金事杨锐，一个是知府张文锦，一个是指挥崔文，统是满身甲胄，八面威风，写得精神奕奕。齐声道："反贼休来！"宸濠亦高声答道："本藩奉太后密旨，亲自讨贼，并非造反，你等休得认错，快快开城出降，免得一死！"知府张文锦道："我奉皇上命令，守土抚民，不似你反贼横行无状。你若自知罪恶，早些束手受缚，我等还好替你洗刷。如再执迷不悟，即日身首分离，宗祀灭绝，你休后悔！"宸濠大怒，即督众攻城。城上矢石雨下，把前列的攻卒，射伤多人，连宸濠的盔缨上面，也中了一箭，险些儿射破头颅。宸濠吃了一惊，麾众暂退。次日复进兵扑城，城上固守如故。自晨至暮，一些儿不占便宜。接连数日，城守依然。

时浙江留守太监毕贞，起兵应濠，遣佥事潘鹏 即上文巡浙御史时，已就职佥事。 到了安庆，助濠攻城。鹏本安庆人，遣家属持书入城，谕令速降。崔文撕碎来书，拔剑在手，将来使挥作两段。复枭下首级，掷出城外。宸濠复令鹏至城下，呼崔文等答话。崔文道："你食君禄，受君恩，为什么甘心降贼？我不配与你讲谈。"一言至此，复把使人的尸首，剁作数截，一块一块的投将下来，并说道："叛奴请看！就是你日后的榜样。"鹏愤怒交迫，戟手指骂。文在城上拈弓搭箭，意欲射鹏，鹏慌忙走脱。既而城上缚着罪犯数十人，由张文锦亲自监斩，并呼城下军士道："你等皆朝廷兵士，朝廷也养你不薄，如何错了念头，反为叛贼效力？须知大逆不道，罪至灭族。看看！这是叛奴潘鹏的家属，今日为鹏受罪呢。"言毕，即喝令左右，把潘鹏家属，无论男妇老幼，都是一刀一个，枭首示众。宸濠的军士，眼睁睁的瞧着城上，颇有些悔惧起来。独潘鹏悲忿异常，请命宸濠，誓破此城。奈张文锦等协力同心，随机应变，饶你如何愤激，全不中用。宸濠不觉愁叹道："偌大一座安庆城，尚是攻不进去，还想甚么金陵呢？"看似容易做似难，谁叫你造反。

王守仁在吉安，已征集各兵，出发漳树镇。临江知府戴德孺、袁州知府徐琏，赣州知府邢珣，端州通判胡尧元、童琦，推官王镐、徐文英，以及新淦知县李美、太和知县李楫、宁都知县王天与、万安知县王冕等，各率兵来会，共得八万人，悉听守仁号令，进抵丰城。守仁集众官会议，推官王镐进言道：

"现闻宁王攻安庆城，连日不能下，谅他必兵疲气沮，若率大兵往援，与安庆守兵，前后夹攻，必能破贼。宁贼一败，南昌可不战而下了。"此是行兵常道。守仁道："君但知其一，未知其二。试想我军欲救安庆，必越南昌，困难情形，且不必说，就是与宸濠相持江上，势均力敌，未见必胜，安庆城内的守兵，也可劳敝，但能自保，不足为我援应，彼时南昌贼兵，出我后面，绝我饷道，南康、九江的贼众，又合力谋我，使我腹背受敌，岂非自蹈危地么？依我意见，不如径攻南昌。"见识高人一筹。王镳又道："宁王经画旬余，方才出兵，他恃南昌为根据，势必留备甚严，我军进攻，未必一时可拔。安庆被围日久，孤城易陷，未得南昌，先失安庆，恐非良策。"守仁微笑道："你太重视这反贼了。他迟迟发兵，实是中了我计，徘徊未决，后知为我所绐，忿激而出，精锐多已随行，所有南昌守兵，必甚单弱，我军新集，气势正锐，不难攻破南昌。他闻南昌危急，哪肯坐失巢穴，势必还兵自救，安庆自可撤围。等他到了南昌，我已把南昌夺下，贼众自然夺气。首尾牵制，贼必为我所擒了。"所谓知彼知己，百战百胜。王镳方才悦服，众官亦相率赞成。乃将全队人马，分为十三哨，每哨多约三千人，少约千五百人，伍文定愿为先锋，守仁应允，只嘱他次第薄城，各攻一门。九哨作正兵，四哨作游兵。正兵责成攻击，游兵往来策应。正在分嘱的时候，忽有侦骑来报，宁王曾在南昌城南，预置伏兵，作为城援。守仁道："知道了。"布置从容，毫不着急。遂召知县刘守绪入内道："宸濠虽预置伏兵，谅不过数千人，我给你骑兵五千，黄夜出发，须从间道潜行，掩袭过去，不怕伏兵不灭，这就叫作将计就计。"守绪领命自去。

守仁遂于七月十九日发兵，至二十日黎明，齐至汛地，当即下令军中，一鼓薄城，再鼓登城，三鼓不登者斩，四鼓不登，戮及队将。一面写了檄谕，缚在箭上，射入城中，令城中百姓，各闭户自守，勿助乱，勿恐畏逃匿。遂饬各军整顿攻具，携至城下。霎时间鼓声大震，各军蚁附城下，把云梯绳索等物，一概扎缚停当，竖将起来，等到鼓声再响，都缘梯齐上，奋勇攀城。城上虽有守卒，抛下矢石，怎奈官军拚命而来，前仆后继，御不胜御。又远远望着城南伏兵，并不见到，但觉得一片火光，返射城头，料知伏兵亦遭截击，刘守绪一路用虚写。不禁魂飞魄散，大家呐喊一声，索性走了他娘，各逃性命。至第三通击鼓，各军已半入城内，开了城门，招纳外兵。守仁麾军大进，如入无人之境。刘守绪亦已扫荡伏兵，随入城中。全城已破，分帖安民告示，并严申军律，不准骚扰。赣州、奉新的兵马，多系收来降盗，一入城中，多行劫掠，不遵约束，事为守仁所闻，饬各将官捕获数人，立斩以徇，兵民才得相安。纪律不得不严。守仁复带领各兵，围搜王宫，忽见王宫高处黑烟腾涌，如驱云泼墨一般，继而烟雾中钻出一道火光，冲上层霄，照得全城皆赤，顿时爆裂声、坍陷声及号哭声，陆续不绝。守仁令各兵用水扑火，一时火势炎炎，无从扑灭。各兵正忙个不了，突见火光影里，拥出一群人来，疾走如飞，伍文定眼快，喝令军士，速即拿住。众兵追上，手到拿来，不曾走脱一人，献至军前审问，就是宜春郡王拱樤，以及逆党万锐等人，当将他系入槛车，再行灭火入宫。宫人多葬身火窟，有未曾被火的，一律拘系，讯系胁从吏民，尽行遣散。检点仓库，金银钱谷，存蓄尚多，这都由宸濠穷年累月，横征暴敛，所得百姓的脂膏，作为谋叛的费用。守仁取了一半，犒赏从征的将士，余剩的统检数登籍，严加封闭，这且慢表。

且说守仁在吉安时，已将宸濠反状，飞报京师，并疏请速黜奸邪，禁止游幸等情。武宗时在豹房，接到此奏，也觉慌张起来，当召诸大臣集议。许泰、刘晖等纷纷献计，议论不一，尚书王琼独宣言道："有王伯安在，不久自有捷报，虑他什么?"伯安便是守仁别字。琼前时请敕征调,正为防备宸濠起见,所以有此一说。应上回。大众将信将疑,江彬独请武宗亲征,武宗早欲南巡,正好借此为名,好算凑巧。遂传旨内阁,略称:"宸濠悖逆天道,谋为不法,即令总督军务威武大将军镇国公朱寿,统各镇边兵征剿,所下玺书,改称军门檄。"杨廷和等上疏谏阻,毫不见从,只收逮太监萧敬、秦用、卢朋,都督钱宁,优人臧贤,尚书陆完等,一并下狱,籍没家产;一面令江彬速发禁军,前驱出发,自己带着妃嫔人等,启跸出京。此时最宠爱的刘美人,适有微疾,不及随行,武宗与她密约,拟定车驾先发,遣使续迎。美人出一玉簪,交给武宗,作为日后迎接的证据。本是个乐妇出身,生就水性杨花,何需信物?武宗藏簪袖中,至卢沟桥,策马疾驱,簪竟失落,大索数日不得。到了临清州,遣中使往迎美人,美人辞道:"不见玉簪,怎敢赴召?"中使返报,武宗独乘着单舸,昼夜疾行,驰至京师,才将美人并载,一同南行。内外从官,竟没有一人知觉,可见武宗的本意,并不在亲征宸濠,实是要亲选南威哩。驾才出京,王守仁捷音已到,武宗留中不发,只慢慢儿的南下。

小子且把南巡事暂搁,先将守仁擒宸濠事,叙述明白。插入武宗南征一段,以便下文接笋。守仁既得了南昌,休息二日,即拟遣伍文定、徐琏、戴德孺等,分道出兵。忽由侦卒走报,宁王宸濠,撤安庆围,来援南昌了,守仁道:"我正要他还兵自救哩。"回应前言。众官道:"此次叛王宸濠,挟怒而来,兵锋必锐,恐不可当,我军只宜坚壁固守,休与他战。待他久顿城下,粮尽援绝,势将自溃,那时可乘隙追擒了。"亦似有理。守仁道:"诸君又说错了。宸濠兵马虽众,多系乌合,闻他所到的地方,徒恃焚掠,威驱势迫,并没有部勒的方法,严肃的号令。且自谋变以来,未曾经过大敌,与他旗鼓相当,一决胜负,所称士马精强,不过徒有虚名,毫不足惧。他所诱惑人心的要着，无非是事成封爵，富贵与共等套话。现在安庆不能取，南昌又被我攻下，进无可进，退无可退，众心懈乱，自在意中，试问世上哪一个人，肯平白地拚了性命，去求那不可必得的富贵呢？我今仗着机势，发兵邀击，他必不战自溃，岂尚能与我相持么？"正说着，帐外又报抚州知府陈槐亦率兵到来，守仁喜道："兵厚力集，不擒逆藩，更待何时?"当下接见陈槐，温言慰劳，并检阅新兵，一一安顿，不消絮述。越宿，复得侦报，说是宸濠的先锋队，已至樵舍。守仁即登堂升座，召集各将士道："今日是叛藩就擒的日子，望诸君为国效劳，努力破贼!"众将士齐声应令。守仁传伍文定至座前道："前驱的责任，仍然劳君，请君勿辞!"文定欣然应诺，便召余恩道："你去接应伍太守，我有锦囊一枚，内藏秘计。可至军前启视，与伍太守依计而行，不得有误!"言讫，遂取出锦囊，递与文定。两人领命去讫。又传邢珣近前道："我亦授你锦囊一个，你可照计行事，小心勿违!"邢珣亦受命而去。复语徐琏、戴德孺道："两公可分兵两队，作为左右翼，夹击贼兵，不患不胜。"两人亦唯唯去讫。上文用虚写，此处用明示，无非为笔法矫变计耳。守仁分遣诸将后，也带着亲兵数千名，出城驻扎，专待各路捷音。小子有诗咏道：

谁言文吏不知兵，帷幄纡筹似孔明。

试看洪都操胜算，千秋犹自仰文成。文成系守仁谥法。

欲知胜负如何，待小子下回续详。

宁藩之叛，料敌决胜，志平叛逆者，全赖一王守仁。而杨锐、张文锦、崔文等，亦不为无功。守仁计赚宸濠，俾其株守南昌，不敢东下者旬日，可谓巧矣。但旬日以后，宸濠出攻安庆，若非杨锐、张文锦等，以三人捍孤城，则安庆一陷，乘势东行，金陵岂尚可保乎？虽宸濠智谋有限，纪律不严，未必能画江自守，与钱镠比，然既得金陵，可战可守，如欲指日荡平，恐非易事。故守仁为本回之主脑，而杨锐、张文锦、崔文等，亦一宾中主也。观文中叙安庆之守，及南昌之下，皆写得有声有色，跃动纸上，有是事不可无是文，有是文不可无是笔。

第五十三回

伍文定纵火擒国贼　王守仁押俘至杭州

却说宸濠围攻安庆，相持半月有余，尚不能下，正拟督兵填濠，期在必克，忽接到南昌被围消息，不免心慌意乱，急令撤兵还救。李士实进谏道："南昌守兵单弱，敌不过王守仁，我若还救，恐已不及了。"也有见识。宸濠道："丞相欲再攻安庆么？"士实道："这也不必。依着愚见，南昌无须还救，安庆亦可撤围。"宸濠道："照你说来，此后到哪里去？"士实道："何不径取南京，即位称尊？那时传檄天下，大江南北，容易平定，还怕江西不服么？"这便是守仁所说中策。宸濠沉吟半晌，复道："南昌是我根本重地，金银钱谷积储尚多，我若失去这项积储，何处再得军用？现在无论如何，只好还救南昌，顾全根本，然后再图别策。"已不劳你费心了。士实见进谏无益，默然退出，自叹道："不用吾言，还有何望呢？"谁叫你明珠暗投。

宸濠见士实退出，即督率将士登舟，溯江而上，直抵扬子江口，先遣精兵二万，还救南昌，自率大兵后应。先锋队顺风扬帆，联舟直上，越过樵舍，进逼黄家渡，望见前面已有战船，分作两排列着，船上各插旗号，在前的是"伍"字旗，在后的是"余"字旗，伍、余两军出现。他也不管什么伍、余、元、卜，只仗着顺风顺势，鼓噪前进。伍、余两人，早已展阅锦囊，依着诱敌的秘计，佯为交战，斗不数合，返舟急走，一逃一追,逃的是假,追的是真。宸濠闻前军得利,也率众继进,只前军与后军,相隔尚远,前军亦不胜相顾,争先恐后,弄得断断续续。恰巧邢珣奉了密计,绕出敌军先锋队后面,冲击过去,邢军出现。敌军不及防备,顿时忙了手脚,哪知前面的伍、余两军,又复翻身杀来,一阵扫荡,把敌船击沉无数。宸濠远远瞧见,即饬各舟赴援,不料行近战线,左右炮响,杀出两路兵船,左边兵船上悬着"徐"字旗号,右边兵船上,悬着"戴"字旗号,徐、戴两军也出现。两翼官兵,拦腰截击。宸濠顾东失西,顾西失东,战不多时,撞舟折舵声,及呼号惨叫声,搅成一片,扰扰不已。伍、余各军已将前行的敌船扫净,来助戴、徐。四五路的官兵,夹击宸濠。宸濠惶急异常,只好下令退走,好容易在官兵里面,冲开一条血路,向东逃生。官兵赶了数十里,擒斩二千余级,夺得船械无数,方才收兵。

宸濠退保八字脑,夜间泊舟,与黄石矶相对。宸濠见矶势颇险,问左右道:"此矶叫作何名?"左右多云未知,惟有一小卒是饶州人,素悉地形,即上前答道:"这地名黄石矶。"宸濠大怒道:"你敢来讪笑我么?"言未毕,已拔出佩刀,把小卒杀死。咄咄怪事。刘养正进谏道:"大王何故杀此小卒?"宸濠尚带着怒气,悍然道:"他说是王失机,难道此矶已知我失败,不是明明讪笑我么?"养正道:"他说的黄字,是黄色的黄字,不是大王的王字,他说的石字,是石板的石字,不是失败的失字,矶字与失机的机字,也是不同,幸勿误会。"宸濠方知为误杀,乃令军士将小卒尸首,舁瘗岸上,叹息罢了。但附从各将士,见宸濠如此昏瞆,料知不能成事,纷纷散去。

宸濠正愁闷无聊,忽又接着军报,守仁已遣知府陈槐、林械等攻九江,曾玙、周朝佐等攻南康。宸濠大惊道:"曾玙是建昌知府,颇有材名,他也帮助王守仁,去攻南康么?借宸濠口中,叙出曾玙,省却文中转折。若南康、九江被他夺去,我还有什么土地？奈何，奈何！"养正道："事已至此，不必说了。现在只有振作军心，再图一战。若得战胜守仁，夺还南昌，即无他虑。"宸濠道："我看此间将士，为了前次一败，多已懈体，不如尽发南康、九江兵，与他一战，何如？"官军正图南康、九江，他却欲调兵助战，正是牛头不对马尾。养正道："重赏之下，必有勇夫，大王何惜些须金帛，不肯犒士？若悬赏购募，与守仁决一死战，当可得胜，何必调兵他处呢？"宸濠尚疑信参半，一面檄调南康、九江兵马，一面出了赏格，将士有当先效命的，赏千金，突阵受伤，加给百金。这令一下，果然人人拼死，鼓舟再进。

　　行未数里，已与官军相遇。两下对仗，宸濠的将士，比前日大不相同，刀枪并举，炮铳迭发，一股锐气，直扑官军。官军被他杀伤，竟至数百名，稍稍退却。伍文定统领全师，瞧这情形，忙跃登船头，掣出佩剑，把临阵退缩的兵士，砍死了五六名；又把令旗一挥，率动各战船，向那枪林弹雨中，掩杀上去。是时战云密布，毒焰漫空，拳头大的火星，一颗颗，一点点，飞入伍文定舟中。文定毫不胆怯，仍然挺身矗立，督军死战。蓦然间火星爆裂，弹向文定面上，将文定连鬓长须，烧去一半。文定只用手一拂，坠落火星，一些儿没有惊惶，指挥如故。垂败的官兵，见主将如此镇定，毫不畏死，也不由的感愤起来。当下将对将，兵对兵，枪对枪，炮对炮，酣战多时。宸濠见不能取胜，也拨船突阵，不防有一炮射来，正中他坐船，一声怪震，把船头击得粉碎，江中波浪，随同震荡，各战船都摇动起来。宸濠在百忙中，移过别船，部众相率惊骇，顿时大溃。等到烟消火灭，只见官军尚在那里，所有宸濠的战船，已逃至樵舍去了。伍文定检查战功，复擒斩二千余级，申报守仁，预备再战。

　　宸濠吃了第二次败仗，懊怅得很，复收合余烬，联结残舟，成了一个方阵，连樯自守；尽出所有金帛，赏犒死士。这事被守仁闻悉，忙遣人致文定书，当由文定启视，书中没有别语，只有"急用火攻"四字。文定道："我亦已有此意。"_{仿佛瑜、亮。}遂邀集余恩、邢珣、徐琏、戴德孺等，议定埋伏夹击等计策，各携火具，分道并进。会宸濠召见群下，迭述败状，拟将临阵先逃的部目，牵出数人，斩首示惩。各部目多系剧盗，哪肯奉谕，枉送性命。遂一哄儿争辩起来，你推我诿，噪个不住。_{你要收罗盗贼，还你这般结果。}探卒忽入船哗报道："官军来了！官军来烧我舟了！"宸濠听着，大惊失色，忙推案出望，但见前后左右，已是火势炎炎，烧个正著。时值秋燥，江上的秋风大作，四面八方，火头乱越，就是要想救灭，急切也是不及。官军乘着火势，纷纷跃上舟阵。原来纵火的官军，便是余恩、邢珣、徐琏、戴德孺四路水师，与伍文定计议妥当，各驾轻舟，埋伏隐处，等到风色一顺，分头举火，所以东西南北，面面烧着。

宸濠在船头上，痴望多时，只见邢珣自左杀来，戴德孺自右杀来，余恩攻后，伍文定攻前，自己部下的将士纷纷投水，毫无抵御的能力，不禁流涕道："大事去了！"正说着，副舟也已被火，吓得宸濠几乎晕倒，慌忙走入船舱，与妃嫔等相对痛哭。_{这等无用的人物，也想造反吗？}正妃娄氏，挺身立起道："妾前时曾谏止殿下，休负国恩，殿下不从，乃有今日。罢罢！殿下负了皇上，妾不忍负着殿下。"说至此，疾步趋至船头，奋身一跳，投入水中。_{义烈可敬。}各妃嫔见娄妃殉难，也都丢开性命，又听得哗哗剥剥，火势愈烧愈近，大家料难逃生，各启舟舱，陆续投水，_{统向龙宫处报到。}只有宸濠泣涕涟涟，_{何不随妃嫔入水？}挈着世子仪宾，兀在舟中坐住。官军四面跃入，即将宸濠父子用着最粗的铁链，捆缚停当，牵出船外，移向伍文定坐船。宸濠举目一瞧，所有丞相、元帅等，都已两手反剪，缚置船中。这叫作患难与共。彼此吁叹，闭目待毙。伍文定等分头擒拿，将著名叛党一应锁住，不曾漏脱一个。如李士实、刘养正、徐吉、涂钦、王纶、熊琼、卢行、罗璜、丁瞶、王春、吴十三、凌十一、秦荣、葛江、刘勋、何镗、王信、吴国士、火信等，尽行械系，共有数百余人。还有被执及胁从各官，如太监王宏，御史王金，主事金山，按察使杨源，金事王畴、潘鹏，参政陈杲，布政司梁宸，都指挥郏文、马骥、白昂等人，也一并拘住。共擒斩叛兵三千余级，溺死的约三万人，烧死逃去的，无可计算。所有烧不尽的军械军需，以及溺水的浮尸，积聚江心，掩蔽数里。尚有数百艘贼船，临时斩断绳索，四散狂逃，经伍文定遣兵追剿，依次荡灭。

　　守仁所遣陈槐、曾屿等，亦攻复九江、南康二郡，并在沿湖等处，捕戮叛党二千余人。各将吏陆续返报，回到南昌。守仁尚在城外驻节，一一迎劳，彼此甚欢。伍文定手下将士，押住宸濠，推至守仁座前。守仁正欲诘责，宸濠忽开口哀呼道："王先生！本藩被你所擒，情愿削去护卫，降为庶人，请先生顾着前谊，代为周全。"谈何容易？守仁正色道："国法具在，何必多言！"宸濠方才无语。南昌士民，聚观道旁，齐声欢呼道："这位叛王，酷虐无道，既有今日，何必当初。可见天道昭彰，报应不爽哩！"有几个江西官吏，本与宸濠相识，见了宸濠，也出言指示。宸濠泣语道："从前商朝的纣王，信了妇言，致亡天下，我不信妇言，乃至亡国。古今相反，追悔已迟。娄妃！娄妃！你不负我，我却负你，死也晚了。家有贤妻，夫不遭祸，宸濠何独未闻？守仁闻了此言，也为叹息，随命水夫捞认娄妃尸骸，从丰殓葬。众将献上宸濠函箧，内贮书信，多系京官疆吏往来通问，语中未免有勾结情形。守仁不暇细阅，悉付与祝融氏，托他收藏；力持大体，造福不浅。一面露布告捷，才率军入城。嗣闻武宗已启跸南征，应上回。急奏上封章，略云：

> 臣于告变之际，选将集兵，振扬威武，先收省城，虚其巢穴，继战鄱湖，击其惰归。今宸濠已擒，逆党已获，从贼已扫，闽广赴调军士已散，惊扰之民已定。窃惟宸濠擅作威福，睥睨神器，招纳流亡，辇毂之动静，探无遗迹，臣下之奏白，百不一通。发谋之始，逆料大驾必将亲征，先于沿途伏有奸党，期为博浪、荆轲之谋。今逆不旋踵，遂已成擒，法宜解赴阙门，式昭天讨，然欲付之部下各官，诚恐潜布之徒，乘隙窃发，或虞意外，臣死有余憾矣。盖时事方艰，贼虽擒，乱未已也。伏望圣明裁择，持以镇定，示以权宜，俾臣有所遵循，不胜幸甚！

这疏本意，明明是谏阻南巡，且请将逆藩就地正法，以免意外。不料武宗得奏，毫不采用，只饬令将逆藩看管，听候驾到发落。太监张忠及安边伯许泰等，因守仁前日上疏，有"罢斥奸邪，禁止游幸"等语，应上回。心中未免挟嫌，想是贼胆心虚。入奏武宗，但云："守仁先曾通逆，虽有功劳，未足掩罪。"幸武宗尚有微明，不去理睬。忠、泰又贻书守仁，谓"逆藩宸濠，切勿押解来京。现在皇上亲征，须将宸濠纵入鄱湖，待皇上亲与交战，再行一鼓成擒，论功行赏。如此办理，庶几功归朝廷，圣驾不虚此行了。"然是可笑，亏他写得出来。守仁不为之动，竟不待武宗旨意，自将宸濠押出南昌，拟即北发。偏偏忠、泰两人，遣使赍威武大将军檄文邀截途中，勒令将宸濠交付。守仁又复不与，避道走浙江，欲从海道押解至京，黉夜到钱塘，不料太监张永又在杭州候着。守仁见了张永，先把那计除刘瑾的功绩赞美一番，说得张永非常欢慰。见风使帆，不得不然。计除刘瑾，事见四十六回。守仁复进言道："江西百姓，久遭濠毒，困苦不堪；况且大乱以后，天复亢旱成灾，百姓有衣无食，有食无衣，若复须供给京军，将必逃匿山谷，聚众为乱。当日助濠，尚是胁从，他日揭竿，恐如土崩瓦解，剿抚两穷。足下公忠体国，素所钦佩，何不在京中谏阻御跸，免多周折呢？"委婉动人。张永叹道："王先生在外就职，怪不得未识内情。皇上日处豹房，左右群小，蛊惑主聪，哪个肯效忠尽言？我是皇上家奴，只有默辅圣躬，相机讽谏便了，我此次南行，非为掩功而来，不过由皇上素性固执，凡事只宜顺从，暗暗挽回；一或逆命，不但圣心未悦，并且触怒群小，谗言易入，孤愤谁知，王先生试想！于天下大计，有甚么益处？"至情至理，令人心折。守仁点首道："足下如此忠诚，令人敬服。"张永道："我的苦心，也惟有先生知道呢。"守仁乃将忠、泰邀取宸濠，并从前致书等情，一一说明。张永道："我所说的群小，便指若辈。王先生将若何处置？"守仁道："逆藩宸濠，已押解到此，好在与足下相遇，现拟将这副重担，卸与足下，望足下善为处置，才毕微忱。"张永道："先生大功，我岂不知，但不可直遂径行。有我在，断不使先生受屈，务请放心！"守仁乃将宸濠囚车，交付张永，乘夜渡浙江，绕道越境，还抵江西。

张永押解宸濠，即日就道，途次语家人道："王都御史赤心报国，乃张忠、许泰、江彬等，还欲害他，日后朝廷有事，将何以教忠？我总要替他保全呢。"庸中佼佼，还算张永。是时武宗已至南京，命张忠、许泰、刘晖等率京军赴江西，再剿宸濠余党。军尚未发，永已驰到，入见武宗，备说守仁如何忠勤，且奏明忠、泰诸人伪状，武宗方才相信。江彬等再进谗言，一概不准。张忠又入奏道："守仁已至杭州，如何不来南京，谒见圣躬？就使陛下有旨召他，恐他也未必肯来。目无君上，跋扈可知。"谗入周极。武宗又遣使江西，促召守仁。又被他盅惑了。守仁奉召，驰至龙江，将要入见。张忠复遣人截住，不使进谒。守仁愤甚，即脱下朝衣，著了巾纶野服，避入九华山去了。张永闻知此事，又入奏武宗道："守仁一召即来。中道被阻，今已弃官入山，愿为道士。国家有此忠臣，乃令他投闲置散，岂不可惜！"武宗乃驰谕守仁，即令还镇，授江西巡抚。擢知府伍文定为江西按察使，邢珣为江西布政司右参政，且令守仁再上捷书。守仁乃改易前奏，言奉威武大将军方略，讨平叛逆，复将诸嬖幸姓名，亦一一列入，说他调剂有功。江彬等方无后言。武宗遂于南京受俘，令在城外设一广场，竖着威武大将军旗纛，自与江彬等戎服出城。到了场中，饬令各军四面围住，方将宸濠放出，去了桎梏，令他兀立，亲自搥起鼓来，饬兵役再缚宸濠，然后奏凯入城。仿佛做猢狲戏。小子有诗咏道：

> 国事看同儿戏场，侈心太甚几成狂。
> 纵囚伐鼓夸威武，笑柄贻人足哄堂。

未知武宗何日回銮，且俟下回续表。

宸濠聚集嫔从百官，联舟江上，不特上、中二策，未能举行，即下策亦不能用，直无策而已矣。李士实谋取南京，尚从大处落手，而宸濠恋恋南昌，自投死路，娄妃初谏不从，至于投水殉难，宸濠有此谋士，有此贤妃，而执迷不悟，宜乎速毙。但李士实误投暗主，娄妃误嫁叛王，士实尚自取其咎，娄妃并非自取，乃承父母之命而来，夫也不良，竟遭惨死，吾不能不为之痛惜也。守仁亲建大功，几为宵小所撼，酿成冤狱，幸有太监张永为之斡旋，岂忠可格天，彼苍不忍没其功，乃出张永以调护之耶？吾谓守仁智足达权，其心固忠，其忠非愚，故尚得明哲保身，否则不为岳武穆、于少保也几希。

第五十四回

教场校射技擅穿杨　古沼观渔险遭灭顶

却说武宗在南京受俘，本可即日回銮；但武宗南巡的本旨，实为着南朝金粉，羡慕已久，因此托词亲征，南来游幸，哪里肯指日回京？况路过扬州时，先由太监吴经，采选处女寡妇，供奉行在，武宗正乐得左拥右抱，图个尽欢；并生平最爱的刘娘娘，又载与俱南，体心贴意，般般周到，那时武宗安心行乐，还记得甚么京师。有时觉得闲暇，即带着数骑，出外打猎。尝猎扬州城西，留宿上方寺，甚是满意。嗣后成为习惯，屡出驰逐。亏得这位刘娘娘爱主情深，婉言劝阻，每经武宗出游，往往轻装随去。算一个女监督。武宗也不忍拂意，但身旁带着刘妃，未便东驰西骤，只好往各处寺观，游憩了事。所赐幢旛锦绣，梵贝夹册，悉署"威武大将军"名号，及刘娘娘的姓氏，或竟写着"刘夫人"。江彬等扈跸南京，巴不得武宗留着，多一日好一日，他好蹧蹋妇女，凌辱官民。太监张忠、安边伯许泰，因前旨未曾取消，竟率京军赴江西，沿途逞着威风，任情勒索，且不必说。及到了南昌，与守仁相见，傲慢无礼。守仁却殷勤款待，备尽东道情谊，忠、泰毫不知感。还有给事中祝续、御史章纶，随军司事，望风附势，日与兵士等，造作蜚语，诬蔑守仁，由朝至暮，各呼守仁姓名，谩骂不绝。有时守仁出署，兵士等故意冲道，预备彼此争闹，可以乘隙启衅。守仁一味包容，非但置之不较，反且以礼相待。兵士无法，只好退去。守仁又密遣属吏，潜诫市人，令将所有妇女，暂徙乡间，免生事端。一面安排牛酒，犒赏京军。许泰闻信，先往阻止，并饬军士勿受。守仁乃遍张揭贴，略称"北军远来，离乡作客，自有各种苦处，本省居民，以主待宾，务宜尽礼，如有狎侮等情，察出勿贷"。居民本敬服守仁，看了揭帖，无不惟命是从，因此与北军相处，格外退让。守仁以柔道待人，确是良法，但亦由平日爱民，民皆奉命维谨，故不致惹祸。守仁每出，遇见北军长官，必停车慰问，亲切异常。北军有病，随时给药，北军病殁，厚给棺葬。看官！你想人非木石，遭此优待，宁有不知感激的道理？插此数语，可见张忠、许泰不得齿列人类。大众统相语道："王都堂待我有恩，我等何忍犯他。"自此南昌城内，恰安静了许多。

　　会值冬至节日，居民新经丧乱，免不得祭奠亡魂，酹酒举哀。北军触景生悲，动了思家的念头，纷纷求归。张忠、许泰概不准请，军士多出怨声，忠、泰佯若不闻，反欲往教场校阅。令出如山，谁敢不遵？先期这一日，由忠、泰赍书抚署，邀请守仁率军到场。守仁复书照允，越日昧爽，守仁带着江西军，先往教场候着。约阅片时，方见张忠、许泰策马而来，后面随着的兵士不下万人。守仁鞠躬相迎，忠、泰才下马答礼。三人步至座前，分了宾主，依次坐下。许泰开言道："今日天高气爽，草软马肥，正是试演骑射的时候，所有南北将士，统是军国干城，现在叛乱初平，惩前毖后，应互相校射，以示扬激，这也是我辈带兵官，彼此应尽的职务。"言毕，呵呵大笑。守仁暗想，昨日书中，只称校阅京军，并未叙及南北校射；今日到了教场，骤提出"校射"二字，明明是乘我未备，有意刁难。且罢！我自有对待的方法，何必多忧，忠、泰两人的暗计，借此叙出。随即答道："伯爵不忘武备，显见忠忱，但敝处所有精锐，统已遣派出去，分守要区，现今在城的兵弁，多半老弱，恐不堪一较呢。"张忠微哂道："王都堂何必过谦，如逆藩宸濠，聚众十万，横行江湖，阁下调集劲旅，奉行天讨，闻捷书上面，报称宸濠起事，只有三十五日，便即荡平。这三十五日内，与宸濠交战，想不过十多日，若非兵精将勇，那有这般迅速哩？"三十五日平逆，亦借张忠口中补叙，惟张忠所言，看似誉扬，实多讽刺。守仁道："只全仗皇上的威灵，诸公的教导，守仁何力之有？"许泰道："一誉一谦，谈至何时，虚言不如实验罢。"遂传令校射。军士已鹄候多时，闻了令，即在百步外张着靶子，先请江西军射箭。守仁道："主不先宾，自然由京军先射呢。"京军闻言，当下选出善射的数十人，接连发矢，十箭内约中七八箭，铜鼓声冬冬不绝，张忠也连声喝采，自觉面上生光。许泰却笑着道："十得七八，总算有数箭未中，不能算做甚么精呢。"京军射毕，自然轮到江西军。江西军弓马生疏，不过十中四五，张忠不禁失笑道："强将手下无弱兵，为什么这般没用？"当面奚落。许泰道："有了强将，兵弱何妨？"守仁恰神色不变，便道："我原说不堪一较，两公休怪！"张忠又接口道："许公谓有了强将，兵不妨弱，想王都堂总有神技呢。"许泰道："王都堂能射箭么？"愈逼愈紧。守仁道："射法略知一二，惟素习文事，未娴武技，还祈两公原谅！"许泰道："既知射法，何妨试箭。"守仁道："班门之下，怎敢弄斧？"张忠道："有斧可弄，何畏班门？"两人一吹一唱，逼得守仁无词可答，遂奋身离座道："两公有命，敢不敬从，就此献丑便了。"言已，就走将下去，呼随从带马过来，当即一跃上马，先跑了一回蹚子，到了箭靶竖着，留神一瞧，然后返辔驰回，就众人发矢的位置，取了弓，拔了箭，不慌不忙，拈弓搭矢，左手如抱婴儿，右手如托泰山，喝一声"着"，那箭已放了出去，不偏不倚，正中红心。南北军士，齐声喝采，铜鼓声亦震得异响。一箭甫中，一箭复来，巧巧与第一支箭，并杆竖着，相距仅隔分毫。鼓声又震，喝采愈高。守仁跃下马来，拈着第三支箭，侧身续射，这一箭射去，正对准第二支箭杆，"飕"的一声，将第二支箭，送了出去，这箭正插入第二支箭原隙内。王公固擅绝技，文笔亦自不群。大众睹此奇异，没一个不踊跃欢呼，连鼓声都无人听见。守仁尚欲再射，不防背后有人拊着，急忙返顾，乃是安边伯许泰，便道："献丑了，献丑了。"许泰道："都堂神箭，不亚当年养由基，怪不得立平叛逆，我等已领教过了，就此歇手罢。"原来忠、泰两人，总道守仁是个文官，没甚武艺，可以借端嘲笑，谁知他竟有这般技射，这还不过出人意料；偏是守仁射中一箭，北军也同声喝采，声震远迩。于是张忠在座，密语许泰道："我军都输服他了，如何是好？"许泰闻言，即下座止住守仁，教他休射。守仁正好借此收场，遂撤队而归。守仁与忠、泰告别时，见两人面色很是怏怏，不觉肚中暗笑。回署以后，过了一天，便闻忠、泰有班师消息，再阅一宵，果然两人同来辞行。守仁免不得设着盛筵，临歧饯别。总计忠、泰驻兵江西，共历五月有余，假肃清余孽为名，蟠据南昌，其实是叛党早歼，不劳再剿；北军并没有出城，只有忠、泰两人，捕风捉影，罗织平民，无辜株连，没收财产，人民受他荼毒，不知凡几。待至班师令下，相率归去，真是人心喜悦，如去芒刺，这且搁下不题。

且说武宗驻跸南京，游行自在，大有乐不思蜀的形景。江彬又乘机怂恿，劝武宗游幸苏州，下浙江，抵湖湘。武宗在京时，尝闻苏州多美女，杭州多佳景，正欲亲往一游，饱看景色，闻着彬言，适中下怀。自正德十四年冬季至南京，至十五年正月，尚未言归，反饬群臣议行郊礼。此时大学士梁储、蒋冕等，亦随驾出行，接奉诏敕，谓郊礼一行，回銮无日，万不可依诏定议，乃极力谏阻。疏至三上，始得邀准。就是游幸苏、浙，倒也罢议，惟总不肯回銮。悠悠忽忽，过了半年，尚没有还京音信。但闻江彬倚势作威，驱役官民，如同走狗，成国公朱辅因事忤彬，罚他长跪军门，才得了事。独魏国公徐鹏举，徐达七世孙。邀彬赴宴，中门不启，又不设座中堂，顿时惹动彬怒，大声问故。鹏举恰正襟拱手道："从前高皇帝曾幸私第，入中门，坐中堂，此后便将中门封闭，中堂也同虚设，没人再敢僭用的。今蒙将军辱临，怎敢亵慢？但若破了故例，便与大逆相等，恐将军也不愿承受哩。"彬听了此言，明知鹏举有心为难，但是"高皇帝"三字抬压出来，如何抵抗得过？只好变嗔作喜，自认无知，勉勉强强的饮了数杯，即行告别。还有南京兵部尚书乔宇，守正不阿，彬尝遣使索城门锁钥，宇独正言拒绝，大旨以门钥一项，关系甚大，从前列祖列宗的成制，只令守吏掌管，虽有诏敕，不敢奉命。彬闻报无法，只得罢休。有时彬矫旨需索，宇又必请面复始行。究竟伪难作真，臣难冒君，任你江彬如何摆布，也不免情虚畏罪，自愿取消。直道事人也有好处。宇又倡率九卿台谏，三次上章，请即回銮。武宗召彬与商，彬请下诏严谴，武宗踌躇道："去年在京师时，加罪言官，未免太甚，今日何可再为，不如由他去罢。"彬乃嘿然。武宗只谕令各官，"尽心治事，稍迟数日，便当回銮"云云。各官接到此旨，没奈何再行恭候。

过了一月，仍旧不见动静，惟行宫里面，屡有怪异传闻，或说有物如猪首，下坠御前，或说武宗寝室中，悬着人首，谣言百出，人情汹汹。大学士梁储语蒋冕道："春去秋来，再不回銮，恐生他变。况且谣诼纷纭，多非佳兆，我辈身为大臣，怎忍坐视。"蒋冕道："不如伏阙极谏，得请乃已。"梁储允诺，即于夜间缮疏，至次日，两人跪伏行宫外，捧着奏章，带哭带号，约历两三时，方有中官出来，把奏章取去。又阅一时，由中官传旨令退，两人叩首道："未蒙准奏，不敢退去。"

中官又入内代奏，武宗乃宣谕还京，两人方起身退出，即令扈从人等，筹备还跸事宜。又越数日，诸事都已备妥，申请启跸。武宗还想延挨，忽闻宸濠在狱，有谋变消息，乃起程北归。

是夕武宗亲祭龙江，驻跸仪征，次日至瓜州地面，大雨时行，暂就民家避雨。待雨过天霁，乃从瓜州渡江，临幸金山，遥望长江一带，气象万千，很觉快慰。隔了一日，登舟南渡，幸故大学士杨一清私第，饮酒赋诗，载赓迭和，又流连了两三日。一清从容婉谏，请武宗速回京师。武宗才离了杨宅，向扬州进发。到了宝应地界，有一巨浸，名叫泛光湖，武宗见湖光如镜，游鱼可数，不禁大喜道："好一个捕鱼的地方。"遂传旨停舟。扬州知府蒋瑶正来接驾，武宗即命备办网罟等物。蒋瑶不敢违慢，即日照办，呈交御船。偏偏太监邱得有意索贿，一味挑剔，甚至召责蒋瑶，把他锁系起来。蒋瑶无奈，只好挽人疏通，奉了厚赂，方得销差脱罪。清官碰着贪竖，还有何幸。武宗命宫人侍从等，抛网湖心，得鱼较多的有赏，得鱼过少的则罚。大家划着坐船，分头下网，武宗开舱坐观，但见三三五五，揽网取鱼，不觉心旷神怡，流连忘倦，约历半日，各舟方摇荡过来，纷纷献鱼。武宗按着多寡，颁了赏赐，大众拜谢，乃下令罢渔。嗣见进献的鱼中，有一鱼长可数尺，暴睛巨口，比众不同，随即戏说道："这鱼大而且奇，足值五百金。"江彬在侧，正恨蒋瑶未奉例规，此例安在？邱得已经妄索，江彬又要寻隙，正是好官难为。即启奏道："泛光湖得来巨鱼，应卖与地方有司。"武宗准奏，着将巨鱼送与蒋瑶，守取价值复命。弄假成真，无非儿戏。过了一时，蒋瑶亲来见驾，叩首已毕，即从怀中取出簪珥等物，双手捧呈道："臣奉命守郡，不敢妄动库银，搜括臣家所有，只有臣妻佩带首饰，还可上应君命，充做银钱，此外实属无着，只得束身待罪。"武宗笑道："朕要此物做甚么，适才所说，亦不过物归原主，应给赏银。你既没有余资，便作罢论。你所携来各物，仍赏与你妻去罢！"蒋瑶叩谢。可见武宗并非残虐，不过逢场作戏，喜怒任情而已，所有不法行为，俱为宵小导坏。武宗又道："闻此地有一琼花观，究竟花状如何？"蒋瑶顿首道："从前隋炀帝时，尝到此赏玩琼花，至宋室南渡，此花憔悴而死，今已绝种了。"武宗怏怏道："既无琼花，可有另外的土产么？"蒋瑶道："扬州虽号繁华，异产却是有限。"武宗道："苧麻白布，不是扬州特产吗？"蒋瑶不敢多言，只好叩头道："臣领命了。"武宗命退，瑶即返署，备办细布五百匹，奉作贡物，比较鱼价如何。武宗方下旨开船。

从扬州行抵清江浦，重幸太监张阳家，设宴张灯，征歌选色，君臣共乐，接连三日。武宗问张阳道："朕过泛光湖，观鱼自适，颇足快意，清江浦是著名水乡，谅亦有湖沼大泽，足以取鱼。"张阳奏对道："此间有一积水池，是汇集涧溪各流，水势甚深，鱼族繁衍，或者可以布网呢。"武宗喜道："你可先去预备网罟，朕择明日观渔。"张阳领旨，即去办就。到第二日，武宗带着侍从，即往积水池滨，瞧将过去，层山百叠，古木千章，环抱一沼，颇似洞壑清幽，别具一种雅致。武宗语张阳道："这池占地不多，颇觉幽静，但欲取鱼，不能驾驶大船，只好用着渔舟呢。"张阳道："池中本有小舟，可以取用。"武宗道："在哪里？"张阳道："多泊在外面芦苇中。"武宗道："知道了。"当下舍陆登舟，行不一里，果见两岸蒙茸，泊有渔船。武宗命侍从等，各驾小舟，四散捕鱼。武宗瞧了一会儿，不觉兴发，也拟改乘渔船，亲自捕鱼。张阳道："圣上不便亲狎波涛。"武宗道："怕甚么？"遂仗着威武，跃登小舟，有太监四名，随着下船。二太监划桨，二太监布网，渐渐的荡入中流。那水中适有白鱼一尾，银鳞灿烂，晔晔生光，武宗道："这鱼可爱，何不捕了它去？"二太监领命张网，偏偏这鱼儿刁滑得很，不肯投网，网到东，鱼过西，网到西，鱼过东，网来网去，总不能取。武宗懊恨起来，竟从舟中取出鱼叉，亲自试投，不防用力太猛，船势一侧，"扑咚扑咚"数声，都跌落水中去了。小子有诗咏道：

> 千金之子不垂堂，况复宸躬系万方。
> 失足几成千古恨，观鱼祸更甚如棠。

未知武宗性命如何，且至下回续详。

　　有文事者必有武备，孔子所谓我战必克是也。王守仁甫立大功，即遭疑谤，幸能通变达机，方得免咎。至忠、泰校射，独令试技，夫身为大将，宁必亲执弓刀，与人角逐，诸葛公羽扇纶巾，羊叔子轻裘缓带，后世且盛称之，何疑于守仁？然此可为知者言，难与俗人道也。迨迭发三矢，无不中鹄，宵小庶无所借口矣，此文事武备之所以不容偏废也。武宗任情游幸，偏爱渔猎，泛光湖观鱼，尚嫌未足，积水池捕鱼，且欲亲试，岂得鱼数尾，便足为威武大将军耶？未懔冯河之戒，几占灭顶之凶，假令无王守仁之先平叛逆，而欲借张忠、许泰辈随驾亲征，其不蹈建文之覆辙者鲜矣。然则武宗不覆于鄱阳湖，仅溺于积水池，受惊成疾，返狙豹房，其犹为幸事乎。

第五十五回

返豹房武宗晏驾　祭兽吻江彬遭囚

却说武宗坠入水中，险些儿被水淹死，幸亏操舟的两太监，曾在京内太液池中，习惯泅水，虽遭覆溺，毫不畏惧，亟游近武宗身旁，将武宗手脚握住，推出水面。各舟闻警齐集，才将武宗掇入舟中。还有两太监入水，用力挣扎，也经旁人救起。惟武宗生平，并未经过游泳，并且日日纵欲，元气甚亏，寒秋天气，又是凛冽，所以身虽遇救，已是鼻息细微，人事不省了。威武大将军，乃不堪一溺么？那时御舟中曾带着御医，赶紧用着方法，极力施救，武宗才把池水吐出，渐渐苏醒，只元气总难挽回，龙体从此乏力。大学士杨廷和等，请速还京，武宗也觉倦游，遂传旨速归。

轻舟荡漾，日行百里，不数日即抵通州，随召各大臣集议，处置宸濠。杨廷和等上言，请如宣宗处高煦故例，御殿受俘，然后议刑。独江彬谓应即诛逆，免滋他患。武宗正恐宸濠为变，北还时，每令濠舟与御舟，衔尾行驶，以防不测。至是用江彬言，遽令宸濠自尽。濠死后乃令燔尸，越三日，始还京师，大耀军容，首逆已死，耀军何为？辇道东西，列着许多兵士，盔甲森严，戈铤并耀，各逆党一并牵至，令他两旁跪着。尚书陆完、都督钱宁，统因逆案牵连，做了矮人，大家褫去上身衣服，赤条条的反缚两手，背上悬揭白帜，大书姓名罪状。还有逆党眷属，不问男妇长幼，都是裸体反接，挨次跪着。武宗戎装跨马，立正阳门下，阅视良久，才将附逆著名的奸党，饬令正法，悬首竿上，延长数里，余犯仍回系狱中，武宗方策马入内，还憩豹房。后来钱宁伏法，陆完谪戍，只太监萧敬，独运动张忠，愿出二万金，买了一个性命。钱可通灵。余党多瘐毙狱中，不消细说。

武宗以亲征凯旋，复降特旨，令定国公徐光祚、驸马都尉蔡震、武定侯郭勋，祭告宗庙社稷。越数日，又补行郊祀大典。武宗只好亲自主祭，驾至天坛，循例行礼，初次献爵，由武宗跪拜下去，不觉心悸目晕，支撑不住，侍臣连忙扶掖，半晌方起，"哇"的一声，吐出一口鲜血，自觉腥秽难当，浑身发颤，再也不能成礼了。当下委着王公，草草毕祭，自己乘着安舆，返入大内。

转眼间已是残年，爆竹一声除旧，桃符万户更新，武宗因病体未痊，饬免朝贺。一病数月，又届季春，月朔适遇日蚀，阴霾四塞，都人士料为不祥。惟江彬等越加骄恣，竟矫传上旨，改西官厅为威武团营，自称兵马提督，所领边卒，也是狐假虎威，桀骜愈甚，都下汹惧，不知所为。武宗卧病豹房，懵然罔觉，经御医尽心调治，日进参芪，终不见效。真元耗损，还有何救？司礼监魏彬密询御医，统已摇首，乃走至内阁，语大学士杨廷和道："皇上不豫，医力已穷，不如悬赏巨金，求诸草泽。"廷和闻着，知他言中有意，是何意思？请看官一猜。沉吟一会儿，方启口道："御医久侍圣躬，必多经验，譬如人生伦序，先亲后疏，亲近的人，关系痛痒，自然密切，疏远的人，万不能及。据我想来，总须亲近的人，靠得住呢。"哑谜中已表大旨。魏彬唯唯而去。过了两日，武宗病愈沉重，自知不起，从昏昏沉沉中，偶然醒来，开眼一瞧，见太监陈敬、苏进两人侍着左右，便与语道："朕疾至此，已不可救了，可将朕意传达太后，此后国事，当请太后宣谕阁臣，妥为商议便了。"言至此，气不相续，喘息良久，复太息道："从前政事，都由朕一人所误，与你等无涉，但愿你等日后谨慎，毋得妄为！"武宗已知自误，则此次顾命，应即召大臣入嘱，何为仅及中官？况逢恶长非，全出若辈，乃云与他无涉，可见武宗至死，尚是未悟。陈敬、苏进齐声遵旨，俟武宗安睡后，才去通报张太后。待张太后到了豹房，武宗已不能言，惟眼睁睁的瞧着太后，淌下几点泪珠儿。太后尚含泪慰问，谁知他两眼一翻，双脚挺直，竟自归天去了，寿仅三十一岁。笔下俱含刺意。

太后亟召杨廷和等至豹房，商议立储事宜。廷和请屏去左右，方密禀太后道："江彬不臣，势将谋变，若闻皇上晏驾，必且迎立外藩，挟主兴兵，为祸不浅。请太后先事预防呢！"太后道："如此奈何？"廷和道："现只有秘不发丧，先定大计。此处耳目甚近，不如还至大内，好作计较。"太后闻言，也不及悲恸，即刻乘辇还宫。廷和随入宫中，略行筹议，便即赴阁。太监谷大用及张永亦入阁探信。廷和道："皇上大渐，应立皇储。"张永道："这是目前最要的事情。"廷和即袖出祖训，宣示诸人道："兄终弟及，祖训昭然。兴献王长子，系宪宗孙，孝宗从子，皇帝从弟，按照次序，当然继立。"梁储、蒋冕、毛纪等齐声赞成道："所言甚是，就这般办罢！"张永、谷大用亦无异言，乃令中官入启太后。廷和等至左顺门，排班候旨。忽见吏部尚书王琼，率九卿入左掖门，厉声道："立储岂是小事？我为九卿长，乃不使与闻么？"廷和等也无暇与辩，琼亦自觉没趣，正懊怅间，中官已传宣遗诏，及太后懿旨，颁诏群臣。遗诏有云：

朕绍承祖宗丕业，十有六年，有辜先帝付托，惟在继统得人，宗社生民有赖。皇考孝宗敬皇帝亲弟兴献王长子厚熜，聪明仁孝，德器夙成，伦序当立。遵奉祖训兄终弟及之文，请于皇太后与内外文武群臣，合谋同辞，即日遣官迎取来京，嗣皇帝位，恭膺大统。

群臣览此遗诏，方知武宗已经宾天，大家都相惊失色。只因遗诏已下，帝统有归，即欲辩论，也是无益，乐得含忍过去。吏部尚书王琼，也只好一言不发，随进随退罢了。还算见机。廷和等返入内阁，一面请命太后，遣谷大用、张永等，往豹房奉移梓宫，入殡大内；一面议遣官迎兴世子入都，明朝故例，奉迎嗣主，必须由中贵勋戚，及内阁一人偕行。勋戚派定寿宁侯张鹤龄，及驸马都尉崔光，中官派定谷大用、张锦，部臣派定礼部尚书毛澄，惟所有阁员，除廷和外，要算梁储、蒋冕二人资望最优。廷和方握政权，无暇出使，蒋冕是廷和帮手，若遣他出去，转令廷和势孤。廷和暗中属意梁储，只怕他年老惮行，默默的想了一会儿，方顾着梁储道："奉迎新主，例须派一阁员，公本齿德兼尊，应当此任，但恐年高道远，未便首途呢。"故意反激。储奋然道："国家最大的政事，莫如迎主，我虽年老，怎敢惮行呢？"廷和大喜，遂遣发各人去讫。

是时国中无主，全仗廷和一人主持。廷和复入白太后，请改革弊政。太后一一照允，遂托称遗旨，罢威武团练诸营，所有入卫的边兵，概给重资遣归，黜放豹房番僧，及教坊司乐人；遣还四方所献妇女；停不急工役；收宣府行宫金宝，悉归内库。还有京城内外皇店，一并撤销。原来武宗在日，曾令中官开设酒食各肆，称为皇店，店中借酒食为名，罗列市戏妓歌，及斗鸡逐犬等类，非常热闹。武宗时往店中游冶，至必微服，醉或留宿。中官且借店纳贿，官民为之侧目。补笔不漏。至是统令停罢，中外大悦。

独有一个倔强鸷悍、睥睨宫闱的贼臣，闻了此事，甚是不乐，看官不必细问，便可知是提督兵马的江彬。彬自改组团营，日在外面办事，无暇入宫，就是武宗晏驾，他也尚未得闻，忽奉饬罢团营，及遣归边卒的遗诏，不禁动色道："皇上已宾天么？一班混账大臣，瞒得我好紧哩。"这正所谓晓得迟了。适都督李琮在侧，便进言道："宫廷如此秘密，疑我可知。为总戎计，不如速图大事，幸而成功，富贵无比，万一不成，亦可北走塞外。"为江彬计，确是引此策最佳。彬犹豫未决，即邀许泰商议。泰亦颇费踌躇，徐徐答道："杨廷和等敢罢团营，敢遣边卒，想必严行预备，有恃无恐，提督还应慎重为妙。"有此一言，江彬死了。彬答道："我不作此想，但未知内阁诸人，究怀何意？"许泰道："且待我去一探，何如？"彬乃点首。

泰即与彬别，驱马疾驰，直抵内阁，巧巧遇着杨廷和。廷和毫不慌忙，和颜与语道："许伯爵来此甚好，我等因大行皇帝，仓猝晏驾，正在头绪纷繁，欲邀诸公入内，协同办事；偏是遗诏上面，罢团营，遣边兵，种种事件，均仗公与江提督，妥为着叠，所以一时不敢奉请呢。"许泰道："江提督正为此事，令兄弟前来探问，究系军国重事，如何裁夺？"廷和道："奉太后旨，已去迎立兴世子了。来往尚需时日，现在国务倥偬，全无把握，请伯爵往报江公，可能一同偕来，商决机宜，尤为欢迎。"罢兵事归诸遗诏，立储事归诸太后，自己脱然无累，免得许泰多疑。许泰欣然允诺，告别而去。着了道儿。廷和料他中计，即招司礼监魏彬及太监张永、温祥共入密室，促膝谈心。事事靠着中官，可见阉人势力，实是不小。廷和先开口语彬道："前日非公谈及，几误大事。现已嗣统有人，可免公虑。但尚有大患未弭，为之奈何？"魏彬道："说了御医，便谈伦序，可见我公亦事事关心。借魏彬口中，补出前次哑谜，文可简省，意不渗漏。今日所说的大患，莫非指着水木旁么？"仍用半明半暗之笔。廷和尚未及答，张永接口道："何不速诛此獠？"快人快语。廷和道："逆瑾伏法，计出张公，今又要仰仗大力了。"张永微笑。廷和又将许泰问答一节，详述一遍，复与张永附耳道："这般这般，可好么？"又用虚写法。永点首称善，转告魏彬、温祥，两人俱拍手赞成。计议已定，当即别去。魏彬遂入启太后，禀报密谋，太后自然允议。

过了一日，江彬带着卫士，跨马前来，拟入大内哭临。魏彬先已候着，即语彬道："且慢！坤宁宫正届落成，拟安置屋上兽吻，昨奉太后意旨，简派大员及工部致祭，我公适来，岂不凑巧么？"江彬闻着，很是欢喜，便道："太后见委，敢不遵行。"魏彬入内一转，即赍奉懿旨出来，令提督江彬及工部尚书李鐩，恭行祭典等语。江彬应命，改着吉服，入宫与祭。祭毕退出，偏遇着太监张永，定要留他宴饮。都是狭路相逢的冤鬼。江彬不便固辞，随了他去。即在张永的办事室内，入座飞觞。想是饯他死别。才饮数巡，忽报太后又有旨到，着即逮彬下狱。彬掷去酒杯，推案即起，大踏步跑了出去，驰至西安门，门已下钥，慌忙转身北行，将近北安门，望见城门未闭，心下稍宽，正拟穿城出去，前面忽阻着门官，大声道："有旨留提督，不得擅行。"彬叱道："今日何从得旨！"一语未了，守城兵已一齐拥上，将他揿翻，紧紧缚住。彬尚任情谩骂，众兵也不与多较，只把他胡须出气。彬骂一声，须被拔落一两根，彬骂两声，须被拔落三五根，待彬已骂毕，须也所剩无几了。倒是个新法儿。彬被执下狱，许泰亦惘惘到来，刚被缇骑拿住，也牵入狱中。还有太监张忠，及都督李琮等，亦一并缚到，与江彬亲亲昵昵，同住囹圄。一面饬锦衣卫查抄彬家，共得金七十柜，银二千二百柜，金银珠玉，珍宝首饰，不可胜计。又有内外奏疏百余本，统是被他隐匿，私藏家中。刑部按罪定谳，拟置极刑，只因嗣皇未到，暂将此案悬搁，留他多活几天。既而兴世子到京，入正大位，乃将谳案入奏，当即批准，由狱中牵出江彬，如法捆绑，押赴市曹，凌迟处死。李琮为江彬心腹，同样受刑。钱宁本拘系诏狱，至是因两罪并发，一同磔死。又有写亦虎仙，亦坐此伏诛。惟张忠、许泰待狱未决，后来竟夤缘贵近，减死充边，这也是未免失刑呢。了结江彬党案。

闲话休表，且说杨廷和总摄朝纲，约过一月有余，每日探听迎驾消息，嗣接谍报，嗣皇已到郊外了，廷和即令礼官具仪。礼部员外郎杨应魁，参酌仪注，请嗣皇由东安门入，居文华殿，择日即位，一切如皇太子嗣位故例。当由廷和察阅，大致无讹，遂遣礼官赍送出郊，呈献嗣皇。兴世子看了礼单，心中不悦，顾着长吏袁崇皋说道："大行皇帝遗诏，令我嗣皇帝位，并不是来做皇子的，所拟典礼未合，应行另议。"礼官返报廷和，廷和禀白太后，由太后特旨，令群臣出郊恭迎，上笺劝进。兴世子乃御行殿受笺，由大明门直入文华殿，先遣百官告祭宗庙社稷，次谒大行皇帝几筵，朝见皇太后。午牌将近，御奉天殿，即皇帝位，群臣舞蹈如仪。当下颁布诏书，称奉皇兄遗命，入奉宗祧，以明年为嘉靖元年，大赦天下，是谓世宗。越三日，遣使奉迎母妃蒋氏于安陆州，又越三日，命礼臣集议崇祀兴献王典礼，于是群喙争鸣，异议纷起，又惹起一场口舌来了。正是：

多言适启纷争渐，贡媚又来佞幸臣。

欲知争论的原因，且从下回详叙。

武宗在位十六年，所行政事，非皆暴虐无道，误在自用自专，以致媚子谐臣，乘陈而入，借巡阅以便游幸，好酒色以致荒亡，至于元气孱弱，不克永年，豹房大渐之时，尚谓误出联躬，与群小无涉，何始终

不悟至此？或者因中涓失恃，恐廷臣议其前罪，矫传
此命，亦未可知，然卧病数月，自知不起，尚未禀白
母后，议立皇储，置国家大事于不问，而谓甚自悟祸
源，吾不信也。若夫江彬所为，亦不得与董卓、禄山
相比，不过上仗主宠，下剥民财，逞权威，斥忠直，
暴戾恣睢已耳。迨罢团营而营兵固安然，遣边卒而边
卒又安然，未闻哗噪都中，谋为陈桥故事，然则彬固
一庸碌材也。杨廷和总揽朝纲，犹必谋诸内侍，方得
诛彬，内侍之势力如此，奚怪有明一代，与内侍同存
亡乎？观于此而不禁三叹云。

第五十六回

议典礼廷臣聚讼　建斋醮方士盈坛

却说世宗即位,才过六日,便诏议崇祀兴献王,及应上尊号。兴献王名厚杭,系宪宗次子,孝宗时就封湖北安陆州。正德二年秋,世宗生兴邸,相传为黄河清庆云现,瑞应休征,不一而足。恐是史臣铺张语,不然,世宗并无令德,何得有此瑞征?至正德十四年,兴献王薨,世宗时为世子,摄理国事,三年服阕,受命袭封。至朝使到了安陆,迎立为君,世子出城迎诏,入承运殿开读毕,乃至兴献王园寝辞行,并就生母蒋妃前拜别。蒋纪呜咽道:"我儿此行,入承大统,凡事须当谨慎,切勿妄言!"世子唯唯受教。临行时,命从官骆安等驰谕疆吏,所有经过地方,概绝馈献,行殿供帐,亦不得过奢。至入都即位,除照例大赦外,并将正德间冒功鬻爵,监织权税诸弊政,尽行革除。所斥锦衣内监旗校工役等,不下十万人。京都内外,统称新主神圣,并颂杨廷和定策迎立的大功。世宗遣使迎母妃,并起用故大学士费宏,授职少保,入辅朝政,朝右并无异议。只尊祀兴献王一节,颇费裁酌。礼部尚书毛澄因事关重大,即至内阁中,向杨廷和就教。廷和道:"足下不闻汉定陶王、宋濮王故事么?现成证据,何妨援引。"毛澄诺诺连声,立刻趋出,即大会公卿台谏诸官,共六十余人,联名上议道:

窃闻汉成帝立定陶王为嗣,而以楚王孙景后定陶,承其王祀，师丹称为得礼。今上入继大统，宜以益王子崇仁，益王名祐槟，宪宗第六子。主后兴国，其崇号则袭宋英宗故事，以孝宗为考，兴献王及妃为皇叔父母，祭告上笺，称侄署名，而令崇仁考兴献，叔益王，则正统私亲，恩礼兼尽，可为万世法矣。

议上，世宗瞧着，勃然变色道："父母名称，可这般互易么？"言已，即令原议却下，着令再议。时梁储已告老归里，惟蒋冕、毛纪就职如故，与大学士杨廷和坚持前议。重复上疏，大旨："以前代君主，入继宗祧，追崇所生，诸多未合。惟宋儒程颐，议尊濮王典礼，以为人后者谓之子，所有本生父母，应与伯叔并视，此言最为正当。且兴献祀事，今虽以益王子崇仁为主，他日仍以皇次子为兴国后，改令崇仁为亲藩。庶几天理人情，两不相悖了。"世宗览到此疏，仍是不怿，再命群臣博考典礼，务求至当。杨廷和等复上封章，谓："三代以前，圣莫如舜，未闻追崇瞽瞍。三代以下，贤莫如汉光武，未闻追崇所生南顿君。惟陛下取法圣贤，无累大德。"这疏竟留中不报。毛澄等六十人，又奏称："大行皇帝，以神器授陛下，本与世及无殊。不过昭穆相当，未得称世。若孝庙以上，高曾祖一致从固，岂容异议？兴献王虽有罔极深恩，总不能因私废公，务请陛下顾全大义！"世宗仍然不纳。惟追上大行皇帝庙号，称作武宗，把崇祀濮王典礼，暂且搁起。适进士张璁入京观政，欲迎合上旨，独自上疏道：

朝议谓皇上入嗣大宗，宜称孝宗皇帝为皇考，改称兴献王为皇叔父，王妃为皇叔母者，不过拘执汉定陶王、宋濮王故事耳。夫汉哀宋英，皆预立为皇嗣，而养之于宫中，是明为人后者也。故师丹、司马光之论，施于彼一时犹可。

今武宗皇帝，已嗣孝宗十有六年，比于崩殂，而廷臣遵祖训，奉遗诏，迎取皇上入继大统，遗诏直曰兴献王长子，伦序当立，初未尝明著为孝宗后，比之预立为嗣，养之宫中者，较然不同。夫兴献王往矣，称之为皇叔父，鬼神固不能无疑也。今圣母之迎也，称皇叔母，则当以君臣礼见，恐子无臣母之义。礼长子不得为人后，况兴献王惟生皇上一人，利天下而为人后，恐子无自绝父母之义。故皇上为继统武宗而得尊崇其亲则可，谓嗣孝宗以自绝其亲则不可。或以大统不可绝为说者，则将继孝宗乎？继武宗乎？夫统与嗣不同，非必父死子立也。汉文帝承惠帝之后，则弟继；宣帝承昭帝之后，则以兄孙继，若必强夺此父子之亲，建彼父子之号，然后谓之继统，则古当有称高伯祖、皇伯考者，皆不得谓之统矣。臣窃谓今日之礼，宜别为兴献王立庙京师。使得隆尊亲之孝，且使母以子贵，尊与父同，则兴献王不失其为父，圣母不失其为母矣。

世宗览到此疏，不禁心喜道："此论一出，我父子得恩义两全了。"即命司礼监携着原疏，示谕阁臣道："此议实遵祖训，拘古礼，尔等休得误朕！"杨廷和将原疏一瞧，便道："新进书生，晓得甚么大体！"言已，即将原疏封还。司礼监仍然持入，还报世宗。世宗即御文华殿，召杨廷和、蒋冕、毛纪入谕道："至亲莫若父母，卿等所言，虽有见地，但朕把罔极深恩，毫不报答，如何为子？如何为君？今拟尊父为兴献皇帝，母为兴献皇后，祖母为康寿皇太后，卿等应曲体朕意，毋使朕为不孝罪人呢！"区区尊谥，未必果为大孝。廷和等不以为然，但奉召入殿，不便当面争执，只好默默而退。待退朝后，复由三阁臣会议，再拟定一篇奏疏，呈入上览，略云：

皇上圣孝，出于天性，臣等虽愚，夫岂不知。礼谓所后者为父母，而以其所生者为伯叔父母，盖不惟降其服而又异其名也。臣等不敢阿谀将顺，谨再直言渎陈！

疏入不报。给事中朱鸣阳、史于光，及御史王溱、卢琼等，又交章劾璁，其词云：

臣等闻兴献王尊号，未蒙圣裁，大小之臣，皆疑陛下垂省张璁之说耳。陛下以兴献王长子，不得已入承大统，虽拘长子不得为人后之说，璁乃谓统嗣不同，岂得谓会通之宜乎？又欲别庙兴献王于京师，此大不可。昔鲁桓僖宫灾，孔子在陈闻火，曰其桓僖乎？以非正也。如庙兴献王于京师，在今日则有朱熹两庙争较之嫌，在他日则有鲁僖跻闵之失，乞将张璁斥罚，以杜邪言，以维礼教，则不胜幸甚！

各疏次第奏入，世宗一味固执，始终不从。嗣兴献王妃蒋氏，已到通州，闻朝议欲考孝宗，不禁愤恚道："是我亲生的儿子，奈何谓他人父？谓他人母？"妇人尤觉器小。并谕朝使道："尔等受职为官，父母等犹承宠诰，我子为帝，兴献王的尊称，至今未定，我还到京去做什么？"说至此，竟呜呜咽咽的哭将起来。描摹尽致。朝使等奉命恭迎，瞧着这般形状，反致不安，只好入报世宗。世宗闻报，涕泣不止，入禀张太后，情愿避位归藩，奉母终养。也会做作。张太后一面慰留，一面饬阁臣妥议，杨廷和无可奈何，始代为草敕，略言："朕奉圣母慈寿皇太后懿旨，慈寿皇太后即张太后。武宗五年，以寘𬸚平定，上太后尊号曰慈寿。以朕缵承大统，本生父兴献王宜称兴献帝，母宜称兴献后。宪庙贵妃邵氏称皇太后，即兴献王母。仰承慈命，不敢固违"云云。在廷和的意思，以为这次礼议，未合古训，只因上意难违，不得已借母后为词，搪塞过去，显见得阁臣礼部，都是守正不阿，免得后人訾议了。

谁知张璁得步进步，又上《大礼或问》一书，且谓："议礼立制，权出天子，应奋独断，揭父子大伦，明告中外。"于是世宗又复心动。适值礼官上迎母礼仪，谓宜从东安门入，世宗不待瞧毕，即将原议掷还。礼官再行具议，改从大明东门，世宗意仍未怿，竟奋笔批示道："圣母至京！应从中门入，谒见太庙。"总算乾纲奋断。这批示颁将下来，朝议又是哗然。朝臣也徒知聚讼。大众都说："妇人无入庙礼。太庙尊严，更非妇人所宜入。"那时张璁又来辩论道："天子虽尊，岂可无母？难道可从偏门出入么？古礼妇三日庙见，何尝无谒庙礼。九庙祭祀，后亦与祭，怎得谓太庙不宜入呢？"张璁之议，虽是拘泥，然廷议更属不通，无怪为张璁所扼。世宗又饬锦衣卫安排仪仗，出迎圣母。礼部上言，请用王妃仪仗，世宗不听，乃备齐全副銮驾；迎母自中门入都，谒见太庙。杨廷和以璁多异议，心甚怏怏，遂授意吏部，出除南京主事。璁虽南去，世宗已先入璁言，复颁下手诏，拟于兴献帝后，加一"皇"字。杨廷和等复上疏谏阻，世宗概置不理。巧值嘉靖元年正月，清宁宫后殿被火，廷和等趁这机会，奏称"宫殿被灾，恐因兴献帝后加称，未安列圣神灵，特此示儆"云云。给事中邓继曾，亦上言："天有五行，火实主礼，人有五事，火实主言。名不正即言不顺，言不顺即礼不兴，所以有此火灾。"恐怕未必。世宗颇为感惧，乃勉徇众请，称孝宗为皇考，慈寿皇太后为圣母，兴献帝后为本生父母，暂将"皇"字搁起。称孝宗帝后为继父母，称兴献帝后为本生父母，两言可决，于义最协，聚讼何为乎？

过了两月，因世宗册后陈氏，特上两宫尊号，称慈寿皇太后为昭圣慈寿皇太后，武宗皇后为庄肃皇后，皇太后邵氏为寿安皇太后，兴献后为兴国太后，萱荫同春，夭桃启化，好算是两宫合德、一室太和。老天无意做人美，偏偏寿安皇太后邵氏，生起病来，医药无效，竟尔崩逝。这位邵太后本宪宗贵妃，为兴献王母，兴王就藩，母妃例不得行，仍住宫中。所以不必奉迎。及世宗入继大统，邵年已老，双目失明，喜孙为帝，摸世宗身，自顶至踵，欢笑不绝。至是得病归天，世宗仍欲祔葬茂陵，即宪宗墓。屡下廷议。礼官不敢固争。杨廷和等上疏，只托言："祖陵久空，不应屡兴工作，惊动神灵。"世宗不纳，决意祔葬，只别祀奉慈殿罢了。礼部尚书毛澄，以议礼未协，忧患成疾，抗疏乞休，至五六次，未邀允准。既而疾甚，又复申请，乃准奏令归。澄匆匆就道，舟至兴济，竟致谢世。先是澄在部时，申议大礼，世宗尝遣中官谕意，澄奋然道："老臣虽是昏耄，要不能隳弃古礼，只有归去一法，概不与闻便了。"以道事君，不合则去，毛澄有焉。惟世宗颇器重毛澄，虽再三忤旨，恩礼不衰。及闻澄病殁道中，犹加悯悼，赠为少傅，谥曰文简，这且休表。

　　且说世宗改元以后，除廷议大礼，纷纷争论外，甘肃、河南、山东数省，亦迭有乱警。甘肃巡抚许铭，与总兵官李隆不睦，隆唆部兵殴杀许铭，居然作乱。世宗起用陈九畴为佥都御史，巡抚甘肃，按验铭事，诛隆及叛党数人，才得平靖。河南、山东的乱事，系由青州矿盗王堂等，流劫东昌、兖州、济南，杀指挥杨浩。有旨限山东将吏，即日荡平，将吏等恐遭严谴，分道逐贼，贼不便屯聚，流入河南。嗣经提督军务右都御史俞谏，调集两畿、山东、河南各军，悉力围剿，方把流贼一律扫除。录此两事，以昭事实，否则嘉靖初年，岂竟除议礼外，无他事耶？

　　嘉靖二年夏季，西北大旱，秋季南畿大水，世宗未免忧惧。太监崔文奏称修醮可以禳祸，乃召见方士邵元节等，在宫中设立醮坛，日夕不绝。香花灯烛，时时降召真仙，锣钹幢幡，处处宣扬法号。又拣年轻内监二十人，改服道装，学诵经忏等事，所有乾清宫、坤宁宫、西天厂、西番厂、汉经厂、五花宫、西暖阁、东次阁等，次第建醮，几将九天阊阖，变作修真道院。大学士杨廷和代表阁臣，吏部尚书乔宇代表部臣，俱请斥远僧道，停罢斋醮。给事中刘最，又劾崔文引进左道、虚糜国帑诸罪状，乞置重典。世宗非但不从，且谪最为广德州判官，作为惩一儆百的令典。杨廷和、乔宇等只好睁着双眼，由他醮祀。最被谪出京，崔文犹憾最不已，嗾使私人芮景贤，诬奏一本，内称刘最在途，仍用给事中旧衔，擅乘巨舫，苛待夫役。顿时激动帝怒，立将最逮还京师，拘系狱中，已而革职充戍。世宗之刚愎自用，于此益见。给事中郑一鹏，目击时弊，心存救国，因抗疏力谏道：

> 臣巡光禄，见正德十六年以来，宫中自常膳外，鲜有所取。迩者祷祀繁兴，制用渐广，乾清、坤宁诸宫，各建斋醮，西天、西番、汉经诸厂，至于五花宫、西暖阁、东次阁，亦各有之。或日夜不绝，或间日一举，或一日再举，经筵俱虚设而无所用矣。伤太平之业，失天下之望，莫此为甚。臣谓挟此术者，必皆魏彬、张锐之余党，曩以欺先帝，使生民涂炭，海内虚耗，先帝已误，陛下岂容再误？陛下急诛之远之可也。伏愿改西天厂为宝训厂，以贮祖宗御制诸书，西番厂为古训厂，以贮五经子史诸书，汉经厂为听纳厂，以贮诸臣奏疏，选内臣谨畏者，司其笥钥。陛下经筵之暇，游息其中，则寿何至不若尧舜？治何至不若唐虞乎？臣虽愚钝，千虑不无一得，敢乞陛下立停斋祀，放归方士，如有灾祸，由臣身当之。谨此具奏！

世宗览奏，方批答道："天时饥馑，斋祀暂且停止。"未
几又颁内旨，令中官提督苏杭织造。杨廷和以监织已罢，仍命
举行，实为弊政，当即封还敕旨，直言谏阻，世宗大为不悦。
自世宗入都即位，廷和以世宗英敏，虽值冲年，颇足有为，自
信可辅导太平，所以军国重事，不惮谏诤。及大礼议起，先后
封还御批凡四次，执奏几三十疏，世宗虽示优容，意中已是衔
恨；内侍遂从中挑衅，只说他跋扈专恣，无人臣礼，孟贼未除，
终为国害。说得世宗不能不信。至谏阻织造一事，大忤上意。
廷和乃累疏乞休，正在君臣相持的时候，那南京刑部主事桂
萼，忽遥上封章，请改称孝宗为皇伯考，兴献帝为皇考，兴国
太后为圣母，并录侍郎席书，员外郎方献夫二疏以闻。为此一
奏，复惹起一番争执，几乎兴起大狱来了。小子有诗咏道：

> 甘将唇舌作干戈，可奈无关社稷何。
> 一字争持成互斗，谁知元气已销磨？

毕竟桂萼所奏，有何理由，且看下回详叙。

　　明自太祖得国，至于武宗，盖已更十主矣。除景
帝祁钰，因变即位外，皆属父子相传，无兄终弟及
者。惟武宗崩后，独无子嗣，当时岂无武宗犹子，足
承统绪，而必迎立世宗，惹起大礼之议，此实杨廷和
等之第一误事也。世宗既已入嗣，于孝宗固有为后之
义，然以毛里至亲，改称叔父叔母，于情亦有未安。
诚使集议之初，即早定本生名号，加以徽称，使世宗
得少申敬礼，则张璁等亦无由乘间进言；乃必强词争
执，激成反对，此尤杨廷和等之第二误事也。不宁惟
是，廷和等身为大臣，既因议礼龃龉，隐忤帝意，则

此后宵小进谗，政令未合，亦无自绳愆纠谬，格正君心。盖君臣之际，已启嫌疑，虽有正论，亦难邀信。如斋醮一事，明为无益有损之举，而世宗惑于近言，以致遂非拒谏，其情弊已可见矣。故世宗之刚愎自用，不无可议，而吾谓激成世宗之刚愎者，杨廷和等实主之焉。

第五十七回

伏朝门触怒世宗　讨田州诱诛岑猛

却说南京主事桂萼，与张璁同官，璁至南京，与萼相见，谈及礼议，很是不平。萼极力赞成璁说，且主张申奏。适闻侍郎席书，及员外郎方献夫，奏称以孝宗为皇伯，兴献帝为皇考，俱由阁臣中沮，不得上达。萼乃代录两疏，并申明己意，运动京官，代为呈入。当由世宗亲阅，其词云：

臣闻古者帝王事父孝故事天明，事母孝故事地察，未闻废父子之伦，而能事天地主百神者也。今礼官以皇上与为人后，而强附末世故事，灭武宗之统，夺兴献之宗，夫孝宗有武宗为子矣，可复为立后乎？武宗以神器授皇上矣，可不继其统乎？今举朝之臣，未闻有所规纳者何也？盖自张璁建议，论者指为干进，故达礼之士，不敢遽言其非。窃念皇上在兴国太后之侧，慨兴献帝弗祀三年矣，而臣子乃肆然自以为是，可乎？臣愿皇上速发明诏，循名考实，称孝宗曰皇伯考，兴献帝曰皇考，而别立庙于大内，兴国太后曰圣母，武宗曰皇兄，则天下之为父子君臣者定。至于朝议之谬，有不足辩者，彼所执不过宋濮王议耳。臣按宋臣范纯仁告英宗曰："陛下昨受仁宗诏，亲许为仁宗子，至于封爵，悉用皇子故事，与入继之主不同。"则宋臣之论，亦自有别。今皇上奉祖训，入继大统，果曾亲承孝宗诏而为之乎？则皇上非为人后，而为入继之主明矣。然则考兴献帝，母兴国太后，可以质鬼神俟百世者也。臣久欲上请，乃者复得见席书、方献夫二臣之疏，以为皇上必为之惕然更改，有无待于臣之言者。乃至今未奉宸断，岂皇上偶未详览耶？抑二臣将上而中止耶？臣故不敢爱死，再申其说，并录二臣原疏以闻。

世宗读一句，点一回首，读数句，把首连点数次，直至读毕，方叹赏道："此疏关系甚大，天理纲常，要仗他维持了。"遂下廷臣集议。尚书汪俊正承乏礼部，会集文武众臣二百余人，并排聚议，世宗不听。给事中张翀等三十二人，御史郑本公等三十一人，又复抗章力论，以为当从众议。世宗斥他朋言乱政，诏令夺俸。修撰唐皋，上言宜考所后以别正统，隆所生以备尊称。后经内旨批驳，说他模棱两可，亦夺俸半年。汪俊等见帝意难回，乃请于兴献帝后，各加"皇"字，以全徽称。世宗尚未惬意，召桂萼、张璁还京与议，并因席书督赈江淮，亦并召还。杨廷和见朝政日非，决意求去，世宗竟准他归休。言官交章请留，俱不见答。嗣遇兴国太后诞辰，敕命归朝贺，宴赏有加。至慈寿太后千秋节，独先期饬令免贺，修撰舒芬，疏谏夺俸，御史朱浙、马明衡、陈逅、季本，员外郎林惟聪等，先后奏请，皆遭谴责。原来兴国太后入京时，慈寿太后，犹以藩妃礼相待，兴国太后甚为失望。及世宗朝见，太后情亦冷淡，因此世宗母子，力遏众议，必欲推重本生，把兴献帝后的尊称，驾出孝宗帝后的上面，才出胸中宿忿。补叙此段，可见世宗母子，全出私情。

都御史吴廷举，恐璁等入都，仍执前说，乃请饬诸生及耆德大臣并南京大臣，各陈所见，以备采择。璁、萼复依次上疏，申明统嗣不同的理由。璁且谓今议加称，不在皇与不皇，

实在考与不考，世宗很是嘉纳。即召大学士蒋冕、毛纪、费宏
等，谕加尊号，并议建室奉先殿侧，祀兴献帝神主。冕启奏
道："臣愿陛下为尧舜，不愿陛下为汉哀。"又是隔靴搔痒之谈。
世宗变色道："尧舜之道，孝悌而已，这两语非先贤所常称
么？"冕等无词可答，只好唯唯而退。世宗遂敕谕礼部，追尊
兴献帝为本生皇考恭穆献皇帝，上兴国太后尊号为本生圣母章
圣皇太后。又谓"朕本生父母，已有尊称，当就奉先殿侧，别
立一室，奉安皇考神主，聊尽孝思"云云。礼部尚书汪俊又
上议道：

> 皇上入奉大宗，不得祭小宗。为本生父立庙大内，从
> 古所无。惟汉哀帝尝为共王立庙京师，师丹以为不可。臣
> 意请于安陆庙增饰，为献皇帝百世不迁之庙，俟后袭封兴
> 王子孙，世世奉享。陛下岁时遣官祭祀，亦足以伸至情
> 矣。宁必建室为乎？乞即收回成命，勿越礼训！

世宗一概不纳，只促令鸠工建室，限日告成，俊遂乞休，
奉旨切责，准令免官，遗缺命席书继任。书未到京，由侍郎吴
一鹏权署部事。既而一鹏受命，与中官赖义等，迎主安陆。一
鹏上疏奏阻，并不见纳，只好束装就道，迎主入京。时已建室
工竣，即就室安主，名为观德殿。大学士蒋冕，以追尊建室，
俱由世宗亲自裁决，未经内阁审定，不由的愤愤道："古人谓
有官守，有言责，不得其职，便可去位？我备员内阁，不能匡
救国事，溺职已甚，还要在此何用？"因连疏求罢。世宗以詹
事石珤，素与廷和未协，拟引他入阁，赞成大礼，乃听冕致
仕，即命珤为吏部尚书，兼文渊阁大学士，入预机务。珤入阁
后，偏不肯专意阿容，一切政论，多从大体。适户部侍郎胡
瓒，上言大礼已定，席书督赈江淮，实关民命，不必征取来

京。瑢亦以为言，并请停召璁、萼二人。世宗不得已准奏，饬璁、萼仍回原任。时璁、萼已奉召启程，途中闻回任消息，意大沮丧，乃复合疏上呈，极论两考为非是。且云"本生二字，对所后而言，若非将二字除去，则虽称皇考，仍与皇叔无异。礼官有意欺君，臣等愿来京面质"等语。世宗得疏后，心又感动，复令二人入都。

璁、萼遂兼程至京，既入都门，闻京官与他反对，势甚汹汹，欲仿先朝马顺故事，激烈对待。马顺事见三十五回。萼惧不敢出，璁避居数日，方才入朝。退朝后恐仇人狙击，不敢走回原路，悄地里溜出东华门，避入武定侯郭勋家。勋为郭英五世孙。勋与璁晤谈，意见颇合，允为内助。偏偏给事中张㴐等，连章劾璁、萼及席书、方献夫等，乞即正罪。有旨报闻。㴐取群臣弹章，汇送刑部，令预拟璁等罪名。尚书赵鉴私语㴐道："若得谕旨，便当扑杀若辈。"㴐大喜而退，免不得与同僚谈及。那知一传十，十传百，竟被深宫闻悉，切责㴐、鉴，并擢璁、萼为翰林学士，方献夫为侍讲学士。璁、萼与献夫，恐众怒难犯，奏请辞职，世宗不许。学士丰熙，修撰舒芬、杨慎、廷和子。张衍庆，编修王思等，均不愿与璁、萼同列，各乞罢归，有诏夺俸。给事中李学曾等，御史吉棠等，上疏申救，俱遭谴谪，甚至下狱。还有南京尚书杨旦、颜颐寿、沈冬魁、李克嗣、崔文奎，及侍郎陈凤梧，都御史邹文盛、伍文盛等，复以为言，又被内旨斥责。员外薛惠，著《为人后解》，力驳璁、萼奏议，也被世宗察知，逮系狱中。当下恼动了尚书乔宇，竟抗疏乞休，略言"内降恩泽，先朝辄施诸佞倖小人，士大夫一经参预，即为清议所不容。况且翰苑清华，学士名贵，乃令萼、璁等居此，小人道长，君子道消，何人愿与同列？臣已老朽，自愧无能，愿赐罢黜，得全骸骨"云云。世宗责他老悖，听他归田。于是萼、璁两人，以臆说得售，益发兴高采

烈，条陈十三事，差不多有数千言。小子述不胜述，但将十三
条的大纲，列表如下：

　　（一）三代以前，无立后礼。（二）祖训亦无立后明
文。（三）孔子射于矍圃，斥为人后者。（四）武宗遗诏，
不言继嗣。（五）礼无本生父母名称。（六）祖训佺称天
子为伯叔父。（七）汉宣帝、光武，俱为其父立皇考庙。
（八）朱熹尝论定陶事为坏礼。（九）古者迁国载主。
（十）祖训皇后治内，外事无得干预。（十一）皇上失行
寿安皇太后三年丧。（十二）新颁诏令，决宜重改。（十
三）台官连名上疏，势有所迫，非出本心。

　　这十三条纲目，奏将上去，世宗非常称赏，立遣司礼监传
谕内阁，除去册文中"本生"字样。大学士毛纪力持不可。
世宗御平台，召毛纪等面责道："此礼决当速改，尔辈无君，
欲使朕亦无父么？"毛纪等免冠趋退。世宗遂召百官至左顺
门，颁示手敕，更定章圣皇太后尊号，除去"本生"字样，
正名圣母，限四日恭上册宝。
　　百官不服，会同九卿詹事翰林给事六部大理行人诸司，上
章力争。疏凡十三上，俱留中不报。尚书金献民、少卿徐文华
倡言道："诸疏留中，必改称孝宗为皇伯考了，此事不可不
争。"吏部右侍郎何孟春道："宪宗朝，议慈懿太后徽号，及
合葬典礼，亏得先臣伏阙力争，才得邀准，今日又遇此举
了。"回应三十九回。杨慎道："国家养士百余年，仗节死义，
正在今日。"言之太过。编修王元正，给事中张𣸣亦齐声道：
"万世瞻仰，在此一举，今日如不愿力争，应共击勿贷。"当
下大集群僚，共得九卿二十三人，翰林二十二人，给事二十
人，御史三十人，诸司郎官及吏部十二人，户部三十六人，礼

部十二人，兵部二十人，刑部二十七人，工部十五人，大理寺属十二人，都跪伏左顺门，大呼高皇帝孝宗皇帝不置。世宗居文华殿，闻声才悉，即遣司礼监谕令退去，群臣跪伏如故。尚书金献民道："宰辅尤宜力争，如何不至？"即遣礼部侍郎朱希周，传报内阁。大学士毛纪、石珤亦赴左顺门跪伏。自辰至午，屡由中官谕退，终不肯去。世宗大怒，命锦衣卫收系首事，得丰熙、张翀、余翱、余宽、黄待显、陶滋、相世芳、毋德纯八人，一律下狱。杨慎、王元正乃撼门大哭，一时群臣齐号，声震阙廷。几同病狂。世宗愈怒，索性一不做，二不休，命尽录诸臣姓名，拘住马理等一百三十四人。惟大学士毛纪、石珤，尚书金献民，侍郎何孟春等，勒令退归待罪。越数日，谪戍首事八人，四品以上夺俸，五品以下予杖，编修王相等十六人，因杖受伤，先后毕命。死得不值。大学士毛纪，请宥伏阙诸臣罪，被世宗痛责一番，说他要结朋奸，背君报私，纪遂致仕而去。世宗遂更定大礼，称孝宗为皇伯考，昭圣皇太后为皇伯母，献皇帝为皇考，章圣皇太后为圣母。嗣是修献皇帝实录，立献皇帝庙于京师，号为世庙，并命席书至京，编成《大礼集议》，颁示中外。到了嘉靖五年，章圣皇太后谒见太庙及世庙，大学士费宏、石珤力谏不从，费宏入阁后，未尝出言规谏。至是才闻力谏，想是饭盆已满了。反被璁、萼等暗中进谗，害得他不能不去。自是辅臣丧气，引为大戒，终世宗朝，内阁大臣，大半委蛇朝右，无复强谏了。明朝气运，亦将衰亡了。再越二年，即嘉靖七年。《大礼集议》成，由世宗亲制序文，改名为《明伦大典》，刊布天下，且追论前议礼诸臣罪状，明降敕文道：

　　大学士杨廷和，谬主濮议，尚书毛澄，不能执经据礼，蒋冕、毛纪，转相附和，乔宇为六卿之首，乃与九卿等官，交章妄执，汪俊继为礼部，仍从邪议，吏部郎中夏良胜，胁持庶官，何孟春以侍郎掌吏部，煽惑朝臣，伏阙喧呼，朕不为已甚，姑从轻处。杨廷和为罪之魁，以定策国老自居，门生天子视朕，法当戮市，特宽宥削籍为民。毛澄病故，追夺前官。蒋冕、毛纪、乔宇、汪俊，俱已致仕，各夺职闲住。何孟春情犯特重，夏良胜酿祸独深，俱发原籍为民。其余南京翰林科道部属大小臣衙门各官，附名入奏，或被人代署，而己不与闻者，俱从宽不究。其先已正法典，或编成为民者不问。尔礼部揭示承天门下，俾在外者咸自警省。

议罪以后，应即议功。以张璁为吏部尚书，兼文渊阁大学士。桂萼为礼部尚书，兼武英殿大学士。两人私自称庆，喜出望外，且不必说。

惟当变礼筑庙的时候，田州指挥岑猛作乱，免不得劳动王师，出定乱事。田州为广西土司，诸族聚处，岑氏最大，自称为汉岑彭后裔。明初，元安抚总管岑伯颜以田州归附，太祖嘉他效顺，特设田州府，令伯颜知府事。四传至猛，与思恩知府岑濬构衅。濬亦猛族，互争雄长。濬攻陷田州，猛遁走得免。都御史总督广西军务潘蕃，发兵诛濬，把思恩、田州两府，统改设流官，降猛千户，东徙福建。正德初年，猛赂刘瑾，得复为田州府同知，兼领府事，招抚遗众，觊复祖职。嗣从征江西流贼，所至侵掠，惟以流贼得平，叙功行赏，进授指挥同知。猛尚未满意，遂怀怨望。先是猛尝纳贿有司，自督府以下，俱为延誉。至受职指挥，未得复还原官，他想从前贿赂，多系虚掷，不如仗着兵力，独霸一方，免得趋奉官府，耗费金银。自是督府使至，骄倨相待，使人索贿，分毫不与，甚且侵夺邻境，屡为边患。巡抚都御史盛应期，奏猛逆状。请兵讨猛，尚未得报。应期以他事去官，都御史姚镆继任，甫至广西，即再疏请剿。得旨允准，乃檄都指挥沈希仪、张经、李璋、张佑、程鉴等，率兵八万，分五道进兵。别令参议胡尧元为监军，总督军务。

猛闻大军入境，情殊惶急，不敢交战，竟出奔归顺州。归顺州知州岑璋，系猛妇翁，猛不喜璋女，与璋有嫌，想是同姓为婚之故。至此急不暇择，乃率众往投。姚镆闻猛奔归顺，悬赏通缉，又恐璋为猛妇翁，不免助猛，因召沈希仪问计。希仪道："猛与璋虽系翁婿，情不相洽，末将自有计除猛，约过数旬，必可报命。"胸有成竹，不待多言。姚镆甚喜，即令他自去妥办。希仪至营，与千户赵臣商议。臣与璋本来熟识，闻希仪言，愿往说璋，令诱猛自效。希仪即遣赴归顺，两下相见，寒暄甫毕，璋即设宴款臣，臣佯为不悦。璋再三诘问，臣终不言。璋心益疑，挽臣入内，长跪问故。臣潜然泣下，这副急泪，从何处得来？璋亦流泪道："要死就死，何妨实告。"中计了。臣又嗫嚅道："我为故人情谊，所以迂道至此，但今日若实告足下，足下得生，我反死了。"璋大惊道："君果救我，我决不令君独死。"言毕，指天为誓。臣乃语璋道："邻境镇安，非与君为世仇么？今督府悬赏缉猛，闻猛匿君处，特令我往檄镇安，出兵袭君。我不言，君死；我一出口，君必为自免计，我死。奈何奈何？"璋顿首谢道："请君放心。猛娶吾女，视同仇雠，我正欲杀他，恐他兵众，所以迟迟。若得天兵相助，即日可诛猛了。猛子邦彦，现守隘口，我先遣千人为内应，君可驰报大营，发兵往攻，内外夹击，邦彦授首，杀猛自容易呢。"臣大喜而返，报知希仪，即夕往攻邦彦。果然内应外合，把邦彦的头颅，唾手取来。猛闻邦彦被杀，惊惶的了不得。璋反好言劝慰，处猛别馆，日没供张，环侍美女，令他解闷图欢。猛忧喜交集，日与美女为乐，比故妇何如？问及大兵，诡称已退。至胡尧元等到了归顺，檄索猛首，樟乃持檄示猛道："天兵已到，我不能庇护，请自为计。"一面递与鸩酒，猛接酒大骂道："堕你狡计，还有何说？"遂将鸩酒一口饮下，霎时毒发，七窍流血而死。璋斩下猛首，并解猛佩印，遣使驰报军前，诸将乃奏凯班师。猛有三子，邦彦败死，邦佐、邦相出亡，所有猛党陆绥、冯爵等俱被擒，惟卢苏、王受遁去。隔了一年，卢苏、王受又纠众为乱，陷入田州城，正是：

芟夷未尽枝犹在，烽燧才消乱又生。

毕竟乱事能否再平，且至下回续表。

大礼议起，诸臣意气用事，以致世宗忿激，称宗筑庙，世宗固不为无失，而群臣跪伏喧呼，撼门恸哭，亦非善谏之道。事君数，斯辱矣，岂学古入官之士，尚未闻圣训耶？杨慎谓仗节死义，张翀谓万世瞻仰，几若兴邦定国，全赖此谏，试问于伏阙纷争之后，有何裨益？即令世宗果听其言，亦未必果能兴邦、果能定国也。明代士大夫，积习相沿，几成锢疾，卒之廷议愈滋，君心愈愎，有相与沦胥而已。田州一役，小丑跳梁，剿平固易。惟岑猛之被赚于妇翁，与世宗之被惑于本生父母，两两相对，适成巧偶，是亦文中之映合成趣者也。故善属文者，无兴味索然之笔。

第五十八回

胡世宁创议弃边陲　邵元节祈嗣邀殊宠

却说卢苏、王受系岑猛余党，既陷田州，并寇思恩。右江一带，人情汹汹，或说岑猛未死，或说猛党勾结安南，已陷思恩州，正是市中有虎，杯影成蛇。姚镆力不能制。飞檄调兵，藩臬诸司，与镆有隙，又倡言"猛实未诛，镆为所绐"等语。御史石金闻悉，遂劾镆攘剿无策，轻信罔上，惹得世宗动怒，饬革镆职，授王守仁为兵部尚书，总督两广军务，往讨田州，一面即用御史石金为巡按，同赴广西。守仁到任，闻苏、受二寇，势焰颇盛，遂与石金商议，改剿为抚。乃使人招谕田州，令来谢罪。苏、受疑惧，不敢径至。守仁复遣使与誓，决不相欺。苏、受乃盛兵自卫，来辕赴约。经守仁开诚告诫，二人踊跃罗拜，自缚待罪。守仁数责罪状，各杖数十，才谕归俟命。已而驰入苏、受营中，抚定叛众，乃缮疏遥陈，略言"田州外捍交趾，纵使得克，别置流官，亦恐兵弱财匮，易生他变，且岑氏世效边功，欲治田州，仍非岑氏子孙不可。现请降府为州，以猛子邦相为吏目，署行州事，设巡检司十九处，令苏、受等为巡检。惟思恩府未曾被陷，仍设流官，命他统辖田州。邦相以下，悉遵约束"云云。朝旨报可。守仁遂依疏处置，田州以安。

嗣守仁自田州还省，父老遮道攀辕，禀称断藤峡猺，又复猖獗，盘踞三百余里，大为民害。守仁乃留住南宁，佯为罢遣诸军，示不再用，暗中却檄令卢苏、王受，嘱他攻断藤峡，立功自赎。苏、受奉守仁令，潜军突出，连破断藤峡诸寨，诛匪首散胁从，藤峡复宁。守仁上苏、受功，赏赉有加。惟尚书桂萼，令乘机取交趾，守仁不应，桂萼遂劾守仁征抚交失，停止奖谕。未几守仁得疾，表乞骸骨，且举郧阳巡抚林富自代，朝命尚未复颁，守仁因病日加重，不及待命，离任竟归，行至南安，一瞑长逝。桂萼复说他擅离职守，请世宗毋予恤典，且停世袭。失志则夤缘当道，得志则媢嫉同僚，这是小人通病。独江西军民，素怀守仁德惠，灵輀所经，无不缟素哭临，香花载道，哀奠盈郊。直道尚在人心，忠魂亦堪自慰。至穆宗隆庆初年，始追谥文成。守仁系浙江余姚人，曾读书阳明洞中，当时号为阳明先生。平生学问，出入道佛，总旨以儒教为归。尝谓知是行的主要，行是知的工夫，知是行始，行是知终，人须知行合一，方为真道学。这数语，是阳明先生的学说，门徒多遵守不衰。就是海外日本国，也靠着阳明遗绪，实力奉行，才有今日。极力赞扬，不没大儒。这且不暇细表。

　　且说世宗践阼，曾逮兵部尚书王琼下狱，谪戍榆林，复起彭泽为兵部尚书，陈九畴为佥都御史，巡抚甘肃，这次黜陟，实因西番一役，王琼陷害彭、陈，经给事中张九叙追劾琼罪，才有此番变换。应四十八回。九畴到了甘州，适值土鲁番酋纠众入寇，由九畴督兵力御，战败满速儿，追至肃州，又与肃州总兵官姜盎，夹击一阵，杀死敌将火者他只丁，寇众仓皇遁去。边民哗传满速儿已死，九畴亦依据谣传，拜表奏捷。未免卤莽。明廷正遣尚书金献民，都督杭雄，统兵西讨，闻九畴得胜，寇已败退，乃自兰州折还。谁知满速儿依然无恙，西归后，休养了两三年，又遣部将牙木兰，出据哈密，并侵及沙州、肃州。世宗闻警，又起用前都御史杨一清，总制三边。一清至是三为总制，温诏褒美，比他为郭子仪。土鲁番闻一清威名，颇也知惧，稍稍敛迹。一清请权事招抚，先令他缴还哈密城印。既而一清奉召入阁，以尚书王宪代任，宪仍用一清计，遣使往谕土鲁番，命悔过伏罪，归还哈密。满速儿置诸不理。

会大礼议起，大学士杨廷和去位，廷和与彭泽、陈九畴等，本来莫逆，就是大礼申议，泽亦附同廷和，联名抗奏。廷和既去，泽亦乞休。张璁、桂萼方仇廷和，恨不得将廷和党与一网打尽，至土鲁番再据哈密，遂上书论西番事，谓："哈密不靖，自彭泽赂番求和始。彭泽复用，自杨廷和引党集权始。今日人才，实惟王琼可用。除王琼外，无人可安西鄙了。"世宗正信任璁、萼，惟言是从，遂复召王琼为兵部尚书，代王宪总制三边。琼既被召，即奏言满速儿未尝战死，陈九畴诳报朦君，金献民党同欺上，俱应复按问罪。还有百户王邦奇，亦上疏弹劾陈九畴、金献民以及杨廷和、彭泽等，说得痛激异常。再经张璁、桂萼两人，火上添油，自然激动世宗，立降手诏数百言，遣官逮九畴、献民下狱。璁、萼拟九畴坐斩，献民夺籍，杨廷和、彭泽俱应加罪。谳案将成，独刑部尚书胡世宁，不肯照署，上言"九畴误信谣传，妄报贼死，罪固难免，但常奋身破贼，保全甘、肃二州，功足抵罪，应从轻议"云云。世宗乃命将九畴减死，谪戍极边，削夺献民、彭泽原官。只廷和未曾提及，总算涵容过去。所谓不为已甚，想即在此。

先是九畴在甘肃，力言土鲁番不可抚，宜闭关绝贡，专固边防。世宗尝以为然，因令将贡使拘系，先后凡数十人。及九畴得罪，琼督三边，竟遣还旧俘，且许通贡。满速儿气焰愈骄，遣部将牙木兰入据沙州，并限令转拔肃州。牙木兰转战愆期，致遭满速儿严责，并欲定罪加刑。牙木兰大惧，率厮帐兵二千，老稚万人，奔至肃州，叩关乞降。满速儿以讨牙木兰为辞，纠合瓦剌部众，入犯肃州。副使赵载，游击彭濬，发兵截击，复得牙木兰为助，审知敌人虚实，一场鏖斗，杀得他旗靡辙乱，马仰人翻。满速儿知机先走，还幸保存性命，越年复遣使贡狮，且赍呈译书，愿以哈密城易牙木兰。琼据实奏报，并欲从他所请。世宗饬群臣会议，或言哈密难守，不必索还，或言哈密既还，理宜设守。詹事霍韬主张保守哈密，尚书胡世宁主张弃置哈密，两人所议，各有理由，小子依次录述。霍韬议案有云：

　　置哈密者，离西北之郊以屏藩内郡，或难其守，遂欲弃之，将甘肃难守，亦弃不守乎？太宗之立哈密，因元遗孽，力能自立，借虚名以享实利，今嗣王绝矣，天之所废，谁能兴之？惟于诸戎中求雄力能守城印，戢部落者，因而立之，毋规规忠顺后可也。议变有见。

胡世宁的议案，独云：

　　先朝不惜弃大宁交趾，何有于哈密？哈密非大宁交趾比也。忠顺后裔，自罕顺以来，狎比土鲁番，且要索我矣。国初封元孽和宁、顺宁、安定俱为王，安定又在哈密之内，近我甘肃，今存亡不可知，一切不问，而议者独言哈密，何也？臣愚谓宜专守河西，谢哈密，无烦中国使，则兵可省而饷不虚靡矣。牙木兰本一番将，非我叛臣，业已归正，不当遣还，唐悉怛谋之事可鉴也。牙木兰固不应遣还，哈密亦岂可遽弃？

世宗瞧着两议，却以世宁所说，较为得当，一面命王琼熟计详审，再行复奏。琼再疏仍申前议，又经张璁等议定，留牙木兰不遣，移置诸戎于肃州境内。自是哈密城印，及哈密主拜牙郎，悉置不问，哈密遂长沦异域，旋为失拜烟答子米儿马黑木所据，并服属土鲁番，惟按年入贡明廷。土鲁番失一牙木兰，遂乏健将，满速儿虽然桀骜，却也不能大举，有时或通贡使，有时贡使不至，明廷也无暇理睬，但教河西无事，便已庆幸得很了。舌战甚勇，兵战甚弱，历朝衰季，统蹈此弊。

　　且说张璁、桂萼用事后，原有阁臣，先后致仕。御史吉棠，请征还三边总制杨一清，藉消朋党。世宗乃召一清入阁，张璁亦欲引用老臣，以杜众口，遂力举故大学士谢迁。迁不肯就征，经世宗遣官至家，持敕令起，抚按又敦促上道，不得已入京拜命。迁年已七十有九，居位数月，即欲乞归。世宗加礼相待，每遇天寒，饬免朝参。除夕赐诗褒美，勉勉强强的过了一年，再三告病，方准归休。归后三年乃殁，予谥文正。惟一清在阁稍久，即与璁、萼有隙，给事中孙应奎，疏论一清及璁、萼优劣，乞鉴三臣贤否，核定去留。王准、陆粲与应奎同官，独劾奏璁、萼引用私人，日图报复，威权既盛，党羽复多，若非亟行摈斥，恐将来为患社稷，贻误不浅了。世宗乃免璁、萼官。詹事霍韬尝与璁、萼约同议礼，及见两人去职，攘臂说道："张、桂既行，势且及我，我难道坐视不言么？"遂为璁、萼讼冤，且痛诋一清，说他嗾使王准、陆粲，诬劾璁、萼。并云："臣与璁、萼，俱因议礼见用，璁、萼已去，臣不能独留。"为这一疏，世宗又念及张璁前功，立命召还，贬王准为典史，陆粲为驿丞。说起议礼两字，世宗便不能不袒护，可知霍韬之言，无非要挟，居心实不可问矣。韬再劾一清，世宗令法司会集廷臣，核议一清功罪，张璁却佯乞宽假。看官！你想此时的杨一清，还有甚么颜面？一疏乞休，再疏待罪。世宗准予致仕，一清即日出都。可巧故太监张永病死，永弟容代为介绍，求一清作墓志铭。一清与永为旧交，情不能却，至撰成后，免不得受些馈礼。偏被张璁闻知，暗嘱言官劾奏，竟坐一清受赃夺职。

一清还家，得知此信，不禁忿恨道："我已衰年，乃为孺子所卖，真正令人气死。"果然不到数月，背上生一大疽，流血而亡。又阅数年，始复故官，寻又追谥文襄，但身已早殁，何从再知，也不过留一话儿罢了。一清也自取其咎。

瑰既复用，萼亦召还，两人仍然入阁，参预机务。适世宗有意变法，拟分祭天地日月，建立四郊，商诸张瑰，瑰不敢决。给事中夏言援引周礼，奏请分祭，大合世宗意旨，瑰亦顺水推舟，力赞言议。有几个主张合祭的，尽被驳斥。霍韬反抗最烈，竟致逮系。韬本与瑰、萼毗连，此时何不党附？遂命建圜丘方丘于南北郊，以二至日分祭，建朝日夕月坛于东西郊，以春分秋分日分祭。郊祀已定，复更定孔庙祀典，定孔子谥号为"至圣先师"，不复称王，祀宇称庙不称殿，用木主不用塑像。以叔梁纥为孔子父，颜路、曾晳、孔鲤，为颜、曾、子思父，别就大成殿后，增筑一堂，祀叔梁纥，配以颜路、曾晳、孔鲤。是从献皇帝庙附会出来。所有祀仪，比郊天减轻一级，以汉后苍、隋王通、宋欧阳修、胡瑗、蔡元定从祀。御制正孔子祀典说，宣付史馆，又行禘祭，定配享，作九庙，改太宗庙号为成祖，尊献皇帝庙号为睿宗，升安陆州为承天府，种种制度，无非粉饰铺张，与国家治乱，毫无干涉呢。

桂萼再入阁后，在位年余，没甚议论，嗣因病乞归，未几即死。惟张瑰规定各制，极蒙宠眷。瑰因犯帝嫌名，奏请改易，世宗手书"孚敬"二字，作为瑰名。世宗名厚熜，与张瑰之瑰，偏旁不同，瑰乃自请改名，无非贡谀而已。廷臣因他得宠，相率附和，不敢生异。只夏言方结主知，与孚敬分张一帜，一切制作，多由夏言解决，世宗很是信从，孚敬反为减色，因此屡欲倾言，暗加谮间。谁料世宗反祖护夏言，斥责孚敬，孚敬无法，致仕而去。世宗命侍郎翟銮、尚书李时先后入阁，升任夏言为礼部尚书。翟、李两人遇着大政，必与言商。言虽未预闻阁务，权力且出阁臣上，李时、翟銮不过备位充数罢了。

世宗因在位十年，尚无皇嗣，复拟设醮宫中，令夏言充醮坛监礼使，侍郎湛若水、顾鼎臣充迎嗣导引官，文武大臣，逐日排班进香。世宗亦亲诣坛前，虔诚行礼。主坛的大法师，便是前文所叙的邵元节。元节系贵溪人氏，幼得异人范文泰传授龙图龟范的真诠，自言能呼风唤雨，驱鬼通仙。世宗闻他大名，征召入京，叩问仙术，元节只答一个"静"字诀，"静"字以外，便是"无为"二字。世宗甚为称赏，敕封真人。未几命他祷雪，果然彤云密布，瑞雪纷飞。想是凑巧。看官！你想世宗到了此时，尚有不竭诚敬信么？当下加号致一真人，饬领金箓醮事，给玉金银象印各一枚，秩视二品，并封元节师元泰为真人，敕在都城建真人府，糜费巨万，两年始成，由夏言作记勒碑，赠田三十顷，供府中食用，遣缇骑四十人，充府中扫除的役使，真个是敬礼交加，尊荣备至。到了祈嗣设醮，当然由邵真人登坛，主持坛事，朝诵经，夕持咒，差不多有一两年。

偏偏后宫数十，无一宜男。监察御史喻希礼，乞敕免议礼得罪诸臣，世宗大怒道："希礼谓朕罪诸臣，致迟子嗣么？"立命将希礼谪戍。编修杨名，劾奏邵元节言近无稽，设醮内府，尤失政体，又遭世宗怒斥，下狱戍边。元节以祈嗣无效，暂乞还山。且上言皇上心诚，不出一二年，定得圣嗣。世宗大喜，使中官至贵溪山中，督造仙源宫，俾资休养。宫既成，元节入朝辞行，世宗设筵饯别，凄然问道："真人此去，何时再得相见？"元节用指轮算，欣然答道："陛下多福多寿，兼且多男，草莽下臣，来谒圣躬？当不止一二次呢。"后来看似有验，吾总谓其偶中耳。世宗道："吾年已三十，尚无子嗣，他日如邀神佑，诞育一二，便已知足，何敢多求呢？"元节道：

"陛下宽心，试看麟趾螽斯，定多毓庆，那时方知所言不谬了。"言毕，举拂即行，飘然而去。

说也奇怪，元节出京数十日，后宫的阎贵妃，居然有娠。倏忽间又是数月，世宗因贵妃得产，还需祈祷，乃遣锦衣千户孙经，赍敕往召。元节奉命登程，舟至潞河，又有中使来迎，相偕入京。世宗在便殿召见，慰劳有加，即赐彩蟒衣一袭，并阐教辅国王印。次日再命设坛，世宗格外虔诚，沐浴斋戒，才诣坛前祷祀，但见香烟凝结，佳霭氤氲，大家说是庆云环绕，非常瑞征。世宗亦信为天赐。过了三日，阎妃分娩，果得石麟，群臣排班入贺。世宗道："这都是致一真人的大功呢。"慢着。遂加授元节为礼部尚书，给一品服俸，赐白金文绮宝冠，法服貂裘，并给元节徒邵启为等禄秩有差。元节果有道术，岂肯拜受虚荣？文成五利之徒，何足道乎？大修金箓醮于立极殿，凡七日夜，作为酬神的典礼。小子有诗叹道：

> 得嗣宁从祈祷来，胡为迷信竟难回？
> 卢生以后文成继，秦汉遗闻剧可哀。

皇嗣已生，后事果属如何，且看下回申叙。

　　弃大宁，弃交趾，并弃哈密，此皆明代衰微之兆。昔也辟国百里，今也蹙国百里，可为世宗咏矣。况封疆之寇未除，中央之争已起，陈九畴有御番才，乃为张璁所倾陷，代以王琼，满速儿请以哈密易牙木兰，竟欲勉从所请，胡世宁主张不遣，是矣，然必谓哈密可弃，得毋太怯。我退一步，寇进一步，玉关以外，从此皆戎，较诸明初之威震四夷，能毋生今昔之感耶？世宗不察，反日改祀典，藻饰承平，至于设坛修醮，礼延方士，祷雪而雪果降，祈嗣而嗣又生，世宗之迷信，由是深矣，然亦安知非一时之侥幸耶？国家将亡，必有妖孽，吾谓邵元节辈，亦妖孽类也。

第五十九回

绕法坛迓来仙鹤　毁行宫力救真龙

　　却说世宗既得皇嗣，取名载基，益信方士有灵，非常宠信。自是道教盛行，佛教衰灭，菩萨低眉，不能不让太上老君，独出风头。涉笔成趣。巧值大兴隆寺被灾，御史诸演，揣摩上意，奏请顺天心，绝异端。夏言又请除禁中佛殿，原来明宫里面，有大服千善殿神佛，藏有金银佛像，及各种器具，相传系元代敕建，至明未毁。世宗得夏言奏章，即命偕武定侯郭勋，大学士李时，先去察视。言等奉命入殿，殿中所列，无非是铜铸的如来，金装的观音，以及罗汉、韦驮、弥勒佛等类，恰也习见不鲜，没甚奇异。及步入最后一殿，但见壁上的蜃灰，半成污垩，檐前的蛛网，所在纵横，殿门关得甚紧，兽环上面，衔着大锁，锁上所积尘垢，差不多有数寸厚。当问殿中住持，索取锁钥，住持谓中有怪异，不宜轻启。夏言怒叱道："我等奉旨而来，怕甚么妖怪不妖怪？"住持不得已，呈上钥匙，哪知钥已生锈，插入锁心，仍然推启不动。夏言更命侍役击断大锁，启门入内。门内黝黑深邃，差不多似酆都城，各人鱼贯进殿。凝神细瞧，并不见有丈六金身，庄严佛像，只有无数的奇形鬼怪，与那漆鬟粉脸的女像，抱腰亲吻，含笑斗眉；最看不过去的，是有数男像及数女像，统是裸着身体，赤条条一丝不挂，彼此伏着地上，作那交媾情状。秘戏图无此媟亵，欢喜禅竟尔穷形。夏言不禁愤愤道："佛门清净，乃有这等秽事么?"言毕,即与郭、李两人一并出来,入廷复旨,直陈不讳,且请把所有的异像,瘗诸中野,不得渎留。世宗道:"既有这般邪移,应一律销毁,免得愚民无知,发掘供奉。"世宗识见,颇过夏言。随即发遣工役,尽行拆毁,把各种支离偶像。一一销熔,共得一万三千余斤。还有金函玉匣,内贮佛首佛牙等,统共毁去。殿宇遗址,改筑慈庆、慈宁宫,奉两宫太后居住,这也不消细说。

惟皇子载基,才生两月,忽然间生了绝症,竟至夭逝,想是诸佛作祟。世宗不胜哀悼。幸王贵妃又复怀孕。足月临盆,生下一男,取名载壑。接连是杜康妃、卢靖妃各生一男,杜妃子名载垕,便是后来的穆宗;卢妃子名载圳,后封景王,就国安陆,继迹兴藩。世宗连得二子,方减悲怀,只把那亡儿载基,赐谥哀冲,称为哀冲太子罢了。死了一子,生了二子。毕竟祈祷有灵。后来世宗又得四子,一名载琉,一名载㙔,一名载祠,一名载㓣,俱系妃嫔所出,并皆夭亡。

看官听着世宗八子,统出妃嫔,想正宫皇后,当然是无子呢。小子查阅明史,世宗共有三后:第一后是陈氏,前文亦曾叙过,陈后性颇褊狭,一日与世宗同坐,张、方二妃进茗,世宗见二妃手似柔荑,握视不释,后投盂遽起,触怒天颜,大声呵斥。后适怀妊,坐是堕胎,惊悸成疾,一病即崩。第二后就是张妃,妃既继位中宫,从夏言议,亲蚕北郊,嗣又率六宫嫔御,听讲章圣女训,倒也有些淑德,不知何事忤了世宗,竟于嘉靖十三年废居别宫。十五年谢世,《明史》上未曾叙及被废情由,小子也不敢杜撰。第三后乃是方氏,世宗久无子嗣,用张孚敬言,广选淑女,为毓嗣计,即选方氏、郑氏、王氏、阎氏、韦氏、沈氏、卢氏、沈氏、杜氏九人,同册为九嫔。强依古礼。张后被废,方氏以九嫔首选,继立为后。旧制立后,第谒内庙,世宗独援庙见礼,率方氏谒太庙及世庙,仍本张孚敬议。颁诏天下，饬命妇入朝中宫。统计世宗册立三后，要算立方后时，礼节最繁，但玄鸟降祥，偏锡下陈，这也是命中注定，不能勉强呢。这一段叙明各后，万不能省。世宗以正宫无出，理应立长，遂于嘉靖十八年，立子载壑为太子，封载垕为裕王，载圳为景王。载壑事见后文，姑且慢表。

　　单说世宗既信任邵元节，屡命设醮，其时四方道流，趋集都下，江西龙虎山中的张天师，名叫彦頵，亦入都谒见。世宗与他谈论道法，他以"清心寡欲"四字为对，元节所对只三字，彦頵所对有四字，宗旨相去不远，应足齐名。颇合上意，遂加封为正一嗣教真人，赐金冠、玉带、蟒衣、银币，留居京邸，令与元节分坛主事。元节多一敌手。坛场铺设，尤为繁备，上下共计五层：下一层，按照五方位置，分建红黄蓝皂白五色旗；第二层，统是苍松翠柏扎就的亭台曲槛；第三层，有八十一名小太监，各穿法服，手执百脚长幡，按方排立；第四层，陈列钟鼓鼎彝等物；第五层上面，方是正坛，金童玉女，列队成行，四面环着香花，中央爇着巨烛，上供三清等像，青狮白象，跃跃欲生，香烟袅绕九霄中，清磬悠扬三界上。这位正一真人张天师彦頵，备叙名号，扬中寓抑。戴金冠，系玉带，服蟒衣，手秉象简，通诚祷告。世宗就坛行拜叩礼，只听张天师口中，念念有词，呼了几十回天尊，诵了两三次祝文，忽觉炉内香烟，冉冉上升，氤氲不散，凝成祥云；巧值红日当空，与那缥缈的云烟，映照成采，红黄蓝白，回环交结，坛下文武各官，都说是卿云纠缦，捧日光华。世宗瞧着，亦很觉奇异，正在惊喜交集的时候，又听得空中嘹亮，声婉且清，举头上眺，恰有一双白鹤，从采云深处，回翔而下，绕坛翩跹，三匝后，依旧冲天飞去。真耶幻耶。此时的世宗愈信仙人指化，望空拜谢。待至还朝，百官齐声称贺，三呼万岁。世宗益喜，赏赐张天师彦頵，金帛无算。彦頵遂请还山，世宗挽留不住，乃遣中使送归。天师归后，不意住宅被火，由中使复奏，忙发内帑万金，重与建筑。想无仙源宫，故意纵火索偿。给事中黄臣谏阻道："从前栾巴、郭宪，噀酒止火，彦頵果有道力，何致回禄临门？请陛下不必代治！"世宗不听。天师遂坐享华厦，禄养逍遥。未几天师病死，世宗命如列侯例，厚给恤典，且为之叹息数日。

已而世宗南幸承天，即安陆州。谒见显陵，即献皇帝墓。邵元节在京中，患病不从。病且死，语门徒邵启为道："我将逝世，不能再赴行在，一见皇上，但烦你转达行辕，我死后，陶典真可继我任。"言讫即逝。邵启为谨遵师命，驰讣行在，世宗方驻跸裕州，闻报大恸。哭他什么？世宗若果聪明，应知仙人也要病死，更宜破涕为笑。亲书手谕，颁发礼部，所有营葬恤典，如伯爵例，并命中官护丧归籍。一面召陶典真至行在，加给禄俸，令他扈跸南行。

典真南冈人，一名仲文，少时为黄冈县掾吏，性喜神仙方术，尝在罗田万玉山中练习符箓，颇得微验。邵元节微时，曾与往来。元节得宠，念着友谊，代为疏通，得除授辽东库大使，秩满至京，往谒元节，免不得恭维数语。元节叹道："你初次到京，哪知我的苦处？我年已老迈，精力欠佳，屡次上表乞归，偏是皇上不准，留我在京，演授法事，我实是力不能及了。神仙也怕吃力么？现在宫中兴妖作怪，惶惶的了不得，委我祷禳，我尤日夕无暇，你来此正好，替我出力，我也可以息肩了。"仲文道："果承荐举，尚有何说。"当下寄寓真人府内，由元节入宫面禀，愿荐仲文自代，世宗自然准奏。仲文仗着道法，即日至宫中驱禳，焚符讽咒，祷告了三日三夜，果然妖氛不起，怪异潜踪。究竟这宫中有妖无妖，有怪无怪，据《明宫轶闻》，谓有黑气为祟，漫如浓烟，又每夜闻木鱼声，一宫娥颇有胆力，闻声夜起，到处细听，但闻怪声出自阶下，便用小石为记，待至黎明，面奏世宗，当命人移阶掘土，挖至数尺，果有木鱼一具，质已朽腐，投诸烈火，有绿烟一缕上冲，气甚臭恶，袅袅不绝。嗣经仲文入禳，黑眚消灭，禁掖平安。世宗虽颇信重仲文，但总道是元节传授，所以有此法力，灵效非常。及元节临终，复荐仲文，当即记着前事，立命召至，令他从行。

到了卫辉，时当白昼，天日清和，春光明媚，事见嘉靖十八年二月中。世宗心舒意惬，对景流连。猛然间有一阵旋风，从西北来，吹得驾前的节旄，都在竿头盘绕，沙飞石走，马鸣声嘶，护驾的官吏，都吓得面如土色。世宗忙召见仲文，问这旋风，主何朕兆？仲文跪奏道：“臣已推算过了，今夜防有火灾。”不知从何术推测，想是俗语所谓旁门遁呢。世宗惊道：“既有火灾，应该醮禳。”仲文道：“劫数难逃，禳亦无益。况行道仓猝，一时亦不及设坛呢。”世宗道：“这却如何是好？”仲文道：“圣驾应有救星。料亦无妨。惟请陛下饬令扈从，小心保护为要。”世宗点首。是夕黄昏，便令扈从等人，熄灯早睡，又饬值夜吏役，分头巡逻，不得怠慢。戒令已毕，世宗才入御寝，亦吹熄灯烛，早早的就寝安眠。谁知睡到夜半，行宫后面，忽然火起，熊熊焰焰，顷刻烛霄，宫中扈从各人，骤遇火灾，统是仓皇失措，夺门乱窜。又奈这火从外面烧入，竟将各门挡住，仿佛是祝融、回禄代守宫门。宫内窜出各吏役，逃命要紧，管不及有火没火，统从火堆中越过，不是焦头烂额，也被燎发燃眉，有几个应罹火劫的，受着几阵浓烟，已皆晕倒，烧得乌焦巴弓。世宗本有戒心，闻外面是哗剥声，慌忙起床，启户一瞧，已是红光满目，照胆惊心，当有内监等前来扈驾簇拥而出，不防外面已成火圈，无路可走，只好重行退避。世宗因仲文言，自知无碍，便语内侍道：“休要惊慌！朕躬自有救星。”道言未绝，门外已有人抢入，不及行君臣礼，忙将世宗背在身上，从烟焰稍淡处，冲将出去，走至宫外，俱幸无伤，才将世宗息下。世宗瞧着，乃是锦衣卫指挥使陆炳。炳顿首问安，世宗亦慰谕道："非卿救朕，朕几葬身火窟了。但陶卿曾谓朕有救星，不料救星就是卿呢。"正说着，陶仲文亦踉跄奔至，须眉多被焚去。世宗与语道："卿何故也遭此灾？"仲文道："陛下命数，应罹小灾，臣适默祷，以身相代，所以把些须惊恐，移至臣身。陛下得安，臣何惜这须眉呢。"吾谁欺，欺天乎？世宗大喜。及火势已熄，回视行宫，已成焦土，检查吏役，伤亡了好几百人，世宗命循例抚恤。授仲文为神霄保国宣教高士，给予诰敕印绶，特准携带家属，随官就任。仙眷安可拆开？

及至承天，谒显陵毕，命作新宫，以章圣太后合葬。是时章圣太后已崩，世宗有意南祔，所以南巡承天，阅视幽宫。至此南祔议决，才还京师。是年九月，奉葬章圣太后于显陵。世宗又送葬南下，不消细说，惟世宗南巡时，曾命太子监国，四岁小儿，何知监国？至还都后，陶仲文又进清净养心的道诀，身为人君，一日二日万几，如何清净？世宗甚是信从。一日临朝，谕廷臣道："朕欲命太子监国一二年，俾朕在宫摄养，康强身体，再行亲政。"廷臣都错愕相顾，不知所对。太仆卿杨最，心中很是反对，因见廷臣无言，也只得暂时含忍，待退朝后，恰抗疏上奏道：

> 臣入朝时，闻圣谕由东宫监国，暂得静修，此不过信方士之言，为调摄计耳。夫尧舜性之，汤武身之，非不知修养可以成仙，以不易得也。不易得所以不学，岂尧舜之世无仙人？尧舜之智不知学哉？孔子谓老子犹龙，龙即仙也，孔子非不知老子之为仙，不可学也，不可学岂易得哉？
>
> 臣闻皇上之谕，始则惊而骇，继则感而悲，犬马之

诚，惟望陛下端拱穆清，恭默思道，不迩声色，保复元
阳，不期仙而自仙，不期寿而自寿。若夫黄白之术，金丹
之药，皆足以伤元气，不可信也，幸陛下慎之！

为这一疏，大忤帝意，竟下诏逮最下狱，饬镇抚司拷讯。
最不胜榜掠，瘐毙狱中。冤哉！枉也。随进陶仲文为忠孝秉一
真人，领道教事；寻加少保礼部尚书，晋授少傅，食一品俸。
半官半道，煞是可笑。还有方士段朝用，交结武定侯郭勋，谓能
化器物为金银，当将所化银杯，托勋进奉。世宗称为天授，立
封朝用为紫府宣忠高士，即将所献银杯，荐享太庙，加郭勋禄
米百石，嗣复加封翊国公。嗣是东宫监国，说虽不行，惟世宗
常不视朝，日事斋醮，工作烦兴。给事中顾存仁、高金、王纳
言，皆以直谏得罪。监察御史杨爵，忍耐不住，竟上疏直陈五
大弊：一由郭勋奸蠹，任用肆毒；二由工作不休，朘民膏血；
三由朝御希简，经筵旷废；四由崇信方术，滥加保傅；五由阻
抑言路，忠荩杜口。看官！你想这五大弊，都是世宗视为美
政，瞧着此奏，能不震怒异常么？当下逮狱拷掠，血肉狼藉，
死了一夜，方得苏醒。主事周天佐，御史浦铉，上疏论救。皆
下狱受刑，先后瘐死。因此群臣相戒，无敢再言。时大学士张
孚敬，屡进屡出，于嘉靖十八年卒于家，世宗尚追悼不已，赠
职太师。李时亦已病终，礼部尚书监醮使夏言，升任武英殿大
学士；导引官顾鼎臣，升任文渊阁大学士。两人最得帝宠，所
有建醮时的荐告文，尝由两人主稿，创用青藤纸书朱字，称为
"青词"。青词以外，又有歌功颂德的诗章，亦多属两人手笔。
顾鼎臣进步虚词七章，夏言进修醮诗，有"宫烛荧煌太乙坛"
等句，均为世宗所称赏。内外官吏，彼此相效，盛称祥瑞，侈
颂承平，风气一开，谀词竞进，遂引出一个大奸贼来。应首回
奸贼专权。前此如江彬诸人，未尝不奸，但未及若人耳。正是：

　　方外诸人刚获宠，朝中巨猾又专权。

欲知奸贼为谁，待下回详述情由。

　　邵元节以外，有张彦頨，张彦頨以外，又有陶仲文，何仙人之多耶？或谓卿云绕日，白鹤绕坛，史策流传，非尽虚语。至若旋风示兆，果遇火灾，陶真人独能先觉，陆指挥即是救星，就令君非世宗，亦安得不为之敬信者？不知人君抚有天下，应以福国利民为本务，国而治，不言瑞而瑞自至；民而安，不求福而福自来。否则瑞反为妖，福转伏祸，宁有济耶？况乎法坛之鹤，宁知非彦頨之预储，故示灵应；行宫之毁，安知非仲文之纵火，借践妖言。古往今来之欺世惑民者，往往如此，非必其果有异术也。本回陆续叙写凡方士之售欺，与世宗之受欺，尽在言中，明眼人自能知之，宁待明示乎？

第六十回

遘宫变妃嫔罹重辟　跪榻前父子乞私情

却说嘉靖中年，有一位大奸臣，乘时得志，盘踞要津，秉政二十余年，害得明朝元气，剥削殆尽，几乎亡国败家。这奸臣姓甚名谁，就是分宜人严嵩。大忠大奸，俱用特笔。

弘治年间，嵩举进士，有术士替他相面，说他后当大贵，但有饿纹入口，恐至枵腹亡身。嵩笑道："既云大贵，又云饿毙，显见得自相矛盾，不足深信呢。"严嵩以进士成名，独不闻周亚夫故事耶？嗣是浮沉宦乡，没甚出色。他遂变计逢迎，多方运动，竟得了尚书夏言的门路。就职南京，洊任至吏部尚书。会值夏言入阁，遂调嵩入京，就任礼部尚书，所有一切礼仪，无不仰承上旨，深合帝心。又因建坛设醮，屡现庆云，遂仗着历年学问，撰成一篇《庆云赋》，呈入御览。世宗从头至尾的阅读一遍，觉得字字典雅，语语精工，就是夏、顾两大臣的青词，亦似逊他一筹，免不得击节称赏。未几，又献《大礼告成颂》，越觉镂金琢玉，摛藻扬芬，世宗遂大加宠眷，所有青词等类，概令严嵩主笔。夏、顾二人转因此渐渐失宠。顾鼎臣不该遭祸，竟于嘉靖十九年，得病逝世，追赠太保，居然生荣死哀，完全过去。确是幸免。

惟夏言自恃勋高，瞧不起这位严尚书，且因严嵩进阶，都由自己一手提拔，所以待遇严嵩，几与门客相等。严嵩与言同乡，科第比言为早，因须仗言援引，不得不曲意迎承。谁知言竟一味骄倨，意气凌人，嵩遂暗暗怀恨，不过形式上面，尚是格外谦恭。是谓奸臣。一日，置酒邀言，赍柬相请，言竟谢绝。嵩复自至夏第，入门求见，言复不出。这般做作，无怪速死。嵩不得已长跪阶前，手展所具启帖，和声朗诵，委婉动人，言乃回嗔作喜，出来应酬，遂偕嵩赴宴，兴尽乃归。言以为嵩实谦抑，坦然不疑。俗语说得好："明枪易躲，暗箭难防。"严嵩是个阴柔险诈的人物，阴柔险诈四字，真是严嵩的评。受了这等暗气，哪有不私图报复？凑巧翊国公郭勋，与言有隙，嵩遂与勋相结，设计害言。先是言加封少师，特进光禄大夫上柱国，并蒙赐银章，镌"学博才优"四字，得密封白事。自世宗至承天谒陵，郭勋、夏言、严嵩等，俱扈驾随行，谒陵已毕，嵩请表贺，言请俟还京再议。世宗竟从嵩请，遽御龙飞殿求贺。嵩遂揣摩意旨，与郭勋暗伺言隙，一再进谗，顿时恼了世宗，责言傲慢不恭，追缴银章手敕，削夺勋阶，勒命致仕。既而怒意渐解，复止言行，把银章手敕，一并赏还。言知有人构陷，上疏谢恩，内有"一志孤立，为众所忌"二语，世宗复下诏切责。言再疏申谢，并乞归休，有旨不许。会昭圣太后病逝，世宗饬群臣酌议服制，言报疏未惬帝意，且间有讹字，复遭严旨驳斥。原来昭圣太后张氏，自世宗称为伯母后，奉待潓薄。后弟昌国公张鹤龄，及建昌侯张延龄，以僭侈逾制，为人所讦，先后下狱。张太后至席藁待罪，请免弟死，世宗不从。鹤龄瘐死狱中，延龄长系待决。张太后忿恚致疾，竟尔告终。世宗意欲减轻服制，偏夏言以礼相绳，仓猝间又缮错一二字，遂被世宗指毛索瘢，斥为不敬。言只好推称有疾，以致昏谬贻愆。世宗复勒令归田，言奉命将行，诣西苑斋宫叩辞。世宗又动了怜念，令还私第治疾，徐俟后命。夏言经此播弄，尚复恋栈，岂必除死方休耶？张太后的丧葬，草草完事，就是世宗父子，亦不过持服数日，便算了结。张延龄竟致弃市。第知尊敬父母，未及锡类之仁，安得为孝？插入张氏情事，以明世宗之负心。

时言官交劾郭勋，勋亦引疾乞假。京山侯崔元新得主眷，入直内苑，世宗与语道："郭勋、夏言皆朕股肱，为什么彼此相妒呢？"元踌躇未答。世宗又问勋有何疾？元答道："勋实无疾，但忌夏言，言若归休，勋便销假了。"世宗为之颔首。御史等闻这消息，又联名劾勋，有诏令勋自省，并将原奏发阅，勋辩语悖慢，失人臣礼。给事中高时，乃尽发勋贪纵不法十数事，遂下勋锦衣狱。勋既得罪，言复被召入直。法司审谳勋案，多由言暗中指授，狱成议斩。世宗尚有意宽贷，饬令复勘，不意复勘一次，加罪一次，复勘两次，加罪两次，一个作威作福的翊国公，不被戮死，也被搒死，盈廷称快。只严嵩失一帮手，未免心中怏怏。

明代冠制，皇帝与皇太子冠式，用乌纱折上巾，即唐朝所称的翼善冠。世宗崇尚道教，不戴翼善冠，独戴香叶冠，嗣命制沉水香冠五顶，分赐夏言、严嵩等。夏言谓非人臣法服，却还所赐。严嵩独遵旨戴着，且用轻纱笼住，借示郑重。世宗遂嫉言亲嵩，适当日食，因诏称："大臣慢君，以致天象告儆，夏言慢上无礼，着即褫职，所有武英殿大学士遗缺，令严嵩补授！"这诏颁发，嵩遂代言入阁，跃登相位。时嵩年已六十余，不异少壮，朝夕入直西苑椒房，未尝一归洗沐，世宗大悦，赐嵩银章，有"忠勤敏达"四字。寻又陆续赐匾，遍悬嵩第，内堂曰"延恩堂"，藏书楼曰"琼翰流辉"，修道阁曰"奉玄之阁"，大厅上面独擘窠大书"忠弼"二字，作为特赏。嵩遂窃弄威柄，纳贿营私。长子世蕃，得任尚宝司少卿，性尤贪黠，父子狼狈为奸，朝野侧目。世宗之所谓忠者，得毋由是。

嘉靖二十一年十月，宫中竟闯出谋逆的大变来。谋逆的罪首，乃是曹妃宫婢杨金英，一个宫婢，也入国史中，传播百世，可谓值得。原来世宗中年，因求储心切，广置妃嫔，内有曹氏，生得妍丽异常，最承宠爱，册为端妃。每遇政躬有暇，必至端妃宫内，笑狎尽欢，后宫佳丽三千人，三千宠爱在一身，差不多有这般情形。修道者固如是耶？端妃侍婢杨金英，因侍奉未周，屡触上怒，几欲将她杖死，还是端妃替她缓颊，才把性命保全，金英未知感恩，反且衔恨。可巧雷坛告成，世宗往祷雷神，还入端妃宫中，同饮数杯，酒酣欲睡，眠倒榻上，竟入黑甜。端妃替他覆衾，放下罗帏，恐怕惊动睡梦，因轻闭寝门，趋至偏厢去了。不料杨金英觑着闲隙，悄地里挨入寝门，侧耳细听，鼾声大起，她竟放着胆子，解下腰间丝带，作一套结，揭开御帐，把带结套入帝颈，正在用力牵扯，突闻门外有履舄声，不禁脚忙手乱，掷下带子，抢出门外。看官听着！这门外究系何人？原来是另一宫婢，叫作张金莲。又是一个救星。金莲正从寝门经过，偷视门隙，见金英解带作结，不知有甚么勾当，她本欲报知端妃，转思金英是端妃心腹，或由端妃遣入，亦未可知，不如速报皇后，较为妥当。主意已定，遂三脚两步的趋至正宫，禀称祸事。

方皇后闻言大惊，忙带着宫女数名，随金莲赶入西宫，也不及报知端妃，竟诣御榻前探视，揭帐一瞧，见世宗颈中，套丝带一条，惊得非同小可，忙用手向口中一试，觉得尚有热气，心下始放宽三分，随即检视带结，幸喜是个活结，不是死结。看官，这杨金英既欲弑帝，何以不用死结，恰用活结呢？小子想来，料系世宗命不该绝，杨金英忙中致误。所以带结不牢，当用力牵扯时，反将带结扯脱一半，又经张金莲觑破，不及再顾，所以世宗尚未毕命。方后将带解去，端妃才闻报进来，这时候的方皇后瞧着端妃，不由的柳眉倒竖，凤眼圆睁，用着猛力，将丝带掷向端妃面上，并厉声道："你瞧！你瞧！你敢做这般大逆事么？"平时妒意，赖此发泄。端妃莫明其妙，只吓得浑身乱抖，还算张金莲替她辩明，说是杨金英谋逆，方后即令内侍去捕金英，一面宣召御医，入诊世宗。至御医进诊，金英已是拿到，方后也不及审问金英，先由御医诊视帝脉，说是无妨，立即用药施治。果然世宗苏醒转来，手足展舒，眉目活动；惟项间为带所勒，虽未伤命，究竟咽喉被逼，气息未舒，一时尚不能出言。

方后见世宗复生，料知无碍，便出外室严讯金英。金英初尚抵赖，经金莲质证，无从狡辩，只好低首伏罪。偏方后不肯罢手，硬要问她主谋。金英一味支吾，待至用刑胁迫，恰供出一个王宁嫔。方后遂命内监张佐，立将王宁嫔牵至，也不问她是虚是实，即用宫中私刑，打她一个半死。随召端妃入问道："逆犯金英，是你的爱婢，你敢与她通同谋逆，还有何说？"端妃匍伏地上，诉明冤屈。方后冷笑道："皇上寝在何处，你还想推作不知么？"便命张佐道："快将这三大罪犯，拖将出去，照大逆不道例，凌迟处死便了。"拔去眼中钉，快意何如？端妃闻言，魂灵儿已飞入九霄，几至不省人事，及惊定复苏，还想哀求，已被张佐牵出宫外。可怜她玉骨冰肌，徒落得法场寸磔，暴骨含冤。为美人恃宠者鉴。王宁嫔及杨金英依例极刑，不消细说。世宗病痊，忆着端妃的情爱，遍诘宫人，都为称冤，哀悼不置。嗣是与后有隙。至嘉靖二十六年，大内失火，世宗方居西内，闻着火警，竟向天自语道："莫谓仙佛无灵，看那厮妒害好人，今日恐难逃天谴呢。"宫人请往救方后，世宗默然不答。及火已扑熄，接到大内禀报，皇后为火所伤，抱病颇重，世宗亦不去省视，后竟病殁。已而世宗又追悼亡后，流涕太息道："后尝救朕，朕不能救后，未免负后了。"又要追悔，愈见哀怒无常。乃命以元后礼丧葬，亲定谥法，号为孝烈，预名葬地曰永陵，这是后话慢表。

且说世宗既遭宫变，并将杨金英族属，逮诛数十人，遂以平定宫变，敕谕内阁道，"朕非赖天地鸿恩，鬼神默佑，早为逆婢所戕，哪有今日？朕自今日始，潜心斋祓，默迓天庥，所有国家政事，概令大学士严嵩主裁，择要上闻。该大学士应曲体朕心，慎率百僚，秉公办事"等语。严嵩接到此谕，欢喜的了不得，遇事独断，不问同僚，内外百司，有所建白，必先启嵩，然后上闻。嵩益贪婪无忌，恃势横行。大学士翟銮，以兵部尚书入阁办事，资望出严嵩上，有时与嵩会议，未免托大自尊，嵩竟因此挟嫌，阴嗾言官，疏论翟銮，并劾銮二子汝俭、汝孝，与业师崔奇勋、亲戚焦清，同举进士及第，营私舞弊，情迹昭然。世宗震怒，命吏部都察院查勘。翟銮上疏申辩，语多侵及严嵩，世宗益怒道："銮被劾待勘，尚敢渎陈么？他二子纵有才学，何至与私人并进，显见得是有情弊呢。"遂饬令翟銮父子削籍，并将崔奇勋、焦清，俱斥为民。*一场欢喜一场空。*又有山东巡按御史叶经，尝举发严嵩受赇事，嵩弥缝得免，怀恨在心，适经在山东监临乡试，试毕呈卷，嵩摘录卷中文字，指为诽谤。*欲加之罪，何患无辞？*世宗遂逮经入京，加杖八十，创重而死。试官周矿，提调布政使陈儒，皆坐罪谪官。御史谢瑜、喻时、陈绍，给事中王缗、沈良材、陈垲，及山西巡抚童汉臣，福建巡按何维柏等，皆以劾嵩得罪，嵩自是气焰益横。世宗命吏部尚书许瓒，礼部尚书张璧，入阁办事，各授为大学士，嵩看他们不在眼中，仍然独断独行，不相关白。瓒尝自叹道："何故夺我吏部，令我仰人鼻息。"遂上疏乞休，并言"嵩老成练达，可以独相，无烦臣伴食"云云。*明是讥讽语。*嵩知瓒意，亦上言"臣子比肩事主，当协力同心，不应生嫌，往岁夏言与郭勋同列，互相猜忌，殊失臣道，臣嵩屡蒙独召，于理未安，恐将来同僚生疑，致蹈前辙，此后应仿祖宗朝蹇夏三杨故事，凡蒙召对，必须阁臣同入"等语。*以假应假，然是好看。*两疏皆留中不报。世宗自遭宫变后，移居西内，日求长生，郊庙不亲，朝讲尽废，君臣常不相见，只秉一真人陶仲文，出入自由，与世宗接见时，辄得旁坐，世宗呼为先生而不名。严嵩尝贿托仲文，凡有党同伐异的事件，多仗他代为陈请，一奸一邪，表里相倚，还有何事再应顾忌？不过大明的国脉，被他斲斫丧不少呢。

既而张璧去世，许瓒以乞去落职，严嵩竟思独相，不意内旨传出，复召回夏言入阁，尽复原官。言奉诏即至，一入阁中，复盛气凌嵩，既去何必再来？且盛气如故，不死何待？一切批答，全出己意，毫不与嵩商议。就是嵩所引用的私人，多半驱逐，嵩欲出词袒护，都被言当面指摘，反弄得噤不敢声。御史陈其学，以盐法事劾论崔元，及锦衣都督陆炳，炳时已升都督。世宗发付阁议。言即拟旨，令二人自陈。二人惶惧，径造嵩家乞救。嵩摇手道："皇上前尚可斡旋，夏少师处不便关说，两位只去求他罢了。"二人没法，先用三千金献纳夏第，言却金逐使，吓得二人束手无策，又去请教严嵩。嵩与附耳数语，二人领教出门，即至夏言处请死，并长跪多时，苦苦哀吁。言乃允为转圜，二人才叩谢而出。夏言已中嵩计。嗣因嵩子世蕃，广通贿路，且代输户转纳钱谷，过手时任情剥蚀，悉入贪囊，事被夏言闻悉，拟即参奏。有人报知世蕃，世蕃着急，忙去求那老子设法。严嵩顿足道："这遭坏了！老夏处如何挽回！"世蕃闻言，急得涕泪交下，毕竟严嵩舐犊情深，踌躇半晌，方道："事在燃眉，我也顾不得脸面了。好儿子！快随我来。"真是一个好儿子。世蕃应命，即随嵩出门驾舆，竟趋夏第，请见夏少师。

名刺投进，好半日传出话来，少师有病，不能见客。严嵩听着，拈须微笑，曲摹奸态。袖出白银一大锭，递与司阍道："烦你再为带引，我专为候病而来，并无他事。"阍人见了白镪，眉开眼笑，乐得做个人情，天下无难事，总教现银子。一面却说道："丞相有命，不敢不遵，但恐敝主人诘责，奈何？"

严嵩道：“我去见了少师，自有话说，请你放心，包管与你无涉。”阍人及导他入内，直至夏言书室。言见嵩父子进来，不便呵斥阍人，只好避入榻中，佯作病状，蒙被呻吟。严嵩走至榻前，低声动问道："少师政体欠安么？"夏言不应。乐得摆架子。连问数声，方见言露首出来，问是何人？严嵩报明姓名，言佯惊道："是室狭陋，奈何亵慢严相？"说着，欲欠身起来。嵩忙道："嵩与少师同乡，素蒙汲引，感德不浅，就使嘱嵩执鞭，亦所甘心，少师尚视嵩作外人么？请少师不必劳动，尽管安睡！"言甘心辣。言答道："老朽多病，正令家人挡驾，可恨家人不谅，无端简慢严相，老朽益难以为情。"嵩复道："此非尊价违慢，实因嵩闻少师欠安，不遑奉命，急欲入候，少师责我便是，休责尊价。但少师昨尚康强，今乃违和，莫非偶冒寒气么？"言长吁道："元气已虚，又遇群邪，群邪一日不去，元气一日不复，我正拟下药攻邪哩。"分明是话中有话。严嵩一听，早已觉着，急挈着世蕃，"扑"的一声，跪将下去。世蕃又连磕响头，惊得夏言起身不及，忙道："这、这是为着何事，快快请起！"嵩父子长跪如故，接连是流泪四行，差不多似雨点一般，坠将下来。好一个老法儿。小子有诗讥严嵩父子道：

能屈能伸是丈夫，奸人使诈亦相符。
试看父子低头日，谁信将来被厚诬？

未知夏言如何对付，请看官续阅下回。

本回以严嵩为主，夏言及世宗为宾，内而方后、曹端妃等，外而翟銮、叶经、许瓒等，皆宾中宾也。世宗与夏言，皆以好刚失之，世宗惟好刚故，几罹弑逆之变；夏言惟好刚故，屡遭构陷之冤，独严嵩阴柔险诈，象恭滔天，世宗不能烛其恶，夏言反欲凌以威，此皆为柔术所牢笼，堕其术中而不之悟，无惑乎为所播弄也。宫变一节，虽与严嵩无关，而世宗因此潜居，使严嵩得以专柄，是不啻为嵩添翼。端妃屈死，而严氏横行，天何薄待红颜，而厚待奸相乎？吾故谓本回所叙，处处注意严嵩，余事皆随笔销纳，项庄舞剑，意在沛公，观此文而益信神妙矣。

第六十一回

复河套将相蒙冤　扰都门胡虏纵火

　　却说严嵩父子，跪在夏言榻前，泪珠似雨点一般，洒将下来，妇女惯会落泪，不意堂堂宰相，也与妇女相等，故孔子谓小人女子，皆为难养。夏言再三请起，严嵩道："少师若肯赏脸，我父子方可起来。"夏言明知为参奏事，恰不得不问着何故？严嵩方将来意说明，世蕃又磕头哀求，自陈悔过。夏言笑道："这事想是误传了，我并无参劾的意思，请贤桥梓一概放心！"严嵩道："少师不可欺人。"夏言道："大丈夫一言既出，驷马难追，尽管放心起来，不要折煞我罢！"言必践信，原是君子所为，但施诸小人，未免失当。严嵩父子方称谢而起。彼此又谈数语，方才告别。夏言只说了"恕送"二字，依旧拥被坐着。架子太大。

　　严嵩归家，暗想世蕃虽得免劾，总不免受言所辱，意中很是怀恨，日与同党阴谋，设计害言。言却毫不及觉。有时言与嵩入直西苑，世宗屡遣左右宫监，伺察二人动静，无非好猜。与言相遇，言辄傲然不顾，看他似奴隶一般；转入嵩处，嵩必邀他就座，或相与握手，暗中便把黄白物，塞入宫监袖中。本是饱来物，何足爱惜。看官！你想钱可通神，何人不爱此物？得人钱财，替人消灾，自然在世宗面前称赞严嵩的好处。那夏言不但没钱，还要摆着架子，逞些威风，大家都是恨他，背地里常有怨声，世宗问着，还有何人与言关切，略短称长；而且设醮的青词，世宗视为非常郑重，平日所用，必须仰仗二相手笔，言年渐衰迈，又因政务匆忙，无非令幕客具草，糊糊涂涂的呈将上去，世宗每看不入眼，弃掷地上。嵩虽年老，恰有儿子世蕃帮忙，世蕃狡黠性成，善能揣摩帝意，所撰青词，语语打入世宗心坎中，世宗总道是严嵩自撰，所以越加宠幸。只世蕃仗着父势，并没有改过贪心，仍旧伸手死要，严嵩倒也告诫数次，偏世蕃不从，嵩恐夏言举发，上疏遣世蕃归家。世宗反驰使召还，加授世蕃太常寺少卿。世蕃日横，嵩因见主眷日隆，索性由他胡行罢了。这且慢表。

且说嘉靖三年，大同五堡兵作乱，诱鞑靼部入寇，虽经金都御史蔡天佑等，抚定叛众，只鞑靼兵屡出没塞外。鞑靼势本中衰，至达延可汗嗣立，达延可汗系脱古思帖木儿六世孙。颇有雄略，统一诸部，自称大元大可汗，复南下略河套地，奄有朔漠，分漠南漠北为二部。漠北地封幼子札赉尔，号为喀尔喀部，漠南地分封子孙，令次子巴尔色居西部，赐名“吉囊”。亦作济农。“吉囊”二字，是副王的意思。嫡孙卜赤居东部，号为察哈尔部，达延汗殁，卜赤嗣为可汗。巴尔色亦病死，子究弼哩克袭父遗职，移居河套，为鄂尔多斯部的始祖，巴尔色弟俺答，居阴山附近，为土默特部的始祖，彼此不相统属。未几究弼哩克又死，俺答并有二部，势日强盛，与究弼哩克子狼台吉，屡寇明边。明将发兵抵御，互有胜负。约略叙明。嘉靖二十五年，兵部侍郎曾铣，总督陕西三边军务，锐意图功，辄有杀获。且建议规复河套，上书力请道：

　　　　寇居河套，侵扰边鄙，今将百年。出套则寇宣大三关，以震畿服；入套则寇延宁甘固，以扰关中，深山大川，势固在彼而不在我。臣枕戈汗马，切齿痛心，窃尝计之：秋高马肥，弓劲矢利，彼聚而攻，我散而守，则彼胜；冬深水枯，马无宿藁，春寒阴雨，壤无燥土，彼势渐弱，我乘其敝，则中国胜。臣请以锐卒六百，益以山东枪手二千，多备矢石，每当秋夏之交，携五十日之饷，水陆并进，乘其无备，直捣巢穴。材官驺发，炮火雷击，则彼不能支。岁岁为之，每出益励，彼势必折，将遁而出套之恐后矣。俟其远出，然后因祖宗之故疆，并河为塞，修筑墩隍，建置卫所，处分戍卒，讲求屯政，以省全陕之转输，壮中国之形势，此中兴之大烈也。夫臣方议筑边，又议复套者，以筑边不过数十年计耳。复套则驱斥凶残，临河作阵，乃国家万年久远之计，惟陛下裁之！

这疏呈入，有旨下兵部复议。兵部以筑边复套，俱系难事，两事相较，还是复套为难，筑边较易，请先事筑边，缓图复套。世宗转问夏言，言独请如铣议。世宗乃颁谕道：

河套久为寇据，乘便侵边，连岁边民，横遭荼毒，朕每宵旰忧劳，可奈边臣无策，坐视迁延，没一人为朕分忧。今侍郎曾铣，倡议复套，志虑忠纯，深堪嘉尚，但作事谋始，轻敌必败，著令铣与诸边臣，悉心筹议，务求长算。兵部可发银三十万两与铣，听他修边饷兵，便宜调度，期践原议，勿懈初衷！"叙入此谕，见得世宗初意，本从铣奏。

铣得谕后，自然募集士卒，添筑寨堡，忙碌了好几月，督兵出寨，击退寇众，斩馘数十人，获牛马橐驼九百有五十，械器八百五十余件，上表奏捷。世宗按功增俸，并赐白金纻币有差。曾铣遂会同陕西巡抚谢兰，延绥巡抚杨守谦，宁夏巡抚王邦瑞，及三镇总兵，协议复套方略，且条陈机要，附上营阵八图，世宗很是嘉纳。奏下，兵部尚书王以旂等，亦见风使帆，复陈"曾铣先后奏请，均可施行"云云。

　　会值大内失火，方后崩逝，应上回。世宗颇加戒惧，命释杨爵等出狱，应五十九回。一面诏求直言。那时阴贼险狠的严嵩，得了机会，疏陈："灾异原因，由曾铣开边启衅，误国大计所致。夏言表里雷同，淆乱国事，应同加罪惩处，借迓天庥。"东拉西扯，毫没道理。嵩疏一上，廷臣遂陆续上本，大都归咎铣、言两人。明明是严嵩主使。世宗竟背了前言，别翻一调，谕言"逐贼河套，师果有名否？兵食果有余，成功可必否？一曾铣原不足惜，倘或兵连祸结，涂炭生灵，试问何人负责"等语。大人说错话，话过便是这等举动。这谕一下，中外多诧异不置。接连是罢夏言官，逮铣诣京，出兵部尚书王以旂，凡从前与议复套官吏，分别惩罚。世宗自问应否加罚？一番攘外安内的政策，片刻冰消。

　　这严嵩心尚未足。定要借着此事，害死夏言，方肯罢休。先是咸宁侯仇鸾，仇钺子。镇守甘肃，素行贪黩，为铣所劾，逮入京师下狱。鸾与嵩本是同党，嵩遂从中设法，暗令子世蕃替鸾草疏，辩诉冤屈，并诬铣克扣军饷、纳贿夏言，由言继妻父苏纲过付，确凿无讹。世宗到此，也未尝彻底查究，便饬法司谳案，援照交结近侍律，斩铣西市，妻子流二千里。铣有智略，颇善用兵，性尤廉洁，死后家无余资，都人俱为称冤，惟严嵩以下一班走狗，扳倒曾铣，就是扳倒夏言。铣既坐斩，言自然不能免罪了。当下有诏逮言，言才出都抵通州，闻铣已定谳，吃一大惊，从车上跌下，忍痛唏嘘道："这遭我死了。"在途次缮着奏疏，痛诋严嵩，略谓："仇鸾方系狱中，皇上降谕，未及二日，鸾何从得知？此必严嵩等诈为鸾疏，构陷臣等。严嵩静言庸违似共工，谦恭下士似王莽，奸巧弄权，父子专政，似司马懿，臣的生命，在严嵩掌握，惟圣恩曲赐保全。"你从前何不预劾，至此已是迟了。疏才缮定，缇骑已到，即就逮至京，把缮好的奏折，浼人呈入，世宗不理，无非是掷向地上。命刑部援曾铣律，按罪论死。尚书喻茂坚，颇知夏言的冤情，因世宗信嵩嫉言，不便替他诉冤，只好将议贵议能的条例，复陈上去，请将言罪酌减。世宗览毕，愤愤道："他应死已久了，朕赐他香叶冠，他不奉旨，目无君上，玩亵神明，今日又有此罪，难道还可轻恕么！"尚记得香叶冠事，煞是可笑。随批斥茂坚，说他不应包庇。嵩闻刑部主张减罪，恐言或从此得生，正拟再疏架害，一步不肯放松，小人之害人也如此。适值俺答寇居庸关，边报到京，遂奏称居庸告警，统是夏言等主张复套，以致速寇。这道奏章，仿佛是夏言的催命符，竟由世宗准奏，置言重辟，言妻苏氏流广西，从子主事克承，从孙尚宝丞朝庆，尽行削籍。于是严嵩得志，独揽大权，世宗虽自南京吏部，召入张治，命为礼部尚书，兼文渊阁大学士，并命李本为少詹事，兼翰林院学士，两人入阁，一个是疏不间亲，一个是卑不敌尊，无非是听命严嵩，唯唯诺诺罢了。也是保身之道，否则即被逐出。

且说俺答入寇居庸，因关城险阻，不能得手，便移兵犯宣府，把总江瀚、指挥董旸先后战死，寇遂进逼永宁。大同总兵官周尚文督师截击，仗着老成胜算，杀败寇众，戮一渠帅，俺答乃仓皇遁去。严嵩父子与尚文又有宿憾，屡图倾陷，幸喜边患方深，世宗倚重尚文，未遭谗害。哪知天不假年，将星遽陨，死后应给恤典，偏被严嵩中沮，停止不行。给事中沈束，上书代请，忤了严嵩，奏请逮狱。束妻张氏，留住京师，无论风霜雨雪，总是入狱探望，所有狱中费用，全仗十指的针绣，易钱缴纳，狱卒颇也加怜，不忍意外苛索。小卒犹怀悲感，大相偏要行凶。张氏一日上书道：

臣夫家有老亲，年已八十有九，衰病侵寻，朝不计夕。臣妾欲归奉舅，则夫之饘粥无资，欲留奉夫，则舅又旦夕待尽，辗转思维，进退无策，臣愿代夫系狱，令夫得送父终年，仍还赴系，实惟陛下莫大之德，臣夫固衔感无穷，臣妾亦叩恩靡既矣。

这疏求法司代呈，法司亦悚然起敬，附具请片，一并呈入。偏偏世宗不许，原来世宗深嫉言官，每以廷杖遣戍，未足深创，特命他长系狱中，为惩一儆百计，且令狱卒日夕监囚，无论语言食息，一律报告，就是戏言谐语，亦必上闻。沈束一系至十八年，但闻狱檐上面，鹊声盈耳，束谩语道："人言鹊能报喜，我受罪多年，何来喜信，可见人言都是无凭呢。"这句话，报入大内，世宗忽记起张氏哀词，竟心动起来，当命将沈束释狱。夫妇踉跄回家，江山依旧，景物全非，老父已病死数年了。两人号啕恸哭，徙棺安葬，不消细叙。

单表周尚文病殁大同，朝旨令张达补授，俺答闻边将易人，复来犯塞。达有勇无谋，与副总兵林椿，带着边兵，出关接仗。两下里恶战一场，彼此各死伤多人，敌兵已经退去。达偏穷追不舍，中途遇伏，马蹶被戕。林椿麾兵往救，不及衣甲，也被敌兵攒刺，受了重伤，毙于非命。这是有勇无谋的坏处。俺答召集全部人马，大举入犯，边疆尤震。严嵩得仇鸾厚贿，竟代为保举，赦出狱中，授大同总兵官。鸾至大同，适值俺答到来，吓得手足无措。悔不如安居狱中。还是养卒时义、侯荣，替鸾设法，赍着金帛，往赂俺答，求他移寇他塞，勿犯大同。俺答得了贿赂，遗还剑纛，作为信据，允准移师，还算有情。遂东沿长城，至潮河川南下，直抵古北口。都御史王汝孝悉众出御，俺答佯退，别遣精骑绕出黄榆沟，破墙而入。汝孝部下，不意敌兵猝至，相率惊溃，俺答遂掠怀柔，围顺义，长驱疾走，径达通州，巡按顺天御史王忬，先日至白河口，将东岸舟楫，悉数拢泊西岸，不留一艘，因此寇众大至，无舟可渡，只得傍河立寨，潜分兵剽掠昌平，蹂躏诸陵，奸淫劫夺，不可胜纪。

　　是时京城内外，已紧急的了不得，飞檄各镇勤王，分遣文武大臣各九人，把守京城九门，一面诏集禁军，仔细检阅，只有四五万人，还是一半老弱残兵，不足御敌。看官听说！自武宗晏驾后，禁军册籍，多系虚数，所有兵饷，尽被统兵大员没入私囊；有几个强壮兵丁，又服役内外提督及各大臣家，一时不能归伍，所以在伍各兵，不是老疾，就是疲弱，一闻寇警，统是哭哭啼啼，一些儿没有勇气。都御史商大节受命统兵，只得慷慨誓师，虚言激励，兵民闻言思奋，颇也愿效驰驱。大节命各至武库，索取甲仗，不料各兵去了转来，仍然是赤手空拳。大节问明缘故？大众答道："武库中有什么甲械，不过有破盔数十顶，烂甲数百副，废枪几千杆罢了。"大节叹道："内使主库，弄到这般情形，教我如何摆布呢？"言下，沉吟了一会儿，复顾大众道："今日事在眉急，也说不得许多了，你等且再至武库，拣了几样，拿来应用，待我奏请圣上，发帑赶制，可好么？"实是没法，只好搪塞。大众含糊答应，陆续退去。大节据实奏报，有旨发帑金五千两，令他便宜支付。大节布置数日，还是不能成军。幸是年适开武科，四方应试的武举人，恰也来的不少，便由大节奏准应敌，才得登陴守城。

　　过了两天，俺答已潜造竹筏，饬前队偷渡白河，约有七百骑，入薄京城，就安定门外的教场，作为驻扎地。京师人心愈恐。世宗又久不视朝，军事无从禀白，廷臣屡请不应，礼部尚书徐阶上书固请,方亲御奉天殿,集文武百官议事。谁知登座以后,并不闻有什么宸谟,只命徐阶严责百官,督令战守罢了。想是仗着天神保护,不必另设军谋。百官正面面相觑,可巧侍卫入报,大同总兵官仇鸾,及巡抚保定都御史杨守谦,统率本部兵到京,来卫皇畿了。世宗道:"甚好。仇鸾可为大将军,节制各路兵马,守谦为兵部侍郎,提督军务。兵部何在?应即传旨出去。"昏头磕脑,连兵部尚书都不认识。兵部尚书丁汝夔,忙跪奉面谕,世宗竟退朝入内去了。汝夔起身出外,私叩严嵩,应该主战主守。严嵩低语道:"塞上失利,还可掩饰,都下失利,谁人不晓。你须谨慎行事,寇得饱掠,自然远飏,何必轻战。"恰是好计,但如百姓何?汝夔唯唯而别。嗣是兵部发令,俱戒轻举。杨守谦以孤军力薄,亦不敢战,相持三日,俺答复至,竟麾众纵火,焚毁城外庐舍,霎时间火光烛天,照彻百里,正是:

　　寇众突来惟肆掠,池鱼累及尽遭殃。

未知京城能否保守,且至下回交代。

　　复套之议,曾铣创之于先,夏言赞之于后,固筹边之胜算也。河套即蒙古鄂尔多斯地,东西北三面,俱濒黄河,南与边城相接,黄河自北折南,成一大圈,因称河套。其地灌溉甚便,土壤肥美,俗有"黄河百害,只富一套"之说,设令乘机规复,发兵屯垦,因地为粮,倚河结寨,岂非西北之一大重镇耶?世宗初从铣议,后入嵩言,杀道济而自坏长城,死得臣而遂亡晋毒,一误再误,何其昏愦若此?及俺答入塞，直薄京城，朝无可恃之将帅，营无可用之兵戎，乃犹安居西内，至力请而后出，出亦不发一言，徒因仇鸾、杨守谦两人，入京勤王，即畀大权，身为天子，乃胸无成算，一至于此乎？读此回，令人作十日恶。

第六十二回

追狡寇庸帅败还　开马市荩臣极谏

却说俺答率众到京，沿途大掠，又放起一把无名火来，将京城外面的民居，尽行毁去。百姓无家可住，东逃西散，老的小的，多半毙命，年纪少壮的，遇着寇众，不是被杀，就是被掳；内中有一半妇女，除衰老奇丑外，尽被这班鞑奴，牵拉过去，任情淫污，最有姿色的几人，供俺答受用，轮流取乐。大将军仇鸾本畏俺答，因听时义、侯荣言，讨好朝廷，勉强入援，既至京师，哪敢与俺答对仗？只得仍遣时义、侯荣再去说情。两人至俺答营，见俺答踞坐胡床，左右陪着妇女数人，统是现成掳掠，临时妻妾，平常妇女，得做番王临时妻妾，也算交运。两人也顾不得甚么气节，只好跪叩帐下。俺答道："你来做什么？想是又把金币送我，倒难为你主人好意。"眈眈逐逐，无非为了金帛。时义道："大王欲要金币，也是不难，但深入京畿，震动宫阙，恐我皇上动疑，反不愿颁给金币了。"俺答道："我并不愿夺你京城，我只教互市通贡，每岁得沾些利益，便可退兵。"可见俺答原无大志。时义道："这也容易，谨当归报便了。"两人返报仇鸾，鸾闻帝意主战，一时却不敢上闻。俺答待了三日，并无信息，乃遣游骑至东直门，闯入御厩，掠得内监八人，还至虏营。俺答也不去杀他，反将他一律释缚，好言抚慰道："烦你等作个传书邮，我有一书，寄与你主便是。"说罢，便将书信取出，交与八人。八人得了命，出了番帐，奔回东直门，入城禀见世宗，呈上番书。书中大意，无非是要求互市，请通贡使，结末有"如不见从，休要后悔"等语。世宗阅罢，便至西苑，召见大学士严嵩、李本，尚书徐阶，出书使视道："卿等以为何如？"严嵩瞧着来书，语多恫吓，暗想此事颇不易解决，依他也不是，不依他也不是，当下眉头一皱，计上心来，便启奏道："俺答上书求贡，系关系礼部的事情，陛下可详问礼部。"火烧眉毛，轻轻扑去。礼部尚书徐阶听了嵩言，暗骂道："老贼！你要嫁祸别人么？"心中一忖，也即启奏道："求贡事虽属臣部掌管，但也须仰禀圣裁。"你推我，我推别人，徐阶也会使刁。世宗道："事关重大，大家熟商方好哩。"阶踌躇半响，方道："现在寇患已深，震惊陵庙，我却战守两难，不便轻举，似应权时允许，聊解眉急。"世宗道："他若果肯退去，皮币珠玉，俱不足惜。"阶复道："若只耗费些皮币珠玉，有何不可？但恐他得步进步，要索无厌，为之奈何？"世宗蹙额道："卿可谓远虑了，惟目前寇骑近郊，如何令退？"阶又道："臣却有一计在此。俺答来书，统是汉文，我只说他汉文难信，且没有临城胁贡的道理，今宜退出边外，别遣使赍呈番文，由大同守臣代奏，才可允行。他若果然退去，我却速调援兵，厚集京畿，那时可许则许，不可许，便与他交战，不为他所窘了。"此言只可欺小孩。世宗点头称善，命阶照计行事。

阶即遣使往谕，嗣得俺答复书，务须照准，令以三千人入贡，否则将添兵到此，誓破京师。阶见此书，先召百官会议，并宣布俺答来书，各官瞠目伸舌，莫敢发言。忽有一人高声道："我意主战，不必言和。"徐阶瞧将过去，乃是国子司业赵贞吉，便问道："君意主战，有何妙策？"贞吉道："今日若许入贡，他必拣选精骑三千，即刻入城，阳称通贡，阴图内应，内外夹攻，请问诸公如何抵敌？就使他诚心通好，无意外的变故，也是一场城下盟，堂堂中国，屈辱敌人，宁不羞死！"也是一番虚骄语。检讨毛起接口道："何人不知主战？但今日欲战无资，只好暂许要求，邀使出塞，然后再议战备。"贞吉叱道："要战便战，何必迟疑！况寇众狡诈异常，岂肯听我诱约么？"徐阶见两下龃龉，料知不能决议，索性起座而去，自行入奏。

是夕城外火光，越加猛烈，德胜、安定两门外，统成焦土。世宗在西内遥望，只见烟焰冲霄，连夜不绝，不禁搔首顿足，只唤奈何。内侍也交头接耳，互述日间廷议情状，适被世宗闻知，问明详细，即令宣诏赵贞吉入对。贞吉奉命即至，由世宗颁给纸笔，饬他条陈意见。贞吉即援笔直书，大旨"以寇骑凭陵，非战不可，陛下今日，宜亲御奉天门，下诏罪己，追奖故总兵周尚文，以励边帅，释放给事沈束出狱，以开言路，饬文武百司，共为城守，并宣谕各营兵士，有功即赏，得一首功，准赏百金，捐金数万，必可退敌"云云。虽似理直气壮，亦嫌缓不济急。这疏一上，世宗颇也感动，立擢贞吉为左椿坊左谕德，兼河南道监察御史，饬户部发银五万两，宣谕行营将士。惟贞吉所请追励各条，仍未举行。是时俺答已纵掠八日，所得过望，竟整好辎重，向白羊口而去。有旨饬仇鸾追袭，鸾无奈，发兵尾随敌后，谁料敌兵竟返旆来驰，吓得仇鸾胆战心惊，急忙退步。部兵亦霎时溃散，等到敌兵转身，徐徐出塞，然后收集溃卒，检点人数，已伤亡了千余人。鸾反在途中枭斩遗尸，得八十余级，只说是所斩虏首，献捷报功，世宗信以为真，优诏慰劳，并加鸾太保，厚赐金帛。

京中官吏，闻寇众退去，互相庆贺。丑不可耐。不意有严旨下来，饬逮尚书丁汝夔、都御史杨守谦下狱。原来京城西北，多筑内臣园宅，自被寇众纵火，免不得一并延烧。内臣入奏世宗，统说是丁、杨二人，牵制将帅，不许出战，以致烽火满郊，惊我皇上，伏乞将二人治罪，为后来戒。都把皇帝做推头，这叫作肤受之愬。世宗闻言大怒，所以立刻传旨，将二人逮系起来。汝夔本受教严嵩，才命各营停战，至此反致得罪，连忙嘱着家属，向嵩乞救。嵩语来人道："老夫尚在，必不令丁公屈死。"来人欢谢去讫。嵩驰入见帝，谈及丁汝夔，世宗勃然变色道："汝夔负朕太甚，不杀汝夔，无以谢臣民。"这数语吓退严嵩，只好跟跄趋出，不发一言。至弃市诏下，汝夔及守谦，同被绑至法场，汝夔大哭道："贼嵩误我！贼嵩误我！"言未已，刀光一下，身首两分。守谦亦依次斩首，毋庸细述。

过了一日，又有一道中旨颁下，着逮左谕德赵贞吉下狱。看官听说！这赵贞吉因奏对称旨，已得超擢，如何凭空得罪呢？先是贞吉廷议后，盛气谒嵩，嵩辞不见。贞吉怒叱阍人。说他有意刁难，正在吵嚷的时候，忽有一人走入，笑语贞吉道："足下何为？军国重事，慢慢的计议就是了。"贞吉视之，乃是严嵩义子赵文华，官拜通政使，不禁愤恨道："似你等权门走狗，晓得甚么天下事？"言毕，悻悻自去？文华原不足道，贞吉亦属太傲。文华也不与多辩，冷笑而入，当即报知严嵩，嵩仇恨益甚。至俺答已退，遂奏称："贞吉大言不惭，毫无规划，徒为周尚文、沈束游说，隐谤宸聪。"这句话又激起世宗的怒意，遂命将贞吉拘系数日，廷杖一顿，谪为荔波典史。

当贞吉主战时，廷臣俱袖手旁观，莫敢附和，独有一小小官吏，位列最卑，恰朗声道："赵公言是。"吏部尚书夏邦谟，张目注视道："你是何等官儿，在此高论？"那人即应声道："公不识锦衣经历沈炼么？由他自己报名，又是一样笔墨。公等大臣，无所建白，小臣不得不说。炼恨国家无人，致寇猖獗，若以万骑护陵寝，万骑护通州军饷，再合勤王军十余万，击寇惰归，定可得胜，何故屡议不决呢？"邦谟道："你自去奏闻皇上，我等恰是无才，你也不必同我空说。"炼益愤愤，竟拜表上陈，世宗全然不理。炼闷闷不乐，纵酒佯狂。一日，至尚宝丞张逊业处小饮，彼此纵论国事，谈及严嵩，炼停杯痛骂，涕泪交颐。既晚归寓，余恨未平，慨然太息道："自古至今，何人不死？今日大奸当国，正忠臣拚死尽言的时候，我何不上书痛劾？就是致死，也所甘心。"计划已定，遂研墨展毫，缮就奏牍道：

　　昨岁俺答犯顺，陛下欲乘时北伐，此正文武群臣，所共当戮力者也。然制敌必先庙算，庙算必当为天下除奸邪，然后外寇可平。今大学士严嵩，当主忧臣辱之时，不闻延访贤豪，咨询方略，惟与子世蕃，规图自便，忠谋则多方沮之，诡谋则曲意引之，索贿鬻官，沽恩结客，朝廷赏一人，则曰由我赏之，罚一人，则曰由我罚之，人皆伺严氏之爱恶，而不知朝廷之恩威，尚忍言哉！姑举其罪之大者言之：纳将帅之贿，以启边陲之衅，一也；受诸王馈遗，每事隐为之地，二也；揽御史之权，虽州县小吏，亦皆货取，致官方大坏，三也；索抚按之岁例，致有司递相承奉，而闾阎之财日削，四也；隐制谏官，俾不敢直言，五也；嫉贤妒能，一忤其意，必致之死，六也；纵子受贿，敛怨天下，七也；运财还家，月无虚日，致道途驿骚，八也；久居政府，擅权害政，九也；不能协谋天讨，上贻君父忧，十也。明知臣言一出，结怨权奸，必无幸事，但与其纵奸误国，毋宁效死全忠。今日诛嵩以谢天下，明日戮臣以谢嵩，臣虽死无余恨矣。

　　写至此，读了一遍，又自念道："夏邦谟恰也可恶，索性连他劾奏。"遂又续写数语，无非是吏部尚书夏邦谟，诡谀黩货，并请治罪等情。次日呈将进去，看官试想！一个锦衣卫经历，居然想参劾大学士及吏部尚书来，任你笔挟龙蛇，口吐烟云，也是没有效力。况世宗方倚重严嵩，哪里还肯容忍？严旨一下，斥他诬蔑大臣，榜掠数十，谪佃保安。同时刑部郎中徐学诗，南京御史王宗茂，先后劾嵩，一并得罪。学诗削籍，宗茂贬官。还有叶经、谢瑜、陈绍，与学诗同里同官，俱以劾嵩遭遣，时称为"上虞四谏官"。此外所有忤嵩各官，都当京察大计时，尽行贬斥，真个是一网打尽，靡有孑遗。

惟仇鸾党附严嵩，愈邀宠眷，适值吏部侍郎王邦瑞，摄兵部事，以营政久弛，疏请整饬，略谓"国初京营，不下七八十万，自三大营变为十二团营，又变为两官厅，逐渐裁并，额军尚有三十八万余人。今武备积弛，现籍止十四万，尚是虚额支饷，有名无实。近届寇骑深入，搜括各营，只有五六万人，尚且老弱无用，此后有警，将仗何人"等语。何不叫中饱的官吏去？世宗览奏，立命废止团营两官厅，仍复三大营旧制，创设戎政府，命仇鸾为总督，邦瑞为副。鸾既揽兵权，并欲节制边将，因请易置三辅重臣，以大同总兵徐珏驻易州，大同总兵署授徐仁，宣府蓟镇总兵李凤鸣、成勋，亦彼此互易。并选各边兵更番入卫，分隶京营。塞上有警，边将不得征集，必须报明戎政府，酌量调遣云云。世宗一律允准，将原奏发下兵部。王邦瑞以为不可，极力谏阻，仇鸾所请，全是私意，即愚者亦知其非，世宗反深信之，邦瑞虽谏何益？不意反受了一番斥责。且特赐仇鸾封记，令得密上封章，一切裁答，俱由内批发行，不下兵部。邦瑞又屡疏争辩，恼动世宗，竟令削职。邦瑞归去，仇鸾益无忌惮，扬言将大举北征，命户部遣使四出，尽括甫都及各省积贮，并催征历年逋赋，作为兵饷，所在苛扰。经礼部尚书徐阶，从中奏阻，始得稍寝。

既而俺答又有入寇消息，鸾忙令时义出塞，赍了金币，贿结俺答义子脱脱，情愿互市通贡，不可动兵。脱脱禀知俺答，俺答自然乐许，遂投书宣大总督苏祐，转致仇鸾。鸾与严嵩定议，每岁春秋两市，俺答进来的货物，无非是塞外的马匹，因此叫作马市。马市既开，命侍郎史道掌领。兵部车驾司员外郎杨继盛，独抗疏陈奏道：

　　互市者，和亲别名也。俺答蹂躏我陵寝，虔刘我赤子，而先之曰和，忘天下之大仇，不可一；下诏北伐，日夜征缮兵食，而忽更之曰和，失天下之大信，不可二；堂堂天朝，下与边寇互市，冠服倒置，损国家之重威，不可三；此语未免自大恶习。海内豪杰，争磨励待试，一旦委置无用，异时号召，谁复兴起，不可四；去岁之变，颇讲兵事，无故言和，使边镇将帅，仍自懈弛，不可五；边卒私通外寇，吏犹得以法裁之，今导之使通，其不勾结而危社稷者几希，不可六；盗贼伏莽，本摄国威，今知朝廷畏寇议和，适启睢盱之渐，不可七；俺答往岁深入，乘我无备，备之一岁，仍以互市终，彼谓我尚有人乎？不可八；俺答狡诈，出没叵测，我竭财力而辇之边，彼或负约不至，即至矣，或阴谋伏兵突入，或今日市，明日复寇，或以下马索上直，或责我以他赏，或责我以苛礼，皆未可知也，不可九；此条所见甚是。岁帛数十万，得马数万匹，十年以后，帛将不继，不可十。

　　凡为谬说者有五：不过曰吾外假马市以羁縻之，而内足修我武备，夫俺答何厌之有？吾安能一一应之？是终兆衅也，且吾果欲修武备，尚何借于羁縻？此一谬也；又或曰互市之马，足资吾军，夫既已和矣，无事战矣，马将焉用？且彼亦安肯损其壮马以予我，此二谬也；抑或曰互市不已，彼且朝贡，夫至于朝贡，而中国之捐资以奉寇益大矣，此三谬也；或且曰彼既利我，必不失信，亦思中国之

所谓开市者，能尽给其众乎？不给则不能无入掠，此四谬
也；或又曰兵为危道，佳兵不祥，试思敌加我而我乃应之，
胡谓佳兵？人身四肢皆痛疽，毒日内攻，而惮用药石，可
乎？此五谬也。

夫此十不可五谬，匪惟公卿大夫知之，三尺童子皆知
之，而敢有为陛下主其事者，盖其人内迫于国家之深恩，
则图幸目前之安以见效，外慑俺答之重势，则务中彼之欲
以求宽。公卿大夫，知而不言，盖恐身任其责，而自蹈危
机也。陛下宜振独断，发明诏，悉按言开市者。然后选将
练兵，声罪致讨，不出十年，臣请得为陛下勒燕然之绩，
悬俺答之首于藁街，以示天下后世。

世宗览到此疏，意颇感奋，下内阁及诸大臣集议，严嵩等
不置可否，独仇鸾攘臂痛詈道："竖子目不识兵，乃说得这般
容易。"遂自上密疏，力诋继盛。世宗意遂中变，遽下继盛锦
衣狱，令法司拷讯。继盛持论不变，竟贬为狄道典史。小子有
诗咏道：

> 朝三暮四等狙公，政令纷更太自蒙。
> 直谏翻遭严谴下，空令后世慨孤忠。

继盛既贬，马市大开，究竟俺答受驭与否，且至下回
再详。

本回叙俺答入寇，以及议和互市，无非是幸臣误
国，酿成寇患。夫俺答虽称狡诈，而未尝有入主中原
之想，观其大掠八日，饱飏而去，可知赵贞吉之主
战，未尝非策。果令宸衷独断，奋发有为，则岂竟不

足却敌？于少保当土木之败，犹能慷慨誓师，捍守孤城，况俺答不及乜先，世宗权逾景帝，宁有不事半功倍乎？至若仇鸾之创开马市，取侮敌人，杨继盛抗疏极言，其于利害得失，尤为明畅，世宗几为感动，复因仇鸾密陈，以致中变，盖胸无主宰，性尤好猜，奸幸得乘间而入，而忠臣义士，反屡受贬戮，王之不明，岂足福哉？读屈原言而不禁同慨矣。

第六十三回

罪仇鸾剖棺正法　劾严嵩拼死留名

却说马市既开，由侍郎史道主持市事，俺答驱马至城下，计值取价，起初还不失信用，后来屡把羸马搪塞，硬索厚值，一经边吏挑剔，即哗扰不休。有时大同互市，转寇宣府；宣府互市，转寇大同，甚且朝市暮寇，并所卖的羸马，亦一并掠去。大同巡按御史李逢时，一再上疏，略称："俺答屡次入寇，与通市情实相悖，今日要策，惟有大集兵马，一意讨伐，请饬京营大将军仇鸾，赶紧训练，专事征讨，并命边臣合兵会剿，勿得隐忍顾忌，酿成大患。"兵部尚书赵锦，亦上言御寇大略，战守为上，羁縻非策。世宗乃令仇鸾督兵出塞，往讨俺答。

鸾本认严嵩为义父，一切行止，都由嵩暗中庇护，自总督京营后，权力与严嵩相埒，免不得骄傲起来，将严嵩撇诸脑后。严嵩怨他负恩，密疏毁鸾，鸾亦密陈严嵩父子贪横情状。凶终隙末，小人常态，至两下密疏，尤甚好看。世宗渐渐疏嵩，只命徐阶、李本等，入直西内，嵩不得与，其时张治已殁。嵩衔恨益甚。至是命鸾出兵，料知鸾是胆怯，因嗾使廷臣，请旨督促。看官！你想仇鸾身为大将，并未曾与外寇交绥，单靠着时义、侯宗等，买通俺答，遮盖过去。此刻奉命北征，真个要他打仗，他是无谋无勇，如何行军？况且有严嵩作对，老法儿统用不着，又不能托故不去，只好硬着头皮，祔纛出师。途中缓一日，好一日，挨一刻，算一刻。不料警报频来，边氛日恶，大同中军指挥王恭战死管家堡，宁远备御官王相又战死辽东卫。朝旨又严厉得很，把大同总兵徐仁，游击刘潭等拿问，巡抚都御史何思削籍。*内外情事，都从仇鸾一边叙入，省却无数笔墨。*俗语所谓兔死狐悲，物伤其类，益发令仇鸾短气。好容易行到关外，探听得俺答部众，驻扎威宁海，他居然想出一计，乘敌不备，掩杀过去。当下麾兵疾走，甫至猫儿庄，两旁胡哨陡起，霎时间走出两路人马，持刀挺戟，旋风般的杀来。仇鸾叫声不好，策马返奔；部兵见大帅一走，还有何心恋战，纷纷弃甲而逃，逃不脱的晦气人物，被敌兵切菜般的举刀乱砍，所有辎重等物，挟了便走，驴马等物，牵着便行，不消多少工夫，敌兵已去得无影无踪了。仇鸾逃了一程，才有侦骑来报，说是"俺答的游击队，在此巡弋，并非全部巨寇，请大帅不必惊慌"云云。仇鸾闻言，又惭又恨，叱退侦卒，驰入关中。*挖苦仇鸾，笔锋似刀。*

嗣是羞恚成疾，恹恹床褥，蓦地里生了一个背疽，痛不可忍，日夕呼号。本拟上表告辞，奈顾着大将军印绶，又是恋恋难舍，没奈何推延过去。偏是礼部尚书徐阶，密劾鸾罪，兵部尚书赵锦又奏称："强寇压境，大将军仇鸾，病不能军，万一寇众长驱，贻忧君父不小，臣愿率兵亲往，代鸾征讨。"说得世宗性急起来，颁诏兵部，以尚书不便轻出，令侍郎蒋应奎暂摄戎政，总兵陈时代鸾为大将军，惟这大将军印尚在仇鸾掌握，饬赵锦收还。鸾得报后，即日返京，养病私第。赵锦黄夜亲往，持诏取印，仇鸾已病不能起，闻得此信，"呵哟"一声，倒在榻上，顿时疽疮迸裂，鼻息悠悠。家人忙了手脚，急将仇鸾叫醒，鸾开目一瞧，禁不住流泪两行，至印信缴出，赵锦别去，鸾即断气而亡。*保全首领，实是侥幸。*

世宗已知仇鸾奸诈，遣都督陆炳，密查遗迹。炳素嫉鸾，尝侦悉鸾事，因恐没有案证，未敢上闻。会鸾旧部时义、侯荣等，已冒功授锦衣卫指挥等官，闻鸾病死，料难安居，竟出奔居庸关，意欲往投俺答；可巧被陆炳知悉，着急足驰至关上，投书关吏，请发兵查缉鸾党。冤冤相凑，时义、侯荣等人叩关欲出，被关吏一并拘住，押解京师。当下法司审讯，诱供逼招，尽发鸾通虏纳贿诸事。陆炳一一奏明，那时世宗大怒，暴鸾罪恶，剖鸾棺、戮鸾尸，并执鸾父母妻子，及时义、侯荣等一体处斩。近报则在己身，远报则在妻孥。布告天下，立罢马市。俺答闻信，稍稍引去。世宗又命宣大总督苏佑，与巡抚侯钺、总兵吴瑛等，出师北伐。画蛇添足，未免多事。钺率万余人出塞，袭击俺答，又陷仇鸾故辙。谁料被俺答闻知，设伏待着，俟侯钺兵至，伏兵四起，首尾央击，杀死把总刘歆等七人，士卒死亡无算，钺等拚命逃还，才得保全性命。巡抚御史蔡朴据实奏劾，留中不发。惟刘歆等死后恤典，总算命兵部颁发。既而俺答又犯大同，副总兵郭都出战，孤军无援，复遭战殁，乃逮侯钺至京，削籍为民。

世宗记恨仇鸾，尚是不置，因思杨继盛劾鸾遭贬，未免冤枉，遂召继盛还京，从典史四次迁升，复为兵部员外郎。严嵩与鸾有隙，以继盛劾鸾有功，也从中说项，改迁兵部武选司。继盛哪里知晓，就是知晓，恐也不肯感嵩。只是感激主知，亟图报国。抵任甫一月，即草疏劾嵩罪状，属稿未成，妻张氏入室，问继盛奏劾何人？继盛愤愤道："除开严嵩，还有哪个？"张氏婉劝道："君可不必动笔了，前时劾一仇鸾，被困几死，今严嵩父子，威焰薰天，一百个仇鸾，尚敌不过他，老虎头上搔痒，无补国家，转取祸戾，何苦何苦！"言亦近情。继盛道："我不愿与这奸贼同朝共事，不是他死，就是我死。"张氏道："君死无益，何若归休！"继盛道："龙逢、比干流芳百世，我得从古人后，愿亦足了。你休阻我！"张氏知不可劝，含泪趋出。继盛草就奏疏，从头誊正，内论严嵩十大罪五奸，语语痛切，字字呜咽，正是明史上一篇大奏牍。小子节录下方，其词云：

方今在外之贼为俺答，在内之贼为严嵩。贼有内外，攻宜有先后，未有内贼不去，而外贼可除者。故臣请诛贼嵩，当在剿绝俺答之先。嵩之罪恶，除徐学诗、沈炼、王宗茂等，论之已详，然皆止论贪污之小，而未发其僭窃之大。去年春，雷久不声。占云："大臣专政。"夫大臣专政，孰有过于嵩者？又是冬，日下有赤色，占云"下有叛臣"，凡心背君者皆叛也。夫人臣背君，又孰有过于嵩者？如四方地震，与夫日月交食之变，其灾皆感应贼嵩之身，乃日侍左右而不觉，上天警告之心，亦恐殆且孤矣。臣敢以嵩之专政叛官十大罪，为陛下陈之！

祖宗罢丞相，设阁臣备顾问，视制草而已。嵩乃俨然以丞相自居，百官奔走请命，直房如市，无丞相而有丞相权，是坏祖宗之成法，大罪一；陛下用一人，嵩曰："我荐也，"斥一人，曰："此非我所亲，"陛下宥一人，嵩曰："我救也，"罚一人，曰："此得罪于我。"群臣感嵩甚于感陛下，畏嵩甚于畏陛下。窃君上之大权，大罪二；陛下有善政，嵩必令子世蕃告人曰："主上不及此，我议而成之，"欲天下以陛下之善，尽归于己，是掩君上之治功，大罪三；陛下令嵩票拟，盖其职也，岂可取而令世蕃代之？题疏方上，天语已传，故京师有大丞相小丞相之谣，是纵奸子之僭窃，大罪四；严效忠、严嵩厮役。严鹄，世蕃子。乳臭子耳，未尝一涉行伍，皆以军功官锦衣，两广将帅，俱以私党躐府部，是冒朝廷之军功，大罪五；逆鸾下狱，贿世蕃三千金，嵩即荐为大将，已知陛下疑鸾，乃互相排诋，以泯前迹，是引悖逆之奸臣，大罪六；俺答深入，击其惰归，大计也，嵩戒丁汝夔勿战，是误国家之军机，大罪七；郎中徐学诗，给事中厉汝进，俱以劾嵩削籍，厉汝进劾世蕃，窃弄父权，嗜贿张熘，嵩上疏自理，且求援中官，以激帝怒，遂廷杖削籍。内外之臣，中伤者何可胜计，是专黜陟之大权，大罪八；文武选拟，但论金钱之多寡，将弁惟贿嵩，不得不朘削士卒，有司惟贿嵩，不得不掊克百姓，毒流海内，患起域中，是失天下之人心，大罪九；自嵩用事，风俗大变，贿赂者荐及盗跖，疏拙者黜逮夷齐，守法度者为迂滞，巧弥缝者为才能，是敝天下之风俗，大罪十。

嵩有此十大罪，昭入耳目，以陛下之神圣而若不知者，盖有五奸以济之。知陛下之意向，莫过于左右侍从，嵩以厚贿结之，凡圣意所爱憎，嵩皆预知，以得遂其逢迎之巧，是陛下左右，皆嵩之间谍，其奸一；通政司为纳言之官，嵩令义子赵文华为之，凡疏到必有副本，送嵩与世蕃，先阅而后进，俾得早为弥缝，是陛下之纳言，乃嵩之鹰犬，其奸二；嵩既内外周密，所畏者厂卫之缉谤也，嵩则令世蕃笼络厂卫，缔结姻亲，陛下试诘彼所娶为谁氏女，立可见矣，是陛下之爪牙，乃嵩之瓜葛，其奸三；厂卫既已亲矣，所畏者科道言之也。嵩于进士之初，非亲知不得与中书行人之选，知县推官，非通贿不得与给事御史之列，是陛下之耳目，皆嵩之奴隶，其奸四；科道虽入其牢笼，而部臣如徐学诗之类，亦可惧也，嵩又令子世蕃，将各部之有才望者，俱网罗门下，各官少有怨望者，嵩得早为斥逐，是陛下之臣工，多嵩之心腹，其奸五。

夫嵩之十罪，赖此五奸以济之，五奸一破，则十罪立见，陛下何不忍割一贼臣，顾忍百万苍生之涂炭乎？陛下听臣之言，察嵩之奸，或召问景、裕二王，令其面陈嵩恶，

或询诸阁臣，谕以勿畏嵩威，重则置之宪典，以正国法，
轻则谕令致仕，以全国体，内贼去而后外贼可除也。臣自
分斧钺，因蒙陛下破格之患，不敢不效死上闻，冒渎尊严，
无任悚惶待命之至！

世宗是时，正因众言官奏阻斋醮，下诏逮捕，继盛恐益触
帝怒，将疏暂搁不上。更越十有五日，斋戒沐浴，才将此疏拜
发。谁知朝上奏章，暮入诏狱，原来世宗览奏，已是懊恨，立
召严嵩入示。嵩见有召问二王语，遂启奏道："继盛敢交通二
王，诬劾老臣，请陛下明鉴！"两语够了。世宗益怒，遂饬逮继
盛下狱，岂不忆谏阻马市，其言已验耶？命法司严讯主使。继盛
道："发言由我，尽忠亦由我，难道必待他人主使么？"法司
问何故引入二王，继盛又厉声道："满朝都怕严嵩，非景、裕
二王，何人敢言？"景、裕二王，皆世宗子，已见五十九回。法司
也不再问，只说他诬毁宰臣，杖至百数，送交刑部。刑部尚书
何鳌，受嵩密嘱，欲坐继盛诈传亲王令旨罪，即欲将他杖死，
郎中史朝宾进言道："奏疏中但说召问二王，并不说由亲王令
旨，朝廷三尺法，岂可滥加么？"说得何鳌哑口无言，即去报
达严嵩。严嵩确是厉害，竟立黜朝宾为高邮判官。又因奏中有
严效忠、严鹄冒功情事，奉旨饬查，由世蕃自为辩草，送兵部
武选司郎中周冕，嘱他依草上复。冕偏铁面无情，竟据实复
奏道：

臣职司武选，敢以冒滥军功一事，为陛下陈之：按
二十七年十月，据通政司状送严效忠，年十有六，考武
举不第，志欲报效本部，资送两广听用。次年据两广总
兵平江伯陈圭，及都御史欧阳必进，题琼州黎寇平，遣
效忠奏捷，即援故事授锦衣卫镇抚。无何效忠病废，严

鹄以亲弟应袭，又言效忠前斩贼首七级，例官加陞，遂
授千户。及细察效忠为谁？曰："嵩之厮役也。"鹄为
谁？曰："世蕃之子也。"不意嵩表率百僚，而坏纲乱
纪，一至于此。今蒙明旨下本部查核，世蕃犹私创复
草，架虚贻臣，欲臣依草复奏，天地鬼神，昭临在上，
其草现存，伏望圣明特赐究正，使内外臣工，知有不可
犯之法，国家幸甚！

这疏一人，朝右大臣多为严嵩父子捏一把冷汗，谁意严嵩
竟有神出鬼没的手段，居然打通关节，传出中旨，说是周冕挟
私捏造，朋比为奸，把他下狱削职；且擢世蕃为工部左侍郎，
愈加优眷。真正令人气煞。一面再令法司严讯继盛。继盛披枷
带索，由狱入廷，道旁人士，两旁聚观，见继盛身受重刑，各
叹息道："此公系天下义士，为何遭此荼毒？"又指着枷索，
互相私语道："奈何不将这种刑具，带在奸相头上，反冤屈了
好人？"公论难逃。国子司业王材，听着舆论，往谒严嵩道：
"人言也是可畏，相公何不网开一面，救出继盛；否则贻谤万
世，也为我公不取哩。"王材本阿附严嵩，此番良心未泯，竟
有此请，嵩颇有些悔悟，慨然答道："我亦怜他忠诚，当替他
代奏皇上，恕他一点便是。"王材唯唯而出。

嵩即与子世蕃商议，世蕃道："不杀继盛，何有宁日？"杀
了继盛，难道可长久富贵么？这所谓其父行劫，其子必且杀人。嵩迟
疑半晌，复道："你也单从一时着想，不管着日后哩。"世蕃
道："父亲若有疑心，何不商诸别人？"嵩点头道："你去与胡
植、鄢懋卿一商，何如？"世蕃领命，即至鄢懋卿宅中，说明
就里。懋卿道："这便叫作养虎贻患哩。尊大人缜密一生，今
反有此迟疑，殊不可解。"世蕃道："我也这般说，家父必欲
问君，并及胡公，我不能不到此一行。"顺父之命，还算孝思。

懋卿道："老胡怕也不赞成哩！我去邀他前来，一决可否便了。"当下令家人去招胡植，植与懋卿同出入严门，自然闻召即至。彼此会叙，谈及杨继盛事，也与懋卿同一见解。世蕃即匆匆告别，即将两人所说，还报严嵩。严嵩道："既然众论一致，我也顾不得什么了。"一个儿子，两个私人，便好算作公论吗？自是决定主意，要杀继盛。可巧倭寇猖獗，赵文华出视海防，与兵部侍郎张经等，互有龃龉，文华妒功忌能，构陷经等，严嵩任意牵扯，将继盛一并列入，可怜这赤胆忠心的杨老先生，竟不免就义市曹。曾记继盛有一遗诗云：

> 浩气还太虚，丹心照千古；
> 平生未报恩，留作忠魂补。

继盛妻张氏，闻夫将被刑，独上疏营救，愿代夫死。继盛尽忠，张氏尽义。正是：

> 巾帼须眉同一传，忠臣义妇共千秋。

张氏一疏，不可不录，待小子下回续述。

世宗因严嵩提挈仇鸾，遂假重柄，至于丧师辱国，讳败为胜，尚一无闻知，反加宠眷，是正可谓养痈贻患矣。迨夺大将军印绶，致鸾背疮溃裂，是不啻国家之痛疮溃裂耳。盖严、仇互攻，严贼之势，虽一时未至动摇，然譬之治病者，已有清理脏腑之机会，杨继盛五奸十大罪之奏，正千金肘后方也，暂不见用，而后来剔除奸蠹，仍用此方剂治之，杨公虽死，亦可瞑目矣。且前谏马市，后劾严嵩，两疏流传，照

耀简策，人以杨公之死为不幸，吾谓人孰无死，死而
流芳，死何足惜？至若张氏一疏，附骥而传。有是夫
并有此妇，明之所以不即亡者，赖有此尔。

第六十四回

却外寇奸党冒功　媚干娘义儿邀宠

却说杨继盛妻张氏，本是个知书达礼的贤妇，前此知劾嵩无益，劝阻继盛，嗣因继盛不从，竟致待罪诏狱。世宗本不欲加戮，因被严嵩构陷，附入张经案内，遂将他一同处决，急得张氏痛切异常，誓代夫死，遂草疏上奏道：

> 臣夫谏阻马市，预伐仇鸾，曾蒙圣上薄谪，旋因鸾败，首赐湔雪，一岁四迁，臣夫衔恩图报，误闻市井之语，尚狃书生之见，妄有陈说，荷上不即加戮，俾从吏议，杖后入狱，割肉二斤，断筋二条，日夜笼箍，备诸苦楚，两经奏谳，并沐宽恩，今忽阑入张经疏尾，奉旨处决，臣仰惟圣德，昆虫草木，皆欲得所，岂惜一回宸顾，下逮覆盆？倘以罪重，必不可赦，愿即斩臣妾首，以代夫诛。夫生一日，必能执戈矛，御魑魅，为疆场效命之鬼，以报陛下。*与沈束妻张氏一疏，前后相应，但沈束尚得全先，杨继盛竟致毕命，是亦有幸有不幸可。*

原来继盛入狱，有人送与蚺蛇胆一具，说是可解血毒。继盛却谢道："椒山自有肝胆，无须此物。"*椒山即继盛别号。*嗣经数次杖笞，体无完肤，两股上碎肉片片，累坠不堪，而且筋膜被损，愈牵愈痛。继盛咬住牙根，竟用了手爪，将腐肉挖去，又把饭盆磕碎，拾了磁片，割断股筋二条。<small>痛哉痛哉，我不忍闻。</small>所以张氏疏中，列入此语，冀动天听。可奈妇人不便伏阙，只好请人代呈，那万恶死凶的严嵩，怎肯轻轻放过，令这奏疏呈入？张氏一片苦心，仍然白用，结果是法场流血，燕市沉冤。

但兵部侍郎张经等，如何被赵文华构陷，说来话长，待小子从头至尾，略述一遍。

中国沿海一带，向有倭寇出没。从前明太祖时，曾设防倭卫所，控遏海滨，及成祖年间，屡破倭兵，倭寇少戢。日本将军足利义满遣使入贡，受封为日本国王，足利氏遂与中国交通，并代为诛逋海寇，只准商民入市，不准掳掠，因此沿海一带，尚称平安。到了世宗即位，有宁波鄞县人宋素卿，罹罪远飏，往投日本，适值义满去世，义植嗣位，暗弱不能制盗，盗众遂与素卿联络，借入贡为名，大掠宁波沿海诸郡邑。亏得巡按御史欧珠，及镇守太监梁瑶，诱执素卿，下狱论死，总算除了一个汉奸。谁知除了一个，反引出了好几个，甚么汪五峰，甚么徐碧溪，甚么毛海峰，甚么彭老生，统是中国人民，逸据海岛，勾结倭兵，劫掠沿海。<small>历代都有虎伥，无怪外人诮我谓无爱国心。</small>巡按浙江御史已改任陈九德，当即拜本入京，请置沿海重臣，治兵捕讨。世宗乃以朱纨为右都御史，巡抚浙江，兼摄福州兴化、泉漳诸州事。纨莅任后，下令禁海，日夕练兵甲，严纠察，破毁舶盗渊薮，擒斩寇谍数百人，不料反中时忌，被御史周亮等，劾他措置乖方，专杀启衅。朝旨竟夺纨官职，还要把他审问起来，纨忿恚自杀。<small>忠臣结果，往往如是。</small>遂将巡抚御史的官职，悬搁不设。直至嘉靖三十一年，安徽人汪直亡命海上，为寇舶巨魁；又有徐海、陈东、麻叶等与汪直通同联络，直尤狡悍，纵横无敌，连海外的倭寇，都是望风畏服，愿受指挥。直遂登岸犯台州，破黄岩，扰及象山、定海诸处，浙东骚动。于是廷臣会议，复设巡视重臣，命王忬巡抚浙江，提督沿海军务。

忬方巡抚山东，既奉朝旨，即日至浙，察知参将俞大猷、汤克宽，材勇可任，招为心膂，一面召募士卒，激厉将校，夜遣俞、汤二将，率兵剿袭。汪直正结砦普陀山，踞岛自固。俞大猷带领锐卒，乘风先发，汤克宽为后应，径趋贼寨，四面放起火来。汪直等猝不及防，慌忙逃走，官军追击过去，斩首百五十级，生擒百余人，焚死溺死的，无从查核。直遁至闽海，又被都指挥尹凤，迎头痛击，杀得他七零八落，狼狈遁去。浙江经此一战，人心少定。哪知汪直刁狡得很，复去勾引诸倭，大举入寇，连舰数百，蔽海而至，浙东西同时告警，忬遣汤克宽防东，俞大猷防西，两将如砥柱一般，捍卫中流，凭你汪直如何勇悍，也不能越雷池一步。直变计北犯，转寇苏、松，两郡素来饶沃，又无守备，被寇盗乘虚袭入，任情劫夺。还有贼目萧显，暴戾异常，率着劲倭数十人，屠上海、南汇、川沙，直逼松江城。余众围嘉定、太仓，所过残掠，惨不忍闻。敢问江南大吏，做甚么事？王忬急遣都指挥卢镗，倍道掩击，突入萧显营内。萧显措手不及，顿被杀死，贼众大乱，由卢镗麾兵截杀，砍去了无数头颅。杀不尽的毛贼，奔回浙境，巧与俞大猷相遇，正好借着开刀，一刀一个，两刀两个。霎时间杀得精光，不留一人。只有汪直一路，破昌国卫，劫乍浦、青村、柘林等处，尚是沿途剽掠，大为民患。忬复调汤克宽北援，适疫气盛行，士卒多病，克宽无可奈何，只好任寇北窜。汪直复趋入江北，大掠通州、如皋、海门诸州县，焚毁盐场，进窥青、徐交界，山东大震。那时廷臣又要劾奏王忬，说他以邻为壑，坐视不救，可为一叹。还算世宗圣量包容，不遽加罪，讽刺语。只改忬为右副都御史，调抚大同，另命徐州兵备副使李天宠代任。

忬一去浙，浙复不宁，天宠力不能制，奏请改简重臣，乃命南京兵部尚书张经，前文俱追朔前事，至此方说到张经。为右都御史，兼兵部侍郎，总督江南北、浙江、山东、福建、湖广诸军，便宜行事。经尝总督两广，颇有威惠，为狼土兵所敬服，朝议欲征狼土兵剿倭，因有是命。并且擢俞大猷、汤克宽为总兵，归经节制，指日平寇。经颇慷慨自负，矜气使才，这也是致死之由。且以狼土兵夙听指挥，必得死力，遂飞檄往调，命各省统兵官，就汛驻守，不得擅动。看官！你想就地的将校，本是不少，偏要至远地去调狼土兵，这种命令，能使众将心服么？于是彼此观望，不复效力。那时汪直正导引倭寇，由北而南，仍回掠苏、松，驰入浙境，犯乍浦、海宁，陷崇德，转掠塘西、新市、横塘、双林、乌镇、菱湖等处，距省会仅数十里。李天宠居守省城，束手无策，但募人缒城，自毁附郭民居，算是防寇的妙法。张经时驻嘉兴，亦不闻发兵往援，幸副使阮鹗，佥事王询，协守省城，无懈可击，才将寇兵却退。

是时通政司赵文华，已升授工部侍郎，上陈备倭七事，第一条乃请遣官望祭海神，第一策，便不足道，余六事，不问可知。然亦无非因帝信斋醮，乃有此瞎说耳。世宗览着，即召问严嵩。嵩与文华结为父子，哪有不竭力揎掇的道理，并说文华颇娴兵事，不妨令他往祀，乘便督察军情。世宗照准，遂命文华南下。文华得了这个美差，自然沿途索贿，恃宠横行，到了江南，祷祭已毕，便与张经晤谈军务。经自命为督军元帅，瞧文华不起，文华又自恃为钦差大臣，瞧张经不起，两人止谈数语，已是意气不投，互相冰炭。可巧广西田州土官妇瓦氏，引狼土兵数千，到了苏州，经尚按兵不动。巡按御史胡宗宪，谄事文华，彼此联同一气，促经发兵，经绝不答复。及再四催促，方复言永顺、保靖两处人马，尚未到齐，俟到齐后，出发未迟。原来张经恐文华轻浅，漏泄师期，所以模糊答复。文华忿甚，遂上疏劾经，只说"经才足平寇，但因身为闽人，与海寇多属同乡，所以徇情不发，养寇失机"云云。笔上有刀。疏方拜发，经已调齐永顺、保靖各兵，分道并进。适倭寇自柘林犯嘉兴，与参将卢镗相遇，镗此时已授参将。镗本率狼土兵，作为冲锋，两下交战，水陆夹攻，把寇众杀败石塘湾，寇众北走平望，又碰着总兵俞大猷，强将手下无弱兵，寇众勉强对仗，不到半个时辰，已杀伤了一半；转奔王江泾，又是两路兵杀到。一路是永顺兵，由宣慰使彭冀南统带，一路是保靖兵，由宣慰使彭荩臣统带，两路生力军，似虎似狼，前后互击，直令寇众上天无路，入地无门，拚着命敌了一阵，该死的统入鬼门关，还有一时不该死的，窜回柘林。四路得胜的大兵，一齐追杀，到了柘林贼砦，四面纵火，乱烧乱斫，寇众知是厉害，先已备好小舟，等到火势一发，大家都逃入舟中，飞桨遁去。

　　这次战胜，斩首二千级，焚溺无数，自出师防海以来，好算是第一次战功。不没张经功绩，以见下文之冤死。张经大喜，立刻拜表告捷。这时候的明廷中，早接到文华劾奏，世宗正要派官逮经，不意捷报驰来，乃是张经所发，接连又是文华的捷奏，内称狼兵初至，经不许战，由臣与胡宗宪督师，出战海上，方有此捷。彼此所报异辞，惹得世宗也动疑起来，只好又召严相问明。偏又问这老贼。称为严相，是从世宗心中勘出。看官！试想仇人遇着对头，义儿碰着干爷，直也变曲，曲也变直，还要问他甚么？当下遣使逮经，并李天宠、汤克宽等，一并拿问。到了京师，随你如何分辩，总说他冒功诬奏，尽拟处死。严嵩又把那杨继盛等，附入疏尾，共有一百余人。心同蛇蝎。当奉御笔勾掉九名，于是张经、李天宠、汤克宽及杨继盛等九名，尽死西市。缴足杨继盛死案。

　　经既被逮，改任周玩；天宠遗缺，就委了胡宗宪。未几，周珫复罢，以南京户部侍郎杨宜为总督，杨宜恐蹈经辙，凡事必咨商文华，文华威焰愈盛。惟狼土兵只服张经，不服文华、杨宜等人，遂不受约束，骚扰民间，倭寇探悉内情，又入集柘林，分众犯浙东，转趋浙西，直达安徽，从宁国、太平折入南京，出秣林关，劫溧阳、宜兴，抵无锡，趋浒墅，转斗数千里，杀伤四千人。应天巡抚曹邦辅，亟督兵出剿，与寇相遇，佥事董邦政怒马突阵，连斩贼首十余级。邦辅麾军齐上，贼大败飞奔，被官军追至杨家桥，拦入绝地，会集各部兵，四面围住，见一个，杀一个，见两个，杀一双，所有柘林遣来的寇党，杀得一个不留。文华闻寇众被围，兼程趋赴，欲攘夺邦辅功劳，及行至杨家桥，寇已尽歼，邦辅已驰表告捷，归功邦政。不劳费心。文华愤甚，乃选集浙兵，得四千人，与胡宗宪一同督领，拟进剿柘林老巢，一面约邦辅会剿。江南兵分三道，浙兵分四道，东西并进。到了松江，闻柘林贼已进据陶家港，遂进营砖桥，贼悉锐冲浙兵，浙兵惊溃，文华等不能禁遏，只好退走。一出手，便献丑。江南兵也陷贼伏中，死了二百多人。文华只诿罪邦辅，及佥事邦政，奏言两人愆约后期，以致小挫等情。世宗又要下旨逮问。给事中孙濬、夏栻等，力言邦辅实心任事，前此杨家桥一役，尽歼流贼，功绩显然，此次愆期，定有别故。文华遽请罪斥，殊属非是。世宗乃申饬文华秉公视师。文华料贼未易平，乃萌归志，会川兵破贼周浦，总兵俞大猷复破贼海洋，文华遂上言水陆成功，请即还朝，有旨准奏。及文华到了京师，又奏称余倭无几，杨宜、曹邦辅等不足平贼，只有胡宗宪可以胜任，于是杨宜免职，邦辅谪戍，独进宗宪为兵部侍郎，总督东南军务。

已而东南败报，相继入京，世宗颇疑文华妄言，屡诘严嵩，嵩曲为解免。文华未免惊惶，又想了一法，推在吏部尚书李默身上，只说他与张经同乡，密图报复，所遣东南将吏，多

不得人，以致败衄。世宗将信未信，会李默发策试士，试题中
有"汉武征四夷，海内虚耗，唐宪复淮蔡，晚节不终"等语。
文华又得了间隙，即将策题封入，劾奏李默讪谤朝廷。这奏上
去，当即降旨，将李默夺职，下狱拷讯，坐罪论死。又屈死了
一个。

　　先是文华自浙返京，携回珍宝，先往严府请安，见了严嵩
及世蕃，当将上等奇珍，奉献数色，严嵩自然喜欢。文华又入
内室，叩见嵩妻欧阳氏，复献上精圆的珍珠，翡翠的宝玉，且
口口声声，呼欧阳氏为母亲，说了无数感激的话儿。妇人家最
爱珍饰，又喜奉承，瞧着这义子文华，比世蕃要好数倍，正是
爱上加爱，喜上加喜。方在慰问的时候，严嵩适自外入内，文
华忙抢步迎接，步急身动，腰间的佩带，两边飘舞，也似欢迎
一般。至嵩入就座，与文华续谈数语，欧阳氏忽插口道："相
公年迈，所以遇事善忘。"嵩惊问何故？欧阳氏微笑，指着文
华的腰带道："似郎君为国效劳，奔走南北，乃仍服着这项腰
带，难道相公不能替他更新么？"这句话，明明是暗讽严嵩，
叫他为文华保举，升任尚书的意思。统是珠玉之力。嵩以手拈
须道："老夫正在此筹划哩，夫人何必着忙。"文华急下拜道：
"难得义父母如此厚恩，为儿设法升官，这正所谓欲报之德，
昊天罔极呢。"叫你多送点珍宝，便好报德。嵩随口说道："这没
有甚么难处。"欧阳氏复亲自离座，去扶文华，文华此时，非
常快活，接连磕了几个响头，方才起来。这段描摹，惟妙惟肖。
当即由嵩赐宴，加一赐字妙。两老上座，文华坐左，世蕃坐右，
欢饮至晚，方才告别。

　　不到数日，即有李默一案发生，默与嵩本不相协，天然如
此，不然，文华何敢劾奏。文华把他劾去，嵩亦暗中得意，乃入
白世宗，极称文华的忠诚。世宗遂擢文华为工部尚书，并加封
太子少保。文华喜出望外，忙去叩谢严嵩。嵩语文华道："我

窥上头的意见，还是有些疑你，不过看我的颜面，加你官爵，你须想个法子，再邀主眷，方好保住这爵位呢。"文华复叩头道："还仗义父赐教。"嵩捻着须道："依我看来，不如再出视师。"文华道："闻得兵部议定，已遣侍郎沈良才出去，如何是好？"嵩笑道："朝旨尚可改移，部议算作什么！据此两语，可见严氏势力。你自去奏请视师，我再替你关说数语，保管易沈为赵了。"文华大喜，叩别回寓，即忙拜本自荐。嵩又为言良才不胜重任，不如仍遣文华，江南人民，感念文华德惠，现尚引领遥望呢。不是江南人感德，却是分宜人感馈呢。世宗乃命文华兼右副都御史，提督浙闽军务，再下江南，沈良才仍回原职，自不必说。小子有诗叹道：

> 黜陟权由奸相操，居然贼子得荣褒。
> 试看献媚低头日，走狗宁堪服战袍。

文华再出视师，果能平倭与否，且至下回叙明。

  倭寇与海盗联络，屡犯江浙，自当以御击为先。朱纨、王忬皆专阃材，足以办贼，乃先后去职，忬且饮恨自尽。至张经继任，虽傲然自大，不无可訾，然王江泾一役，斩馘至二千级，当时推为第一胜仗，要不得谓非经之功。赵文华何人？乃敢冒功诬奏乎？是回于张经功过，鳌然并举，而功足掩过之意，即在言外。文华既诬死张经，复诬罪曹邦辅，回朝以后，复陷害李默，种种鬼蜮，仿佛一严嵩小影。嵩为义父，文华为义儿，臭味相投，无怪其然。故文华所为之事，嵩必曲护之，至叙入嵩妻欧阳氏一段，描摹尽致，尤见得龌龊小人，善于献媚，后世之夤缘内室，

借此博官者，无在非文华也。试展此回读之，曾亦自
觉汗颜否乎？铸奸留影，为后人戒，知作者之寓意
深矣。

第六十五回

胡宗宪用谋赚海盗　赵文华弄巧忤权奸

却说赵文华再出视师，仗着监督的名目，益发耀武扬威，凌胁百官，搜括库藏，两浙、江淮、闽、广间，所在征饷，一大半充入私囊。不如是，不足馈严府。到了浙江，与胡宗宪会着，宗宪摆酒接风，格外恭谨。为报德计，理应如此。席间谈及军事，宗宪叹道："舶盗倭寇，日结日多，万万杀不尽的，若必与他海上角逐，争到何时，愚意不若主抚。"文华道："抚倭寇呢，抚舶盗呢？"据此一问，已见文华之不知兵。宗宪道："倭寇不易抚，也不胜抚，自然抚舶盗为是。"文华道："兄既有意主抚，何不早行筹办？"宗宪道："承公不弃，力为保荐，自小弟忝督军务，巡抚一缺，即由副使阮鹗继任，他偏一意主剿，屡次掣肘，奈何？"文华道："有我到此，可为兄作主，何畏一鹗？"宗宪道："舶盗甚多，也不是全然可抚呢。目下舶盗，汪直为魁，但他有勇无谋，尚不足虑；只有徐海、陈东、麻叶三人刁狡得很，恰不可不先收服。"文华道："徐海等既系刁狡，难道容易收服么？"宗宪笑道："小弟自有计较，只待公到，为弟作主，便好顺手去办了。"言至此，即与文华附耳数语，宗宪颇有干才，只因他趋附严、赵所以失名。文华大喜，便将一切军事，托付宗宪，自己惟征发军饷，专管银钱要紧。这是他的性命。

话分两头，且说宗宪既议决军情，便放心安胆，照计行去，先遣指挥夏正，往说徐海。海系杭州虎跑寺僧，因不守清规，奸淫大家姬妾，为地方士绅所逐，他遂投奔海上，与海寇陈东、麻叶结合，自称平海大将军，东劫西掠，掳得两个女子，作为侍妾，一名翠翘，一名绿珠，面貌很是妖艳，海遂左抱右拥，非常宠爱。夏正受宗宪计，拣了最好的珠宝簪珥，往赠翠翘、绿珠，嘱她们乘间说海，归附朝廷，一面竟入见徐海道："足下奔波海上，何若安居内地？屈作倭奴，何若贵为华官？利害得失，请君自择！"徐海沉思良久道："我亦未尝不作此想，但木已成舟，不便改图。就使有心归顺，朝廷亦未必容我呢。"已被夏正说动了。夏正道："我奉胡总督命，正为抚君而来，君有何疑？"海复道："我此时变计归顺，胡总督即不杀我，也不过做了一个兵士罢了。"夏正道："胡总督甚爱足下，所以命我到此，否则足下头颅，已恐不保，还要我来甚么？"利诱威吓，不怕徐海不入彀中。海投袂起座道："我也不怕胡总督，你去叫他前来，取我头颅。"夏正道："足下且请息怒，容我说明情由。"一面说着，一面恰故意旁视左右，惹得徐海动疑起来，遂命左右退出，自与夏正密谈。夏正复道："陈东已有密约，缚君归降呢。"徐海大惊道："可真么？"正复道："什么不真！不过陈东为倭人书记，胡总督恐多反复，所以命我招君，君如缚献陈东、麻叶两人，归顺朝廷，这是无上的大功，胡总督定然特奏，请赏世爵哩。"徐海不禁沉吟。夏正道："足下尚以陈东、麻叶为好人么？君不负人，人将负君。"海乃道："待我细思，再行报命。"正乃告别。

　　徐海即令人窥探陈东消息，可巧陈东已闻他迎纳夏正，适在怀疑，见了徐海的差人，恶狠狠的说了数语，差人返报徐海，海默忖道："果然真了，果然真了。"入与二妾商议，二妾又竭力怂恿，叫他缚寇立功。贪小失大，妇女之见，往往如此。海遂诱缚麻叶，献至军前。宗宪毫不问讯，即令左右将他释缚，好言抚慰，且嘱他致书陈东，设法图海。麻叶方恨海入骨，哪有不惟命是从？立刻写就书信，呈缴宗宪。宗宪并不直寄陈东，偏令夏正寄与徐海，兵不厌诈，此等反间计，恰好用这三人身上。徐海即将麻叶原书，寄与萨摩王旁弟。萨摩王是倭寇中首领，陈东正在他亲弟幕中，充当书办。见了此书，恼怒非常，也不及查明虚实，竟将陈东拿下，解交徐海。徐海得了陈东，东尚极口呼冤，海却全然不睬，带领手下数百人，押住陈东，竟来谒见胡宗宪。宗宪邀同赵文华，及巡抚阮鹗，邀鹗列座，无非是自鸣得意。依次升堂。文华居中，胡、阮分坐两旁，传见徐海。海戎装入谒，叩头谢罪，并向宗宪前跪下。宗宪起身下堂，手摩海顶道："朝廷已赦汝罪，并将颁赏，你休惊恐，快快起来！"海应声起立，当由海手下党羽，牵入陈东。宗宪只诘责数语，也未尝叱令斩首。此中却有作用。一面取出金帛，犒赏徐海。海领赏毕，请借地屯众，宗宪笑道："由你自择罢。"海答道："莫若沈庄。"宗宪道："你去屯扎东沈庄，西沈庄我要驻兵呢。"海称谢自去。原来沈庄有东西两处，外海内河，颇称险固，徐海请就此屯扎，尚是一条盘踞险要的计划。早已入人牢笼，怕你飞到哪里去。

　　宗宪见徐海已去，却转问陈东道："你与徐海相交多年，为何被他擒献呢？"反诘得妙。陈东正气愤填胸，便说徐海如何刁奸，并言自己"正思归降，反被海缚献邀功，狡黠如此，望大帅切勿轻信！"宗宪微笑道："原来如此，你果有心归诚，我亦岂肯害你？纯是诳语。但你手下可有余众么？"陈东道："约有二三千人。"宗宪道："你去招他进来，扎居西沈庄，将来我仍令你统率，好伺察这徐海呢。"东大喜称谢。宗宪忙令解缚，令他即日发书招众至西沈庄，暗中恰诈为东书，往寄东党道："徐海已结好官兵，指日剿汝，汝等赶紧自谋，不必念我。"这封书到了西沈庄，东党自然摩拳擦掌，要去与东沈庄厮杀。个个中宗宪计，好似猴人弄猴。徐海见东党来攻，与他交战几次，互有杀伤。东党退去，徐海方顿足大悟道："我中计了。"晓得迟了。急忙修好密书，投递萨摩王，说明自己与陈东"皆被宗宪所赚，悔之无及，今反自相残杀，势孤力穷，请王速发大兵，前来相救，事尚可图"等语。当下遣偏裨辛五郎，赍书潜往，谁知早被胡宗宪料着，遣参将卢镗，守候途中，辛五郎适与相遇，无兵无械，被卢镗手到擒来。

　　徐海尚眼巴巴的望着倭兵，忽有党羽来报，赵文华已调兵六千，与总兵俞大猷，直趋沈庄来了。徐海忙了手脚，忙令手下掘堑筑栅，为自守计。文华所调兵士，先到庄前，望见守御甚固，一时不敢猛攻，只在栅外鼓噪。文华无用，连他所调兵士，也是这般。幸俞大猷从海盐进攻，竟从东庄后面乘虚攻入。徐海不及防备，只好弃寨逃命，一直奔至梁庄，官军从后追击，巧值大风卷地，乘风纵火，把徐海手下的贼众，烧毙大半。徐海逃了一程，前面适阻着一河，无路可奔，没奈何投入水中，官兵内有认识徐海的，大声呼道："不要纵逃贼首徐海，他已入水去了。"徐海方在凫水，听着此语，忙钻入水底，有善泅水的官兵，抢先入水，纷纷捞捉。此时残寇败众，陆续投水，横尸满河，打捞费事，等到捉着徐海，已是鼻息全无，魂灵儿早入水府去了。徐海已死，立即枭首，只翠翘、绿珠两美女查无下落，大约在东沈庄中，已经毙命。倒是同命鸳鸯。这也不在话下。

　　且说东沈庄已破，西沈庄亦立足不住，陈东余党，相率逃散，赵文华等奏称大捷。世宗命械系首恶，入京正法，文华乘此入朝，押解陈东、麻叶到了京师，行献俘礼，陈东、麻叶磔死。加授文华为少保，宗宪为右都御史，各任一子锦衣千户，余将升赏有差。只阮鹗未曾提起。文华得此厚赏，又跑至严府叩谢，所有馈遗，比前次更加一倍，严嵩夫妇，倒也欢喜得很。

独世蕃满怀奢望，闻得文华满载而归，料有加重的馈遗，文华恰知他生性最贪，平常物件，不必送去，独用了黄白金丝，穿成幕帐一顶，赠与世蕃，又用上好的珍珠，串合拢来，结成宝髻二十七枚，赠与世蕃的姬妾。原来世蕃贪淫好色，平时闻有美姝，定要弄她到手，所有爱妾，共得二十七人，几似天子二十七世妇。侍婢不计其数。这二十七位如夫人，个个享受荣华，鲜衣美食，寻常珍奇玩好，不足邀她一顾。此次文华还京，除馈献严嵩夫妇父子外，连他二十七个宠姬，都一一馈赠宝髻，在文华的意思，也算是不惜金钱，面面顾到，确是阔绰。哪知这种姬妾，瞧着宝髻，竟视作普通首饰，没有甚么希罕。世蕃见了金丝幕帐，也是作这般想，心上很是不足，只因不便讨添，勉强收受罢了。惟文华既得帝宠，一时的权位，几与严嵩相等，他暗想：所有富贵，全仗严家提拔，自古说道盛极必衰，严氏倘若势倒，势必同归于尽。谁知自己势倒，比严氏还早。况且馈遗严氏珍物，共值数万金，世蕃对着自己，并不道谢，反装出一副懊恼的形容，长此过去，怕难为继，不如另结主知，免得受制严门。计非不是，其如弄巧反拙何？计划已定，遂一心一意的等候时机。

一日，至严嵩府第，直入书斋，只见严嵩兀坐小饮，文华行过了礼，便笑说道："义父何为独酌？莫非效李白举杯邀影么？"严嵩道："我哪里有此雅兴？年已老了，发都白了，现幸有人，传授我药酒方一纸，据言常饮此酒，可得长生，我照方服了数月，还有效验，所以在此独酌哩。"文华道："有这等妙酒，儿子也要试服，可否将原方借抄一纸。"严嵩道："这也甚便，有何不可？"即命家人将原方检抄一份，给与文华。文华拜别自去。到了次日，便密奏世宗，言："臣有仙授药酒方一纸，闻说依方常服，可以长生不老。大学士严嵩试饮一年，很觉有效，臣近日才知，不敢自私，谨将原方录呈，请皇上如法试服，当可延年。"有翼能飞，便相啄母，奸人之不足恃如此。世宗览疏毕，便道："严嵩有此秘方，未尝录呈，可见人心是难料呢。今文华独来奏朕，倒还有些忠心。"当下配药制酒，自不消说。

惟内侍闻世宗言，暗中将原疏偷出，报告严嵩。嵩不禁大怒，立命家人往召文华，不一时，已将文华传到。文华见了严嵩，看他怒容满面，心中一跳，连忙施礼请安。严嵩叱道："你向我行什么礼？我一手提拔你起来，不料你同枭獍，竟要坑死我么？"急得文华冷汗遍身，战兢兢的答道："儿，儿子怎敢！"丑态如绘。严嵩冷笑道："你还要狡赖么？你在皇上面前，献着何物？"文华支吾道："没，没有什么进献。"严嵩更不答语，取出袖中一纸，径向文华掷去。文华忙接过一瞧，乃是一张奏折，从头看去，不是别样文字，就是密奏仙方的原疏。这一惊非同小可，吓得面如土色，只好双膝跪地，磕头似捣蒜一般。严嵩厉声道："你可知罪么？"文华嗫嚅道："儿子知罪，求义父息怒！"嵩复道："哪个是你的义父！"文华尚是叩头，嵩顾着家人道："快将这畜生拖出去！我的座前，不配畜生跪伏！"连跪伏尚且不许，严家之威焰可知。家人听着此语，还有什么容情，当有两人过来，把文华拉出相府。

文华回到私第，左思右想，无法可施，可怜他食不得安，夜不得眠。到了次日，天明即起，早餐才毕，盘算了许多时，方命舆夫整车，快快的登车而行，舆夫问往何处？文华才说是快往严府。须臾即至，由文华亲自投刺，门上的豪奴煞是势利，看见文华，故意不睬。文华只好低心下气，求他通报。门奴道："相爷有命，今日无论何人，一概挡驾。"文华道："相爷既如此说，烦你入报公子。"门奴道："公子未曾起来。"想与二十七姬共做好梦哩。文华一想，这且如何是好，猛然记起一人，便问道："莘山先生在府么？"门奴答道："我也不晓得他。"文华便悄悄的取出一银包，递与门奴，并说了无数好话，门奴方才进去。转瞬间便即出来，说是荸山先生有请，文华才得入内。

看官！你道这荸山先生是何人？他是严府家奴的头目，呼作严年，号为荸山，内外官僚，夤缘严府，都由严年经手，因此人人敬畏，统称他为"荸山先生"。文华出入严府，所有馈遗，当然另送一份。此时彼此相见，文华格外客气，与严年行宾主礼，严年佯为谦恭，互相逊让一回，方分坐左右。一个失势的义儿，不及得势的豪奴。文华便问起严嵩父子。严年摇首道："赵少保！你也太负心了。该骂。相爷恨你得很，不要再见你面，就是我家公子，也与你有些宿嫌，暗应上文。恐此事未便转圜哩。"文华道："荸山先生，你无事不可挽回，此次总要请你斡旋，兄弟自然感激。"与家奴称兄道弟，丢尽廉耻。严年犹有难色，经文华与他附耳数语，才蒙点首。用一蒙字妙。时已晌午，严年方入报世蕃，好一歇，这一歇时，未知文华如何难过。始出来招呼文华。文华趋入，世蕃一见，便冷笑道："吾兄来此何为？想是急时抱佛脚呢。"文华明知他语中带刺，但事到其间，无可奈何，只好高拱手，低作揖，再三告罪，再四哀恳，世蕃才淡淡的答应道："我去禀知母亲，瞧着机缘，当来报知。"文华乃去。

过了两三日，不见世蕃动静，再去谒候，未得会面。又越两日，仍无消息，但闻严嵩休沐，料此日出入严府，定必多人，他也不带随役，独行至严府内，冲门直入。门役已屡受馈金，却也不去拦阻。到了大厅外面，停住脚步，暗从轩楹中探望，遥见严嵩夫妇高坐上面，一班干儿子及世蕃，侍坐两旁，统在厅中畅饮，笑语声喧；正在望得眼热，忽见严年出来，慌忙相迎。严年低语道："公子已禀过太夫人了，太夫人正盼望你呢！"文华即欲趋入，严年道："且慢！待我先去暗报。"言毕自去。文华侧耳听着，又阅半晌，方闻嵩妻欧阳氏道："今日阖座欢饮，大众都至，只少一个文华。"嗣又由严嵩接口道："这个负心贼，还说他甚么？"从文华耳中听出，叙次甚妙。文华心中一跳，又在楇隙中偷瞧，见严嵩虽如此说，恰还没甚怒容，随又听得欧阳氏道："文华前次，原是一时冒失，但俗语说得好：'宰相肚里好撑船，'相公何必常念旧恶呢。"接连是严嵩笑了一声。这时候的赵文华，料知机会可乘，也不及待严年回报，竟大着胆闯将进去；走至严嵩席前，伏地涕泣。严嵩正欲再责，偏是欧阳夫人已令家婢执着盃箸，添置席上，并叫起文华，入座饮酒，一面劝慰道："教你后来改过，相公当不复计较了。"文华叩谢而起，方走至坐位前，勉饮数巡。这番列座，趣味如何？未几酒阑席散，文华待外客谢别，方敢告辞。犹幸严嵩不甚诃责。总算放心归去。哪知内旨传来，令他督建正阳门楼，限两日竣工，文华又不免慌张起来。正是：

相府乞怜才脱罪，皇城限筑又罹忧。

欲知文华何故慌张，容待下回分解。

　　胡宗宪用谋赚盗，计划层出不穷，颇得孙吴三昧，徐海、陈东、麻叶俱因此致戮，不得谓非宗宪之功。惟阿附赵文华，掠夺张经战绩，致为士论所不齿，可见有才尤须有德，才足办盗，而德不足以济之，终致身名两败，此君子之所以重大防也。文华患得患失，心愈苦，计愈左，纳宝髻反结怨世蕃，献酒方即得罪严嵩，彼岂竟顾前忘后，卤莽行事者？盖缘势利之见，横亘方寸，当其纳宝髻时，心目中只有严嵩，不遑计及世蕃，及献药方时，心目中只有世宗，不遑顾及严嵩，卒之左支右绌，处处受亏，所谓心劳日拙者非耶？一经作者演述，愈觉当日情形，跃然纸上。

第六十六回

汪寇目中计遭诛　尚美人更衣侍寝

却说嘉靖三十六年四月间，奉天、华盖、谨身三殿，偶然失火，损失甚巨，世宗下诏引咎，修斋五日。嗣用术士言，拟速建正阳门楼，作为厌禳。文华职任工部，无可推诿，奈朝旨命他两日竣工，一时仓猝，哪里办得成就，因此慌张起来。当下鸠工赶筑，早夜不绝，偏是光阴易过，倏忽间过了两天，门楼只筑成一半。适严嵩入直，世宗与语道："朕令文华督造门楼，兴工两日，只筑一半，如何这般懈弛，敢是藐朕不成？"嵩复奏道："文华自南征以来，触暑致疾，至今未愈，想是因此延期，并非敢违慢圣旨呢。"也算回护文华。世宗默然不答。嵩退直后，即饬世蕃报知文华，令他见机引疾，免得遭谴。文华自然遵行，拜疏上去，当由世宗亲自批答，令他回籍休养。文华接旨，只好收拾行装，谢别严府。欧阳夫人尚是怜他，命他留住数日，文华也就此留京，意中还望复职。适世宗斋祀，停进封章，文华令荫子怿思，文华、宗宪子，各任锦衣千户，已见上回。请假宫中，说是送父启程，无非望世宗再行留他。不料有旨传下，竟斥怿思顾家忘国，着即戍边；文华意存尝试，目无君上，应削职为民。又是弄巧成拙。文华见了此旨，不由的涕泪交流，形神俱丧，又经父子泣别，愁上加愁，没奈何带着家眷，雇舟南下。他平时本有蛊疾。遇着这番挫折，正是有生以来第一种失意事，哪得不故疾复发。一夕，忽胀闷异常，用手摩腹,"扑"的一声,腹竟破裂,肠出而死。想是中饱太多,致此孽报。所有娇妻美妾,扶丧归去,把从前富贵荣华,都付作泡影了。

且说胡宗宪闻文华罢归,失了内援,心中未免懊怅,所应剿的海寇,虽已除了徐海、陈东诸人,尚有汪直未死,仍然纵横海上。宗宪与汪直同系徽人,直为海寇,母妻未曾带去,被拘狱中,宗宪令同乡士卒,至徽州释直母妻,迎至杭州,馆待甚厚,且亲去慰问一次,嘱他母妻致书招直。直得家书,才知家属无恙,意颇感动。宗宪又遣宁波诸生蒋洲往说汪直,直喟然道:"徐海、陈东、麻叶三人,统死在胡督手中,我难道也自去寻死么?"蒋洲道:"此言错了。徐海、陈东等人,与胡督并非同乡,所以为国除害,不得不尔。君与他同籍徽州,应有特别情谊。现在足下宝眷,俱在杭州,一切衣食,统由胡总督发给。足下试思,若非念着乡亲,肯这般优待么?"直复道:"据你说来,胡督真无意害我么?"蒋洲道:"非但无意害君,还要替君保奏。"直踌躇半晌,方道:"既如此,你且先去!我便率众来降了。"洲遂与他约期而别,返报宗宪,据事陈明。宗宪大喜,谁知待了数日,毫无影响。巡按周斯盛,入语宗宪道:"此必汪直诈计,蒋洲被贼所给,反来诳报,也不能无罪呢。"当下将蒋洲系狱。洲复追述宣谕始末,并言汪直为人,粗鲁豪爽,不致无故失约,此次愆期,或为逆风所阻,亦未可知。

供簿才毕,外面有骑卒禀报,称是:"舟山岛外,有海船数艘,内有寇众多人,头目便是汪直,他虽说是来降,沿海将吏,因他人多滋疑,已经戒备,只禀大帅,如何处置便了。"宗宪道:"他既愿来投诚,何必疑他。"当与周斯盛商议,仍拟遣蒋洲招直。斯盛尚恐蒋洲难恃,请另遣别人。宗宪乃将蒋洲还系,蒋洲系狱,由斯盛一言,蒋洲得生,亦由斯盛一言,乃知塞翁失马，未始非福。另遣指挥夏正，往招汪直。直见将吏戒严，未免心慌，当问夏正道："蒋先生何故不来？"夏正道："蒋先生适有别遣，无暇到此。"汪直道："胡督疑我误期么？我因中道遇风，舟为所损，还易他舟，所以误期。"夏正道："胡督心性坦白，断不致疑。"直终未信，只遣养子王澈，随夏正见宗宪。宗宪问直何为未至？王澈道："我等好意投诚，乃闻盛兵相待，莫怪令人滋疑了。"宗宪解谕再三，王澈乃道："汪头目极愿谒见大帅，奈被左右阻住，如蒙大帅诚意招待，可否令一贵官同去。易我头目上来，以便推诚相见。"宗宪道："这也何妨。"仍着夏指挥同行便了。夏正奉命，只好再与王澈同往，当由王澈留住舟中，一面请汪直登岸，去见宗宪。宗宪居然开门相迎，直入门请罪，跪将下去。宗宪忙亲自扶起，笑说道："彼此同乡，不啻弟兄，何必客气。"遂邀他坐了客位。直既坐定，慨然道："大帅不记前非，招我至此，身非木石，宁有不感激隆情？此后当肃清海波，借赎前罪。"宗宪道："老兄敢战有为，他日为国家出力，分土酬庸，爵位当在我辈之上。"直大喜道："这全仗大帅提拔呢。"宗宪遂盛筵相待，一面令麾下发给蔬米酒肉，送与直舟，即派夏正为东道主，款待舟中党目。直此时已喜出望外，感激十分，筵宴既罢，留直住居客馆，命文牍员缮好奏疏，请赦汪直前罪，即日拜发出去。

过了数天，复旨已到，由宗宪展开恭读，不禁皱起眉来，原来复旨所称"汪直系海上元凶，万难肆赦，即命就地正法"云云。宗宪一想："这事如何了得，但朝旨难违，只好将直枭首，夏指挥的生死，当然不能兼顾了。"随即不动声色，即日置酒，邀汪直入饮。酒至数巡，宗宪拱手道："我日前保奏足下，今日朝旨已转，足下当高升了。"直才说了"感谢"二字，但见两旁的便门齐辟，拥出无数持刀佩剑的甲士，站立左右，汪直甚为惊异。宗宪高声语直道："请足下跪听朝旨。"直无奈离座，当由宗宪上立，直跪在下面，宗宪依旨朗读，念到"就地正法"四字，即有甲士上前，竟将直捆绑起来。直厉声道："胡宗宪！胡宗宪！我原说你靠不住，不料又堕你计，你真刁狡得很！"骂亦无益。宗宪道："这恰要你原谅，奏稿具在，不妨检与你看。"直恨恨道："还要看什么奏稿，总之要我死罢了。"宗宪也不与多辩，当命刀斧手百名，将汪直推出辕门，号炮一声，直首落地。这信传到直舟，那班杀人不眨眼的党目，个个气冲牛斗，立把夏正拿下，你一刀，我一剑，剁作肉泥，无端为汪直偿命，这是宗宪误人处。当即扬帆自去。党众尚有三千人，仍然联络倭寇，到处流劫，宗宪也不去追击。夏正死不瞑目。竟奏称巨憝就诛，荡平海寇等语。世宗大悦，封宗宪为太子太保，余皆迁赏有差，这且慢表。

且说世宗闻外寇渐平，正好专心斋醮，且云："叛恶就擒，统是鬼神有灵，隐降诛殛。"因此归功陶仲文，加封为恭诚伯。惟紫府宣忠高士段朝用，伪谋被泄，下狱诛死。朝用由郭勋进身，勋已早死，朝用何能长生？一面命翰林院侍读严讷、修撰李春芳等并为翰林学士，入直西内，代撰青词。内外臣工，统是揣摩迎合，阴图邀宠。徽王载埨，系英宗第九子见沛曾孙，承袭祖荫，嗣封钧州。他父厚爝，素与陶仲文结交，仲文称他忠敬奉道，得封真人，颁给金印。藩王加封真人，古今罕闻。厚爝死后，载埨嗣爵，奉道贡媚，世宗仍命佩真人印。

时有南阳方士梁高辅，年逾八十，须眉皓白，两手指甲，各长五六寸，自言能导引服食，吐故纳新。载埨遂请他入邸，虔求指教。高辅慨然应允，除面授吐导外，再替他修合妙药。看官！你道他药中用着何物？据《明史杂闻》上记及，是用童女七七四十九人，第一次天癸，露晒多年，精心炼制，然后可服。服食后，便有一种奇效，一夕可御十女，恣战不疲，并

云："可长生不死，与地仙无异。"原来是一种春药。载垆依法
服食，即与妃嫔等实地试验，果然忍久耐战，与前此大不相
同。他恰不敢蔽贤，遂通书仲文，请为高辅介绍，荐奉世宗，
世宗年已五十，精力浸衰，后宫嫔御，尚有数十，靠了一个老
头儿，哪里能遍承雨露，免不得背地怨言，世宗也自觉抱歉，
就使微有所闻，也只好含忍过去。此次由仲文荐入高辅，传授
婴儿姹女的奇术，并彭祖、容成的遗方，一经服习，居然与壮
年一般，每夕能御数妃，喜得世宗欣幸过望，立授高辅为通妙
散人。且因载垆荐贤有功，加封为忠孝真人。载垆益自恣肆，
擅坏民屋，作台榭苑囿，杖杀谏官王章，又微服游玩扬州，被
巡兵拘住，羁留三月，潜行脱归，暗中却贻书高辅，托词借
贷，私索贿赂，高辅搁置不报。载垆待了多日，未得复音，再
拟发书诘责，凑巧高辅有信寄到，总道是有求即应，惠我好
音，谁知展书一瞧，并没有什么财帛，载在书中，只说是"皇
上需药，一时不及提炼，忆尊处尚有余药，特遣人走取"云
云。那时载垆不禁大愤，勃然说道："兀那负心人，不有本
藩，何有今日？我欲求他，他绝不提起，他欲求我，我还要答
应他么？"当下复绝来使，只说是存药已罄，无从应命。来使
去后，恰着人赍药入京，给与陶仲文，托他权词入献。你不送
去也罢了，偏要多一周折，真是弄巧反拙了。高辅闻知此事，很是
忿恨，便入奏世宗，把载垆在邸不法事，和盘说出。未免负心。
世宗即隐遣中官密访，至中官还奏，所有高辅奏请的事情，语
语是实。并说载垆诈称张世德，自往南京，强购民女等因，于
是世宗震怒，夺去载垆的真人印。陶仲文虽爱载垆，也不敢代
为辩护。冤冤相凑，有南中民人耿安，叩阍诉冤，告称载垆夺
女事，安知非梁高辅主使。当下遣官按治，复得实据，狱成具
奏。有诏废载垆为庶人，幽锢凤阳。载垆悔恨交迫，竟尔投缳
自尽，妃妾等亦皆从死，想是房术的感念。子女被徙开封，徽王

宗祀，从此中绝了。

载垹既死，世宗益宠信梁高辅。高辅为帝合药，格外忠勤，且选女八岁至十四岁的凡三百人，入宫豢养，待他天癸一至，即取作药水，合入药中。由高辅取一美名，叫作"先天丹铅"。嗣又选入十岁左右的女子，共一百六十人，大约也是前次的命意。这四五百童女，闲居无事，或充醮坛役使，或司西内供奉。内中有个姓尚的女子，年仅十三，秀外慧中，选值西内，一夕黄昏，世宗坐诵经偈，运手击磬，忽觉困倦起来，打了一个磕睡，把击磬的槌，误敲他处，诸侍女统低头站着，不及瞧见，就使瞧着了他，也不敢发声。独尚女失声大笑，这一笑惊动天颜，不禁张目四顾，眼光所射，正注到尚女面上，梨涡半晕，尚带笑痕，本拟疾声呵叱，偏被她一种憨态，映入眼波，不知不觉的消了怒气，仍然回首看经。可奈情魔一扰，心中竟忐忑不定，只瞳神儿也不由自主，只想去顾尚女。尚女先带笑靥，后带怯容，嗣又俯首弄带，越显出一副娇痴情状。灯光下看美人，愈形其美。世宗越瞧越爱，越爱越怜，那时还有甚么心思念经？竟信口叫她过来，一面令各侍女退出。各侍女奉旨退班，多半为尚女捏一把汗。偏这世宗叫过尚女，略问她履历数语，便掷去磬槌，顺手牵住尚女，令坐膝上。尚女不敢遽就，又不敢竟却，谁意世宗竟拢她笑靥，硬与她亲一个吻。想是甘美异常，比天癸还要可口。尚女急摆脱帝手，立起身来，世宗岂肯放过，复将她纤腕携住，扯入内寝。当下服了仙药，霎时间热气满腹，阳道勃兴，看官！你想此时的尚女，还从哪里逃避？只好听世宗脱衣解带，同上阳台；但嫩蕊微苞，遽被捣破，这尚女如何禁当得起？既不敢啼，又不敢叫，没奈何啮齿忍受。此时恐笑不出来。世宗亦格外爱怜，留些不尽的余地，偏是药性已发，欲罢不能，一时间狂荡起来，尚女无法可施，只得在枕畔哀求。毕竟皇恩隆重，不为已甚，勉强停住云雨，着衣下床，出令内侍宣召庄妃。庄妃事在此处插入，销纳无痕。庄妃姓王，从丹徒徙居金陵，由南都官吏选入，初未得宠，寂寞深宫，未免伤怀。她却幼慧能诗，吟成宫词数律，借遣愁衷。适被世宗闻知，因才怜色，遂召入御寝，春宵一度，其乐融融，遂册为庄妃。嗣加封贵妃，主仁寿宫事。先是方后崩后，应五十九回。正宫虚位，世宗属意庄妃，陶仲文窥知上意，暗向庄妃索赂，当为援助。偏偏庄妃不与，仲文因此怀恨，遂上言帝命只可特尊，不应他人敌体。世宗本信重仲文，况连立三后，依然中绝，想是命数使然，不便强为，遂将立后事搁起不提。惟宠爱庄妃，不让中宫，此番宣召，实是令她瓜代的意思。待至庄妃召至，尚女已起身别去，世宗也不遑与庄妃谈论，便令她卸妆侍寝，续梦高唐。庄妃年逾花信，正是婪尾春风，天子多情，佳人擅宠，恰似一对好凤凰，演出两度风流事，这且不必琐述。已不免琐述了。

越两宿，世宗复召幸尚女，尚女还是心惊，推了片时，无法违旨，只好再去领赐。不意此夕承欢，迥殊前夕，始尚不免惊惶，后竟觉得畅快，一宵欢爱，笔难尽描。世宗称她为尚美人，后复册封寿妃。又要大笑了。正在老夫少妻，如胶如漆的时候，忽有一内监趋入，呈上一幅罗巾，巾上有无数血痕，由世宗模模糊糊的，细览一番，方辨出一首七言的律句来。其诗道：

　　闷倚雕栏强笑歌，娇姿无力怯宫罗。
　　欲将旧恨题红叶，只恐新愁上翠蛾。
　　雨过玉阶天色净，风吹金锁夜凉多。
　　从来不识君王面，弃置其如薄命何？

世宗阅罢，不禁流下泪来，究竟此诗为谁氏所作，且看下回表明。

　　明有两汪直，一为宫役，一为海寇，两人以直为名，非但不足副实，且皆为罪不容死之徒。然彼此互较，吾宁取为海寇之汪直。直亡命有年，顾闻母妻之居养杭州，即有心归顺，似尚不失为孝义。后与蒋洲约降，中途遇风，仍易舟而来，其守信又可概见。宗宪为之保奏，使之清海自赎，亦一时权宜之计，明廷不察，必令诛戮降附，绝人自新之路，且使被质之夏正，为所支解，吾不禁为汪直呼冤，吾又不禁为夏正呼冤也。世宗有意修醮，乃好杀如彼，而好仙又如此，方士杂进，房术复兴，清心寡欲者，固如是乎？况年逾五十，竟逼十三龄之女子，与之侍寝，当时只图色欲，不计年龄，其后不肇武曌之祸者，犹其幸尔。或谓尚美人不见史传，或系子虚，然稗乘中固明载其事，夫庄妃且不载正传，况尚美人乎？史笔多从阙略，得此书以补入之，亦束晰补亡之遗义也。

第六十七回

海刚峰刚方绝俗　邹应龙应梦劾奸

　　却说世宗看罢血诗，不禁流泪。这血诗系宫人张氏所作，张氏才色俱优，入宫时即蒙召幸，但性格未免骄傲，平时恃着才貌，不肯阿顺世宗，当夕数次，即致失宠。秋扇轻捐，人主常态。嗣是禁匿冷宫，抑郁成疾，呕血数月，夭瘵而亡。未死前数日，便将呕出的余血，染指成诗，书就罗巾上面，系着腰间。明代后宫故例，蒙幸的宫人，得病身亡，小敛时必留身边遗物，呈献皇上，作为纪念。张氏死后，宫监照着老例，取了罗巾，赍呈世宗。世宗未免有情，哪得不触起伤感？当下便诘责宫监，何不早闻？宫监跪奏道："奴婢等未曾奉旨，何敢冒昧上渎？"这语并未说错。世宗闻言，不觉变悲为怒，斥他挺撞，喝令左右将他拿下，一面趋出西内，亲自去看张氏。但见她玉骨如柴，银眸半启，直挺挺的僵卧榻上，不由的叹息道："朕负你了。"说毕，揾着两行泪珠，叱将内侍撵出数人，与前时拿下的宫监，一同加杖。有几个负痛不起，竟致毙命，这且休表。

　　且说前锦衣卫经历沈炼，因劾奏严嵩，谪戍保安，炼独赴戍所，应六十二回。里中父老，闻悉得罪原因，共为扼腕，遂辟馆居炼，竞遣子弟就学。炼谆谆教诲，每勖生徒以忠孝大节，及严嵩父子作奸罔上等情，塞上人素来戆直，既闻炼语，交口骂嵩，且缚草为人像，一书李林甫，一书秦桧，一书严嵩，用箭攒射，拍手称快。炼或单骑游居庸关，登山遥望，往往戟手南指，詈嵩不已，甚至痛哭乃归。嫉恶太严，亦是取死之道。这事传达京师，嵩父子切齿痛恨。适宣府巡按路楷及总督杨顺，统系嵩党，世蕃遂嘱使除炼。路、杨两人自然奉命惟谨。会蔚州获住妖人阎浩，连坐颇众，杨顺语路楷道："此番可以报严公子了。"路楷道："莫非将炼名窜入么？"一吹一唱，确是同调。杨顺点头，遂诬炼勾通妖人，意图不轨。奏牍上去。内有严嵩主持，还有什么不准。即日批复，着令就地正法。杨顺便命缚炼，牵入市中，将他斩首，籍没家产。嵩给顺一子锦衣千户，楷擢太常卿，顺意尚未足，怏怏道："严公不加厚赏，难道心尚未慊么？"复将炼子襄、衮、褒三人，一同系狱。衮、褒不堪遭虐，先后致死。襄发戍极边。

未几，有鞑妇桃松寨，叩关请降，当由杨顺传入，桃松寨以外，尚有头目一人。桃松寨自言，系俺答子辛爱妾，受夫荼毒，因此来归。顺不及细讯，即将两人送入京师。其实两人是一对露水夫妻，恐被辛爱察出，或至丧命，所以同来降顺。辛爱遣使索妾，为顺所拒，遂集众二十万，入雁门塞，连破应州四十余堡，进掠大同，围右卫数匝。杨顺大恐，只得致书辛爱，愿送还桃松寨，乞令缓兵。一面申奏朝廷，诡言辛爱款关，愿以叛人邱富等，易还桃松寨，奏下兵部复讯。尚书许论请如顺议，乃给桃松寨出塞，使杨顺阴告辛爱。辛爱捕戮桃松寨，仍然围攻大同右卫，且分兵犯宣、蓟，顺又大惧，贿巡按路楷七千金，求为掩蔽。楷爱财如命，自然代他遮瞒。可奈天下事若要不知，除非莫为，杨、路交蔽的情形，渐被给事中吴顺来察觉，抗疏并劾。世宗方怒顺召寇，见了此奏，立命逮顺及楷下狱。兵部尚书许论，亦连坐罢官，另简杨博为兵部尚书。廷议以博素知兵，欲御北寇，非博不办，乃命博出督宣、大军务。博驰檄各镇，谕诸帅克日会集，同仇御侮。辛爱闻知

此信，引兵径去。博抵大同，励生恤死，筑堡浚濠，边境以
固，寇不敢近。已而辛爱复号召诸部，入寇滦河，蓟辽总督王
忬发兵防剿，号令数易，遂致失利，寇大掠而去。

先是杨继盛冤死，王忬令子世贞，代为治丧，且作诗哀
吊，暗刺严嵩，嵩因此恨忬。忬有古画一幅，为世蕃所闻，遣
人丐取，得画而归。嗣因画系赝鼎，料知为忬所欺，心益不
平。全是私意。至是滦河闻警，震动京师。都御史鄢懋卿，密
承嵩嘱，令御史王渐、方辂等，交章劾忬，说他纵寇殃民，遂
由嵩拟旨逮问，锻炼成狱，竟罹大辟。嵩以鄢懋卿构死王忬，
得泄隐恨，意欲把他升官，作为酬报。适盐课短绌，遂乘机保
荐懋卿，极称他熟悉鹾政，可为总理。世宗立即允准，特命懋
卿总督全国盐运。明制分设两浙、两淮、长芦、河东盐运司，
各专责成，运司以上，无人统辖。懋卿总理盐政，乃是当时特
设，格外郑重。自奉命出都后，挈着家眷，巡查各区，沿途市
权纳贿，势焰薰天，所有仪仗，非常烜赫，前呼后拥，原不必
说。惟后面又有五彩舆一乘，用十二个大脚妇女，充作舆
夫，舆中坐着一位半老徐娘，金翠盈头，罗绮遍体，俊目四顾，旁
若无人，这人不必细猜，料应是总理盐政鄢懋卿的妻室。抬出
乃夫的官衔，不啻出丧时的铭旌。彩舆以后，又有蓝舆数十乘，
无非是粉白黛绿，鄢氏美姬。一日不可无此。每至一处，无论
抚按州县，无不恭迎，供张以外，还要贿送金钱，才得懋卿
欢心。

及巡至两浙，道出淳安，距城数里，并不见有人迎接，复
行里许，才见有两人行前来，前面的衣服褴缕，仿佛是一个丐
卒，后面同行的，虽然穿着袍服，恰也敝旧得很，几似边远的
驿丞模样。未述姓氏，先叙服色，仍是倒戟而出之法。两人走近舆
旁，前后互易，由敝袍旧服的苦官儿，上前参谒。懋卿正在动
怒，不由的厉声道："来者何人？"那人毫不畏怯，正色答道：

"小官便是海瑞。"久仰大名。懋卿用鼻一哼，佯作疑问道："淳安知县，到哪里去，乃令汝来见我。"海瑞复朗声道："小官便是淳安知县。"懋卿道："你便是淳安知县么？为何不坐一舆，自失官体？"海瑞道："小官愚昧，只知治理百姓，百姓安了，便自以为幸全官体。今蒙大人训诲，殊为不解。"驳得有理。懋卿道："淳安的百姓，都亏你一人治安吗？"当头一棒。险恶之甚。海瑞道："这是朝廷恩德，抚按规为，小官奉命而行，何功足录？惟淳安是一瘠县，并且屡遭倭患，凋敝不堪，小官不忍扰民，为此减役免舆，伏求大人原谅！"懋卿无言可责，只好忍住了气，勉强与语道："我奉命来此，应借贵署权住一宵！"海瑞道："这是小官理应奉迎。但县小民贫，供帐简薄，幸大人特别宽宥哩！"懋卿默然。当由海瑞前导，引入县署。瑞自充差役，令妻女充作仆婢，茶饭酒肉以外，没有甚么供品。懋卿已怀着一肚子气，更兼那妻妾等人，都是骄侈成习，口餍膏粱，暗中各骂着混帐知县，毫没道理。懋卿反劝慰道："今日若同他使气，反似量小难容，将来总好同他算账。我闻他自号刚峰，撞在老夫手中，无论如何刚硬，管教他销灭净尽呢。"海瑞别号，乘便带出。当下在淳安挨过一宿，翌日早起，便悻悻然登程去了。

　　过了月余，海瑞在署中接到京信，闻被巡盐御史袁淳所劾，有诏夺职。海瑞坦然道："我早知得罪鄢氏，已把此官付诸度外，彭泽归来，流芳千古，我还要感谢鄢公呢！"言下超然。便即缴还县印，自归琼山去了。海瑞以外，尚有慈溪知县霍与瑕，亦因清鲠不屈，忤了懋卿，一同免官。懋卿巡查已毕，饬加盐课，每岁增四十余万，朝旨很是嘉奖。懋卿得了重赂，自然与严家父子一半平分。南京御史林润，劾他贪冒五罪，留中不报。不加罪于林润，暗中已仗徐阶。

　　是时严嵩父子，权倾中外，所有热中士人，无不夤缘奔走，趋附豪门，独有翰林院待诏文征明，狷介自爱，杜绝势交。世蕃屡致书相招，终不见答。征明原名文璧，后来以字为名，能文工绘，与祝允明、唐寅、徐祯卿三人，同籍吴中，号为"吴中四才子"。祝允明别号枝山；唐寅字伯虎，号六如居士；徐祯卿字昌毂，三人皆登科第，文采齐名。祝善书，唐善画，徐善诗，放诞风流，不慕荣利，惟征明较为通融。世宗初年，以贡生诣吏部应试，得授翰林院待诏，预修武宗实录，既而乞归，张璁、杨一清等俱欲延致幕下，一律谢绝。四方乞求征明书画，接踵到来，征明择人而施，遇着权豪贵阀，概不从命，因此声名愈盛。叙入吴中四子，于征明独有褒辞，是谓行文不苟。就是外国使臣，过他里门，亦低徊思慕，景仰高踪。严嵩父子，夙加器重，奸人亦爱高士，却也奇怪，至屡招不往，世蕃遂欲设法陷害。可谓险毒。可巧嵩妻欧阳氏患起病来，一时不及兼顾，只好把文征明事，暂且搁起。

欧阳氏为世蕃生母，治家颇有法度。尝见严嵩贪心不足，颇以为非，每婉言进谏道："相公不记钤山堂二十年清寂么？"看官听着！这钤山堂，系严嵩少时的读书堂，嵩举进士后，未得贵显，仍然清苦异常，闭户自处，读书消遣，著有《钤山堂文集》，颇为士林传诵。当时布衣蔬食，并不敢有意外妄想，及蹑入仕途，性情改变，所以欧阳氏引作规诚。不没善言。嵩未尝不知自愧，可奈近朱者赤，近墨者黑，既已习成贪诈，就使床第中言，也是不易入耳。欧阳氏见嵩不从，复去训斥世蕃。世蕃似父不似母，闻着母教，亦当作耳边风一般，平时征歌选色，呼类引朋，成为常事；惟一经欧阳氏瞧着，究属有些顾忌，不敢公然纵肆。至欧阳氏病殁，世蕃当护丧归籍；嵩上言臣只一子，乞留京侍养，请令孙鹄代行。世宗准奏，于是世蕃大肆佚乐，除流连声色外，尚是干预朝事。惟名为居丧，究未便出入朝房，代父主议。嵩年已衰迈，时常记忆不灵，诸司遇事请裁，尝答道："何不与小儿商议？"或竟云："且决诸东楼。"东楼便是世蕃别字。可奈世蕃身在苫块，心在娇娃，自母氏殁后，不到数月，复添了美妾数人，麻衣缟袂中，映着绿鬓红颜，愈觉俏丽动人。欲要俏，须带三分孝。那时衔哀取乐，易悲为欢，每遇朝臣往商，辄屏诸门外；至严嵩飞札走问，他正与狎客侍姬，酣歌狂饮，还有什么闲工夫，去议国家重事；就使草草应答，也是模糊了事，毫不经心。从前御札下问，语多深奥，嵩尝瞠目不能解，惟经世蕃瞧着，往往十知八九，逐条奏对，悉当上意。又阴结内侍，纤悉驰报，报必重赏，所以内外情事，无不闻知。迎合上意，赖有此尔。此次世蕃居丧，专图肉欲，所有代拟奏对，多半隔膜，有时严嵩迫不及待，或权词裁答，往往语带模棱，甚至前言后语，两不相符，世宗渐渐不悦；嗣闻世蕃在家淫纵，更加拂意。

适值方士蓝道行，以扶乩得幸，预示祸福，语多奇中，世宗信以为神。一日，又召道行扶乩，请乩仙降坛，问及长生修养的诀门。乩笔写了数语，无非是"清心养性"，"恭默无为"等语。世宗又问现在辅臣，何人最贤？乩笔又迅书道："分宜父子，奸险弄权，大蠹不去，病国妨贤。"十六字胜于千百本奏章。世宗复问道："果如上仙所言，何不降灾诛殛？"乩笔亦随书道："留待皇帝正法。"妙。世宗心内一动，便不再问。究竟蓝道行扶乩示语，是否有真仙下降，小子无从证实，请看官自思罢了。不证实处，过于证实。

隔了数日，世宗所住的万寿宫，忽遇火灾，一时抢救不及，连乘舆服御等件，尽付灰烬，御驾只得移住玉熙宫。玉熙宫建筑古旧，规模狭隘，远不及万寿宫，世宗悒悒不乐，廷臣请还大内，又不见从。自杨金英谋逆后，世宗迁出大内，故不愿还宫。严嵩请徙居南内，这南内是英宗幽居的区处。世宗生性，多忌讳，谨小节，览了嵩奏，怎得不恼。这也是严嵩晦运将至，故尔语言颠倒，屡失主欢。时礼部尚书徐阶，已升授大学士，与工部尚书雷礼，请重行营建，计月可成。世宗喜甚，即行许可。阶子璠为尚宝丞，兼工部主事，奉命督造，百日竣工。世宗心下大慰，即日徙居，自是军国大事，多谘徐阶；惟斋醮符箓等类，或尚及严嵩。

言官见嵩失宠，遂欲乘机下石，扳倒这历年专政的大奸臣，御史邹应龙，尤具热诚。一夕，正拟具疏，暗念前时劾嵩得罪，已不乏人，此次将如何下笔？万一弹劾无效，转蹈危机，如何是好？想到此处，不觉心灰意懒，连身子也疲倦起来。忽有役夫入请道："马已备好，请大人出猎去。"应龙身不由主，竟离座出门，果然有一骏马，鞍鞯具备，当即纵身腾上，由役夫授与弓箭，纵辔奔驰，行了里许，多系生路。正在惊疑交集，蓦见前面有一大山，挡住去路，山上并无禽兔，只有巨石岩岩，似将搏人，他竟左手拔箭，右手括弓，要射那块怪石，一连三箭，都未射着，免不得着急起来。忽闻东方有鸟鹊声，回头一望，见有丛林密荫，笼住小邱，仿佛一座楼台，参差掩映，写得逼真。他恰不管甚么，又复括弓搭箭，飕的射去，但听得"豁喇"一声，楼已崩倒。为这一响，不由的心中一跳，拭目再瞧，并没有甚么山林，甚么夫马，恰只有残灯闪闪，留置案上，自身仍坐在书室中，至此才觉是南柯一梦。迷离写来，令人不可端倪，直到此笔点醒方见上文用笔之妙。是时谯楼更鼓，已闻三下，追忆梦境，如在目前，但不识主何吉凶，沉思一会儿，猛然醒悟道："欲射大山，不如先射东楼，东楼若倒，大山也不免摇动了。"解释真确，并非牵强。遂重复磨墨挥毫，缮成奏稿，即于次日拜发。小子曾记有古诗二语，可为严嵩父子作证。其诗道：

时来风送滕王阁，运退雷轰荐福碑。

欲知疏中如何劾奏，且待下回补录。

　　海瑞以刚直名，固明史中之所谓佼佼者，坊间小说，及梨园戏剧间，每演严嵩，必及海瑞，或且以严嵩之得除，由海瑞一人之力，是皆属后世之附会，不足采及。严氏专政，海瑞第宰淳安，即欲劾嵩，亦无从上奏。（后人且于严嵩时间，窜入吕调阳、张居正等，与嵩为难，尤属盲说。）惟鄢懋卿南下，道出淳安，瑞供帐简薄，抗言贫邑，不能容轩车，致为懋卿所嗛，嗾令巡盐御史袁淳，弹劾落职，是固备载史传，非子虚乌有之谈也。此外如蓝道行扶乩，邹应龙梦猎，俱见正史，亦非捏造，惟一经妙笔演述，则触处成春，靡不豁目。中纳文征明一段，旁及吴中四才子，尤足为文献之征。史家耶？小说家耶？合而为一，亦足云豪矣。

第六十八回

权门势倒祸及儿曹　王府银归途逢暴客

却说御史邹应龙，因得了梦兆，专劾东楼，拜本上去，当由世宗展览，疏中略说：

世蕃凭借权势，专利无厌，私擅爵赏，广致馈遗，每一开选，则视官之高下，而低昂其值；及遇升迁，则视缺之美恶，而上下其价；以致选法大坏，市道公行，群丑竞趋，索价转巨。如刑部主事项治元，以一万二千金而转吏部；举人潘鸿业，以二千二百金而得知州。至于交通赃贿，为之通关节者，不下十余人，而伊子锦衣卫严鹄、中书严鸿、家奴严年、中书罗龙文为甚。即数人之中，严年尤为狡黠，世蕃委以腹心，诸鬻官爵自世蕃所者，年率十取其一。不才士夫，竞为媚奉，呼曰萼山先生，不敢名也。遇嵩生日，年辄献万金为寿。嵩父子原籍江西袁州，乃广置良田美宅于南京、扬州等处，无虑数十所，而以恶仆严冬主之，押勒侵夺，怙势肆害，所在民怨入骨。尤有甚者，往岁世蕃遭母丧，陛下以嵩年老，特留侍养，令其子鹄，代为扶榇南旋，世蕃名虽居忧，实系纵欲。狎客曲宴拥侍，姬妾屡舞高歌，日以继夕。至鹄本豚鼠无知，习闻赃秽，视祖母丧，有同奇货，骚扰道路，百计需索。其往返所经，诸司悉望风承色，郡邑为空。

今天下水旱频仍，南北多警，民穷财尽，莫可措手者，正由世蕃父子，贪婪无度，掊克日棘，政以贿成，官以赂授，凡四方小吏，莫不竭民脂膏，偿己买官之费，如此则民安得不贫？国安得不竭？天人灾警，安得不迭至？臣请斩世蕃首，以示为臣不忠不孝者戒！其父嵩受国厚恩，不思报而溺爱恶子，弄权黩货，亦宜亟令休退，以清政本！如臣言不实，乞斩臣首以谢嵩、世蕃，幸乞陛下明鉴！

世宗览罢，即召入大学士徐阶，与他商议。阶密请道："严氏父子，罪恶昭彰，应由陛下迅断，毋滋他患。"世宗点首，阶即趋出，径造严府。此时严嵩父子，已闻应龙上疏，恐有不测。见阶到来，慌忙出迎，寒暄甫毕，即问及应龙劾奏事。阶从容答道："今日小弟入值西内，适应龙奏至，上头阅罢，不知何故大怒，立召小弟问话。弟即上言严相柄政多年，并无过失，严公子平日行为，应亦不如原奏的利害，务乞圣上勿可偏听，小弟说到此语，但见天威已经渐霁，谅可无他虞了。"这是徐阶弄巧处。嵩忙下拜道："多年老友，全仗挽回，老朽应当拜谢。"对付夏言故态，又复出现。世蕃亦随父叩头，惊得徐阶答礼不迭，连称不敢，一面还拜，一面扶起严嵩父子。世蕃且召出妻孥，全体叩首，阶又谦让不遑，并用好言劝慰，方才别去。

严嵩父子送阶出门，还家未几，即有锦衣卫到来，宣读诏书，勒令严嵩致仕，并逮世蕃下狱。嵩跪在地下，几不能起，但见世蕃已免冠褫衣，被锦衣卫牵扯而去。嵩方徐徐起来，泪如雨下，呜呜咽咽的说道："罢了！罢了！徐老头儿明知此事，还来探试，真正可恶！"你也被人播弄么？转又自念："现在邀宠的大臣，莫如徐阶，除他一人，无可营救。"正在满腹踌躇，鄢懋卿、万寀等，都来探望。万寀为大理寺卿，懋卿时已入任刑部侍郎，两人都是严府走狗。见了严嵩，嵩方与交谈，不防锦衣卫又到，立索世蕃子严鹄、严鸿及家奴严年，吓得严嵩说不出话，鄢、万两人，也是没法，只好将三人交出，由锦衣卫带去。忽又由家人通报，中书罗龙文，也已被逮了。真要急杀。

　　这时候的严府内外，统是凄惶万状，窘迫十分，大众围住鄢懋卿、万寀，求他设法。懋卿搔头挖耳的，想了一会儿，方道："有了！有了！"与罢了罢了四字，相映成趣。大家闻了此语，忙问何法？懋卿道："你等休要慌张，自有处置！"说罢，便与严嵩附耳数语。嵩答道："这也是无法中的一法，但恐徐老头儿作梗，仍然不行。"万寀道，"何妨着人往探，究竟徐老头儿是何主见？"嵩乃遣心腹往探徐阶，未几还报，传述徐阶言语，谓"我非严氏，无从得高官厚禄，决不负心"等语。懋卿道："这老头儿诡计多端，他的言语，岂可深信，我等且照计去办再说。"随即匆匆别去。不一日。有诏将蓝道行下狱，原来道行扶乩，已被懋卿等察知，此次欲救世蕃，遂贿通内侍，倾陷道行，只说应龙上疏，由道行主唆所致。世宗果然中计，竟将道行拘系起来。懋卿等复密遣干役，嘱令道行委罪徐阶，便可脱罪。道行道："除贪官是皇上本意，纠贪罪是御史本职，何预徐阁老事？"偏不受绐，鄢懋卿等奈何？严嵩父子奈何？这数语报知懋卿，弄得画饼充饥，仍然没法，不得已减等拟罪，只坐世蕃得赃八百两，余无实据，于是世蕃得谪戍雷州卫，其子鹄、鸿，及私党罗龙文，俱戍边疆，严年永禁，擢邹应龙为通政司参议，侍郎魏谦吉等，皆坐奸党，贬谪有差。

　　未几，御史郑洛劾奏鄢懋卿、万寀，朋比为奸，鄢、万皆免官。又未几，给事中赵灼、沈淳、陈瓒等，先后劾工部侍郎刘伯跃、刑部侍郎何迁、右通政胡汝霖、光禄寺少卿白启常、副使袁应枢、湖广巡抚都御史张雨、谕德唐汝楫、国子祭酒王材、俱系严家亲故，陆续罢去。舆论大快。

已而朝旨复下，加恩有严鸿为民，令侍嵩归里。徐阶见诏，以世宗竟复向嵩，不无后患，急欲入内启奏。世宗望见徐阶，便召他上前，与语道："朕日理万几，不胜劳敝，现在庄敬太子载壑，虽已去世，幸载垕、载圳，俱已年长，朕拟就此禅位，退居西内，专祈长生，卿意以为何如？"阶叩头极谏，力持不可，世宗道："卿等即不欲违大义，但必天下皆仰奉朕命，阐玄修仙，然后朕可在位呢。"阶尚欲申奏，世宗又道："严嵩辅政，约二十多年，他事功过不必论，惟赞助玄修，始终不改，这是他的第一诚心。今嵩已归休，伊子已伏罪，敢有再来多言，似邹应龙一般人物，朕决不宽贷，定当处斩！"<small>欲禁止徐阶之口，故尔先言。</small>阶不禁失色，唯唯而退。及归至私第，默念："严嵩已去，一时未必起复，这且还是小事，惟裕王载垕、景王载圳，并出邸中，居处衣服无殊，载圳意图夺嫡，莫非运动内禅，致有今日之谕，此事不可不预防呢。"看官总还记着！小子于五十九回中，曾叙过世宗八子，夭逝五人，只载壑立为皇太子，载垕封裕王，载圳封景王，载壑年逾弱冠，又遭病殁，当时廷臣曾请续立裕王。世宗以两次立储，皆不永年，因拟延迟时日，再行册立。景王本册封安陆，只是留京不遣，徐阶乃潜结内侍，嘱他乘间奏请，说是"景邸在京，人言藉藉，应早事安排"云云。此策一行，才有旨令景王就国。景王就封四年，尝侵占土地湖陂，约数万顷，既而病逝，世宗语徐阶道："此儿素谋夺嫡，今已死了。"言下似觉惬意，并无悲感。阶亦不过敷衍两语，暗中恰不免失笑，这是后话不表。<small>复应第五十九回事，看似闲文，实是要笔。</small>

且说严嵩就道后，尚密嘱内侍，令讦发道行奸状。道行竟长系不放，瘐死狱中。<small>乩仙何不助他一臂。</small>及嵩到南昌，正值万寿期近，即与地方官商议，在南昌城内铁柱观中，延道士蓝田玉等，为帝建醮，祈求遐福。田玉自言能书符召鹤，嵩即令他如法施行。田玉登坛诵咒，捏诀书符，在炉中焚化起来，纸灰直冲霄汉，不到片刻，居然有白鹤飞来，绕坛三匝，望空而去。嵩遂与田玉交好，令授召鹤的秘法，一面制成祈鹤文，托巡抚代奏。时陶仲文已死，又死了一个神仙。朝命御史姜儆、王大任等，巡行天下，访求方士，以及秘书符箓等件。姜、王二人，到了江西，与嵩会晤，嵩便将蓝田玉所授符箓，浼他入献。旋得朝旨，温词褒奖，并赐金帛；随即上表谢恩，并乘机干请，略言"臣年八十有四，惟一子世蕃及孙鹄，赴戍千里，臣一旦填沟壑，无人可托后事。惟陛下格外矜怜，特赐臣儿放归，养臣余年"等语。谁料世宗竟怫然道："嵩有孙鸿侍养，已是特别加恩，还想意外侥幸么？"这语也出严嵩意外。

嵩闻世宗谕旨，甚是怏怏，忽见世蕃父子自外进来，不觉又惊又喜，便问道："你如何得放回家！"世蕃道，"儿不愿去雷州卫，所以暗地逃回。"嵩复道："回来甚好，但或被朝廷闻知，岂非罪上加罪么？"世蕃道："不妨事的。皇上深居西内，何从知悉？若虑这徐老儿，哼！哼！恐怕他这头颅，也要不保哩。"嵩惊问何谓？世蕃道："罗龙文亦未到戍所，现逃入徽州歙县，招集刺客，当取徐老头儿及应龙首级，泄我余恨。"嵩跌足道："儿误了。今幸圣恩宽大，俾我善归，似你赃款累累，不予重刑，但命谪戍，我父子仍然平安。尚未吃一点苦楚，他日君心一转，可望恩赦，再享荣华。如你所说，与叛逆何异？况且朝廷今日，正眷重厚升，徐阶别字。升迁应龙，倘闻你有阴谋，不特你我性命难保，恐严氏一族，也要尽灭了。"为世蕃计，尚是金玉之言。世蕃不以为然，尚欲答辩，忽闻人声鼎沸，从门外喧嚷进来。嵩大惊失色，正要命家人问故，但见门上已有人进报，说是伊王府内，差来三十名校尉，二十余名乐工，硬索还款数万金，立刻就要付他。嵩叹道："有这等事么？他也未免逼人了。"当下责备门役道："你所司何事，乃容他这般噪闹？"门役回答道："他已来过数次，声势汹汹，无理可喻。"嵩闻言，气得面色转青，拈须不语。

看官！道这伊王是何人？原来是太祖二十五子厉王㰖的六世孙，名叫典楧，贪戾无状，性尤好色，尝夺取民舍，广建邸第，重台复榭，不啻宫阙；又令校尉乐工等人，招选民间女子，共得七百余人，内有九十名中选，留侍王宫，其余落选的女子，勒令民家纳金取赎，校尉乐工等，乐得从中取利，任情索价，并择姿容较美的，迫她荐枕。上下淫乱，日夕取乐，就是民间备价赎还，也是残花败柳，无复完璧。巡抚都御史张永明等，上言罪状，有旨令毁坏宫室，归还民女，并执群小付有司。典楧抗不奉诏，永明等又复奏闻，经法司议再加罪，照徽王载埨故例，废为庶人，禁锢高墙。载埨事见六十六回。典楧方才恐惧，即遣人赍金数万，求严嵩代为转圜。严嵩生平所爱的是金银，便老实收受，一口答应；哪知自己也失了权势，惘惘归来。典楧闻这消息，因令原差索还，不要加息，我说伊王还是厚道。接连数次，都被门上挡住，他乃特遣多人，登门硬索。严嵩不愿归还。又不好不还，沉吟了好一歇。怎禁得外面越噪越闹，不得已将原金取出，付还来使。乐工校尉等，携金自去，到了湖口，忽遇着绿林豪客，蜂拥而来，大都明火执仗，来夺金银。乐工等本是没用，彼此逃命要紧，管着甚么金银，校尉三十名，还算有点气力，拔刀相向，与众盗交斗起来，刀来刀往，各显神通，究竟寡不敌众，弱不敌强，霎时间血染猩红，所有三十名校尉，只剩得八九人，看看势力不及，也只好弃了金银落荒逃去。众盗攫金归还，顺路送到严府。看官阅此！这班绿林豪客，难道是严府爪牙么？据小子所闻，乃是世蕃暗遣家役，及带来亡命徒多人，扮作强盗模样，劫回原金。

严氏父子，喜出望外，自不消说。世蕃狡险，一至于此。典模已经得罪，还向何处申诉，眼见得这项劫案，没人过问了。

世蕃见无人举发，胆子越大，益发妄行，招集工匠数千人，大治私第，建园筑亭，豪奴悍仆，仍挟相府余威，凌轹官民。适有袁州推官郭谏臣，奉公出差，道过嵩里。但见赫赫华门，百工齐集，搬砖运木，忙碌非常，内有三五名干仆，狐裘貂袖，在场监工，仍然是颐指气使，一呼百诺的气象。谏臣私问随役道："这不是严相故第么？"随役答一"是"字，谏臣乘便过去，将入工厂，观察形景，不防厂中已有人喝道："监工重地，闲人不得擅入，快与我退下去！"谏臣的随役，抢上一步，与语道："家主是本州推官。"言未已，那人复张目道："什么推官不推官，总教推出去罢了。"推官的名义，想是这般。谏臣听了，也不禁启问道："敢问高姓大名？"那人复道："谁不晓得是严相府中的严六？"谏臣冷笑道："失敬，失敬！"严六尚谩辱不绝，随役正要与他理论，被谏臣喝止，悄然走出。厂内也有稍稍知事的，语严六道："地方有司，应该尊敬一点，不要如此待慢。"严六道："京堂科道等官，伺候我家主人，出入门下，我要叱他数声，哪个敢与我抗？偌大推官，怕他什么？"谏臣跟跄趋走，工役等一齐嘲笑，随手拾起瓦砾，接连掷去，作为送行的礼物。放肆已极。那时谏臣忍无可忍，不能不发泄出来，小子有诗咏道：

> 意气凌人太不该，况遭州吏一麾来。
> 豪门转瞬成墟落，才识豪奴是祸媒。

毕竟谏臣如何泄愤，容俟下回表明。

徐阶之使诈，不亚于严嵩，然后人多毁嵩而誉阶，以阶之诈计，为嵩而设。明无阶，谁与黜嵩？然后知因地而施，诈亦成名。古圣贤之所以重权道者，正为此也。但严氏之被谴，何一不由自取？于阶固无尤焉。嵩以青词得幸，骤跻显位，柄政至二十余年，无功于国，专事殃民，而其子世蕃，贪黩尤过乃父，放利而行，怨愈丛，祸愈速，安得不倾？安得不亡？况逃戍所，豢恶客，劫还贿银，嵩之所不敢为者，而世蕃独为之。死已临头，犹且大肆，此而不遭覆殁，天下尚有是非乎？至于豪奴走狗，凌辱推官，恃势行凶，更不足道，然亦未始非严嵩父子之所酿成。有悍主乃有悍仆，敢告当世，毋挟强以取祸焉。

第六十九回

破奸谋严世蕃伏法　剿宿寇戚继光冲锋

却说袁州推官郭谏臣，因受严六的凌辱，无从泄愤，遂具书揭严氏罪恶，呈上南京御史林润。巧值林润巡视江防，会晤谏臣，又由谏臣面诉始末，把罗龙文阴养刺客事，亦一一陈明。林润遂上疏驰奏道：

> 臣巡视上江，备访江洋群盗，悉窜入逃军罗龙文、严世蕃家。龙文卜筑深山，乘轩衣蟒，有负险不臣之志，推严世蕃为主。世蕃自罪谪之后，愈肆凶顽，日夜与龙文诽谤朝政，动摇人心，近者假治第为名，聚众至四千人，道路汹汹，咸谓变且不测，乞早正刑章，以绝祸本！

疏入后，世宗大加震怒，立命林润捕世蕃等，入京问罪。林润得旨，一面檄徽州府推官栗祁，缉拿罗龙文，一面亲赴九江，与郭谏臣接洽。谏臣先白监司，将严府工匠四千人，勒令遣散，然后围住世蕃府第。罗龙文在徽州，闻有缉捕消息，急忙逃至严府，不防严府已围得水泄不通，此时自投罗网，还有甚么侥幸？一声呼喝，已被拿住，严世蕃本无兵甲，所有工匠，已被遣散，只好束手受缚。林润乃谕袁州府，详访严氏罪状，汇集成案，复上疏劾严嵩父子道：

　　世蕃罪恶，积非一日，任彭孔为主谋，罗龙文为羽翼，恶子严鹄、严鸿为爪牙，占会城廒仓，吞宗藩府第，夺平民房舍，又改厘祝之官以为家祠，凿穿城之池以象西海，直栏横槛，峻宇雕墙，巍然朝堂之规模也。袁城之中，列为五府，南府居鹄，西府居鸿，东府居绍庆，中府居绍庠。而嵩与世蕃，则居相府，招四方之亡命，为护卫之壮丁，森然分封之仪度也。总天下之货宝，尽入其家，世蕃已逾天府，诸子各冠东南，虽豪仆严年，谋客彭孔，家资亦称亿万，民穷盗起，职此之由，而曰朝廷无如我富。粉黛之女，列屋骈居，衣皆龙凤之文，饰尽珠玉之宝，张象床，围金幄，朝歌夜弦，宣淫无度，而曰朝廷无如我乐。甚者畜养厮徒，招纳叛卒，旦则伐鼓而聚，暮则鸣金而解，明称官舍，出没江广，劫掠士民，其家人严寿二、严银一等，阴养刺客，昏夜杀人，夺人子女，劫人金钱，半岁之间，事发者二十有七。而且包藏祸心，阴结典模，在朝则为宁贤，居乡则为宸濠，以一人之身，而总群奸之恶，虽赤其族，犹有余辜。严嵩不顾子未赴伍，朦胧请移近卫，既奉明旨，居然藏匿，以国法为不足遵，以公议为不足恤，世蕃稔恶，有司受词数千，尽送父嵩。嵩阅其词而处分之，尚可诿于不知乎？既知之，又纵之，又曲庇之，此臣谓嵩不能无罪也。现已将世蕃、龙文等拿解京师，伏乞皇上尽情惩治，以为将来之罔上行私，蔑法谋逆者戒！

　　这疏继上，世宗自然动怒，立命法司严讯，世蕃在狱，神色自若，反抵掌笑道：“任他燎原火，自有倒海水。”龙文已经下狱，难道能请龙王么？严氏旧党，在京尚多，统为世蕃怀忧，暗中贿通狱卒，入内探望。世蕃道：“招摇纳贿，我亦不必自讳，好在当今皇帝，并未办过多少贪官，此层尽可无虑。若说聚众为逆，尚无实在证据，可讽言官削去。我想杨、沈两案，是廷臣常谈，据为我家罪案，今烦诸位当众宣扬，只说这两案最关重大，邹、林两人，并未加入奏疏，哪里能扳倒严氏？他们听以为真，再去上疏，那时我便可出狱了。"奇谈。大众道："杨、沈两案，再或加入，情罪愈重，奈何谓可出狱？"我亦要问。世蕃道："杨继盛、沈炼下狱，虽由我父拟旨，终究是皇上主裁，若重行提及，必然触怒皇上，加罪他们，我不是可脱罪么？"世宗脏腑，已被他窥透，故在京时所拟奏对，无不中彀，几玩世宗于股掌之上，此次若非徐阶，亦必中彼计，奸人之巧伺上意也如此。大众领计而去，故意的游说当道，扬言都中，刑部尚书黄光升、左都御史张永明大理寺卿张守直等，果然堕入狡谋，拟将杨、沈两案归罪严氏，再行劾奏。属稿已定，走谒大学士徐阶，谈及续劾严氏的事情。徐阶道："诸君如何属稿，可否令我一闻？"光升道："正要就正阁老呢。"说罢，即从怀中取出稿纸交与徐阶。阶从头至尾，瞧了一遍，淡淡的说道："法家断案，谅无错误，今日已不及拜疏，诸君请入内厅茗谈罢。"于是阶为前导，光升等后随，同入内厅，左右分坐。献茗毕，阶屏退家人，笑向光升等问道："诸君意中，将欲活严公子么？"奇问，恰针对世蕃奇谈。光升等齐声答道："小严一死，尚不足蔽罪，奈何令他再活？"阶点首道："照此说来，是非致死小严不可，奈何牵入杨、沈两案？"老徐出头，小严奈何。张永明道："用杨、沈事，正要他抵死。"阶又笑道："诸君弄错了，杨、沈冤死，原是人人痛愤，但杨死由特旨，沈死由泛旨，今上英明，岂肯自承不是吗？如果照此申奏，一入御览，必疑法司借了严氏，归罪皇上，上必震怒，言事诸人，恐皆不免，严公子反得逍遥法外，骑款段驴出都门去了。"仿佛孙庞斗智。光升闻到此言，才恍然大悟，齐声道："阁老高见，足令晚辈钦服，但奏稿将如何裁定，还乞明教？"阶答道："现在奸党在京，耳目众多，稍一迟延，必然泄漏机谋，即致败事，今日急宜改定，只须把林御史原疏中，所说聚众为非的事件，尽情抉发，参入旁证，便足推倒严氏了。但须请大司寇执笔。"光升谦不敢当，永明等复争推徐阶，阶至此，方从袖中取出一纸，示众人道："老朽已拟定一稿，请诸公过目，未知可合用否？"预备久了。众人览稿，见徐阶所拟，与林润原奏，大略相似，内中增入各条，一系罗龙文与汪直交通，贿世蕃求官；二系世蕃用术者言，以南昌仓地有王气，取以治第，规模不亚王阙；三系勾结宗人典楧，阴伺非常，多聚亡命，北通胡虏，南结倭寇，互约响应等语。光升道："好极！好极！小严的头颅，管教从此分离了。"徐阶即召缮折的记室，令入密室，阖门速写。好在光升等随带印章，待已写毕，瞧了一周，即用印加封，由光升亲往递呈，大众别去徐阶，专待好音。

是时世蕃在狱，闻光升、永明等已将杨、沈两案加入，自喜奸计得行，语龙文道："众官欲把你我偿杨、沈命，奈何？"龙文不应。世蕃握龙文手，附耳语道："我等且畅饮，不出十日，定可出狱。皇上因此还念我父，再降恩命，也未可知。惟悔从前不先取徐阶首，致有今日，这也由我父养恶至此，不消说了。功则归己，过则归父。今已早晚可归，用前计未迟，看那徐老头儿及邹、林诸贼等，得逃我手吗？"除非后世。龙文再欲细问，世蕃笑道："取酒过来，我与你先痛饮一番，到了出狱，自然深信我言，毋劳多说。"原来两人在狱，与家居也差不多。没有如夫人相陪，究竟不及家里。他手中有了黄金，哪一个不来趋奉，所以狱中役卒，与家内奴仆一般。两人呼酒索肉，无不立应，彼此吃得烂醉，鼾睡一宵。

到了次日午后，忽有狱卒走报，朝旨复下，着都察院大理寺锦衣卫鞫讯，已来提及两公了。世蕃诧异道："莫非另有变

卦吗?"言未已,当有锦衣卫趋入,将两人反剪而去。不一
时,已到长安门,但见徐老头儿,正朝服出来,三法司等一同
恭迓,相偕入厅事中,据案列坐。两人奉召入厅,跪在下面,
徐阶也未尝絮问,只从袖中取出原疏,掷令世蕃自阅。世蕃瞧
罢,吓得面色如土,只好连声呼冤。徐阶笑道:"严公子!你
也不必狡赖了,朝廷已探得确凿,方命我等质问,以昭信
实。"世蕃着急道:"徐公!徐公!你定要埋死我父子吗?"何
不立取彼首。徐阶道:"自作孽,不可活,怨我何为?"言毕,
便语三法司道:"我等且退堂罢!"法司应命,仍令世蕃等还
系。徐阶匆匆趋出,还至私第亲自缮疏,极言事已勘实,如交
通倭寇、潜谋叛逆,具有显证,请速正典刑,借泄公愤!这疏
上去,好似世蕃的催命符,不到一日,即有旨令将世蕃、龙文
处斩。世蕃还系时,已与龙文道:"此番休了。"奸党齐来探
望,世蕃只俯首沉吟,不发一言。还有何想? 既而下诏处斩,
两人急得没法,只得抱头痛哭。其时世蕃家人,多到狱中,请
世蕃寄书回家,与父诀别。当下取过纸笔,磨墨展毫,送至世
蕃面前。世蕃执笔在手,泪珠儿簌簌流下,一张白纸,半张湿
透,手亦发颤起来,不能书字。也有今日。转瞬间监斩官至,
押出两人,如法捆绑,斩决市曹。难为了数十个如夫人。朝旨又
削严嵩为民,令江西抚按籍没家产。抚按等不敢怠慢,立至严
府查抄,共得黄金三万余两,白金三百余万两,珍异充斥,几
逾天府。更鞫彭孔及严氏家人,得蔽匿奸盗,占夺民田子女等
状,计二十七人,一律发配,将严嵩驱出门外,家屋发封。嵩
寄食墓舍后,二年饿死。相士之言,不为不验。二十余年的大奸
相,终弄到这般结局,可见古今无不败的权奸,乐得清白乃
心,何苦贪心不足哩。大声呼喝,不啻暮鼓晨钟。

嗣是徐阶当国,疏请增置阁臣,乃以吏部尚书严讷、礼部
尚书李春芳,并兼武英殿大学士,参预机务,一面再惩严党,

将鄢懋卿、万寀、袁应枢等，充戍边疆，了结奸案。总督东南军务胡宗宪，因素党严嵩，心不自安，又见倭患未靖，恐遭谴责，乃于一岁中两获白鹿，赍献京师，并令幕下才士徐文长，附上表章，极称帝德格天，祥呈仙鹿等因。世宗览表，见他文辞骈丽，雅颂同音，不由的极口的赞赏，当晋授宗宪为兵部尚书，兼节制巡抚，如三边故事。且告谢元极宝殿及太庙，大受朝贺。已而宗宪复献白龟二枚，五色芝五茎，草表的大手笔，又仗着徐文长先生。名副其实。世宗越加喜欢，赐名龟曰"玉龟"，芝曰"仙芝"，告谢如前。赍宗宪有加礼。小子叙到此处，不得不将徐文长履历，略行叙述。越中妇孺，多道文长轶事，故不得不提出略叙。文长名渭，浙江山阴人氏，少具隽才，且通兵法，惟素性落拓不羁，所作文词，多半不中绳墨，因此屡试不合，仅得一衿。至宗宪出督浙东，喜揽文士，如归安人茅坤，鄞人沈明臣等，均招致幕府。文长亦以才名见知，受聘入幕，除代主文牍外，且屡为宗宪主谋。凡擒徐海，诱汪直，统由文长筹划出来，所以宗宪很是优待。后来宗宪被逮，文长脱归，佯狂越中，卒致病死。至今越中妇孺，谈及徐文长三字，多能传述轶闻，说他如何忮刻，其实都是佯狂时候的故事，文长特借此取乐，聊解牢骚呢。力为文长解免。

话休叙烦，且说胡宗宪位置愈高，责任愈重，他平时颇有胆略，与倭寇大小数十战，屡得胜仗，每临战阵，亦必亲冒矢石，戎服督师，不少畏缩。嘉靖三十八年，江北庙湾，及江南三川沙，连破倭寇，江、浙倭患稍息，流劫闽、广。宗宪既节制东南，所有闽、广军务，亦应归他调遣，凡总兵勋戚大臣，走谒白事，均从偏门入见，庭参跪拜。宗宪直受不辞，稍稍违忤，即被斥责。以此身为怨府，积毁渐多。且自严氏衰落，廷臣多钩考严党，宗宪虽然有功，总难逃"严党"二字。到了嘉靖四十一年，已经谤书满箧、刺语盈廷。世宗本是个好猜的主子，今日加褒，明日加谴，几成常事，至给事中陆宗仪等，劾他为严氏余党，始终自恣等罪，遂下旨夺宗宪职，放归田里。越年复有廷臣续弹，有诏逮问，宗宪被逮至京，自恐首领不保，服毒身亡。颇为宗宪下曲笔，然谓其难逃严党，已成定评。宗宪一死，倭益猖獗，竟陷入福建兴化府，焚掠一空。自倭寇蹂躏东南，州县卫所，屡被残破，从未扰及府城。兴化为南闽名郡，夙称殷富，既被陷入，远近震动，幸有一位应运而生的名将，为国宣劳，得破宿寇。终以此平定东南，这位名将是谁，就是定远人戚继光。个儿郎齐声喝采。

继光字元敬，世袭登州卫都指挥佥事，初隶胡宗宪部下，任职参将，能自创新法，出奇制胜。闽患日急，巡抚游得震飞章入告，且请调浙江义乌兵往援，统以继光。世宗准奏，并起复丁忧参政谭纶，及都督刘显，总兵俞大猷，合援兴化。刘显自广东赴援，部兵不满七百人，惮寇众不敢进，但在府城三十里外，隔江驻兵。俞大猷前被宗宪所劾，遣戍大同，至是复官南下，兵非素统，仓猝不便攻城，亦暂作壁上观，专待继光来会。倭寇据兴化城三月，奸淫掳掠，无所不至，既饱私欲，乃移据平海卫，都指挥欧阳深战死。事闻于朝，罢巡抚游得震，代以谭纶，令速复平海卫所。适戚继光引义乌兵至，乃令继光将中军，刘显率左，大猷率右，进攻平海。倭寇忙来迎战，第一路遇着戚继光，正拟摇旗呐喊，冲将过去，不防戚家军中，鼓角骤鸣，各军都执筒喷射，放出无数石灰，白茫茫似起烟雾，迷住眼目，连东西南北的方向，一时都辨不清楚。倭兵正在擦目，戚家军已经杀到，手中所执的兵器，并非刀枪剑戟，乃是一二丈长的筤筅，随手扫荡，打得倭兵头破血流，东歪西倒。这筤筅究是何物？据戚继光所著《练兵实记》上载着，系将长大的毛竹，用快刀截去嫩梢细叶，四面削尖枝节，锋快如刀，与狼牙棒、铁蒺藜相似，一名叫作狼筅，系继光自行创制的兵器。倭兵从未见过这般器械，惊得手足无措，急忙四散奔逃。哪知逃到左边，与刘显相遇，一阵乱砍，杀死无数。逃到右边，与俞大猷相值，一阵乱搠，又杀得一个不留。还有返奔的倭人，经继光驱军杀上，头颅乱滚，颈血飞喷，顿时克复平海卫，把余倭尽行杀死。转攻兴化，已剩得一座空城，所有留守的倭兵，统皆遁去。这番厮杀，共斩虏首二千数百级，被掠的丁壮妇女，救还三千人。小子有诗赞戚继光道：

> 偏师制胜仗兵韬，小丑么麽宁许逃。
> 若使名豪能代出，亚东何自起风涛？

欲知以后倭寇情形，且从下回再表。

　　严世蕃贪婪狡诈，几达极点，而偏遇一徐阶，层层窥破，着着防备，竟致世蕃授首，如庞涓之遇孙膑，周瑜之遇诸葛孔明，虽有谲谋，无从逃避，看似世蕃之不幸，实则贪诈小人，必有此日。不然，人何乐为正直而不为贪诈乎？严氏党与，多非善类，惟胡宗宪智勇深沉，力捍寇患，不可谓非专阃材，乃以趋附严、赵，终至身败名裂。一失足成千古恨，有识者应为宗宪慨矣。书中褒贬甚公，抑扬悉当，而叙及戚继光一段，虽与俞大猷、刘显等，并类叙明，笔中亦自有高下，非仅仅依事直书已也。

第七十回

误服丹铅病归冥箓　脱身羁绁怅断鼎湖

　　却说戚继光等克复兴化，福州以南，一律平靖，惟沿海等处，尚有余倭万余人，往来游弋，扰害商旅，未几又进攻仙游。继光闻警，即引兵驰剿，与倭人相遇城下，一声号令，如风驰潮涌一般，突入敌阵。那倭酋见戚军旗帜，已是心惊胆落，略战数合，急奔向同安而去。继光挥兵追击，至王仓坪地面，杀敌数百。余寇奔漳浦。继光督各哨兵，直捣倭酋巢穴，擒斩殆尽；还有杀不尽的余党，都逃向广东潮州方面，又被俞大猷迎头截击，几无噍类。统计倭寇起了二十多年，攻破城邑，杀伤官吏军民，不可胜纪，转漕增饷，天下骚然，至是受了大创，才不敢入寇海疆，东南方得安枕了。归结倭患。

　　当下以海氛肃清，封章入告。世宗以为四方无事，太平可致，越发注意玄修。方士王金、陶仿、刘文彬、申世文、高守中等，陆续应募，先后到京，作伪售奸等事，不一而足。一夕，世宗方在御幄中，闭目趺足，演习打坐的工夫，忽闻席上有一物下坠，开目寻视，见近膝处有大蟠桃两枚，连枝带叶，色甚鲜美，随手取食，味甘如醴。次日临朝，与廷臣言及，都说皇上诚敬通神，所以仙桃下降，世宗愈加虔信，即命方士等建醮五日夜。醮坛未撤，又降仙桃。万寿宫内所畜白兔、寿鹿，各生三子，群臣又复表贺。世宗下诏褒答，有"三锡奇祥"等语。上欺下朦，成何政体。并授各方士为翰林侍讲等官。

得毋与清季牙科进士，工科举人，同类共笑乎？陶仲文子世恩，希邀恩宠，伪造五色灵龟灵芝，呈入西内，称为瑞征。又与王金、陶倣、刘文彬、申世文、高守中等，杜撰仙方，采炼药品进御。其实此类药品，统非《神农本草》所载，燥烈秽恶，难以入口。世宗求仙心切，放开喉咙，服食下去。不料自服仙药后，中心烦渴，反致夜不成寐。问诸众方士，统说是服食仙药，该有此状，乃擢世恩为太常寺卿，王金为太医院御医，陶倣为太医院使，刘文彬等为太常寺博士。滥假名器，无逾此日。

时有陶仲文徒党胡大顺，得罪被斥，复希进用，竟伪造《万寿全书》一册，诡说由吕祖乩授，内有秘方，系用黑铅炼白，服饵后可以长生，名叫"先天玉粉丸"，当遣党徒何廷玉赍送京师。可巧江西道士蓝田玉，由姜儆、王大任邀他入京，屡试召鹤秘法，颇得世宗宠信。回应六十八回。廷玉遂走此门路，复贿通内侍赵楹，将方书进献。世宗披览数页，大半言词怪僻，情节支离，不由的奇诧起来，便问赵楹道，"既云乩示，扶乩的人，现在何处？"赵楹答说："现住江西。"世宗不答。揣世宗不答意，恐已疑为严党。赵楹走报田玉，田玉转告廷玉道："你师傅大喜了。皇上正在此惦念哩！"廷玉也欢喜不迭，即与田玉计较，诈传上命，征大顺入京。大顺到京后，往见田玉，自恐前时有罪，不便再入面君。田玉也不免迟疑起来，又去与赵楹商议。赵楹笑道："这也何妨，皇上老眼昏花，难道尚能记得吗？就使记得姓名，亦不难改名仍姓。前名胡大顺，今名胡以宁，不就可没事么？"大顺心喜，当由蓝田玉出面，具疏上奏，只说是扶乩的人，已经到京。世宗随即召见，大顺硬着头皮，趋入西内，三呼舞蹈毕，跪伏下面。偏是世宗眼快，瞧见他的面目，似曾相识，只一时记不起来，略问数语，便令退去。

世宗的体质，本是不弱，精神也很过得去，平时览决章奏，彻夜不倦，自从服过仙方，遂致神经错乱，状类怔忡，白日间遇着鬼物，或有黑气一团，瞥眼经过，不见仙而见鬼，莫非遇着鬼仙。其实是真阳日耗，虚火上炎的缘故。世宗不知此因，反令蓝田玉等，入宫祈禳。可奈祷了数日，毫无灵验。这岂祈禳所能免的？田玉恐缘此得罪，只说是蓝道行下狱冤死，所以酿成厉鬼等语。同姓应该帮助，且为同业预防，田玉之计，可谓狡矣。世宗似信非信，不得不问大学士徐阶。徐阶奏道："胡大顺不畏法纪，乃敢冒名以宁，混入斋宫。蓝田玉私引罪人，胆大尤甚，臣意请严行惩处，休信妄言！"世宗愕然道："胡以宁便是大顺么？怪不得朕召见时，装出一种鬼鬼祟祟的模样；朕亦粗忆面目，似曾见过，这等放肆小人，岂可轻恕？"至此才知，想世宗已死了半个。徐阶道："宫中黑眚，出现已久，亦岂因道行瘐死，致成鬼魅？况蓝田玉系严氏党羽，妄进白铅，居心很是叵测。甚至伪传密旨，外召大顺，若非执付典刑，何以惩恶？"说得世宗勃然奋发，立饬锦衣卫拿问蓝、胡两人，交付法司严讯。待至供证确实，拟成大辟，并因狱词牵连赵楹，一并问罪。不意世宗反悔惧起来，又欲把他宽宥，徐阶忙入谏道："圣旨一出，关系甚重，若听诈传，他日夜半发出片纸，有所指挥，势将若何？"世宗乃命将蓝田玉、胡大顺、赵楹三人，一概处斩。但世宗虽诛此三恶，斋醮事依旧奉行。是时前淳安知县海瑞，因严、鄢伏罪，复起为户部主事，见世宗始终不悟，独与妻孥僮仆等，预为诀别，竟誓死上疏，当由世宗展阅。其词云：

　　陛下即位初年，敬一箴心，冠履分辨，天下欣然。望治未久，而妄念牵之，谬谓长生可得，一意修玄，二十余年，不视朝政，法纪弛矣；推广事例，名器滥矣。二王不相见，人以为薄于父子；以猜疑诽谤戮辱臣下，人以为薄于君臣；乐西苑而不返，人以为薄于夫妇。吏贪官横，民不聊生，水旱无时，盗贼滋炽，陛下试思今日天下为何如乎？古者人君有过，赖臣工匡弼，今乃修斋建醮，相率进香，仙桃天药，同词表贺，建宫筑室，则将作竭力经营，购香市宝，则度支差求四出。陛下误举之，而诸臣误顺之，无一人肯为陛下言者，谀之甚也。自古圣贤垂训，未闻有所谓长生之说，陛下师事陶仲文，仲文则既死矣，彼不长生，而陛下何独求之？诚一旦幡然悔悟，日御正朝，与诸臣讲求天下利病，洗数十年之积误，使诸臣亦得自洗数十年阿君之耻，天下何忧不治？万事何忧不理？此在陛下一振作间而已。

世宗览到此处，竟致怒气直冲，将奏本掷至地上，顾语内侍道："竖子妄言，快与朕拿住此人，不要放走了他！"太监黄锦，方在帝侧，即还奏道："闻此人上疏时，已预买棺木，与妻子诀别，僮仆等亦皆遣散，坐待斧钺，决不遁走的。"当下传旨，命将海瑞系狱。锦衣卫奉命去后，黄锦复将原疏检起，仍置座右，世宗取疏重读，不觉心有所触，默念蓝田玉、胡大顺等，都是假药为名，蒙蔽朕躬，海瑞所言，亦有足取。遂自言自语道："这人可拟比干，但朕确非商纣呢。"相去无几。自是世宗遂患痁疾，渐将批奏事搁起。自四十四年孟冬，心常烦懑，直到次年正月，服药无效，病反加重。这是仙药的灵效。意欲往幸承天，亲谒显陵，取药服气，遂召徐阶入见，问明可否？阶劝帝保重，不可轻出。世宗又道："朕觉得自己烦躁，不愿理事，因此欲闲游散闷。倘恐朕出外后，京都震动，朕却有一法在此。裕王年已及壮，不妨指日内禅，此后朕无所牵累，便好逍遥自在了。"阶又奏称："龙体违和，但教保养得宜，自可告痊，内禅一事，暂从缓议为是。"世宗又道："卿不闻海瑞詈朕么？朕不自谨惜，致此病困，若使朕得御便殿，坐决机宜，何至被他毁谤呢。"始终是恶闻直言。阶复奏道："海瑞语多愚戆，心尚可谅，还乞陛下格外恕他！"瑞之不死，赖有此言。世宗叹道："朕也不愿多杀谏臣了。"阶退出后，法司奏称海瑞讪上，罪应论死；世宗略略一瞧，便即搁过一边，并不加批，瑞因得缓死。

转眼间已是暮春，徐阶荐吏部尚书郭朴，及礼部尚书高拱，可任阁事。于是命朴兼武英殿大学士，拱兼文渊阁大学士，既而自夏入秋，世宗痼疾愈深，气喘面赤，腹胀便闭。求仙结果，如是而已。乃自西苑还入大内。太医等轮流诊治，无可挽回，延至冬季，竟崩于乾清宫，享寿六十，当由徐阶草就遗诏，颁示中外道：

> 朕奉宗庙四十五年，享国长久，累朝未有，一念惓惓，惟敬天勤民是务，只缘多病，过求长生，遂致奸人诳惑，自今建言得罪诸臣，存者召用，殁者恤录，现在监者即释复职，特此遗谕！

遗诏一下，朝野吏民，无不感激涕零，独郭朴、高拱两阁臣，以阶不与共谋，未免怏怏。朴语拱道："徐公手草遗诏，讪谤先帝，若照律例上定罪，不就要处斩么？"嗣是两人与阶有隙，免不得彼此龃龉，后文再表。

且说世宗既崩，承袭大统的嗣皇，当然轮着裕王载垕。王公大臣，遂奉载垕即位，大赦天下，以明年为隆庆元年，是谓穆宗。上皇考尊谥为肃皇帝，庙号世宗，追尊生母杜氏为孝恪皇太后，立继妃陈氏为皇后。先是裕王元妃李氏，生一子翊𫓧，五岁即殇，李妃随逝，以陈氏为继妃，追谥李妃为孝懿皇后，翊𫓧为宪怀太子。凡先朝政令，未尽合宜，悉奉遗诏酌改，逮方士王金、陶仿、申世文、刘文彬、高守中、陶世恩下狱，一并处死，释户部主事海瑞于狱。

瑞自下狱后，早拚一死，世宗崩逝的消息，丝毫不及闻知，只有提牢主事，已得风闻，并因宫中发出遗诏，有"开释言官"等语，料知海瑞必然脱罪，且见重用，此人颇有特识。乃特设酒馔，携入狱中，邀瑞共饮。瑞见提牢官如此厚待，自疑将赴西市，倒也并不恐惧，依旧谈笑饮啖。酒至半酣，与提牢官诀别，托他看顾妻子。提牢官笑道："今日兄弟薄具东道，非与先生送死，乃预贺先生得官呢。"海瑞不禁诧异，急问情由。提牢官起身离座，低声语瑞道："宫车已晏驾，先生不日将大用了。"瑞惊起道："此话可真么？"提牢官道："什么不真！今已有遗诏下来，凡建言得罪诸官，存者召用，殁者恤录，现在监者释出复职。"瑞不待说毕，即丢了酒杯，大哭道："哀哉先皇！痛哉先皇！"两语出口，"哇"的一声，将所食的肴馔，尽行吐出，狼藉满地，顿时晕倒狱中，良久方苏，复从夜间哭到天明，知将死而反恣啖，闻驾崩而反恸哭，如此举动，似出情理之外。人谓海瑞忠君，吾谓此处亦未免矫强。果然释狱诏下，提牢官拱手称贺。瑞徐徐出狱，入朝谢恩。诏复原官，越数日，复擢迁大理寺丞。过了三年，除佥都御史，巡抚应天等府。

瑞轻车简从，出都赴任，下车后，即访查贪官污吏，无论大小，概登白简。并且微服出游，私行察访，以此江南属吏，咸有戒心，自知贪墨不职，早乞致仕归田。就是监督织造的中官，也怕他铁面无情，致遭弹劾，平日减去舆从，格外韬晦。一切势家豪族，把从前朱门漆户，都黝墨作黑，以免注目。或有在籍作恶的士绅，避往他郡，不敢还乡。瑞又力摧豪强，厚抚穷弱，下令雷厉风行，有司皆栗栗危惧，不敢延误。吴中弊政，自海瑞到后，革除过半。又疏浚吴淞白茆河，通流入海，沿河民居，无泛滥忧，有灌溉利，食德饮和，互相讴颂。历举政绩，不愧后人称述。只是实心办事的官吏，往往利益下民，触忤当道。其时秉政大臣，如资望最崇的徐阁老，与郭朴、高拱未协，屡有争议，又严抑中官，以致宵小侧目，他遂引疾乞归。郭朴亦罢。高拱去而复入。此外有江陵人张居正，尝侍裕邸讲读，穆宗即位，立命为吏部侍郎，兼东阁大学士，入参大政。拱与居正统恃才傲物，目空一切，闻海瑞峭直严厉，不肯阿容，暗中亦未免嫉忌。自己刚傲，偏不许别人刚直，所以直道难行。瑞抚吴仅半年，言官已迎合辅臣，劾瑞数次，有旨改瑞督南京粮储。吴民闻瑞去位，多半攀辕遮道，号泣乞留。瑞只挈一仆，乘夜出城，方得脱身。百姓留瑞不获，大家绘了瑞像，朝供香，暮爇烛，敬奉甚虔。瑞督粮未几，又不免为言路所攻，乃谢病竟去。直至居正没后，始复召为南京右都御史。一行作吏，两袖清风，到了神宗十六年，病殁任中，身后萧条，毫无长物。金都御史王用汲入视，只有葛帏敝簏，寥寥数事，不禁叹息异常，当为醵金棺殓，送归琼山原籍，买地安葬。发丧时，农辍耕，商罢市，号哭相送，数百里不绝。后来赐谥忠介，这就是海刚峰先生始末的历史。小子爱慕清官，所以一直叙下，看官不要认做一团糟呢。了却海瑞，免得后文另叙。且有佳句一首，作为海刚峰先生的赞词道：

　　　　由来贤吏自清廉，不慕荣名不附炎。
　　　　怎奈孤芳只自赏，一生坚白总遭嫌。

欲知后事如何，且从下回交代。

　　语云："服食求神仙，多为药所误。"世宗致死之由，即伏于此。夫辟谷为隐者之寓言，炼丹系方士之伪论，天下宁真有长生不老之术耶？况乎年将耳顺，犹逼幸尚美人，色欲薰心，尚望延寿，是不啻航舟绝港，而反欲通海，多见其不自量也。迨元气日涸，又服金石燥烈之剂，至于目眩神迷，白昼见鬼，且命蓝田玉等为之祈禳，至死不悟，世宗有焉。海瑞一疏，抉发靡遗，可作当头棒喝，而世宗乃目为诟詈，微内监黄锦，及大学士徐阶，几乎不随杨、沈诸人，同归地下乎？世宗崩而海瑞出狱，观其巡抚江南，政绩卓著，乃复不容于高拱、张居正诸人。张江陵称救时良相，乃犹忌一海瑞，此外更不必论矣。直道事人，焉往而不三黜，海刚峰殆亦如是耶？

第七十一回

王总督招纳降番　冯中官诉逐首辅

　　却说穆宗即位以后，用徐阶言，力除宿弊。及徐阶去位，高拱、张居正入掌朝政，拱与徐阶不协，专务修怨，遗诏起用诸官，一切报罢，引用门生韩揖等，并居言路，任情抟击。尚宝卿刘奋庸、给事中曹大野等，上疏劾拱，均遭贬谪。就是大学士陈以勤，与张居正同时入阁，见前回。亦为拱所倾轧，引疾归去。资格最老的李春芳，素尚端静，自经徐阶荐入后，见六十九回，当时与严讷同兼武英殿大学士，在位仅半年而罢，春芳于隆庆初任职如故。委蛇朝端，无所可否，因此尚得在位。先是嘉靖季年，谕德赵贞吉，由谪籍召入京师，贞吉被谪，见六十二回。曾擢为户部侍郎，旋复罢归。至穆宗践阼，又起任礼部侍郎，寻升授尚书，兼文渊阁大学士。贞吉年逾六十，性情刚直，犹是当年，穆宗颇加优礼，怎奈与高拱两不相下，彼此各张一帜。拱尝考察科道，将贞吉的老朋友，斥去二三十人，还是恨恨不已。归罪高拱，持论公允。阴嗾门生给事中韩揖，奏劾贞吉庸横。贞吉上疏辩论，自认为庸，独斥高拱为横，愿仍放归田里。有旨允贞吉归休，拱仍任职如故，气焰益张。春芳不能与争，依然伴食，只有时或出数言，从容挽救，后来复为高拱所忌，唆使言官弹劾。春芳知难久任，一再乞休，至隆庆五年，也致仕归去了。

　　惟边陲一带，任用诸将，颇称得人，授戚继光为都督同知，总理蓟州、昌平、保定三镇练兵事宜。继光建敌台千二百座，台高五尺，睥睨四达，虚中为三层。每台驻百人，甲仗糗粮，一律齐备。险要处一里两三台，此外或一里一台，二里一台，延长二千里，星罗棋置，互为声援。又创立车营，每车一辆，用四人推挽，战时结作方阵，中处马步各军。又制拒马器，防遏寇骑，每遇寇至，火器先发，寇稍近，用步军持拒马器，排次面前，参列长枪军，筤筅军，步伐整齐，可攻可守。寇或败北，用骑兵追逐，辎重营随后。且以北方兵性质木强，应敌未灵，特调浙兵三千人，作为冲锋。浙兵到了蓟门，陈列郊外，适天大雨，由朝及暮，植立不敢动。边兵见了，统是瞪目咋舌，以后始知有军令。自继光镇边数年，节制严明，器械犀利，无论什么巨寇，都闻风远避，不敢问津了。极写继光寥寥数语，胜读一部《练兵实纪》。复起曹邦辅为兵部侍郎，与王遴等督御宣府大同。都御史栗永禄守昌平，护陵寝；刘焘屯天津，守通州粮储；总督王崇古、谭纶，主进剿机宜，戴才管理饷运，彼此协力，边境稍宁。乃值鞑靼部酋俺答，为了色欲薰心，酿出一件萧墙祸隙，遂令中国数十百年的寇患，从此洗心革面，归服大明，这也是明朝中叶的幸事。巨笔如椽。

原来俺答第三子铁背台吉，早年病殁，遗儿把汉那吉，年幼失怙，为俺答妻一克哈屯所育。哈屯一作哈敦，系鞑靼汗妃名号。既而长成，为娶比吉女作配，因相貌丑劣，不惬夫意。嗣自聘袄尔都司女，袄尔都司，即鄂尔多斯，为蒙古部落之一。号三娘子，就是俺答长女所生，依名分上论来，是俺答的外孙女，娶作孙妇，倒也辈分相当。《纪事本末》谓三娘子受袄儿都司之聘，俺答闻其美，夺之，别以那吉所聘免撦金之女，偿袄儿，《通鉴》谓系直接孙妇，今从之。这位三娘子貌美似花，仿佛一个塞外昭君，天然娇艳。把汉那吉正为她艳丽动人，所以再三央恳，才得聘定。至娶了过门，满望消受禁脔，了却相思滋味。谁知为俺答所见，竟艳羡的了不得，他想了一计，只说孙妇须入见祖翁，行盥馈礼。把汉那吉不知有诈，便令三娘子进去。三娘子自午前入谒，到了晚间，尚未出来。想是慢慢儿的细盥，慢慢儿的亲馈。那时把汉那吉，等得烦躁起来，差人至俺答帐外探望，毫无消息，匆匆返报，把汉那吉始知有异，自去探听，意欲闯入俺答内寝，偏被那卫卒阻住，不令入内。把汉那吉气愤不过，想与卫卒斗殴，有几个带笑带劝道："好了好了，这块肥羔儿，已早入老大王口中了。此时已经熔化，若硬要他吐了出来，也是没味，何若由他去吃，别寻一个好羔儿罢。"俺答夺占孙妇，不配出艳语点染，但从卫卒口中，以调侃出之，最为耐味。

把汉那吉闻了此语，又是恨，又是悔，转思此言亦似有理，况且双手不敌四拳，平白地被他殴死，也不值得；想到此处，竟转身趋出，回到住所，与部下阿力哥道："我祖夺我妇，且以外孙女为妻，大纛不如，我不能再为他孙，只好别寻生路了。"阿力哥道："到哪里去？"把汉那吉道："不如去投降明朝，中国素重礼义，当不至有此灭伦呢。"恐也难必。阿力哥奉命，略略检好行囊，遂与把汉那吉，及那吉原配比吉女，黄夜出亡，竟奔大同，叩关乞降。

大同巡抚方逢时，转报总督王崇古，崇古以为可留，命他收纳。部将谏阻道："一个孤竖，何足重轻，不如勿纳为是。"崇古道："这是奇货可居，如何勿纳？俺答若来索还，我有叛人赵全等，尚在他处，可教他送来互易；否则因而抚纳，如汉朝质子故例，令他招引旧部，寓居近塞。俺答老且死，伊子黄台吉不及乃父，我可命他出塞，往抗台吉，彼为蚌鹬，我作渔人，岂非一条好计么？"计固甚善。随命一面收纳降人，一面据实上奏，并申己意。廷议纷纷不决，独高拱、张居正两人，以崇古所议，很得控边要策，力主照行。穆宗亦以为外人慕义，前来降顺，应加优抚云云。于是授把汉那吉为指挥使，阿力哥为正千户，各赏大红纻丝衣一袭。

俺答妻一克哈屯，恐中国诱杀爱孙，日夜与俺答吵闹，俺答亦颇有悔心，遂纠众十万，入寇明边。王崇古飞檄各镇，严兵戒备，大众坚壁清野，对待俺答。俺答攻无可攻，掠无可掠，弄得进退两难，不得已遣使请命。崇古命百户鲍崇德往谕，令缚送赵全等人，与把汉那吉互换。鲍崇德素通蒙文，至俺答营，俺答踞坐相见，崇德从容入内，长揖不拜。俺答叱道："何不下跪？"崇德道："天朝大使，来此通问，并没有拜跪的礼仪。况朝廷待尔孙甚厚，今无故称兵，岂欲令尔孙速死么？"开口即述及乃孙，足使俺答夺气。俺答道："我孙把汉那吉，果安在否？"崇德道："朝廷已封他为指挥使，连阿力哥亦授为千户，岂有不安之理？"俺答乃离座慰劳，并设酒款待崇德，暗中却遣骑卒驰入大同，正待禀报巡抚，入候那吉，猛见那吉蟒衣貂帽，驰马出来，气度优闲，居然一个天朝命吏。想是逢时特遣出来。当下与骑卒说了数语，无非是抱怨祖父、怀念祖母等情。骑卒回报俺答，俺答感愧交集，便语崇德道："我孙得授命官，足见上国隆情，但此孙幼孤，为祖母所抚育，祖母时常系念，所以吁请使归，还望贵使替我转报。"崇德道："赵全等早至，令孙必使晚归。"俺答喜甚，便屏退左右，密语崇德道："我不为乱，乱由全等，天子若封我为王，统辖北方诸部，我当约令称臣，永不复叛。我死后，我子我孙，将必袭封，世世衣食中国，尚忍背德么？"已被恩礼笼络住了。崇德道："大汗果有此心，谨当代为禀陈，想朝廷有意怀柔，断不辜负好意。"俺答益加欣慰，遂与崇德饯行。入席时，折箭为誓道："我若食言，有如此箭！"崇德亦答道："彼此一致，各不食言。"当下畅饮尽欢，方才告别。俺答复遣使与崇德偕行，返谒崇古，崇古亦厚待来使，愿如前约。俺答乃诱执赵全等九人来归。

先是山西妖人吕镇明，借白莲妖术，谋为不轨，事败伏诛。余党赵全、李自馨、刘四、赵龙等，逃归俺答，驻扎边外古丰州地，号为板升。已而明边百户张文彦，游击家丁刘天祺，边民马西川等，统往依附，有众万人，因尊俺答为帝。全治第如王府，门前署着"开化府"三字，声势显赫，且屡嗾俺答入寇，于中取利。为虎作伥，全等之肉，其足食乎？至是俺答托词进兵，诱令赵全等入见。全等欣然而来，不图一入大营，即被伏兵擒住，当由俺答遣众数千，押赵全等至大同。王崇古亦发兵收受，悉送阙下。鸷鸟入笼，暴虎投阱，还有什么希望？只落得枭首分尸，脔割以尽，死有余辜。这且不消细说了。

惟把汉那吉，有诏令归，那吉犹恋恋不欲行，崇古婉谕道："你与祖父母，总是一脉的至亲，现既诚心要你归去，你尽管前行。倘你祖再若虐待，我当发兵十万，替你问罪。我朝恩威及远，近正与你祖议和，将来你国奉表通贡，往来不绝，你亦可顺便来游，何必快快呢。"那吉闻言，不由的双膝跪下，且感且泣道："天朝如此待我，总帅如此厚我，我非木石，死生相感。如或背德，愿殛神明。"北人不复反了。崇古亲自扶起，也赐酒为饯，酒阑席散，那吉才整装辞行，挈妻偕归。阿力哥亦随同归去。俺答见了那吉，倒也不加诘责，依然照常相待，惟据住三娘子，仍不归还，亏他厚脸。只遣使报谢，誓不犯边。王崇古遂为俺答陈乞四事：一请给王印，如先朝忠顺王故事；二请许贡入京，比从前朵颜三卫，各贡使贡马三十匹；三请给铁锅，议广锅十斤，炼铁五斤，洛锅生粗每十斤，炼铁三斤，但准以敝易新，免他铸为兵器；四请抚赏部中亲族布匹米豆，散所部穷兵，傲居塞上，俾得随时小市。穆宗览奏，诏令廷臣集议。高拱、张居正等，请外示羁縻，内修战备，乃封俺答为顺义王，名所居城曰"归化城"。俺答弟昆都力，并其子辛爱等，皆授都督同知等官。封把汉那吉为昭勇将军，指挥如故。后来河套各部也求归附，明廷一视同仁，分授官职。嗣是西塞诸夷，岁来贡市，自宣大至甘肃，边陲晏然，不用兵革，约数十年，这且慢表。

且说穆宗在位六年，一切政令，颇尚简静，内廷服食，亦从俭约，岁省帑项数万金。惟简约有余，刚明不足，所以辅政各臣，互相倾轧，门户渐开，浸成积弊。这是穆宗一生坏处。高拱、张居正起初还是莫逆交，所议朝事，彼此同心，后来亦渐渐相离，致启怨隙。想总为权利起见。拱遂荐用礼部尚书高仪，入阁办事，无非欲隐植党与，排挤居正。会隆庆六年闰三月，穆宗御皇极门，忽然疾作，还宫休养。又过两月，政躬稍愈，即出视朝政，不料出宫登陛，甫升御座，忽觉眼目昏黑，几乎跌下御座来。幸两旁侍卫，左右扶掖，才得还宫。自知疾不可为，亟召高拱、张居正入内，嘱咐后事。两人趋至榻前，穆宗只握定高拱右手，款语备至，居正在旁，一眼也不正觑。嗣命两人宿乾清门，夜半病剧，再召高拱、张居正及高仪同受顾命，未几驾崩，享年三十六岁。穆宗继后陈氏无子，且多疾病，尝居别宫，隆庆二年，立李贵妃子翊钧为太子。五年，复立翊钧弟翊镠为潞王。翊钧幼颇聪慧，六岁时，见穆宗驰马宫中，他即叩马谏阻道："陛下为天下主，独骑疾骋，倘一衔橛，为之奈何？"小时了了，大未必佳。穆宗爱他伶俐过人，下马慰勉，即立为太子。陈皇后在别宫，太子随贵妃往候起居，每晨过从，很得皇后欢心。后闻履声，尝为强起，取经书琐问，无不响答。贵妃亦喜，所以后妃情好，亦甚密切，向无闲言。至是太子嗣位，年才十龄，后来庙号神宗，小子亦即以神宗相称。诏命次年改元，拟定万历二字。

这时候有个中官冯保，久侍宫中，颇得权力，本应依次轮着司礼监，适高拱荐举陈洪及孟冲，保几失位，遂怨高拱。独张居正与他相结，很是契合。当穆宗病重时，居正处分十余

事，均用密书示保。拱稍有所闻，面诘居正道："密函中有什
么大事？国家要政，应由我辈作主，奈何付诸内竖。"居正闻
言，不禁面颊发赤，勉强一笑罢了。确有些难以为情。到了穆宗
晏驾，保诈传遗诏，自称与阁臣等同受顾命。及神宗登极，百
官朝贺，保竟升立御座旁，昂然自若，举朝惊愕，只因新主登
基，不便多说。朝贺礼成，保即奉旨掌司礼监，又督东厂事
务，总兼内外，权焰逼人。拱以主上幼冲，应惩中官专政，遂
毅然上疏，请减轻司礼监权柄，又嘱言官合疏攻保，自己拟旨
斥逐。计算停当，即遣人走报居正，嘱他从中出力。居正假意
赞成，极口答应，暗地里却通知冯保，令他设法自全。居正为
柱石大臣，谁意却如此叵测。保闻言大惧，亟趋入李贵妃宫中，
拜倒尘埃，磕头不绝。贵妃问为何事？保只磕头，不说话。待
贵妃问了三五次，方流下两行眼泪，呜呜哭诉道："奴才被高
阁老陷害，将加斥逐了。高阁老忿奴才掌司礼监，只知敬奉太
后、皇上，不去敬奉他们，所以嗾使言官，攻讦奴才。高阁老
擅自拟旨，将奴才驱逐，奴才虽死不足惜，只奴才掌司礼监，
系奉皇上特旨，高阁老如何可以变更？奴才不能侍奉太后皇
上，所以在此悲泣，请太后作主，保全蚁命。"无一语不中听，
无一字不逞刁。说到此处，又连磕了几个响头。李贵妃怒道：
"高拱虽系先皇旧辅，究竟是个臣子，难道有这般专擅么？"
保又道："高拱跋扈，朝右共知，只因他位尊势厚，不敢奏
劾，还请太后留意！"贵妃点首道："你且退去！我自有法。"
保拭泪而退。越日召群臣入宫，传宣两宫特旨，高拱欣然直
入，满拟诏中必逐冯保，谁知诏旨颁下，并不是斥逐冯太监，
乃是斥逐一个高大学士。正是：

骑梁不成，反输一跌。
古谚有言，弄巧反拙。

高拱闻到此诏，不由的伏在地上，几不能起。欲知高拱被逐与否，且至下回说明。

俺答恃赵全等为耳目，屡犯朔方，城狐社鼠，剿灭不易，设非把汉那吉叩关请降，亦何自弭兵戢衅？而原其致此之由，则实自三娘子始。何来尤物，乃胜于中国十万兵耶？且为鞑靼计，亦未尝无利。中外修和，交通贡市，彼此罢兵数十年，子子孙孙，均得安享荣华，宁非三娘子之赐？然则鞑靼之有三娘子，几成为奇人奇事，而王崇古之因利招徕，亦明季中之一大功臣也。穆宗在位六年，乏善可纪，惟任用边将，最称得人，意者其亦天恤民艰，暂俾苏息耶？至穆宗崩而神宗嗣，中官冯保，又复得势，内蠹复萌，外奸乘之，吾不能无治少乱多之叹矣。

第七十二回

莽男子闯入深宫　贤法司力翻成案

却说高拱入朝听旨，跪伏之下，几乎不能起身。看官！你道这旨中如何说法，由小子录述如下：

皇后、皇贵妃、皇帝旨曰：告尔内阁五府六部诸臣！大行皇帝宾天先一日，召内阁三臣至御榻前，同我母子三人，亲受遗嘱曰：'东宫年少，赖尔辅导。'乃大学士高拱，揽权擅政，威福自专，通不许皇帝主管。我母子日夕惊惧，便令回籍闲住，不许停留。尔等大臣受国厚恩，如何阿附权臣，蔑视幼主？自今宜悉自洗涤，竭忠报国，有蹈往辙，典刑处之。

还有一桩触目惊心的事件，这传宣两宫的诏旨，便是新任司礼监的冯保。高拱跪着下面，所闻所见，全出意料，真气得三尸暴炸，七窍生烟；可奈朝仪尊重，不容放肆，那时情不能忍，又不敢不忍，遂致跪伏地上，险些儿晕了过去。至宣诏已毕，各大臣陆续起立，独高拱尚匍伏在地，张居正不免惊疑，走近扶掖。拱方勉强起身，狼狈趋出，返入京寓，匆匆的收拾行李，雇了一乘牛车，装载而去。居正与高仪，上章乞留。居正、冯保通同一气，还要假惺惺何为？有旨不许。嗣复为请驰驿归籍，才算照准。未几，高仪又殁，假公济私的张江陵，遂哀然为首辅了。

先是居正入阁后，由吏部侍郎，升任尚书，兼太子太傅，寻晋封少傅，至是又加授少师。高仪的遗缺，任了礼部尚书吕调阳，惟一切典礼，仍由居正规定。追谥先考为庄皇帝，庙号穆宗。又议将陈皇后及李贵妃，各上尊号。明制于天子新立，必尊母后为皇太后，若本身系妃嫔所出，生母亦得称太后，惟嫡母应特加徽号，以示区别。是时太监冯保，欲媚李贵妃，独讽示居正，拟欲并尊。居正不便违慢，但令廷臣复议。廷臣只知趋承，乐得唯唯诺诺，哪个敢来拦阻？当下尊陈后为仁圣皇太后，李贵妃为慈圣皇太后，仁圣居慈庆宫，慈圣居慈宁宫。居正请慈圣移居乾清宫，视帝起居，当蒙允准。慈圣太后驭帝颇严，每日五更，必至御寝，呼令起床，敕左右掖帝坐着。进水盥面，草草供点，即令登舆御殿，朝罢入宫，帝或嬉游，不愿读书，必召使长跪，以此神宗非常敬畏。且与仁圣太后，始终亲切，每遇神宗进谒，辄问往慈庆宫去未？所以神宗谒慈圣毕，必往谒仁圣。至外廷大事，一切倚任阁臣，未尝干预。冯保虽承后眷，却也不敢导帝为非。居正受后嘱托，亦思整肃朝纲，不负倚畀，可见母后贤明，得使内外交儆。于是请开经筵，酌定三六九日视朝，余日御文华殿讲读，并进《帝鉴图说》，且在旁指陈大义。神宗颇喜听闻，即命宣付史馆，赐居正银币等物。万历改元，命成国公朱希忠，及张居正知经筵事。居正入直经筵，每在文华殿后，另张小幄，造膝密语。一日，在直庐感病，神宗手调椒汤，亲自赐饮，真所谓皇恩优渥，无微不至呢。

是年元宵，用居正言，以大丧尚未经年，免张灯火。越日早朝，神宗正出乾清宫，突见一无须男子，神色仓皇，从甬道上疾趋而入。侍卫疑是宦官，问他入内何干，那人不答。大众一拥上前，将他拿住，搜索袖中，得利匕首一柄，即押至东厂，令司礼监冯保鞫讯。保即刻审问，供称姓王名大臣，天下宁有自名王大臣者，其假可知。由总兵戚继光部下来的。保问毕，将他收系，即往报张居正，复述供词。居正道："戚总兵方握南北军，忠诚可靠，想不至有意外情事。"保迟疑未答。居正微笑道："我却有一计在此。"保问何计？居正附保耳低语道："足下生平所恨，非高氏么？今可借这罪犯身上，除灭高氏。"何苦乃尔。保大喜道："这计一行，宿恨可尽消了。还有宫监陈洪，也是我的对头，从前高拱尝荐为司礼，此番我亦要牵他在内，少师以为何如？"居正道："这由足下自行裁夺便了。"保称谢而去，即令扫厕小卒，名叫辛儒，授他密言，往教罪犯王大臣。

辛儒本是狡黠，趋入狱内，先与大臣婉语一番。嗣后备了酒食，与大臣对饮，渐渐的问他履历。大臣时已被酒，便道："我本是戚帅部下三屯营南兵，偶犯营规，被他杖革，流落京师，受了许多苦楚。默念生不如死，因阗入宫中，故意犯驾，我总教咬住戚总兵，他也必定得罪。戚要杖我，我就害戚，那时死亦瞑目了。"犯规被斥，犹思报复，且欲加戚逆案，叵测极矣。辛儒道："戚总兵为南北保障，未见得被你扳倒，你不过白丧了一条性命，我想你也是个好汉，何苦出此下策？目今恰有一个极好机会，不但你可脱罪，且得升官发财，你可愿否？"大臣听到此言，不禁起立道："有这等好机会么？我便行去，但不知计将安出。"辛儒低声道："你且坐着！我与你细讲。"大臣乃复坐下，侧耳听着。辛儒道："你但说是高相国拱，差你来行刺的。"大臣摇首道："我与高相国无仇，如何扳他？"不肯扳诬高相国，如何怨诬戚总兵。辛儒道："你这个人，煞是有些呆气。高相国为皇太后、皇上所恨，所以逐他回籍。就是大学士张居正、司礼监冯保，统是与高有隙。若你扳倒了他，岂不是内外快心，得邀重赏么？"大臣道："据你说来，我为高相国所差。我既愿受差使，岂不是先自坐罪么？”辛儒道：“自首可以免罪。且此案由冯公审讯，冯公教我授你密计，你若照计而行，冯公自然替你转圜呢。”大臣听至此处，不禁离座下拜道：“此言果真，你是我重生父母哩。”辛儒把他扶起，复与他畅饮数杯，便出狱报知冯保。

保即提出大臣复讯。大臣即一口咬定高拱，保不再细诘，即令辛儒送他还狱，并给大臣蟒袴一条、剑二柄，剑首都饰猫睛异宝，俟将来廷讯时，令说为高拱所赠，可作证据。并嘱使“不得改供，定畀你锦衣卫官职，且赏千金，否则要搒掠至死，切记勿忘！”大臣自然唯唯听命。冯保即据伪供上闻，且言内监陈洪，亦有勾通消息，已逮入狱中。一面饬发缇骑，飞速至高拱里第，拿回家仆数人，严刑胁供。居正亦上疏请诘主使，两路夹攻，高拱不死，亦仅矣。闹得都下皆闻，人言藉藉。

居正闻物议沸腾，心下恰也未安，私问吏部尚书杨博，博正色道：“这事情节离奇，一或不慎，必兴大狱。今上初登大宝，秉性聪明，公为首辅，应导皇上持平察物，驯至宽仁。况且高公虽愎，何至谋逆，天日在上，岂可无故诬人？”居正被他说得羞惭，不由的面赤起来，勉强答了一二语，即归私第。忽报大理寺少卿李幼孜到来，李与居正同乡，当然接见。幼孜扶杖而入，居正便问道：“足下曳杖来此，想系贵体违和。”幼孜不待说毕，就接口道：“抱病谒公，无非为着逆案，公若不为辩白，将来恐污名青史哩。”居正心中一动，勉强应道：“我正为此事担忧，何曾有心罗织。”幼孜道：“叨在同乡，所以不惮苦口，还祈见谅！”居正又敷衍数语，幼孜方才别去。

御史钟继英上疏，亦为高拱营救，暗中且指斥居正，居正不悦，拟旨诘问。左都御史葛守礼，往见尚书杨博道：“大狱将兴，公应力诤，以全大体。”博答道：“我已劝告张相国了。”守礼又道：“今日众望属公，谓公能不杀人媚人，公奈何以已告为辞？须再去进陈，务免大狱方好哩！"博乃道：
"我与公同去，何如？"守礼欣然愿行，遂偕至居正宅中。居
正见二人到来，便开口道："东厂狱词已具，俟同谋人到齐，
便奏请处治了。"守礼道："守礼何敢自附乱党！但高公谅直，
愿以百口保他。"居正默然不应。杨博亦插入道："愿相公主
持公议，保全元气。东厂中人，宁有良心？倘株连众多，后患
何堪设想？"居正仍坐在当地，不发一言。博与守礼，复历数
先朝政府，如何同心辅政，弼成郅治，到了夏言、严嵩、徐
阶、高拱等人，互相倾轧，相名坐损，可为殷鉴。居正甚不耐
烦，竟忿然道："两公今日，以为我甘心高公么？厂中揭帖具
在，可试一观！"说至此，奋身入内，取厂中揭帖，出投博前
道："公请看来！与我有无干涉！"<u>全是意气用事。</u>博从容取阅，
从头细瞧，但见帖中有二语云："大臣所供，历历有据。"这
"历历有据"四字，乃是从旁添入，默认字迹，实系居正手
笔。<u>偏露出马脚来。</u>当下也不明说，惟嗤然一笑，又将揭帖放
入袖中。居正见一笑有因，猛忆着有四字窜改，只好支吾说
道："厂中人不明法理，故此代易数字。"守礼道："机密重
情，不即上闻，岂可先自私议？我两人非敢说公甘心高氏，但
是目下回天，非仗公力不可！"<u>杨、葛两公，可谓有心人，看出破
绽，仍用婉言，不怕居正不承。</u>居正至此，无可推诿，方揖谢道：
"如可挽回，敢不力任。但牵挽牛尾，很觉费事，如何可以善
后呢？"杨博道："公特不肯力任呢！如肯力任，何难处置，
现惟得一有力世家，与国家义同休戚，便可托他讯治了。"居
正感悟，欣然道："待我入内奏闻，必有以报两公。"两人齐
声道："这是最好的了，造福故家，留名史策，均在此举哩！"
说罢，拱手告别。

　　居正送出两人，即入宫请独对，自保高拱无罪，请特委勋
戚大臣，彻底查究。神宗乃命都督朱希孝、左都御史葛守礼及

冯保会审王大臣。希孝系成国公朱希忠弟，接了此旨，忙与乃兄商议道："哪个奏闻皇上，弄出这个难题目，要我去做？一或失察，恐宗祀都难保了。"说着，掩面涕泣。正是庸愚。希忠也惶急起来，相对哭着。一对饭桶，不愧难兄难弟。哭了半晌，还是希忠有点主意，令希孝去问居正。居正与语道："不必问我，但去见吏部杨公，自有方法。"希孝当即揖别，往谒杨博，且语且泣。博笑道："这不过借公勋戚，保全朝廷大体，我等何忍以身家陷公？"希孝呜咽道："欲平反此狱，总须搜查确证，方免逸言。"博又道："这又何难！"当下与希孝密谈数语。希孝才改忧为喜，谢别而回；暗中恰遣了校尉，先入狱中，讯明刀剑来由。大臣始不吐实，经校尉威吓婉诱，方说由辛儒缴来，并将他指使改供事，略说一遍。是一个反复无常的罪犯，冯保也未免自误。校尉复说道："国家定制，入宫谋逆，法应灭族，奈何自愿引罪？你不如吐实，或可减免。"大臣凄然道："我实不知。辛儒说我持刀犯驾，罪坐大辟，因教我口供如此，不特免罪，且可富贵，谁知他竟是诳我呢！"说至此，大哭不止。校尉反劝慰一番，始行复命。

适高氏家人，已逮入京，希孝乃偕冯保、葛守礼，三人升厅会审。明朝故事，法司会审，须将本犯拷打一顿，叫作"杂治"。大臣上得法庭，冯保即命杂治，校尉走过，洗剥大臣衣服，大臣狂呼道："已经许我富贵，为何杂治我？"校尉不理，将他拷掠过了，方推近公案跪下。希孝先命高氏家人，杂列校役中，问大臣道："你看两旁校役，有无认识？"大臣忍着痛，张目四瞧，并无熟人，便道："没有认识。"冯保即插嘴道："你敢犯驾，究系何人主使，从实供来！"大臣瞪目道："是你差我的。"保闻言大惊，勉强镇定了神，复道："你不要瞎闹！前时为何供称高相国？"大臣道："是你教我说的。我晓得什么高相国？"又证一句，直使冯保无地自容。保失色不语。希孝复问道："你的蟒袴刀剑，从何得来？"大臣道："是冯家仆辛儒，交给我的。"索性尽言，畅快之至。保听着这语，几欲逃座，两肩乱耸，态度仓皇。还是希孝瞧不过去，替保解围道："休得乱道！朝廷的讯狱官，岂容你乱诬么？"遂命校尉将大臣还押，退堂罢讯。

保踉跄趋归，暗想此案尴尬，倘大臣再有多言，我的性命也要丢去，便即遣心腹入狱，用生漆调酒，劝大臣饮下，大臣不知是计，一口饮讫，从此做了哑子，不能说话。此时宫内有一殷太监，年已七十多岁，系资格最老的内侍，会与冯保同侍帝侧，谈及此事。殷太监启奏道："高拱忠臣，岂有此事！"又旁顾冯保道："高胡子是正直人，不过与张居正有嫌，居正屡欲害他，我辈内官，何必相助！"原来高拱多须，所以称为胡子。保闻言，神色渐沮。内监张宏，亦力言不可，于是狱事迁延。等到刑部拟罪，只把大臣斩决，余免干连。一番大风浪，总算恬平，这也是高拱不该赤族，所以得此救星。拱闻此变，益发杜门谢客，不问世事。拱本河南新郑人，嗣后出仕中州的官吏，不敢再经新郑，往往绕道而去。统是偷生怕死的人物。至万历六年，拱方病殁，居正奏请复拱原官，给与祭葬如例。又似强盗发善心。惟冯保余恨未释，请命太后一切赐恤，减从半数。祭文中仍寓贬词，后来追念遗功，方赠拱太师，予谥文襄。小子有诗咏高拱道：

> 自古同寅贵协恭，胡为器小不相容？
> 若非当日贤臣在，小过险遭灭顶凶。

欲知明廷后事，且俟下回续陈。

冯保一小人耳，小人行事，阴贼险狠，固不足责。张居正称救时良相，乃与内监相毗，倾害高拱，彼无不共戴天之仇，竟思戮高氏躯，赤高氏族，何其忮刻若此耶？设非杨、葛诸大臣，力谋平反，则大狱立兴，惨害甚众。居正试反己自问，其亦安心否乎？殷、张两内监，犹有人心，令居正闻之，能毋汗下。至于冯保讯狱，三问三供，世之设计害人者，安能尽得王大臣，使之一反噬乎？保益恚恨，且药哑王大臣，令之不能再说。小人之心，甚于蛇蝎，良足畏也！然观王大臣供词，令我心快不已，为之饮一大白。

第七十三回

夺亲情相臣嫉谏　规主阙母教流芳

却说张居正既握朝纲，一意尊主权，课吏治，立章奏，考成法，定内外官久任法。百司俱奉法守公，政体为之一肃。两宫太后，同心委任，凡遇居正进谒，必呼先生，且云"皇上若有违慢，可入内陈明，当为指斥"云云。于是居正日侍经筵，就是讲解音义，亦必一一辨正，不使少误。某日，神宗读《论语·乡党篇》，至"色勃如也"句，"勃"字误读作"背"字，居正在旁厉声道："应作勃字读。"神宗吓了一跳，几乎面色如土。同列皆相顾失色，居正尚凛凛有怒容。后来夺官籍家之祸，即基于此。嗣是神宗见了居正，很是敬畏。居正除进讲经书外，又呈入御屏数幅，各施藻绘，凡天下各省州县疆域，以及职官姓名，均用浮签标贴，俾供乙览。一日讲筵已毕，神宗问居正道："建文帝出亡，做了和尚，这事果的确否？"居正还奏道："臣观国史，未载此事，只闻故老相传，披缁云游，题诗田州寺壁上，约有数首，有'流落江湖四十秋'七字，臣尚记得。或者果有此事，亦未可知。"神宗叹息数声，复命居正录诗以进。居正道："这乃亡国遗诗，何足寓目！请录皇陵石碑，及高皇帝御制文集，随时备览，想见创业艰难，圣谟隆盛呢。"神宗称善。至次日，居正即录皇陵碑文呈览。神宗览毕，即语居正道："朕览碑文，读至数过，不觉感伤欲泣了。"居正道："祖宗当日艰难，至于如此。皇上能效法祖宗，方可长保大业哩。"乃申述太祖微时情状，及即位后勤俭等事。神宗怆然道："朕承祖宗大统，敢不黾勉，但也须仗先生辅导呢！"由是累有赏赐，不可胜纪。最著的是银章一方，镌有"帝赉忠良"四字。又有御书匾额两方，一方是"永保天命"，一方是"弼予一人"。

居正以在阁办事，只有吕调阳一人，不胜烦剧，复引荐礼部尚书张四维。四维尝馈问居正，四时不绝，所以居正一力荐举。向例入阁诸臣，尝云同某人等办事，至是直称随元辅居正等办事。四维格外谦恭，对着居正，不敢自称同僚，仿佛有上司属吏的等级，平时毫无建白，只随着居正拜赐进宫罢了。卑屈至此，有何趣味。惟四维入阁后，礼部尚书的遗缺，就用了万士和。士和初官庶吉士，因忤了严嵩，改为部曹，累任按察布政使，并著清节，及入任尚书，屡上条奏，居正颇嫉他多言。会拟越级赠朱希忠王爵，士和力持不可，给事中余懋学，奏请政从宽大，被居正斥他讽谤，削籍为民。士和又上言懋学忠直，不应摧抑，自遏言路。种种忤居正意，遂令给事中朱南雍，奏劾士和，士和因谢病归休。

适蓟州总兵戚继光，击败朵颜部长董狐狸，生擒狐狸弟长秃，狐狸情愿降附，乞赦乃弟。继光乃将长秃释回，酌定每岁贡市，一面由巡按辽东御史刘台，上书奏捷。居正以巡按不得报军功，劾台违制。台亦抗章劾居正，说他擅作威福，如逐大学士高拱，私赠成国公朱希忠王爵，引用张四维等为爪牙，排斥万士和、余懋学等，统是罔上行私的举动，应降旨议处等情。居正自入阁秉政，从未遇着这种弹章，见了此疏，勃然大怒，当即具疏乞归。神宗急忙召问，居正跪奏道："御史刘台，谓臣擅威福，臣平日所为，正未免威福自擅呢。但必欲取悦下僚，臣非不能，怎奈流弊一开，必致误国。若要竭忠事上，不能不督饬百官。百官喜宽恶严，自然疑臣专擅。臣势处两难，不如恩赐归休，才可免患。"说至此，随即俯伏，泣不肯起。_{无非要挟。}神宗亲降御座，用手掖居正道："先生起来！朕当逮问刘台，免得他人效尤。"居正方顿首起谢。当下颁诏辽东，逮台入京，拘系诏狱，嗣命廷杖百下，拟戍极边。居正反上疏救解，_{故智复萌。}乃除名为民。未几，辽东巡抚张学颜，复诬劾台匿赇镪，_{想是居正嗾使。}因复充戍浔州。台到戍所，就戍馆主人处，饮酒数杯，竟致暴毙。这暴毙的情由，议论不一，明廷并未诘究，其中弊窦，可想而知，毋庸小子赘说了。_{不说之说，尤胜于说。}

　　到了万历五年，居正父死，讣至京师。神宗手书宣慰，又饬中使视粥止哭，络绎道路，赙仪格外加厚，连两宫太后，亦有特赙，惟未曾谕留视事。时李幼孜已升任户部侍郎，欲媚居正，首倡夺情的议论。冯保与居正友善，亦愿他仍然在朝，可作外助，遂代为运动，传出中旨，令吏部尚书张瀚，往留居正。居正也恐退职以后，被人陷害，巴不得有旨慰留，但面子上似说不过去，只好疏请奔丧，暗中恰讽示张瀚，令他奏留居正。瀚佯作不知，且云："首相奔丧，应予殊典，应由礼部拟奏，与吏部无涉。"居正闻言，很是忿恨。又浼冯保传旨，责瀚久不复命，失人臣礼，勒令致仕。于是一班趋炎附势的官员，陆续上本，请留首辅，奏中大意，无非把"移孝作忠"的套话敷衍满纸。_{移孝作忠四字，岂是这般解法。}居正再请终制，有旨不许。又请在官守制，不入朝堂，仍预机务，乃邀允准。_{连上朝都可免得，是居正死父，大是交运。}居正得遂私情，仍然亲裁政务，与没事人一般。

　　会值日食告变，编修吴中行，及检讨赵用贤，刑部员外郎艾穆，主事沈思孝等，应诏陈言，均说"居正忘亲贪位，炀蔽圣聪，因干天变"云云。居正得了此信，愤怒的了不得，当下通知冯保，教他入诉神宗，概加廷杖。大宗伯马自强，急至居正府第，密为营解。居正见了自强，略谈数语，便"扑"的跪下，带哭带语道："公饶我！公饶我！"自强正答礼不迭，忽闻掌院学士王锡爵到来，居正竟跟跄起身，趋入丧次。锡爵径至丧次中，晤见居正，谈及吴、赵等上疏，致遭圣怒等事。居正淡淡的答道："圣怒正不可测哩。"锡爵道："圣怒亦无非为公。"语尚未讫，居正又跪倒地上，勃然道："公来正好！快把我首级取去，免致得罪谏官！"一面又举手作刎颈状，并道："你何不取出刀来？快杀我！快快杀我！"好似泼妇撒赖。锡爵不防到这一着，吓得倒退倒躲，一溜烟的逃出大门去了。马自强亦乘势逃去。隔了数日，吴中行、赵用贤、艾穆、沈思孝四人，同受廷杖。侍讲于慎行、田一俊、张位、赵志皋，修撰习孔教、沈懋学等，具疏营救，俱被冯保搁住。进士邹元标复上疏力谏，亦坐杖戍。南京御史朱鸿模遥为谏阻，并斥为民。且诏谪吴、赵、艾、沈四人，吴中行、赵用贤即日出都，同僚相率观望，无一人敢去送行，只有经筵讲官许文穆赠中行玉杯一只，用贤犀杯一只，玉杯上镌着三语道：

斑斑者何？卞生泪。英英者何？蔺生气，迢迢琢琢永成器。

犀杯上镌着六语道：

文羊一角，具理沈黝，
不惜刻心，宁辞碎首？
黄流在中，为君子寿。

古人说得好，"人心未泯，公论难逃"，为了居正夺情，各官受谴等事，都下人士，各抱不平。黄夜里乘人不备，竟向长安门外，挂起匿名揭帖来。揭帖上面，无非是谤议居正，说他无父无君，迹同莽、操。事为神宗所闻，又颁谕朝堂道：

奸邪小人，藐朕冲年，忌惮元辅，乃借纲常之说，肆为诬论，欲使朕孤立于上，得以任意自恣，兹已薄处，如此后再有党奸怀邪，必从重惩，不稍宽宥，其各凛遵！

这谕下后，王锡爵、于慎行、田一儁、沈懋学等，先后乞病告归。既而彗星现东南方，光长竟天，当下考察百官，赵志皋、张袚、习孔教等，又相继迁谪，算作厌禳星变的计划，这正是想入非非了。越年，神宗将行大婚礼，令张居正充纳采问名副使。给事中李涞奏称居正持丧，不宜与闻大婚事，乞改简大臣。神宗不允，传皇太后谕旨，令居正变服从吉，居正遂奉旨照办。等册后礼成，方乞归治葬。神宗召见平台，特赐慰谕道："朕不能舍去先生，但恐伤先生孝思，不得已暂从所请。惟念国事至重，朕无所依赖，未免怀忧。"居正叩首道："臣为父治葬，不能不去，只乞皇上大婚以后，应撙节爱养，留心万几。"说毕，伏地恸哭。恸哭何为？无非要结人主。神宗亦为之凄然，不禁堕泪道："先生虽行，国事尚宜留意。此后倘有建白，不妨密封言事。"居正称谢而起，进辞两宫太后，各赐赆金，慰谕有加。

居正归后，神宗复敕大学士吕调阳等，如遇大事，不得专决，应驰驿至江陵，听居正处分。既而由春入夏，又有旨征令还朝。居正以母老为辞，不便冒暑北行，请俟秋凉就道。神宗又遣指挥翟汝敬，驰驿敦促，更令中使护居正母，由水道启行。居正乃遵旨登程，所经州县，守臣多跪谒；就是抚按长吏等，亦越界送迎，身为前驱。及到京师，两宫又慰劳备至，赏赉有加。居正母至，概照前例。惟吕调阳自惭伴食，托病乞休，起初未蒙俞允，至居正还朝，再疏告归，乃准令致仕，解组归田去了。还算有些气节。

是时神宗已册后王氏，伉俪情深，不劳细说。独李太后以帝已大婚，不必抚视，仍返居慈宁宫，随召居正入内，与语道："我不便常视皇帝，先生系国家元辅，亲受先帝付托，还希朝夕纳诲，毋负顾命！"居正唯唯而退。嗣是居正格外黾勉，所有军国要政，无不悉心筹划。内引礼部尚书马自强，及吏部侍郎申时行，参赞阁务；外任尚书方逢时，总督宣大，总兵李成梁，镇抚辽东。方逢时与王崇古齐名，崇古内用，逢时专任边事，悉协机宜。李成梁骁悍善战，屡摧塞外巨寇，积功封宁远伯，内外承平，十年无事。

居正又上《肃雍殿箴》，劝神宗量入为出，罢节浮费，复尽汰内外冗员，严核各省财赋。只神宗年龄浸长，渐备六宫，令司礼监冯保，选内竖三千五百人入宫，充当使令。内有孙海、客用两阉竖，便佞狡黠，得邀宠幸，嘉靖、隆庆两朝，非无秕政，而中官不闻横行，良由裁抑得宜之故。至此又复开端，渐成客、魏之弊。尝导神宗夜游别宫，小衣窄袖，走马持刀，仿佛似镖客一般。既而出幸西城，免不得饮酒陶情，逢场作戏。一夕，神宗被酒，命随侍太监，按歌新声。曲调未谐，竟惹动神宗怒意，拔出佩剑，欲斫歌竖头颅，还是孙、客两人从旁解劝，方笑语道："头可恕，发不可恕。"遂令他脱下头巾，将发割去，想是从曹操处学来。惟彼割己发，而此割人发，不无异点。

这事被冯保闻知，便去禀诉李太后。太后大怒，自着青布袍，撤除簪珥，此是姜后脱簪珥待罪之意。令宣神宗入宫，一面传语居正，速即上疏极谏。神宗得着消息，不免惊慌，可奈母命难违，只好硬着头皮，慢慢儿的入慈宁宫。一进宫门，便闻太后大声催促。到了望见慈容，形神服饰与寻常大不相同，不觉心胆俱战，连忙跪下磕头。太后瞋目道："你好！你好！先皇帝付你大统，叫你这般游荡么?"神宗带抖带语道："儿、儿知罪了，望母后宽恕!"太后哼了一声道："你也晓得有罪么?"说至此，冯保已捧呈张居正谏疏，由太后略瞧一遍，语颇简直，便掷付神宗道："你且看来!"神宗取过一阅，方才瞧罢，但听太后又道："先帝弥留时，内嘱你两母教育，外嘱张先生等辅导，真是煞费苦心，不料出你不肖子，胆大妄为，如再不肯改过，恐将来必玷辱祖先，我顾宗社要紧，也管不得私恩，难道必要用你做皇帝么?"母教严正，不愧贤妃。又旁顾冯保道："你去到内阁中，取《霍光传》来!"保复应声而去。不一时，返入宫内，叩头奏道："张相国浼奴才代奏，据言皇上英明，但教自知改过，将来必能迁善。霍光故事，臣不敢上闻!今不如草诏罪已了了。"太后道："张先生既这般说，就这般办罢，你去教他拟诏来!"保又起身趋出。未几，返呈草诏，太后叱令神宗起来，亲笔誊过，颁示朝堂。可怜神宗双膝，已跪得疼痛异常，更兼草诏中语多卑抑，不禁懊恨得很。偏是太后督着誊写，一些儿不肯放松，那时只好照本誊录，呈与太后览过，交冯保颁发去了。太后到了此时，禁不住流泪两行。神宗又跪泣认悔，方得奉命退出。京中闻了这事，谣言蜂起，统说两宫要废去神宗，别立潞王翊钑。见七十一回。后来杳无音信，方渐渐的息了浮言，这且休表。

且说李太后既训责神宗，复将孙海、客用两人逐出宫外，并令冯保检核内侍，所有太监孙德秀、温泰等，向与冯保未协，俱被撵逐。神宗虽然不悦，终究是无可奈何，只好得过且过，再作计较。张居正恐神宗启疑，因具疏乞休，作为尝试。疏中有"拜手稽首归政"等语。居正自命为禹、皋。那时神宗自然慰留，手书述慈圣口谕："张先生亲受先帝付托，怎忍言去，俟辅上年至三十，再议未迟。"居正乃仍就原职，请嘱儒臣编纂累朝宝训实录，分四十章，次第进呈，作为经筵讲义。

大旨如下：

（一）创业艰难。（二）励精图治。（三）勤学。（四）敬天。（五）法祖。（六）保民。（七）谨祭祀。（八）崇孝敬。（九）端好尚。（十）慎起居。（十一）戒游佚。（十二）正官闱。（十三）教储贰。（十四）睦宗藩。（十五）亲贤臣。（十六）去奸邪。（十七）纳谏。（十八）守法。（十九）敬戒。（二十）务实。（二十一）正纪纲。（二十二）审官。（二十三）久任。（二十四）考成。（二十五）重守令。（二十六）驭近习。（二十七）待外戚。（二十八）重农。（二十九）兴教化。（三十）明赏罚。（三十一）信诏令。（三十二）谨名分。（三十三）却贡献。（三十四）慎赏罚。（三十五）甘节俭。（三十六）慎刑狱。（三十七）褒功德。（三十八）屏异端。（三十九）饬武备。（四十）御寇盗。

看官！你想神宗此时，已是情欲渐开，好谀恶直的时候，居正所陈各种请求，实与神宗意见并不相符，不过形式上面，总要敷衍过去，当下优诏褒答，允准施行。待至各项讲义，次第编竣，由日讲官陆续呈讲，也只好恭己以听。一俟讲毕，即散游各宫，乐得图些畅快，活络筋骸。一日，退朝罢讲，闲踱入慈宁宫，正值李太后往慈庆宫闲谈，不在宫中，正拟退出宫门，忽见有一个年少的女郎，袅袅婷婷的走将过来，向帝请安。这一番有分教：

> 浑疑洛水仙妃至，好似高唐神女来。

毕竟此女为谁，且由下回说明。

　　张居正所恃，惟一冯保，冯保所恃，不外张居正，观其狼狈相倚，权倾内外，虽不无可取之处，而希位固宠之想，尝憧扰于胸中。居正综核名实，修明纲纪，于用人进谏诸大端，俱能力持大体，不可谓非救时良相。然居父丧而思起复，嫉忠告而斥同僚，人伦斁矣，其余何足观乎！冯保闻神宗冶游，密白太后，为补衮箴阙起见，亦不得谓其下情，然窥其隐衷，无非挟太后以制幼主；至若孙德秀、温泰等，则又因睚眦之嫌，尽情报复，狡悍著矣，其他何足责乎？吾读此回，且愿为之易其名曰"是为冯保、张居正合传"，而是非可不必辨云。

第七十四回

王宫人喜中生子　张宰辅身后籍家

　　却说神宗踱入慈宁宫，巧遇一个宫娥，上前请安，磕过了头，由神宗叫她起来，方徐徐起身，侍立一旁。神宗见她面目端好，举止从容，颇有些幽娴态度，不禁怜爱起来，后来要做贵妃、太后，想不致粗率轻狂。随即入宫坐下。那宫人亦冉冉随入，当由神宗问明太后所在，并询及姓氏，宫人答称王姓。神宗约略研诘，仔细端详，见她应对大方，丰神绰约，尤觉雅致宜人，不同俗态，当下沉吟半响，复与语道："你去取水来，朕要盥手哩！"王宫人乃走入外室，奉匜沃水，呈进神宗。神宗见她双手苗条，肤致洁白，越觉生了怜惜，正要把她牵拉，猛记有贴身太监，随着后面，返身回顾，果然立在背后，便令他回避出去。王宫人见内侍驱出，料知帝有他意，但是不便抽身，只好立侍盥洗，并呈上手巾。由神宗拭干了手，即对王氏一笑道："你为朕侍执巾栉，朕恰不便负你呢。"王宫人闻言，不由的红云上脸，双晕梨涡。神宗见了，禁不住意马心猿，竟学起楚襄王来，将她按倒阳台，做了一回高唐好梦。恐就借太后寝床做了舞台。王宫人得此奇遇，正是半推半就，笑啼俱有，等到云散雨收，已是暗结珠胎，两人事毕起床，重复盥洗，幸太后尚未回宫，神宗自恐得罪，匆匆的整好衣襟，抽身去讫。次日即命随去的内侍，赍了头面一副，赐给王宫人，并嘱内侍谨守秘密。谁知那文房太监，职司记载，已将临幸王宫人的事情，登薄存录了。嗣是神宗自觉心虚，不便再去临幸，虽晨夕请安，免不得出入慈宁宫，只遇着王宫人，恰是不敢正觑。王宫人怨帝薄幸，也只能藏着心中，怎能露出形迹？转眼数月，渐渐的腰围宽大，茶饭不思起来。太后瞧着，觉得王氏有异，疑及神宗；但一时不便明言，惟暗中侦查神宗往来。

这时候的六宫中，有个郑妃，生得姿容美丽，闭月羞花。神宗很是宠爱，册封贵妃，平时常在她宫中住宿，非但妃嫔中没人及她，就是正宫王皇后，也不能似她宠遇。太后调查多日，不见有可疑情迹，惟看这王宫人肚腹膨胀，行步艰难，明明是身怀六甲，不必猜疑，便召入密问。王宫人伏地呜咽，自陈被幸始末。好在太后严待皇帝，厚待宫人，也不去诘责王氏，只命她起居静室，好生调养，一面饬文房太监，呈进皇上起居簿录，果然载明临幸时日，与王宫人供语，丝毫无误。亏有此簿。当命宫中设宴，邀同陈太后入座，并召神宗侍宴。席间谈及王后无出，陈太后未免叹息。李太后道："皇儿也太不长进，我宫内的王氏女，已被召幸，现已有娠了。"神宗闻言，面颊发赤，口中还要抵赖，说是未有此事。王氏幸怀龙种，还得出头，否则一度临幸，将从此休了。李太后道："何必隐瞒！"随把内起居簿录，取交神宗，并云："你去看明，曾否妄载？"神宗到了此时，无言可辩，没奈何离座谢罪。李太后又道："你既将她召幸，应该向我禀明，我也不与你为难，叫她备入六宫，也是好的。到了今日，我已查得明明白白，你还要抵赖，显见得是不孝呢，下次休再如此！"神宗唯唯连声，陈太后亦从旁劝解。李太后又道："我与仁圣太后，年均老了，彼此共望有孙。今王氏女有娠，若得生一男子，也是宗社幸福。古云'母以子贵'，有什么阶级可分哩？"保全王氏，在此一语。陈太后很是赞成。宴饮已毕，陈太后还入慈庆宫，神宗亦谢宴出来，即命册王宫人为恭妃。册宝已至，王宫人即拜谢两宫太后，移住别宫。既而怀妊满期，临盆分娩，果然得一麟儿，这就是皇长子常洛。后来嗣位为光宗皇帝。过了三日，神宗御殿受贺，大赦天下，并加上两宫太后徽号。陈太后加"康静"两字，李太后加"明肃"两字，喜气重重，中外称庆，且不必细述。

单说皇长子将生的时候，大学士张居正忽患起病来，卧床数月，仍未告痊。百官相率斋戒，代为祈祷。南都、秦、晋、楚、豫诸大吏，亦无不建醮，均替他祝福禳灾。神宗命张四维等，掌理阁中细务，遇着大事，仍饬令至居正私第，由他裁决。居正始尚力疾从公，后来病势加重，渐觉不支，竟至案牍纷纭，堆积几右。会泰宁卫酋巴速亥，入寇义州，为宁远伯李成梁击毙，露布告捷，朝廷归功居正，晋封太师。明代文臣，从未有真拜三公，自居正柄政，方得邀此荣宠。怎奈福为祸倚，乐极悲生，饶你位居极品，逃不出这"生老病死"四字。见道之言。居正一病半年，累得骨瘦如柴，奄奄一息，自知死期将至，乃荐故礼部尚书潘晟，及吏部侍郎余有丁自代。晟素贪鄙，不满人望，因冯保素从受书，特浼居正荐举，神宗立刻允准，命晟兼武英殿大学士，有丁兼文渊阁大学士。诏下甫五日，言官已交章劾晟，不得已将他罢官。未几，居正病逝，神宗震悼辍朝，遣司礼太监护丧归葬，赐赙甚厚。两宫太后及中宫，俱加赍金币，并赐祭十六坛，赠上柱国，予谥文忠。

只是铜山西崩，洛钟东应，居正一死，宫内的权阉冯保，免不得成了孤立。更兼太后归政已久，年力浸衰，也不愿问及外事，所以保势益孤。当潘晟罢职时，保方病起，闻报遽怒道："我适小恙，不致遽死，难道当今遂没有我么？"还要骄横，真是不识时务。是时皇长子已生，保又欲晋封伯爵。长子系神宗自生，与冯保何与，乃欲封伯爵耶？张四维以向无此例，不便奏议，只拟予荫他弟侄一人，作为都督佥事。保复怒道："你的官职，从何处得来？今日乃欲负我，连一个虚衔，都不能替我转圜，未免不情！"说得四维哑口无言。会东宫旧阉张鲸，素忌保宠，意图排斥。宗有同事张鲸，前被保放逐，至是复入。两人遂交相勾结，伺隙白帝，历诉保过恶，及与张居正朋比为奸等情。神宗本来恨保，一经挑拨，自然激动起来。御史江东之，又首劾保党锦衣同知徐爵，神宗遂将爵下狱，饬刑部定了死罪，算是开了头刀。言官李植窥伺意旨，复列保十二大罪，统是神宗平日敢怒不敢言的事情。此时乾纲独断，毫无牵掣，遂谪保为南京奉御，不准须臾逗留；并令锦衣卫查抄家产，得资巨万。东之并劾吏部尚书梁梦龙、工部尚书曾希吾、吏部侍郎王篆，均为保私党，应即斥退。当下命法司查明，果得实证，遂下诏一一除名。看官！你道这实证从何处得来？原来冯保家中，藏有《廷臣馈遗录》，被查抄时一并搜出，梁、曾等姓氏骈列，所以无可抵赖，同时斥退。此外大小臣工，名列《馈遗录》中，不一而足。

独刑部尚书严清，与冯保毫无往来，且素不党附居正，因得神宗器重，名曰严清，果足副实。乃调任为吏部尚书，代了梁梦龙遗缺。清搜讨故实，辩论官材，自丞佐以下，都量能授职，无一幸进，把从前夤缘干托的情弊，尽行扫除。可惜天不假年，在任仅阅半载，得病假归，未几即殁。还有蓟镇总兵戚继光，从前由居正委任，每事辄与商榷，动无掣肘，所向有功。及是居正已殁，给事中张鼎思，上言继光不宜北方，不管人材可否，专务揣摩迎合，这等人亦属可杀。阁臣拟旨，即命他调至广东，继光不免快快，赴粤逾年，即谢病回里，越三年乃殁。继光与兵部尚书谭纶，都督府金事俞大猷，统为当时名将。谭纶卒于万历五年，俞大猷卒于万历八年，一谥襄敏，一谥武襄。继光至十一年乞归，十四年病终原籍，万历末追谥武毅，著有《练兵实纪》，《纪效新书》，所谈兵法，均关繁要，至今犹脍炙人口，奉为秘传，这也不消絮叙。已足与史传扬名不朽，且随笔叙结谭、俞两人，尤为一带两便。

且说冯保得罪，以后新进诸臣，又交攻居正，陆续不绝。有旨夺上柱国太师官衔，并将赐谥一并镌去。大学士张四维见中外积怨居正，意欲改弦易辙，收服人心，何不述冯保语，质之曰："你的官职，从何处得来？"因上疏言事，请荡涤烦苛，宏敷惠泽，一面请召还吴中行、赵用贤、艾穆、沈思孝、余懋学等，奏复原官。神宗颇加采纳，朝政为之稍变。已而四维以父丧归葬，服将阕而卒。朝旨赠官太师，赐谥文毅。结果比居正为胜，足为四维之幸。嗣是申时行进为首辅，申时行见前回。引荐礼部尚书许国兼任东阁大学士。许本是时行好友，同心办事，阁臣始沆瀣相投，不复生嫌，无如言路一开，台官竞奋，彼此争砺锋锐，搏击当路，于是阁臣一帜，台官一帜，分竖明廷。嗣复为了张居正一案，闹得不可开交，遂致朝臣水火，又惹出一种争执的弊端。明臣好争，统是意气用事。

先是居正当国，曾构陷辽王宪㸅，废为庶人。宪㸅系太祖十五子植七世孙，植初封卫王，寻改封辽，建文时又徙封荆州，七传至宪㸅，尝希旨奉道，得世宗欢心，加封真人，敕赐金印。穆宗改元，御史陈省劾他不法，夺去真人名号及所赐金印。居正家居荆州，故隶辽王尺籍，至宪㸅骄酗贪虐，多所凌轹，以此为居正所憾。且因宪㸅府第壮丽，暗思攘夺，可巧巡按御史郜光，奏劾宪㸅淫虐僭拟诸罪状，居正遂奏遣刑部侍郎洪朝选，亲往勘验，且嘱令坐以谋逆，好教他一命呜呼。待至朝选归京，只说他淫酗是实，谋反无据。朝旨虽废黜宪㸅，禁锢高墙，居正意尚未慊，密嘱湖广巡抚劳堪，上言朝选得贿，代为宪㸅掩饰。朝选遂因此获罪，羁死狱中。

那时辽王府第，当然为居正所夺，遂了心愿。至居正死后，辽府次妃王氏，运动言官，代为讼冤。当有御史羊可立，追论居正构害辽王事，正在颁下部议，王妃复上书诉讼，大略言："居正贪鄙，谋夺辽王府第，因此设计诬陷。既将辽府据去，复将所有金宝，悉数没入他家。"神宗览奏，即欲传旨籍没，但尚恐太后意旨未以为然，一时不便骤行。可巧潞王翊镠，将届婚期，需用珠宝，无从采备。恐由神宗故意为此。太后召神宗入内，向他问道："名为天府，难道这些些珠宝，竟凑办不齐么？"神宗道："近年以来，廷臣没有廉耻，都把这外方贡品，私献冯、张二家，所以天府藏珍，很是寥寥了。"太后道："冯保家已经抄没，想可尽输入库。"神宗道："冯保狡猾，预将珍宝偷运去了，名虽查抄，所得有限。"太后慨然道："冯保是个阉奴，原不足责；但张居正身为首辅，亲受先皇遗命，乃亦这般藏私，真是人心难料呢！"太后虽明，亦为所惑。神宗复述及辽府讼冤，归罪居正等情，太后默然。嗣是"张先生""张太师"的称号，宫中一律讳言。

　　神宗知太后意转，亟命司礼监张诚等南下荆州，籍居正家。张诚先遣急足，潜投江陵守令，命他速往查封，休使逃匿。守令得了此信，自然格外巴结，即召集全班人役，围住张氏府第，自己亲入府内，把他阖家人口，悉数点查，驱入一室，令衙役在室外守着。顿时反宾为主，一切服食，统须由衙役作主，可怜张氏妇女，多半畏愤，宁自绝粒，竟饿死了十数人。及张诚一到，尤觉凶横，饬役搜查，倒箧倾箱，并没有甚么巨宝，就是金银财帛，也是很少，较诸当日严相府中，竟不及二十分之一。张诚怒道："十年宰相，所蓄私囊，宁止此数？此必暗中隐匿，或寄存亲族家内，别人或被他瞒过，我岂由他诳骗么？"遂召居正长子礼部主事敬修，迫令和盘献出。敬修答言，只有此数。张诚不信，竟饬虎狼卫役，把敬修褫去衣冠，拷掠数次；并将张氏亲族，一一传讯，硬说他有寄藏，不容剖白。敬修熬不住痛苦，寻了短见，投缳毕命。亲族等无从呼吁，没奈何各倾家产，凑出黄金一万两，白银十万两，不是查抄，竟是抢劫。张诚方才罢手。大学士申时行得悉此状，因与六卿大臣，联名上疏，奏请从宽。刑部尚书潘季驯，又特奏"居正母年过八旬，朝不保暮，请皇上锡类推恩，全他母命"云云。乃许留空宅一所，田十顷，赡养居正母。惟尽削居正官阶，夺还玺书诏命，并谪戍居正子弟，揭示罪状。有诏云：

> 张居正诬蔑亲藩，箝制言官，蔽塞朕聪，私占废辽宅田，假名丈量遮饰，骚动海内。迹其平日所为，无非专权乱政，罔上负恩，本当斫棺戮尸，因念效劳有年，姑免尽法。伊弟张居易，伊子张嗣修等，俱令烟瘴地面充军，以为将来之谋国不忠者戒！

张居易曾为都指挥，张嗣修曾任编修，至是皆革职远戍，一座巍巍然师相门第，变作水流花谢，雾散云消，令人不堪回首呢。所谓富贵如浮云。张诚回京复命，御史丁此吕，又追劾侍郎高启愚，主试题系"舜亦以命禹"五字，实系为居正劝进，不可不惩。神宗得了此疏，颁示内阁，申时行勃然道："此吕何心，陷人大逆，我再缄默不言，朝廷尚有宁日么？"当即疏陈此吕暧昧陷人，应加重谴等语。小子有诗咏道：

> 炎凉世态不胜哀，落井还防下石来。
> 稍有人心应代愤，好凭只手把天回。

未知神宗曾否准奏，且看下回再表。

> 神宗临幸宫人，暗育珠胎，至于太后诘问，犹不肯实言，虽系积畏之深，以致如此，然使太后处事未

明，疑宫人为外遇，置诸刑典，得毋沉冤莫白，终为
神宗所陷害乎？一宵恩爱，何其钟情，至于生死之
交，不出一言以相护，是可忍，孰不可忍？观于居正
死后，夺其官，籍其产，戍其子弟，且任阉竖张诚，
勒索财贿，株连亲族，甚至逼死居正子敬修，未闻查
究。古云："罪人不孥。"神宗习经有素，岂竟漫无
所闻？况居正当国十年，亦非全无功绩，前则赏过于
功，后则罚甚于罪，"凉薄寡恩"四字，可为神宗一
生定评。惟居正之得遇宠荣，为明代冠，而身后且若
是，富贵功名，无非泡影，一经借鉴，而世之热中干
进者可以返矣。

第七十五回

侍母膳奉教立储　惑妃言誓神缄约

　　却说申时行上疏以后，尚书杨巍又请将丁此吕贬斥，顿时闹动言官，统说时行与巍，蔽塞言路。御史王植、江东之交章弹劾两人，神宗为罢高启愚，留丁此吕。于是申、杨两大臣，抗疏求去。大学士余有丁上言殿阁大臣，关系国体，不应为一此吕，遂退申、杨。许国尤不胜愤懑，亦专疏乞休。神宗乃将此吕外调。王植、江东之始终不服，遂力推前掌院学士王锡爵，可任阁务。锡爵曾积忤居正，谢职家居。见七十三回。至是因台官交推，重复起用，晋授礼部尚书，兼文渊阁大学士。又因日讲官王家屏，敷奏诚挚，由神宗特拔，命为吏部侍郎、兼东阁大学士。两人相继入阁，言官只望锡爵得权，抵制时行，不防锡爵却与时行和好，互为倚助，遂令全台御史，大失所望。万历十四年正月，郑妃生下一子，取名常洵，神宗即晋封郑妃为贵妃。大学士申时行等，以皇长子常洛年已五岁，生母恭妃未闻加封，乃郑妃甫生皇子，即晋封册，显见得郑妃专宠，将来定有废长立幼的事情，遂上疏请册立东宫。时行初意，原是不错。疏中有云：

　　　臣等闻早建太子，所以尊宗庙，重社稷也。自元子诞生，五年于兹矣，即今麟趾螽斯，方兴未艾，正名定分，宜在于兹。祖宗朝立皇太子，英宗以二岁，孝宗以六岁，武宗以一岁，成宪具在。惟陛下以今春月吉，敕下礼部早建储位，以慰亿兆人之望，则不胜幸甚！

神宗览疏毕，即援笔批答道："元子婴弱，少待二三年，册立未迟。"批旨发下，户科给事中姜应麟，及吏部员外郎沈璟，复抗疏奏道：

　　窃闻礼贵别嫌，事当慎始。贵妃所生陛下第三子，神宗第二子常溆，生一岁而殇。犹亚位中宫，恭妃诞育元嗣，翻令居下，揆之伦理则不顺，质之人心则不安，传之天下万世则不正，请收回成命，先封恭妃为皇贵妃，而后及于郑妃，则礼既不违，情亦不废。陛下诚欲正名定分，别嫌明微，莫若俯从阁臣之请，册立元嗣为东宫，以定天下之本，则臣民之望慰，宗社之庆具矣。

这疏一上，神宗瞧了数语，便抛掷地上，勃然道："册封贵妃，岂为立储起见？科臣等怎得妄言谤朕呢！"当下特降手敕道："郑贵妃侍奉勤劳，特加殊封，立储自有长幼，姜应麟疑君卖直，着降处极边，沈璟亦降级外调，饬阁臣知之！"申时行、王锡爵等，接奉此敕，又入朝面请，拟减轻姜应麟罪名。神宗怫然道："朕将他降处，并非为了册封，只恨他无故推测，疑朕废长立幼。我朝立储，自有成宪，若以私意坏公论，朕亦不敢出此。"既不敢以私废公，何不径立皇长子。申时行等唯唯而出，遂谪应麟为广昌典史，沈璟亦降级外调。既而刑部主事孙如法，又上言"恭妃生子五年，未得晋封，郑妃一生皇子，即册贵妃，无怪中外动疑"云云。神宗复动恼起来，立谪为朝阳典史。御史孙维城、杨绍程等，续请立储，统行夺俸。礼部侍郎沈鲤再上书请并封恭妃，神宗实不耐烦，复召申时行入问道："朕意并不欲废长立幼，何故奏议纷纷，屡来絮聒？"时行道："陛下立心公正，臣所深佩，现请明诏待期立储，自当加封恭妃，此后诸臣建言，止及所司职掌，不得越俎妄渎，那时人言自渐息了。"时行此言，未免迎合意旨，与初意不符。神宗点首，遂命时行拟旨颁发。为了这事，言官愈加激烈，你上一疏，我奏一本，统是指斥宫闱，攻击执政。神宗置诸不理，所有臣工奏疏，都掷诸败字篓中。会郑贵妃父郑承宪，为父请封，神宗欲援中宫父永年伯王伟故例，拟封伯爵。礼部以历代贵妃，向无祖考封伯的故事，不便破例，乃只给圹价银五百两。

　　小子阅明朝稗史，载有郑贵妃遗事一则：据言贵妃父承宪，家甚贫苦，曾将女许某孝廉为妾，临别时，父女相对，不胜悲恸。某孝廉素来长厚，看这情形，大为不忍，情愿却还，不责原聘。郑女感激万分，脱下只履，赠与孝廉，誓图后报。已而入宫，大得宠幸，虽是贵贱有别，终究是个侧室。追怀前情，耿耿未忘。不意孝廉名字，竟致失记，只有一履尚存，特命小太监向市求售，索值若干。过了一年，无人顾问，不过都下却传为异闻。某孝廉得着消息，乃袖履入都，访得小太监售履处，出履相证，果然凑合。小太监遂问明姓氏，留住寓中，立刻报知郑贵妃。贵妃泣诉神宗，备言前事，并云："妾非某孝廉，哪得服侍陛下？"算是知恩报恩。神宗为之动容，遂令小太监通知某孝廉，令他谒选，即拨为县令，不数年任至盐运使。这也是一种轶闻，小子随笔录述，作为看官趣谈，此外无庸细叙。

　　单说郑贵妃既身膺殊宠，又生了一个麟儿，意中所望，无非是子得立储，他日可做太后，便与李太后的境遇相同。有时宫闱侍宴，及枕席言欢，免不得要求神宗，请立己子常洵为太子。这也是妇人常态。神宗恩爱缠绵，不敢忤逆贵妃，用不敢忤递四字甚妙。自然含糊答应。到出了西宫，又想到废长立幼，终违公例，因此左右为难，只好将立储一事，暂行搁起。偏偏礼科都给事王三馀，御史何倬、钟化民、王慎德，又接连奏请立储。还有山西道御史除登云，更劾及郑宗宪骄横罪状。神宗看了这种奏折，只瞧到两三行，便已抛去，一字儿不加批答。独李太后闻了这事，不以为然。一日，值神宗侍膳，太后问道："朝廷屡请立储，你为什么不立皇长子？"神宗道："他是个都人子，不便册立。"太后怒道："你难道不是都人子么？"说毕，投箸欲起。神宗慌忙跪伏，直至太后怒气渐平，方才起立。原来内廷当日，统呼宫人为"都人"，李太后亦由宫人得宠，因有是言。神宗出了慈宁宫，转入坤宁宫，与王皇后谈及立储事，王皇后亦为婉劝。后性端淑，善事两宫太后，就是郑贵妃宠冠后宫，后亦绝不与较。所以神宗对于皇后，仍没有纤芥微嫌。此次皇后援经相劝，神宗亦颇为感动。

待至万历十八年正月，皇长子年已九岁，神宗亲御毓德宫，召见申时行、许国、王锡爵、王家屏等，商议立储事宜。申时行等自然援"立嫡以长"四字，敷奏帝前。神宗道："朕无嫡子，长幼自有次序，朕岂有不知之理？但长子犹弱，是以稍迟。"时行等复请道："元子年已九龄，蒙养豫教，正在今日。"神宗点头称善。时行等叩首而退，甫出宫门，忽有司礼监追止道："皇上已饬宣皇子入宫，与先生们一见。"时行等乃再返入宫。皇长子、皇三子次第到来，神宗召过皇长子，在御榻右面，向明正立，并问时行等道："卿等看此子状貌如何？"时行等仰瞻片刻，齐声奏道："皇长子龙姿凤表，岐嶷非凡，仰见皇上仁足昌后呢。"神宗欣然道："这是祖宗德泽，圣母恩庇，朕何敢当此言？"时行道："皇长子春秋渐长，理应读书。"王锡爵亦道："皇上前正位东宫，时方六龄，即已读书，皇长子读书已晚呢。"神宗道："朕五岁便能读书。"说着时，复指皇三子道："是儿亦五岁了，尚不能离乳母。"乃手引皇长子至膝前，抚摩叹惜。时行等复叩头奏道："有此美玉，何不早加琢磨，畀他成器？"神宗道："朕知道了。"时行等方才告退。

谁料这事为郑贵妃所悉，一寸芳心，忍不住许多颦皱。用元词二句甚妙。遂对了神宗，做出许多含嗔撒娇的状态，弄得神宗无可奈何，只好低首下心，求她息怒。刚为柔克，古今同慨。贵妃即乘势要挟，偕神宗同至大高元殿，祗谒神明，设了密誓，约定将来必立常洵为太子。又由神宗亲笔，载明誓言，缄封玉盒中，授与贵妃。仿佛唐明皇之对于杨妃。自此贵妃方变嗔为喜，益发竭力趋承。神宗已入情魔，镇日里居住西宫，沉湎酒色，于是罢日讲，免升授官面谢，每至日高三丈，大臣俱已待朝，并不见神宗出来。或竟遣中官传旨，说是圣体违和，着即免朝。今日破例，明日援行，甚且举郊祀庙享的礼仪，俱遣官员恭代，不愿亲行。女蛊之深，一至于此。大理评事雒于仁，疏上酒、色、财、气四箴，直攻帝失，其词略云：

> 臣备官岁余，仅朝见陛下者三，此外惟闻圣体违和，一切传免，郊祀庙享，遣官代行，政事不亲，讲筵久辍，臣知陛下之疾，所以致之者有由也。臣闻嗜酒则腐肠，恋色则伐性，贪财则丧志，尚气则戕生。陛下八珍在御，筋酌是耽，卜昼不足，继以长夜，此其病在嗜酒也。宠十俊以启幸门，时有十小阉被宠，谓之十俊。溺郑妃靡言不听，忠谋摈斥，储位久虚，此其病在恋色也。传索帑金，括取币帛，甚且掠问宦官，有献则已，无则谴怒，此其病在贪财也。今日搒宫女，明日搒中官，罪状未明，立毙杖下，又宿怨藏怒于直臣，如姜应麟、孙如法辈，一诎不申，赐环无日，此其病在尚气也。四者之病，胶绕身心，

岂药石所能治？故臣敢以四箴献陛下。肯用臣言，即立诛臣身，臣虽死犹生矣。

神宗览疏大怒，几欲立杀于仁，还是申时行代为解免，才将他削职为民。后来吏部尚书宋纁，礼部尚书于慎行等，率群臣合请立储，俱奉旨严斥，一律夺俸。大学士王锡爵素性刚直，尝与申时行言及，以彼此"同为辅臣，总须竭诚报上，储君一日未建，国本即一日未定，拟联合阁部诸大臣，再行力奏"云云。时行以曾奉上旨，稍延一二年，自当决议，此时不如暂行从缓。锡爵乃勉强容忍，既而耐不过去，特疏请豫教元子，并录用言官姜应麟等，说得非常恳切。谁知奏牍上陈，留中不报。锡爵索性申请建储，仍不见答。自知言终不用，乃以母老乞休，竟得准奏归林。神宗只知有妄，锡爵不能无母。

未几，申时行等再疏请立东宫，得旨于二十年春举行。到了十九年冬季，工部主事张有德，请预备建储仪注，为帝所斥，夺俸示罚。适时行因病乞假，许国与王家屏语道："小臣尚留心国本，力请建储，难道我辈身为大臣，可独无一言么？"遂仓卒具疏，竟不待与时行商及，即将他名衔首列。神宗以有旨在前，不便反汗，似乎有准请立储的意思。看官！你想这郑贵妃宠冠六宫，所有内外政务，哪一件不得知晓！当下携着玉盒，跪伏神宗座旁，呜呜咽咽的哭将起来。但说是"生儿常洵，年小没福，情愿让位元子，把从前誓约，就此取消"。神宗明知她是有心刁难，怎奈神前密誓，口血未干，况看她一种泪容，仿佛似带雨海棠，欺风杨柳，就使铁石心肠，也要被她熔化。随即亲扶玉手，令她起立，一面代为拭泪，一面好言劝慰，委委婉婉的说了一番，决意遵着前誓，不从阁议。可巧申时行上呈密揭，略言"臣在假期，同官疏列臣名，臣实未知"等语。于是神宗顺风使帆，竟将许国等原疏，及时行密揭，一并颁发出来，故事阁臣密揭，悉数留中。此次神宗违例举行，明明是讽斥许国等人，教他自行检过。给事中罗大纮，奋上弹章，疏陈时行迎合上意，希图固宠，阳附廷臣请立之议，阴为自处宫掖之谋。中书舍人黄正宾，亦抗疏痛诋时行。有旨削大纮籍，廷杖正宾，亦革职为民。许国、王家屏又有"臣等所言，不蒙采择，愿赐罢职"等语，神宗因他迹近要挟，竟下旨斥责许国，说他身为大臣，不应与小臣为党，勒令免官。许国一去，舆论更不直时行。时行不得已求请解职，神宗一再慰留，到了时行三次乞归，并荐赵志皋、张位等自代，才邀神宗允准。时行之屡疏乞休，还算知耻。时行去后，即以赵志皋为礼部尚书，张位为吏部侍郎，并兼东阁大学士，参预机务。

至万历二十年，礼科给事中李献可，以宫廷并无建储消息，特请豫教元子，不意忙中有错，疏中误书弘治年号，竟被神宗察出，批斥献可违旨侮君，贬职外调。王家屏封还御批，具揭申救，大忤帝意。六科给事中孟养浩等，各上疏营救，神宗命锦衣卫杖孟百下，革去官职，此外一概黜退。王家屏知不可为，引疾归田。吏部郎中顾宪成、章嘉桢等，上言家屏忠爱，不应废置。神宗又恨他多言，夺宪成官，谪嘉桢为罗定州州判。宪成无锡人，里中旧有东林书院，为宋杨时讲道处，宪成曾与弟允成，发起修筑，至被遣归里，即偕同志高攀龙、钱一本、薛敷教、史孟麟、于孔兼等，就院讲学，海内闻风景附，往往讽议时政，裁量人物。朝士亦慕他清议，遥为应和，后来遂称为东林党，与大明一代江山，沦胥同尽。小子有诗叹道：

> 盛世宁无吁咈时，盈廷交哄总非宜。
> 才知王道泯偏党，清议纷滋世愈衰。

内本未定，外变丛生，欲知当日外情，请至下回再阅。

　　立嫡，古礼也。无嫡则立长，此亦礼制之常经。神宗溺于郑贵妃，乃欲舍长立幼，廷臣争之，题矣，但必谓储位一定，即有以固国本，亦未必尽然。兄挚废而弟尧立，后世尝颂尧为圣人，不闻其有背兄之恶玷。然则择贤而嗣，利社稷而奠人民，尤为善策，宁必拘拘于立长耶？惟典学亲师，最关重大，士庶人之子，未有年逾幼学而尚未就傅者，况皇子耶？廷臣争请立储，致忤帝意，甚至豫教元子之请，亦遭驳斥。神宗固不为无失，而大臣之不善调护，徒争意气，亦未始不足疵也。至于东林讲学，朝野景从，处士横议，党祸旋兴，汉、唐末造，类中此弊，明岂独能免祸乎。

第七十六回

据镇城哱氏倡乱　用说客叛党骈诛

却说鞑靼部酋俺答，自受封顺义王后，累年通使，贡问不绝。万历九年，俺答病殁，朝旨赐祭七坛，采币十二双，布百匹，三娘子率子黄台吉上表称谢，并贡名马。黄台吉系俺答长子，年已渐老，不喜弄兵，且迷信佛教，听从番僧，禁止杀掠，因此西北塞外，相安无事。先是王崇古、方逢时次第督边，亦次第卸职，继任总督叫作吴兑，兑颇驾驭有方，各部相率畏服，贡市无失期。三娘子尤心慕华风，随时款塞，尝至总督府谒兑。兑视若儿女，情甚亲昵。有时三娘子函索金珠翠钿，兑必随市给与，借敦睦谊。或各部稍稍梗化，三娘子总预先报闻，兑得筹备不懈。黄台吉袭封顺义王，改名乞庆哈，也恭顺无怼，奉命惟谨。惟黄台吉素性渔色，先配五阑比妓，后经西僧怂恿，纳妇一百八人，取象数珠。多妻若此，安得不病？怎奈百余番妇，姿色多是平常，没一个比得三娘子。黄台吉暗暗垂涎，欲据三娘子为妻。三娘子嫌他老病，不肯迁就，意将率属他徙。适吴兑卸任，另授郑洛为总督。洛抵任，闻知此事，私下叹念道："若三娘子别属，我朝封这黄台吉，有何用处？"乃遣使往说三娘子道："汝不妨归王，天朝当封汝为夫人。汝若他去，不过一个寻常妇人，有什么显荣呢？"子收父妾，胡俗固然，但不应出诸中国大员之口。三娘子为利害所逼，乃顺了黄台吉的意思，与他成为夫妇。两口儿和好度日，倏忽间已是四年。谁料黄台吉得病又亡，三娘子仍作哀嫠。那时黄台吉子扯力克，应分袭位，倒是一个翩翩公子，气宇轩昂，其时把汉那吉已死，遗妻大成比妓，为扯力克所纳。三娘子曾生一儿，名叫不他失礼，本欲收比妓为妻，偏偏被扯力克夺去，心中很是不悦。连三娘子也有怨词，竟至挈子他徙。郑洛闻报，又欲替他调停，先遣人往说三娘子，劝她下嫁扯力克；三娘子颇也乐从，前时少妇配老夫，尚且肯允，至此老妇配少夫，自然格外乐从。只要扯力克尽逐诸妾，方肯应命。洛乃复传谕扯力克道："娘子三世归顺，汝能与娘子结婚，仍使你袭封，否则当别封他人了。"扯力克欣然应诺，且愿依三娘子规约，把所有姬妾，一并斥还；竟整了冠服，备齐舆马，亲到三娘子帐中，成合婚礼。三娘子华年虽暮，色态如前，媚妩风流，差幸新来张敞，脂香美满，何期晚遇韩郎，谐成了欢喜缘，完结了相思债。曾感念冰人郑总督否？郑洛为她请封，得旨封三娘子为忠顺夫人，扯力克袭封如旧。三娘子历配三主，累操兵枋，常为中国保边守塞，始终不衰。山、陕一带诸边境，商民安堵，鸡犬无惊。

哪知到了嘉靖二十年，宁夏地方，竟出了一个哱拜，纠众作乱，又未免煽动兵戈。这哱拜本鞑靼部种，先时曾得罪酋长，叩关入降，隶守备郑印麾下，屡立战功，得任都指挥。未几以副总兵致仕，子承恩袭职。承恩初生时，哱拜梦空中天裂，堕一妖物，状貌似虎，奔入妻寝。他正欲拔剑除妖，不意呱呱一声，惊醒睡梦，起床入视，已产一男。他也不知是凶是吉，只好抚养起来，取名承恩。承恩渐长，狼状枭形，番人本多犷悍，哱拜视为常事，反以他狰狞可畏，非常钟爱。至哱拜告老，承恩袭为都指挥，凑巧洮河以西，适有寇警，巡边御史周弘禴，举承恩及指挥土文秀，并哱拜义子哱云等，率兵往征，正拟指日出发，会值巡抚党馨，奉总督郑洛檄文，调遣土文秀西援，哱拜时虽家居，尚多蓄苍头军，声言报国，至是闻文秀被调，不禁嗟叹道："文秀虽经战阵，难道能独当一面么？"遂亲诣郑洛辕门，陈明来意，并愿以所部三千人，与子承恩从征。洛极力嘉奖，乐从拜请。

于是文秀、承恩陆续启行。偏这巡抚党馨，恨他自荐，只给承恩羸马。承恩怏怏就道，到了金城，寇骑辟易，追杀数百人。奏凯归来，取道塞外，见诸镇兵皆懦弱无用，遂藐视中外，渐益骄横。馨不以为功，反欲按名核粮，吹毛索瘢，嗣闻承恩娶民女为妾，遂责他违律诱婚，加杖二十。明是有意激变。看官！试想承恩骄戾性成，哪肯受这般委屈？就是他老子哱拜，亦觉自损脸面，怨望得很。还有土文秀、哱云两人，例应因功升授，偏也由馨中阻，未得偿愿。数人毒气，遂齐向巡抚署中喷去。冤冤相凑，戍卒衣粮，久欠勿给，军锋刘东旸心甚不平，往谒哱拜，迭诉党馨虐待情形。哱拜微笑道："汝等亦太无能为，怪不得被他侮弄。"两语够了。东旸闻言，奋然径去，遂纠合同志许朝等，借白事为名，哄入帅府，总兵张维忠素乏威望，见众拥入，吓得手足无措。东旸等各出白刃，胁执副使石继芳，拥入军门。党馨闻变，急逃匿水洞中。只有此胆，何故妄行。旋被东旸等觅得，牵至书院，历数罪状，把他杀死。该杀。石继芳亦身首两分。遂纵火焚公署，收符印，释罪囚，大掠城中；硬迫张维忠，以侵粮激变报闻。维忠不堪受迫，自缢而亡。死得无名。

东旸遂自称总兵，奉哱拜为谋主，承恩、许朝为左右副将，哱云、文秀为左右参将，当下分道四出，陷玉泉营及广武，连破汉西四十七堡。惟文秀进围平卤，守将萧如薰率兵登陴，誓死固守。如薰妻杨氏，系总督杨兆女，语如薰道："汝为忠臣，妾何难为忠臣妇。"可入女诫。遂尽出簪珥，慰劳军士妻女，由杨氏亲自带领，作为一队娘子军，助兵守城。文秀攻围数月，竟不能下。东旸复分兵过河，欲取灵州，且诱河套各部，愿割花马池一带，听他驻牧，势甚猖獗。总督尚书魏学曾飞檄副总兵李昫，权署总兵，统师进剿。昫遣游击吴显、赵武、张奇等，转战而西，所有汉西四十七堡，次第克复。惟宁夏镇城，尚为贼据。河套部酋著力兔，带领番兵三千骑，来援东旸，进屯演武场。东旸益掠城中子女，馈献套部，套人大悦，扬言与哱王子已为一家，差不多有休戚与共的情形。哱云引著力兔再攻平卤，萧如薰伏兵南关，佯率羸卒出城，挑战诱敌。哱云仗着锐气，当先驰杀，如薰且战且行，绕城南奔；看看南关将近，一声号炮，伏兵尽发，将哱云困在垓心，四面注射强弩，霎时间将哱云射死。著力兔尚在后队，闻前军被围，情知中计，遂麾众北走，出塞遁去。利则相亲，害则相舍，外人之不足恃也如此。朝旨特擢萧如薰为总兵，调麻贵为副总兵，进攻宁夏，并赐魏学曾尚方剑，督军恢复，便宜行事。

御史梅国桢，保荐李成梁子如松，忠勇可任，乃命如松总宁夏兵，即以国桢为监军。会宁夏巡抚朱正色，甘肃巡抚叶梦熊，均先后到军，并逼城下。学曾与梦熊定计，毁决黄河大坝，用水灌城。内外水深约数尺，城中大惧，由许朝缒城潜出，径谒学曾，愿悔罪请降，学曾令还杀哱拜父子，方许赎罪。许朝去后，杳无音信，如松遣骑四探，忽闻套部庄秃赖及卜失兔，纠合部落三万人，入犯定边小盐地，别遣万骑从花马池西沙湃口，衔枚疾入，为哱拜声援。那时如松飞报学曾，学曾才知他诈降缓兵，亟遣副总兵麻贵等，驰往迎剿，方将套众击退。既而著力兔复率众万余，入李刚堡，如松等复分兵邀击，连败套众，追奔至贺兰山，套众尽遁。官军捕斩百二十级，悬诸竿首，徇示宁夏城下，守贼为之夺气。独监军梅国桢，与学曾未协，竟劾他玩寇误兵，遂致逮问，由叶梦熊代为督师。梦熊下令军中，先登者赏万金，嗣是人人思奋，勉图效力。过了五日，水浸北关，城崩数丈，承恩、许朝等忙趋北关督守。李如松、萧如薰潜领锐卒掩南关，总兵牛秉忠年已七十，奋勇先登。梅国桢大呼道："老将军且先登城，诸君如何退怯？"言甫毕，但见各将校一麾齐上，肉薄登城，南关遂下。承恩等惶急非常，急遣部下张杰，缒城出见，求贷一死。梦熊佯为允诺，仍然大治攻具。监军梅国桢日夕巡逻，严行稽察。一日将晚，正在市中巡行，忽有歌声一片，洋洋入耳。其词道：

> 痈不决，毒长流。巢不覆，枭常留。
> 兵戈未已我心忧，我心忧兮且卖油。

国桢听着，不禁诧异起来，便谕军士道："何人唱歌，快与我拘住！"军士奉命而去。未几即拿到一人，国桢见他状貌非凡，便问他姓氏职业。那人答道："小人姓李名登，因业儒不成，转而习贾。目今兵戈扰攘，无商可贩，只好沿街卖油，随便糊口。"此子颇似伍子胥。国桢道："你所唱的歌词，是何人教你的？"李登道："是小人随口编成的。"国桢暗暗点头，复语道："我有一项差遣，你可为我办得到么？"李登道："总教小人会干，无不效力。"国桢乃亲与解缚，赐他酒食，授以密计，并付札子三道。登受命驰去，缒木渡东门，入见承恩道："哱氏曾有安塞功，监军不忍骈诛，特令登赍呈密札，给与将军。将军如听登言，速杀刘、许自赎，否则请即杀登。"斩钉截铁，足动悍番之心。承恩沉吟半晌，旋即许诺。登趋而出，又从间道诣刘、许营。亦各付密札道："将军本系汉将，何故从哱氏作乱，甘心婴祸？试思镇卒几何，能当大军？将军所恃，不过套援，今套部又已被逐，区区杯水，怎救车薪？为将军计，速除哱氏，自首大营，不特前愆可免，且有功足赏哩。"与刘、许又另具一种口吻，李登洵不愧说客。刘、许二人亦觉心动，与登定约，登遂回营报命。

国桢仍督兵攻城，猛扑不已。未几，得东旸密报，土文秀已被杀死了；又未几，城上竟悬出首级三颗，一个是土文秀头颅，两个便是刘东旸、许朝首领。原来东旸既诱杀文秀，承恩知他有变，遂与部党周国柱商议。国柱与许朝曾夺一镇民郭坤遗妾，两不相让，遂生嫌隙。又为一妇人启衅。至是与承恩定计，托词密商军务，诱刘、许两人登楼，先斩许朝。东旸逃入厨房，被国柱破户搜出，一刀两段，于是悬首城上，敛兵乞降。李如松、萧如薰等遂陆续登城，揭示安民，并搜获宁夏巡抚关防，及征西将军印各一颗。哱拜尚拥苍头军，安住家中，总督叶梦熊方去灵州，闻大城已下，亟遣将校赍谕入城，大旨以诘旦不灭哱氏，应试尚方剑。时承恩正驰至南门，谒见监军梅国桢，为参将杨文所拘，李如松即提兵围哱拜家。拜知不能免，闭户自缢，家中放起一把无名火来，连人连屋，尽行毁去。参将李如樟望见火起，忙率兵斩门而入。部卒何世恩从火中枭哱拜首，生擒拜次子承宠，养子哱洪大，及余党土文德、何应时、陈雷、白鸾、陈继武等众。

总督叶梦熊、巡抚朱正色、御史梅国桢，先后入城，安抚百姓，一面慰问庆王世子帅锌。帅锌系太祖十六子梅七世孙，曾就封宁夏，哱拜作乱，曾向王邸中索取金帛，适值庆王伸域薨逝，世子帅锌，尚在守制，未曾袭封，母妃方氏，挈世子避匿窖中，既而惧辱自裁，所有宫女玉帛，悉被掠去。至梦熊等入府宣慰，帅锌方得保全。当下驰书奏捷，并将一切缚住人犯，押献京师。神宗御门受俘，立磔哱承恩、哱承宠、哱洪大等，颁诏令庆王世子帅锌袭封。王妃方氏，建祠旌表。不没贞节。给银一万五千两，分赈诸宗人，大赏宁夏功臣。叶梦熊、朱正色、梅国桢各荫世官。武臣以李如松为首功，特加宫保衔，萧如薰以下，俱升官有差。如薰妻杨氏，协守平卤，制勒旌赏。魏学曾亦给还原官，致仕回籍。其余死事诸将卒，亦各得抚恤。宁夏复平，哪知一波才静，一波随兴，东方的朝鲜国，复遭倭寇蹂躏。朝鲜王李昖，火急乞援，免不得劳师东出，又有一场交战的事情。正是：

　　　西陲才报承平日，东国又闻抢攘时。

欲知中外交战情形，待小子下回再表。

　　宁夏之变，倡乱者为哱拜，而刘东旸、许朝等，皆缘哱拜一言而起，是哱拜实为祸首，刘、许其次焉者也。本回叙宁夏乱事，以哱拜为主，固有特识，而党馨之激变，以及萧如薰夫妇之效忠，备载无遗，有恶必贬，有善必彰，史家书法，例应如是。李登一卖油徒，乃得梅国桢之重任，令其往说叛寇，两处行间，互相残嗞，羽翼已歼，哱拜仅一釜底游魂，欲免于死，得乎？然则宁夏敉平，当推李登为首功，而明廷酬庸之典，第及将帅，于李登无闻，武夫攘功，英雄埋没，窃不禁为之长慨矣！

第七十七回

救藩封猛攻平壤　破和议再战岛山

　　却说朝鲜在中国东方，旧号高丽。明太祖时，李成桂为朝鲜国主，通好中朝，太祖授印封王，世为藩属。惟朝鲜与日本，只隔一海峡，向与倭人往来互市，交通颇繁。到了神宗时代，日本出了一个平秀吉，《外史》作丰臣秀吉。统一国境，遣使至朝鲜，迫他朝贡，且嗾使攻明，令为前导。国王李昖，当然拒绝。这平秀吉履历，当初是为人奴仆，嗣随倭关白倭国官名，犹言丞相。信长代为画策，占领二十余州。会信长为参谋阿奇支所杀，秀吉统兵复仇，遂自号关白，劫降六十余州。因朝鲜不肯从命，竟分遣行长清正等，率舟师数百艘，从对马岛出发，直逼釜山。朝鲜久不被兵，国王李昖又荒耽酒色，沉湎不治，一闻倭兵到来，大家不知所为，只好望风奔溃。倭兵进一步，朝鲜兵退一步，李昖料不能支，但留次子晖权摄国事，自己弃了王城，逃至平壤。未几又东走义州。倭兵陷入王京，劫王子陪臣，毁坟墓，掠府库，四出略地。所有京畿、江原、黄海、全罗、庆尚、忠清、咸镜、平安八道，几尽被倭兵占去。李昖急得没法，接连向明廷乞援。廷议以朝鲜属国，势所必救，急遣行人薛潘，驰谕李昖，扬言"大兵且至，令他无畏"等语。此亦列国中晋使解扬令宋无降楚之虚言。李昖信以为真，待了数日，只有游击队一二千人，由史儒等带领到来，惘惘的进抵平壤。天适霖雨，误陷伏中，仓猝交绥，史儒败死。

副总兵祖承训统兵三千，渡鸭绿江，拟为后应，不防倭兵乘胜东来，锐不可当，承训忙策马回奔，还算天大侥幸，保全了一条生命。涉笔成趣。

明廷闻报，相率震惧，丑。乃诏兵部右侍郎宋应昌，经略军务，出兵防倭。倭人仗着锐气，径入丰德等郡。明兵稍稍四集，倭行长清正等，狡黠得很，倭人狡黠，由来已久。遣使至军前，诡说不敢与中国抗衡，情愿易战为和。此时兵部尚书石星，向来胆怯，闻有求和的消息，忙募一能言善辩的说客，遣往倭营。可巧有一嘉兴人沈维敬，素行无赖，他竟不管好歹，遽尔应募。石星大喜，遂遣往平壤，与倭行长相见。行长执礼甚恭，且语维敬道："天朝幸按兵不动，我军亦不久当还，此后当以大同江为界，平壤以西，尽归朝鲜，决不占据。"满口诳言，这是倭人惯技。维敬即驰还奏闻，还是有几个老成练达的大臣，说是倭人多诈，不可轻信，于是促应昌等，只管进兵。偏石星惑维敬言，以为缓急可恃，命他暂署游击，参赞军谋。

宋应昌抵山海关，征调人马，一时难集，朝旨又特遣李如松为东征提督，与弟如柏、如梅等，鼓行而东，与应昌会师辽阳。沈维敬入见如松，复述倭行长言，如松怒叱道："你敢擅通倭人么？"旁顾左右，拟将他推出斩首。参谋李应试力言不可，且密语如松道："阳遣维敬通款，阴出奇兵袭敌，这就是明修栈道，暗渡陈仓的计策。"如松不待说毕，便称好计，往语应昌。应昌亦一力赞成，乃留置维敬，一面誓师东渡。水天一色，风日俱清，倒映层岚，云帆绕翠。大众击楫渡江，差不多有乘风破浪的情势。烘染有致。监军刘黄裳慷慨宣言道："今日此行，愿大家努力，这便是封侯机会呢。"太觉踌躇满志。

先是沈维敬三入平壤，约以万历二十一年新春，由李提督赍封典到肃宁馆。是时大军到肃宁，倭行长疑为封使，遣牙将二十人来迎。如松饬游击李宁生缚住来使，不料遣来的牙将，也曾防变，个个拔刀格斗，一场奋杀，逃去了十七名，只有三人擒住。倭行长方伫风月楼，得知此信，急忙登陴拒守。如松到了平壤，相度形势，但见东南临江，西北枕山陡立，迤北有牡丹台，势更险峻。倭人列炮以待。如松料知厉害，先遣南兵往薄，果然炮火迭发，所当皆靡。如松麾南兵暂退，权在城外立营。到了夜间，倭兵来袭营盘，亏得如松预先防备，令如柏出兵迎击，一阵杀退。如松默默的筹思一番，翌日黎明，令游击吴惟忠，带兵攻牡丹峰，余将分队围城，独缺西南一角。如柏入问如松道："西南要害，奈何不攻？"如松笑道："我自有计。"如柏退后，如松即召副总兵祖承训至帐前，密嘱数语，承训自去。又越一宿，如松亲率各将，一鼓攻城，那时牡丹台上的炮火，与平壤城头的强弩，仿佛似急雨一般，注射过来。各将校不免却步。如松手执佩剑，把先退的兵士，斩了五六名，大众方冒死前进，逼至城脚，取出预备的钩梯盘索，猱升而上。倭兵煞是厉害，各在城上死力撑拒，城内外积尸如山，尚是相持不下。忽然平壤城的西南隅，有明军蜂拥登城，吓得倭兵措手不迭，急忙分兵堵御，如松见倭兵纷乱，料知西南得手，遂督众将登小西门。如柏等亦从大西门杀入，火药并发，毒焰蔽空，这时候的吴惟忠正猛攻牡丹峰，一弹飞来，洞穿胸臆，尚自奋呼督战，好容易占住牡丹台。如松入城时，在烟焰中指挥往来，坐骑被炮，再易良马，麾兵愈进。倭兵始不能支，弃城东逸，纷纷渡大同江，遁还龙山去了。逐层写来，见得倭人实是劲敌。

　　这次鏖战，还亏祖承训预受密计，潜袭西南隅，方能将倭兵杀退，夺还平壤。原来如松知倭寇素轻朝鲜，特令承训所部，尽易朝鲜民服，衷甲在内，绕出西南，潜行攻城。倭兵并不措意，等到承训登城，卸装露甲，倭兵才知中计，慌忙抵拒，已是不及。明军斩得倭寇头颅，共得一千二百八十余级。

烧死的，溺死的，及跳城毙命的，尚不胜数。裨将李宁、查大受等率精兵三千，潜伏江东僻路，又斩倭首三百余。李如柏进复开城，也得倭首数百级。嗣是黄海、平安、京畿、江原四道，依次克复。

如松既连胜倭人，渐渐轻敌，趾高气扬。骄必败了。忽有朝鲜流兵，报称倭兵已弃王京，如松大喜，自率轻骑，趋碧蹄馆，察看虚实。那碧蹄馆在朝鲜城西，去王京只三十里，如松方驰至大石桥，隐约望见碧蹄馆，不防"扑蹋"一声，坐马忽倒，连人连鞍堕于马下，可巧如松的右额，撞在石上，血流不止，险些儿昏晕过去。从行将士，忙上前扶掖，猛听得一声嗯哨，四面八方，统有倭兵到来，把如松麾下一队人马，团团围住，绕至数匝。幸喜随征诸将，均是骁悍善战，左支右挡，舍命相争，自巳牌战至午后，将士等尽汗透征袍，腹枵力敝，剑也缺了，刀也折了，弓袋内的箭干，也要用尽了，兀自援兵未至，危急非常。倭兵队中，有一金甲酋，抢刀拍马，前来击取如松。裨将李有升亟挺身保护，舞起大刀，连刃数倭。谁料倭兵潜蹑背后，伸出铁铙钩，把有升从马上钩落，一阵乱剁，身如肉泥。亏得如柏、如梅先后驰至，杀入垓心，金甲酋复来拦截，被如梅觑得亲切，只一箭射倒了他，结果性命。是偿李有升的命。未几，又到杨元援军，协力冲杀，倭兵乃溃。

其时大雨滂沱，平地悉成泽国，骑不得骋，步不能行，明军又经了这番挫折，伤亡无数，不得已退驻开城。既而侦得倭将平秀嘉，屯兵龙山，积粟数十万。如松夜募死士，纵火焚粮，倭乃乏食。但兵经新败，未敢进逼，顿师绝域，渐觉气阻。宋应昌急欲了事，复提及沈维敬的原约，倭人因刍粮并烬，亦愿修和。应昌乃据实奏闻，明廷准奏，遂由应昌派遣游击源弘谟，往谕倭将，令献朝鲜王京，并归还王子。双方如约，纵他还国。倭将果弃了王京，退兵釜山。如松与应昌入城，检查仓粟，尚有四万余石，刍豆大略相等。安抚粗定，意欲乘倭退归，待势尾追。偏倭人晓明兵法，步步为营，无懈可击。祖承训、查大受及别将刘綎等，追了一程，知难而退。兵部尚书石星力主款议，谕朝鲜国王还都王京，留刘綎屯守，饬如松班师。倭人从釜山移西生浦，送回王子陪臣等。宋应昌遂上书乞归，朝命顾养谦代为经略，更饬沈维敬出赴倭营，促上谢表。倭遣使小西飞入朝，定封贡议。神宗命九卿科道，会议封贡事宜，御史杨绍程独抗疏力争，略云：

> 臣考之太祖时，屡却倭贡，虑至深远。永乐间或一朝贡，渐不如约，自是稔窥内地，频入寇掠，至嘉靖晚年，而东土受祸更烈，岂非封贡为厉阶耶？今关白谬为恭谨，奉表请封之后，我能闭关拒绝乎？中国之衅，必自此始矣。且关白弑主篡国，正天讨之所必加，彼国之人，方欲食其肉而寝处其皮，特劫于威而未敢动耳。我中国以礼义统驭百蛮，恐未见得。而顾令此篡逆之辈，叨天朝之名号耶？为今计，不若饬朝鲜练兵以守之，我兵撤还境上以待之，关白可计日而败也。封贡事万不宜行，务乞停议！

这疏上后，礼部郎中何乔远，科道赵完璧、王德完、逯中立、徐观澜、顾龙、陈维芝、唐一鹏等，交章止封。还有蓟、辽都御史韩取善，亦奏称倭情未定，请罢封贡。独兵部尚书石星始终主款。经略顾养谦亦希承石星意旨，拟封关白平秀吉为日本国王，借弭边衅。嗣因廷议未决，养谦竟荐侍郎孙矿自代，托疾引归。倒是个大滑头。倭使小西飞入阙，廷臣多半漠视，惟石星优礼相待，视若王公。廷臣过亢，石星过卑，皆非外交之道。译官与他议约，要求三事：一勒令倭众归国；二授封不必与贡；三令宣示毋犯朝鲜。小西飞一一允从。三条约款，倭使悉允，明廷尚是上风，可惜后来变卦。乃命临淮侯李宗城充正使，都指挥杨方亨为副，与沈维敬同往日本。宗城等奉命观望，迁延不进。直至万历二十四年，方相偕抵釜山。沈维敬托词侦探，先行渡海，私奉秀吉蟒袍玉带，及地图武经，又取壮马三百，作为馈礼。自娶倭人阿里马女，居然在日本境内，宜室宜家。真是可杀。还有李宗城贪色好财，沿途索赆无厌，进次对马岛。岛官仪智格外欢迎，夜饬美女二三人，更番纳入行辕。宗城翻手作云，覆手作雨，镇日里恣意欢娱，竟把所任职务，搁起不提。如此蠢奴，奈何充作专使？仪智且屡招入宴，席间令妻室出见，宗城瞧着，貌可倾城，适有三分酒意，身不自持，竟去牵她衣袖，欲把她搂抱过来。看官试想！仪智妻系行长女，比不得营业贱妓，当即拂袖径去。仪智也不觉怒意陡生，下令逐客。得保首领，尚是万幸。宗城踉跄趋出，有倭卒随后追来，意图行刺，急得宗城落荒乱跑，情急失道，辨不出东西南北；且因玺书失去，料难复命，一时没法，只好身入树间，解带自缢。偏是命不该绝，由随卒觅到，将他救活，导奔庆州。副使杨方亨上章讦奏，乃逮问宗城，即以方亨充正使，加沈维敬神机营衔，充作副使。

方亨渡海授封，秀吉初颇礼待，拜跪受册。嗣因朝鲜王只遣州判往贺，秀吉大怒，语维敬道："我遵天朝约款，还他二子三大臣三都八道，今乃令小官来贺，辱敝邦呢？辱天朝呢？我与朝鲜誓不两立，请为我还报天朝，速请天子处分朝鲜。"维敬慰谕百端，秀吉意终未释，遂留兵釜山，不肯撤还，所进表文，词多潦草，钤用图书，仍不用明朝正朔。方亨驰还，委罪维敬，并石星前后手书，奏请御览。神宗怒逮维敬，兼及石星，用邢玠为兵部尚书，总督蓟、辽；授麻贵为备倭大将军，经理朝鲜；命佥都御史杨镐，出驻天津，严申警备。

于是和议决裂，倭行长清正等复入据南原、全州，进犯全罗、清尚各道，更逼王京。杨镐率军驰救，倭兵始退屯蔚山。蔚山虽不甚高峻，但缘山为城，颇踞险要。镐会同邢玠、麻贵各军，协议进取，分兵三路，合攻蔚山。倭倾寨出战，明军佯败，诱他入伏，斩倭兵四百余级，倭人大败，奔据岛山。岛山在蔚山南，倭叠结三栅，坚壁固守。游击陈寅身先士卒，冒险跃登，连破二栅，更攻第二栅，势将垂拔。偏杨镐鸣金收军，寅不得不退。看官知道杨镐何故鸣金？据《明史》上载着，镐与李如梅为故交，如梅也奉命赴军，时尚未至，镐欲留住三栅，令如梅夺寨建功，因此鸣金暂退。全是私意，如何行军。等到如梅驰至，倭兵已经完守，围攻十日，竟不能拔。忽报倭行长清正，航海来援，镐不及下令，竟策马西奔，诸军相继溃败，被倭兵从后追击，杀死无数。游击卢继忠率兵三千人殿后，死得一个不留。及镐奔还王京，反与邢玠、麻贵等，诡词报捷。参议主事丁应泰，入问善后计策，镐反自诩战功，恼得应泰性起，尽将败状列入奏牍，飞报明廷。神宗乃罢镐听勘，遣天津巡抚万世德，继镐后任。邢玠复招募江南水兵，筹划海运，为持久计。既而都督陈璘，以粤兵至，刘𫟆以川兵至，邓子龙以江、浙兵至，水陆军分为四路，各置大将，中路统带李如梅，东路统带麻贵，西路统带刘𫟆，水路统带陈璘，四路并进，直扑倭营。适值辽阳寇警，李如松出塞战殁，朝旨调如梅往援，乃命董一元代任。

　　小子只有一支笔，不能并叙辽阳事，只好将朝鲜军务，直叙下去。刘𫟆出西路，击毁倭舰百余艘，偏被倭行长潜师袭后，竟致腹背受敌，仓卒退师。陈璘亦弃舟遁还。两路已败。麻贵至蔚山，颇有斩获，倭人弃寨诱敌，贵不知是计，攻入寨中，见是空垒，慌忙退出，伏兵四起，旗帜蔽空，幸喜脚生得长，路走得快，才能逃出重围。一路又败。董一元进拔晋州，长驱渡江，迭毁永春、昆阳二寨，并下泗州老倭营，游击卢得功战殁阵前。一元复移攻新寨，寨栅甚固。正在挥兵猛扑，不期营内火药陡燃，烟焰冲天，倭兵乘势杀来，游击郝三聘、马呈文先溃，一元禁遏不住，也只得奔还晋州。_{四路尽败。}时明廷方遣给事中徐观澜，查勘东征军务，闻四路丧败，据实奏报。有旨斩郝、马两人徇军，董一元等各带罪留任，立功自赎。诸将因连战皆败，统不免垂头丧气。迁延数月，忽报平秀吉病死，行长清正夜遁。那时陈璘、麻贵、刘綎、董一元等，又鼓勇出追，麻贵入岛山西浦，杀了几十名残倭。陈璘督水师邀击釜山，纵火毁敌舟数十，杀死倭将石蔓子，生擒倭党平秀政、平正成，惟前锋邓子龙战死。刘綎夺回曳桥砦，与陈璘水陆夹击，斩获无数，诸倭各无斗志，统抱头乱窜，奔入舟中，扬帆东去。自倭乱朝鲜七载，中国丧师数十万，糜饷数百万，迄无胜算。至平秀吉死，战祸始息。小子有诗叹道：

> 议封议剿两无成，七载劳兵困战争，
> 假使丰臣夭假祚，明师何日罢东征？

倭乱已平，又有一番酬功的爵赏，容倭下回再详。

世尝谓中国外交，向无善策。夫外交岂真无策者？误在相庸将驽，与所使之不得其人耳。日本平秀吉，虽若为一世雄，然入犯朝鲜，骚扰八道，非真如后世之志在拓地，不夺朝鲜不止也。李如松计复平壤，骤胜而骄，遂有碧蹄馆之挫，是将之不得其人也可知。杨镐辈挟私忌功，更不足道矣。石星身为尚书，一意主款，对于倭使小西飞，待遇如王公，未识外情，先丧国体，赵志皋、张位诸阁臣，又不闻有所建白，相臣如此，尚得谓有人乎？沈维敬以无赖子而衔皇命，李宗城以酒色徒而驾星轺，应对乏材，徒为外邦腾笑。幸倭人尚未进化，秀吉又复病终，得令勍敌尽还，藩封无恙，东祸得以暂息。否则与清季中东之役，相去无几矣。观于此而叹明代外交之无人！

第七十八回

虎将征蛮破巢诛逆　蠹鱼食字决策建储

却说倭寇已退，诸军告捷，明廷发帑金十万两犒师，叙功行赏，首陈璘，次刘绖，又次麻贵。陈、刘各擢为都督同知，麻贵升任右都督，邢玠晋封太子太保，予荫一子。万世德毫无战功，至是亦同膺懋赏，加右副都御史，并予世荫。董一元、杨镐俱复原职。惟沈维敬弃市，石星瘐死狱中，所俘平秀政、平正成等，解京磔死，传首九边，总算了事。

其时泰宁卫酋炒花，屡寇辽东，互有杀伤。炒花为巴速亥从弟，巴速亥被李成梁击毙，其子巴土儿，与炒花思复旧怨，数来侵边，先后皆为李成梁击退。成梁去职，总兵董一元代任，巴土儿、炒花等，且纠合土默特部，大举入犯。一元伏兵镇武堡，令羸卒诱敌深入，奋起搏击，大破敌众。巴土儿身中流矢，负创而逃，未几毙命。炒花情不甘休，且嗾使青海酋火落赤、永邵卜等，相继犯边。幸甘肃参将达云，伏兵要害，潜扼敌背，杀得青海部众，十亡八九，当时称为战功第一。云升总兵官，镇守西陲，寇不敢犯。及李如松自东班师，言路交章诋劾，说他和亲辱国，悉留中不报。会辽东总兵董一元调赴朝鲜，神宗特任如松继任，如松感激主知，率轻骑出塞。适值土默特部众内犯，便迎头痛剿，斩杀过当；乘胜进逼，势将捣入巢穴。那番众四面来援，竟把如松困住。如松孤掌难鸣，饷尽援绝，活活的战死沙场。总是骄愎之咎。有旨令李如梅往代，如梅惩兄覆辙，不敢进战，卒坐拥兵畏敌的罪名，被劾罢官。后来复起李成梁镇辽东。成梁素有威名，年已七十有六，莅任后，仍与番人息战互市，番人乐就羁縻，以此再镇八年，辽左粗安。诸子究不逮乃父。

当朝鲜鏖战时，播州宣慰使杨应龙上书自效，愿率五千人征倭。朝旨报可，应龙方率众登程。会因倭人议和，中途截留，乃怏怏而返。看官！你道这应龙果有心报主么？他的祖宗叫作杨端，曾在唐乾符年间，据有播州，称臣中国。洪武初，其裔孙复遣使奉贡，太祖授为宣慰使。传至应龙，从征蛮夷，恃功骄蹇，历届贵州巡抚叶梦熊，及巡按陈效，迭奏应龙凶恶诸罪。明廷以边境多事，不暇查问。应龙益肆无忌惮，拥兵嗜杀，所居宅第，侈饰龙凤，擅用阉寺为使令。小妻田雌凤，妖媚专宠，与正室张氏不和，帷闼中屡有谮言，应龙竟诬称张氏卖奸，把她砍死，并杀妻母，屠妻家。残忍已极。妻叔张时照，上书告变，叶梦熊请发兵往讨，朝议令川、黔会勘。应龙赴重庆对簿，坐法当斩，他愿出二万金赎罪。长官不允，乃请征倭自效。及中道罢兵，有旨特派都御史王继光，巡抚四川，严提勘结。应龙似鱼脱网，怎肯复来上钩？至官军一再往捕，免不得纠众抗拒，杀死官军多名。王继光遂决意主剿，驰至重庆，与总兵刘承嗣参将郭成等，三道进兵，越娄山关，至白石口。应龙佯称愿降，暗中恰招集苗兵，袭破军营。都司王之翰全队皆覆。各路兵将，仓卒遁还。继光遭此一挫，职位自然不固，当下奉旨夺官，改任谭继恩为四川巡抚，且调兵部侍郎邢玠，总督贵州。玠檄重庆太守王士琦，前往宣谕，令应龙束身归罪。应龙囚服郊迎，委罪部下黄元、阿羔、阿苗等十二人，一体缚献；并愿输款四万金，先出次子可栋为质，金到回赎。士琦乃还，黄元等枭首市曹。可栋羁留重庆，事不凑巧，竟生起病来，卧床数日，遂至毕命。应龙不胜痛愤，领取尸棺，索性将四万认款，尽行抵赖。一子值四万金，似乎太贵。士琦催缴赎款，应龙复语道："我子尚得复活否？若我子复活，当如数输金。"嗣是纠合诸苗，据险自守，焚劫草塘、余庆二司，及兴隆、都匀诸卫，进围黄平、重安，戕官吏，戮军民，奸淫掳掠，无所不为。适贵州巡抚一缺，改任江东之，东之令都司杨国柱、指挥李廷栋率部兵三千，往剿应龙。到了飞练堡，应龙子朝栋，及弟兆龙等，率众来争。战不数合，纷纷倒退。国柱等追至天邦囤，陷入绝地，被朝栋、兆龙等，两翼包抄，左右猛击，三千人不值一扫，霎时间杀得精光。国柱、廷栋等统行战殁。江东之被遣夺职，代以郭子章。又特简前四川巡按李化龙为兵部侍郎，总督川、湖、贵州三省军务。檄东征诸将刘綎、麻贵、陈璘、董一元，悉赴军前。

应龙闻大兵将至，先纠众八万，入犯綦江。綦江城中，守兵不满三千，哪里敌得住叛众？应龙督众围攻，绕城数匝，遍竖云梯，南仆北登，西坠东上，参将房嘉宠自杀妻孥，与游击张良贤，舍命防堵，终因众寡不敌，巷战身亡。应龙劫库犒师，屠城示威，投尸蔽江而下，流水尽赤。既而退屯三溪，更结九股生苗，及黑脚苗等，倚为臂助。李化龙驰至重庆，侦得应龙五道并出，已攻破龙泉司，乃大集诸路兵马，登坛誓师，分八路而进。共计川师四路，总兵刘綎由綦江入，马孔英由南川入，吴广由合江入；副将曹希彬受广节制，由永宁入。黔师三路，总兵董元镇，出发乌江；参将朱鹤龄受元镇节制；统宣慰使安疆臣出发沙溪，总兵李应祥出发兴隆。楚师一路，分作两翼，由总兵陈璘统辖，陈良玭为副。陈璘由偏桥进攻，良玭由龙泉进攻，每路兵约三万，十成之三为官兵，十成之七为土司。化龙自将中军，分头策应。又檄贵州巡抚郭子章屯驻贵阳，湖广巡抚支可大移节沅州，扼守要区，防贼四逸。部署既定，刘綎师出綦江，进攻三峒，三峒皆峻岭茂箐，夙称奇险，贼首穆焰等踞险自固，被刘綎手执大刀，斩关直入，依次破灭。应龙素闻刘綎威名，嘱子朝栋简选苗兵，从间道出击，巧与綎军相遇，綎怒马跃出，首先陷阵，一柄亮晃晃的大刀，盘旋飞舞，苗兵不是被砍就是被伤，大众抵挡不住，相顾惊走道："刘大刀到了！刘大刀到了！"朝栋尚不知厉害，执戈来战，由刘綎大叱一声，已吓得脚忙手乱。说时迟，那时快，刀起戈迎，"辜"的一声，火光乱迸，朝栋手中的戈头，已被斫缺，慌忙掷去了戈，赤手逃命。綎大杀一阵，苗众多毙，乘胜拔桑木关、乌江关、河渡关，夺天邦诸囤，杀入娄山关，驻军白石。应龙情急万分，决率诸苗死战，潜令悍将杨珠，抄出后山，袭綎背后。都司王芬战死，綎大呼突阵，击退应龙；另遣游击周敦吉，守备周以德，杀退杨珠，追奔至养马城。巧值马孔英自南州杀到，曹希彬自永宁攻入，会师并进，大破海云囤，直逼海龙囤。海龙囤为贼巢穴，高可蠹天，飞鸟腾猿，不能逾越。三道雄师，压囤为营，急切未能下手。已而陈璘破青蛇囤，安疆臣夺落濛关，吴广从崖门关捣入，营水牛塘，连战败敌，截住贼巢樵汲诸路，于是应龙大窘，与子朝栋相抱大哭，一面上囤死守，一面遣使诈降。总督李化龙斩使焚书，饬诸道兵速集囤下，限日破巢。当下八路大兵，一时并至，筑起长围，更番迭攻。叙得烨烨有光。会化龙闻父丧，疏乞守制，诏令墨绖从事。化龙歠粥草檄，督战益急，且授计马孔英，令从囤后并力攻入。应龙所恃，以杨珠为最，珠恃勇出战，为炮击毙，贼众益惧。适天大霖雨，数日不晴，将士往来泥淖，猛扑险囤，甚以为苦。一日，天忽开霁，刘綎奋勇跃上，攻克土城，应龙散金悬赏，募死士拒战，无一应命，乃提刀巡垒。俄见火光烛天，官军四面登囤，遂退语家属道："我不能再顾汝辈了。"遂挈爱妾二人，阖室自经。大兵入囤搜剿，获应龙尸，生擒朝栋、兆龙等百余人，并应龙妾田雌凤。为渠启衅，渠何不速死？总督化龙露布奏闻，诏磔应龙尸，戮朝栋、兆龙等于市，分播地为遵义、平越二府。遵义属蜀，平越属黔。刘大刀叙功称最，奏凯还师。播州事了。

外事稍稍平静，朝内争论国本的问题，又复进行。先是万历二十一年，王锡爵复邀内召，既入朝，仍密请建立东宫，昭践大信。神宗手诏报答，略云："朕虽有今春册立的旨意，但昨读皇明祖训，立嫡不立庶，皇后年龄尚轻，倘得生子，如何处置？现拟将元子与两弟，并封为王，再待数年，后果无出，才行册立未迟。"原来王恭妃生子常洛，郑贵妃生子常洵，周端妃复生子常浩，所以有三王并封的手谕。锡爵想出一条权宜的计策，欲令皇后抚育元子，援引汉明帝马后、唐玄宗王后、宋真宗刘后，取养宫人子故事，作为立储的预备。议虽未当，不可谓非熬费苦心。神宗不从，仍欲实行前谕，饬有司具仪，顿时盈廷大哗。礼部尚书罗万化，给事中史孟麟等，诣锡爵力争。锡爵道："并封意全出上裁，诸公奈何罪我？"工部郎中岳元声，时亦在座，起对锡爵道："阁下未尝疏请并封，奈何误引亲王入继故例，作为储宫待嫡的主张。须知中宫有子，元子自当避位，何嫌何疑？今乃欲以将来难期的幸事，阻现在已成的诏命，岂非公争论不力乎？"这一番话，说得锡爵哑口无言，不得已邀同赵志皋、张位等联衔上疏，请追还前诏。神宗仍然不允。已而谏疏迭陈，锡爵又自劾求罢，乃奉旨追寝前命，一律停封。未几锡爵又申请豫教元子，于是令皇长子出阁讲学，辅臣侍班。侍臣六人侍讲，俱如东宫旧仪。

越年，锡爵又乞归，特命礼部尚书陈于陛，南京礼部尚书沈一贯，入参阁务。于陛入阁，与赵志皋、张位等谊属同年，甚相投契，怎奈神宗深居拒谏，上下相蒙，就是终日入直，也无从见帝一面，密陈国政。当时京师地震，淮水泛决，湖广、福建大饥，甚至乾清、坤宁两宫，猝然被火，仁圣皇太后陈氏又崩。陈皇后崩逝，就此叙过。天灾人患，相逼而来，神宗全然不省，且遣中官四处开矿，累掘不得，勒民偿费；富家巨族，诬他盗矿；良田美宅，指为下有矿脉，兵役围捕，辱及妇女。开矿本属不利，而举行不善，弊至于此。旋复增设各省税使，所在苛索。连民间米盐鸡豕，统令输税。直是死要，毫无法度。全国百姓，痛苦的了不得。于陛日夕忧思，屡请面对，终不见报。乞罢亦不许，遂以积忧成疾，奄奄至毙。张位曾密荐杨镐，镐东征丧师，位亦坐谴，夺职闲住。赵志皋亦得病而终，另用前礼部尚书沈鲤、朱赓入阁办事，以沈一贯为首辅。

惟是建储大事，始终未定。郑贵妃专宠如故，王皇后又多疾病，宫中侍役，预料皇后若有不讳，贵妃必正位中宫，其子常洵当然立为太子。中允黄辉为皇长子讲官，从内侍察悉情形，私语给事中王德完道："这是国家大政，恐旦夕必有内变。如果事体变更，将来传载史册，必说是朝廷无人了。公负有言责，岂可不说？"德完称善，即属黄辉具草，列名奏上。神宗览奏，震怒非常，立将德完下狱，用刑拷讯。尚书李戴、御史周盘等，连疏论救，均遭切责。辅臣沈一贯，方因病请假，闻了此事，忙为奏请。神宗意尚未怿，命廷杖德完百下，削籍归田，复传谕廷臣道："诸臣为德完解免，便是阿党，若为皇长子一人，慎无渎扰，来年自当册立了。"无非是空言搪塞。

会刑部侍郎吕坤，撰有《闺范图说》，太监陈矩购入禁中，神宗也不遑披阅，竟搁置郑贵妃宫中。妃兄国泰，重为增刊，首列汉明德马后，最后把妹子姓氏，亦刊入在内。郑贵妃亲自撰序，内有"储位久悬，曾脱簪待罪，请立元子，今已出阁讲学，藉解众疑"等语。欺人耶，欺己耶？这书传出宫禁，给事中戴士衡阳劾吕坤，暗斥贵妃，说是逢迎掖庭，菀枯已判。还有全椒知县樊士衡，竟大着胆纠弹宫掖，至有"皇上不慈，皇长子不孝，皇贵妃不智"数语。神宗却尚未动怒。想是未曾看明。郑贵妃偏先已含酸，凄凄楚楚的泣诉帝前。神宗正欲加罪二人，忽由郑国泰呈入《忧危竑议》一书，书中系问答体，托名朱东吉，驳斥吕坤原著，大旨言《闺范图说》中，首载明德马后，明明是借谀郑贵妃。马后由宫人进位中宫，郑贵妃亦将援例。贵妃重刊此书，实预为夺嫡地步。神宗略略览过，便欲查究朱东吉系是何人，经国泰等反复推究，谓东吉即指东朝；书名《忧危竑议》，实因吕坤尝有忧危一疏，借此肆讥。大约这书由来，定出二衡手著。顿时恼动神宗，将二衡谪戍极边，就此了案。

到了万历二十八年，皇长子常洛，年将二十。廷臣又请先册立，再行冠婚各礼。郑国泰请先冠婚，然后册立。神宗一概不睬。越年，阁臣沈一贯，复力陈册储冠婚，事在必行。神宗尚在迟疑，郑贵妃复执盒为证，坚求如约。经神宗取过玉盒，摩挲一回，复揭去封记，发盒启视，但见前赐誓书，已被蠹鱼蛀得七洞八穿，最可异的，是巧巧把"常洵"二字，啮得一笔不留，不禁悚然道："天命有归，朕也不能违天了。"这语一出，郑贵妃料知变局，嗔怨齐生，神宗慰谕不从，只在地上乱滚，信口诬谤，好像一个泼辣妇。那时神宗忍耐不住，大踏步趋出西宫，竟召沈一贯入内草诏，立常洛为皇太子。一贯立刻草就，颁发礼部，即日举行。越宿，又有旨令改期册立。一贯封还谕旨，力言不可，乃于二十九年十月望日，行立储礼。小子有诗咏道：

谏草频陈为立储，深宫奈已有盟书。
堪嗟当日诸良佐，不及重缄一蠹鱼。

立储已定，冠婚相继，其余诸王，亦俱授封。欲知详细，请看下回。

　　本回前叙外乱，后及内政，两不相涉，全属随时顺叙文字。然应龙之叛，为宠妾田雌凤而起。神宗之阻议立储，亦无非为一郑贵妃耳，于绝不相蒙之中，见得祸败之由，多缘内嬖。应龙嬖妾而致杀身，一土官尚且如此，况有国有天下者，顾可溺情床第，自紊长幼耶？迨至蠹鱼食字，始决立皇长子为皇太子，天意尚未欲乱明，因假虫啮以儆之。不然，玉盒之缄封甚固，蠹何从入乎？或谓出自史家之附会，恐未必然。

第七十九回

获妖书沈一贯生风　遣福王叶向高主议

却说皇长子常洛，既立为皇太子，遂续封诸子常洵为福王，常浩为瑞王，还有李贵妃生子常润、常瀛，亦均册封。润封惠王，瀛封桂王，即日诏告天下，皇太子申行冠礼。次年正月，并为太子册妃郭氏。

婚礼甫毕，廷臣方入朝庆贺，忽有中旨传出，圣躬不豫，召诸大臣至仁德门听诏。及大臣趋列仁德门，又见宫监出来，独召沈一贯入内。一贯随入启祥宫，直抵后殿西暖阁，但见神宗冠服如常，席地踞坐。李太后立在帝后，太子诸王跪着帝前，不由的诧异起来。当下按定了心，叩头请安。神宗命他近前，怆然垂谕道："朕陡遭疾病，恐将不起，自念承统三十年，尚无大过；惟矿税各使，朕因宫殿未竣，权宜采取。今可与江南织造，江西陶器，俱止勿行。所遣内监，概令还京。法司释久羁罪囚，建言得罪诸臣，令复原官。卿其勿忘！"言毕，即令左右扶掖就寝。一贯复叩首趋出，拟旨以进。是夕阁臣九卿，均直宿朝房。漏至三鼓，中使捧谕出来，大略如"面谕一贯"等语。诸大臣期即奉行。待至天明，一贯正思入内取诏，不期有中使到来，说是帝疾已瘳，着追取前谕，请速缴还。一贯闻言，尚在沉吟，接连又有中使数人，奉旨催索，不得已取出前谕，令他赍去。前曾封还谕旨，此时何不坚持？司礼太监王义，正在帝前力争，说是王言已出，不应反汗。神宗置诸不理，义尚欲再谏，见中使已持着前谕，入内复命，顿时气愤已极，奋然趋出，驰入阁中，适与一贯相遇，以涎唾面道："好一位相公，胆小如鼷！"一贯尚茫无头绪，瞠目不答。义又道："矿税各使，骚扰已甚，相公独未闻么？今幸得此机会，谕令撤除，若相公稍稍坚持，弊政立去，为什么追取前谕，即令赍还呢？"不期太监中，也有此人，其名曰义，可谓不愧。一贯方才知过，唯唯谢罪。嗣是大臣言官，再请除弊，概不见答。

未几，楚宗事起，又闹出一场狱案。楚王英燧，系太祖第六子桢七世孙，英燧殁后，遗腹宫人胡氏，孪生子华奎、华璧，一时议论纷纷，统言非胡氏所生。赖王妃力言无讹，事乃得寝。华奎袭爵，华璧亦得封宣化王。时已二十多年，偏有宗人华越，又讦奏华奎兄弟，系出异姓，罪实乱宗。奎系王妃兄王如言子，璧系妃族人王如绹家人王玉子。这疏呈入，沈一贯以袭封已久，不应构讼，嘱通政司暂行搁置。嗣由华奎闻知，劾奏华越诬告，乃一并呈入，诏下礼部查复。礼部侍郎郭正域，向系楚人，颇得传闻，此时正署理尚书，遂请勘明虚实，再定罪案。一贯以亲王不当行勘，但当体访为是。正域不可，乃委抚按查讯。俱复称事无左证，诬告是实。怎奈华越妻系王如言女，硬出作证，咬定华奎为胞弟，幼时曾抱育楚宫。华越妻为夫卸罪，不得不尔。惟华越拨灰燃火，未免多事。廷议再令复勘，卒不能决。嗣由中旨传出，略言"楚王华奎，袭封已二十余年，何故至今始发？且夫讦妻证，情弊显然，不足为据。华越坐诬奏罪，降为庶人，禁锢凤阳。"这旨一下，郭正域失了面子，自不消说。御史钱梦皋，又讨好一贯，劾奏正域陷害亲藩，应当处罪。正域亦讦发一贯匿疏沮勘，且说一贯纳华奎重贿，因此庇护等情。毕竟一贯势大，正域势小，苍蝇撞不过石柱，竟将正域免官。

一案未了，一案又起，阁臣朱赓在寓门外，拾得一书，取名《续忧危竑议》。书中措词，假郑福成为问答，系说："帝立东宫，实出一时无奈，将来必有变更。现用朱赓为内阁，已见帝心。赓，更同音，显寓更易的意思。"朱赓阅罢，取示同僚，大家揣测一番，统说"郑福成"三字，无非指郑贵妃及福王，"成"字是当承大统，无容细剖。大家目为妖书，朱赓即呈入御览。这等无稽谰言，宁值一辩，何必进呈御览，酿成大狱。神宗怒甚，急勅有司大索奸人。看官听说！自来匿名揭帖，只好置诸不理，将来自有败露的日子。若一经查办，愈急愈慢，主名愈不易得了。断制得妙。当日锦衣卫等，索捕多日，毫无影响。沈一贯方衔恨郭正域，且因同官沈鲤，素得士心，颇怀猜忌，当下与钱梦皋密商，嘱他伪列证据，奏称："此次妖书，实出沈鲤、郭正域手笔。"梦皋遂遵嘱照行。御史康丕扬亦联章送上，不待下旨，便发兵往追正域。正域正整装出都，乘舟至杨村，追兵已到，将正域坐舟，团团围守，捕得正域家役十数人，到京拷讯。甚至正域所善医生沈令誉，及僧达观，琴士钟澄，百户刘相等，一同捕至，严刑杂治，终究不得实据。逻校且日至鲤宅搜查，胁逼不堪。幸皇太子素重正域，特遣左右往语阁臣，毋害郭侍郎。都察院温纯，代讼鲤冤，唐文献、陶望龄，先后至沈一贯宅，为鲤解免，鲤方得安。正域在舟观书，从容自若，或劝令自裁，免致受辱。想由一贯等嘱托。正域慨然道："大臣有罪，自当伏尸都市，怎得自经沟渎呢？"静待数日，还算未曾逮问。

最后由锦衣卫卒，拿住顺天生员皦生光。生光素行狡诈，往往胁取人财，不齿士类，曾有富商包继志，慕他才学，属令代纂诗集，刊入己名。胸中无墨，何妨藏拙。奈何冒名延誉，自取祸戾？生光有意敲诈，羼入五律一首，有"郑主乘黄屋"五字。包继志晓得什么，总道是字字珠玑，即行付梓。诗集出版，生光恰预将自己的写本，索回烧毁；一面密托好友，向继志索诈，说他诗集中，有悖逆语，指出"黄屋"二字，谓是天子所居，"郑主"二字，是指郑贵妃及皇子常洵。若向当官出首，管教你杀身亡家。继志到此，方知被生光侮弄，欲待分说，集中已明列己名，无从剖白，只好自认晦气，出钱了结。生光又教书国泰，并将刻诗呈入，为恫吓计。国泰本来胆小，情愿输财了事。无缘无故，被生光赚了两次金银。哪知失马非祸，得马非福，妖书一出，国泰疑出生光手，因将他一并拘至，到庭审讯。问官故意诘问道："你莫非由郭正域主使么？"生光瞋目道："我何尝作此书。但你等硬要诬我，我就一死便了。奈何教我迎合相公意旨，陷害郭侍郎？"<small>生光虽是无赖，恰还知有直道。</small>问官不便再讯，命将生光系狱，延宕不决。中官陈矩，方提督东厂事务，屡次提讯，不得要领，因与同僚计议，恐不得罪人，必遭主怒。或更辗转扳累，酿成党祸，不如就生光身上，了结此案。于是迭讯生光，屡用酷刑，打得生光体无完肤，昏晕数次。生光乃凄然叹道："朝廷得我一供，便好结案，否则牵藤摘蔓，纠缠不休，生光何惜一身，不替诸君求活。罢罢！我承认便了。应斩应磔，尽听处断。"<small>倒还直爽。</small>陈矩乃将生光移交刑部，按罪议斩。神宗以生光谋危社稷，加罪凌迟，遂将生光磔死，妻子戍边。沈鲤、郭正域与案内牵连等人，尽得免坐。其实妖书由来，实出武英殿中书舍人赵士桢手笔。士桢逍遥法外，至后来病笃，喃喃自语，和盘说出，肉亦碎落如磔，大约为曤生光冤魂所附，特来索命，也未可知。

　　话分两头，且说皇长子常洛，得立储嗣，生母王氏，仍未加封。王妃寂居幽宫，终岁未见帝面，免不得自叹寂寥，流泪度日，渐渐的双目失明，不能视物。至万历三十四年，皇太子选侍王氏，生子由校，为神宗长孙。明制太子女侍，有淑女、选侍、才人等名号，王选侍得生此子，神宗自然心惬，即上慈圣太后徽号，并晋封王恭妃为贵妃。惟名义上虽是加封，情分上仍然失宠，就是母子相关，也不能时常进谒。看官！你想妇女善怀，如何耐得过去？光阴易过，愁里销磨，自然恹恹成疾，渐致不起。子为太子，母犹如此，可为薄命人一叹。皇太子闻母病剧，请旨往省，不料宫门尚键，深锁不开，当下觅钥启锁，抉门而入，但见母妃惨卧榻上，面目憔悴，言语支离，睹此情形，寸心如割，免不得大恸起来。我阅此，亦几堕泪。可煞作怪，王贵妃闻声醒悟，便用手撩住太子衣服，呜咽道："你便是我儿么？"太子凄声称是。贵妃复以手摩顶，半晌方道："我儿我儿，做娘的一生困苦，只剩你一些骨血。"言至此又复咽住。那时皇太子扑倒母怀，热泪滔滔，流个不止。贵妃复哽咽道："我儿长大如此，我死亦无恨了。"说至恨字，已是气喘吁吁，霎时间瞀目重翻，痰噎喉中，张着口再欲有言，已是不能成声，转瞬间即气绝而逝。刻意描摹，实恨神宗薄幸。太子哭踊再三，泪尽继血。还是神宗召他入内，好言劝慰，方才节哀。

是时沈一贯、沈鲤，因彼此未协，同时致仕，续用于慎行、李廷机、叶向高三人，为东阁大学士，与朱赓同办阁务。慎行受职才十日，即报病殁，赓亦继卒，廷机被劾罢官，只叶向高独秉国钧，上言："太子母妃薨逝，礼应从厚。"折上不报。重复上疏，乃得允议，予谥温肃端靖纯懿皇贵妃，葬天寿山。郑贵妃以王妃已死，尚思夺嫡，福王常洵应封洛阳，群臣屡请就藩，统由贵妃暗中阻住。神宗又为所迷，温柔乡里，亲爱如故。常洵婚娶时，排场阔绰，花费金钱，多至三十万。又在洛阳相地，建筑王邸，百堵皆兴，无异宫阙，用款至二十八万金，十倍常制。且在崇文门外，开设官店数十家，售卖各般物品，与民争利，所得赢余，专供福邸岁用。一切起居，似较皇太子常洛更胜数筹。及洛阳府第，业已竣工，叶向高等奏请福王就邸，得旨俟明春举行，时已在万历四十年冬季。转眼间已是新春，礼部援诏申请，留中不报。到了初夏，兵部尚书王象乾又诚诚恳恳的奏了一本，神宗无可驳斥，只说是"亲王就国，祖制在春，今已逾期，且待来年遣发"云云。溺爱不明。未几，又由内廷传出消息，福王就藩，须给庄田四万顷，盈廷大骇。向例亲王就国，除岁禄外，量给草场牧地，或请及废壤河滩，最多不过数千顷。惟景王载圳，即世宗子，见六十九回。就封德安，楚地本多闲田，悉数赐给。又由载圳自行侵占，得田不下四万顷，不期福王亦欲援例，奏请照行。当由叶向高抗疏谏阻道：

> 福王之国，奉旨于明春举行，顷复以庄田四万顷，责抚按筹备，如必俟田顷足而后行，则之国何日。圣谕明春举行，亦宁可必哉？福王奏称祖制，谓祖训有之乎？会典有之乎？累朝之功令有之乎？王所引祖制，抑何指也。如援景府，则自景府以前，庄田并未出数千顷外，独景府逾制，皇祖一时失听，至今追咎，王奈何尤而效之？自古开国承家，必循理安分，始为可久。郑庄爱太叔段，为请大邑，汉窦后爱梁孝王，封以大国，皆及身而败，此不可不戒也。臣不胜忠爱之念，用敢披胆直陈！

这疏上后，批答下来，略云："庄田自有成例，且今大分已定，尚有何疑？"向高又以"东宫辍学，已历八年，且久已不奉天颜，独福王一日两见。以故不能无疑，但愿皇上坚守明春信约，无以庄田借口，疑将自释"等语。看官不必细猜，便可知种种宕约，无非是郑贵妃一人暗地设法，牵制神宗。可巧被李太后闻知，宣召郑贵妃至慈宁宫，问福王何不就国？郑贵妃叩头答道："圣母来年寿诞，应令常洵与祝，是以迟迟不行。"狡哉贵妃，巧言如簧。太后面色转怒道："你也可谓善辩了。我子潞王，就藩卫辉，试问可来祝寿么？"以矛刺盾，李太后可谓严明。郑贵妃碰了这个大钉子，只好唯唯而退。

既而锦衣卫百户王曰乾，讦奏奸人孔学、王三诏，结连郑贵妃、内侍姜严山等，诅咒皇太子，并用木刻太后、皇上肖像，用钉戳目，意图谋逆。并约赵思圣东宫侍卫，带刀行刺等情。这奏非同小可，瞧入神宗目中，不由的震怒异常，即欲将原疏发交刑部，彻底究治。向高得悉，忙上密揭道：

> 王曰乾、孔学，皆京师无赖，诪张至此，大类往年妖书，但妖书匿名难诘，今两造俱在法司，其情立见。皇上第静以处之，勿为所动，动则滋扰。臣意请将乾疏留中，别谕法司治诸奸人罪。且速定福王明春之国期，以息群喙，则奸谋无由逞，而事可立寝矣。

神宗览到此揭，意乃稍解，久之概置不问。太子遣使取阁揭，向高道："皇上既不愿穷究，殿下亦无须更问了。"向高力持大体。去使还报皇太子，太子点首无言。寻御史以他事参王曰乾，系置狱中，事遂消释。神宗乃诏礼部，准于万历四十二年，饬福王就藩。翌年二月，李太后崩逝，宫廷内外，相率衔哀。郑贵妃尚欲留住福王，怂恿神宗，下谕改期，经向高封还手勅，再三力谏，不得已准期遣行。启程前一夕，郑贵妃母子相对，足足哭了一夜。翌晨福王辞行，神宗亦恋恋不舍，握手叮嘱。及福王已出宫门，尚召还数四，与约三岁一朝，赐给庄田二万顷。中州素乏腴田，别取山东、湖广田亩，凑足此数。又畀淮盐千三百引，令得设店专卖。福王意尚未足，又奏乞故大学士张居正所没家产，及江都至太平沿江获洲杂税，并四川盐井榷茶银。多财自殖，必至召殃，后来为流贼所戕，已兆于此。神宗自然照允，且每常怀念不置。

那皇太子常洛居住慈庆宫，非奉召不得进见，因此父子二人，仍然隔绝。越年五月，忽有一莽汉状似疯魔，短衣窄裤，手持枣木棍一根，闯入慈庆宫门，逢人便击，打倒了好几个宫监，大踏步趋至殿檐下。宫中呼喝声，号救声，扰成一片，亏得内官韩本用，带领众役，把他拿住。正是：

　　　妖孽都从人事起，狂徒忽向副宫来。

未知此人为谁，且俟下回表明。

　　妖书之发现，巫蛊之讦发，以及梃击之突乘，何一非由郑妃母子所致。郑贵妃不得专宠，福王常洵当然无夺嫡思想，风恬浪静，诸案何由发生？然后知并后匹嫡，实为乱本，古语信不诬也。沈一贯力请立储，始颇秉正，乃以楚宗一案，衔恨郭正域，遂欲借妖书以报私仇，甚且牵累沈鲤。天下无论何人，一涉私念，便昧公理，沈一贯其前鉴也。瞰生光碟死而郭、沈脱罪，实为大幸。厥后王曰乾之讦奏，事涉虚无。其时幸一贯去位，叶向高进为首辅，奏请静处，大祸乃消。否则比妖书一案，当更烦扰矣。要之专制时代，责在君相，君相明良，国家自治。有相无君，尚可支持；君既昏庸，相亦贪私，鲜有不乱且亡者也。稽古者可知所鉴矣！

第八十回

审张差宫中析疑案　任杨镐塞外覆全军

却说内官韩本用等，既拿住莽汉，即缚付东华门守卫，由指挥朱雄收禁。越宿，皇太子据实奏闻，当命巡城御史刘廷元，秉公讯鞫。廷元提出要犯，当场审问。那罪犯自供系蓟州人，姓张名差。两语以外，语言颠倒，无从究诘。廷元看他语似疯癫，貌实狡猾，再三诱供，他总是信口乱言，什么吃斋，什么讨封，至问答了数小时，仍无实供，惹得廷元讨厌起来，立即退堂，奏请简员另审。乃再命刑部郎中胡士相、岳骏声等复审，张差似觉清楚，供称："被李自强、李万仓等，烧我柴草，气愤已极，意欲叩阍声冤，特于四月中来京，从东走入，不识门径，改往西走，遇着男子二人，畀我枣木棍一条，谓执此可作冤状，一时疯迷，闯入宫门，打伤守门官，走入前殿，被擒是实。"仍是模糊懵悦之谈。士相等以未得要领，难下断词，仍照廷元前奏，复旨了事。

当时叶向高因言多未用，引疾告归，改用方从哲、吴道南为阁臣，资望尚轻，不敢生议。但与刑部商议，拟依宫殿前射箭、放弹、投石伤人律，加等立斩。草奏未上，会提牢主事王之寀，散饭狱中，私诘张差。差初不肯承，嗣复云不敢说明。之寀麾去左右，但留二吏细问。差乃自称："小名张五儿。父名张义，已经病故。近有马三舅、李外父，叫我跟一不知姓名的老公公，依他行事，并约事成当给我田地。我跟他到京，入一大宅，复来一老公公，请我吃饭，并嘱咐我道：'你先冲一遭，撞着一个，打杀一个，杀人不妨，我等自能救你。'饭罢后，遂导领我由厚载门，入慈庆宫，为守门所阻，被我击伤。后因"老公公"甚多，遂被缚住了。"之案知老公公三字，系是太监的通称，复问马三舅、李外父名字，及所入大宅的住处。差又答非所问。且云："小爷福大，就是柏木棍、琉璃棍等，也无从下手，何况这枣木棍呢?"之案问了数次，总无实供，乃出狱录词，因侍郎张达以闻。并云："差不癫不狂，有心有胆。惧以刑罚不招，示以神明仍不招，啜以饮食，欲语又默。但语中已涉疑似，乞皇上御殿亲审，或勅九卿、科道、三法司会审，自有水落石出的一日。"户部郎中陆大受，及御史过庭训，复连疏请亟讯断，均留中不报。无非顾及郑贵妃。

　　庭训乃移文蓟州，搜集证据，得知州戚延龄复报，具言："郑贵妃遣宫监至蓟，建造佛寺，宫监置陶造甓，土人多鬻薪得利。差亦卖田贸薪，为牟利计，不意为土人所忌，纵火焚薪。差向宫监诉冤，反为宫监所责，自念产破薪焚，不胜愤懑，激成疯狂，因欲上告御状，这是张差到京缘由。"廷臣览到此文，均说差实疯癫，便可定案。若果照此定案，便省无数枝节。员外郎陆梦龙，入告侍郎张达，谓事关重大，不应模糊了案，乃再令十三司会鞫。差供词如故。梦龙独设词劝诱，给与纸笔，命绘入宫路径，并所遇诸人姓名，一得要领，许他免罪，且准偿还焚薪。张差信为真言，喜出望外，遂写明："马三舅名三道，李外父名守才，同住蓟州井儿峪。前云不知姓名的老公公，实是修铁瓦殿的庞保，不知街道的住宅，实是朝外大宅的刘成。三舅、外父常到庞保处送灰，庞、刘两人，在玉皇殿前商量，与我三舅、外父逼我打上宫中。若能打得小爷，吃也有了，穿也有了，还有姊夫孔道，也这般说。"写毕数语，复随笔纵横，略画出入路径，当即呈上。梦龙瞧毕，递示诸司道："案情已露，一俟案犯到齐，便可分晓，我说他是未尝疯癫呢。"便佯慰张差数语，令还系狱中，即日行文到蓟州，提解马三道等。一面疏请法司，提庞保、刘成对质。庞、刘均郑贵妃内侍，这次由张差供出，饶你郑贵妃能言舌辩，也洗不净这连带关系。就是妃兄郑国泰，也被捏做一团糟，担着了无数斤两。我为贵妃兄妹捏一把汗。国泰大惧，忙出揭白诬。给事中何士晋，直攻国泰，且侵贵妃，疏词有云：

> 罪犯张差，梃击青宫，皇上令法司审问，原止欲追究主使姓名，大宅下落，并未直指国泰主谋。此时张差之口供未具，刑曹之勘疏未成，国泰岂不能从容少待？辄尔具揭张皇，人遂不能无疑。若欲释疑计，惟明告贵妃，力求皇上速令保、成下吏考讯，如供有国泰主谋，是大逆罪人，臣等执法讨贼，不但贵妃不能庇，即皇上亦不能庇。设与国泰无干，臣请与国泰约，令国泰自具一疏，告之皇上，嗣后凡皇太子皇长孙一切起居，俱由国泰保护。稍有疏虞，即便坐罪，则人心帖服，永无他言。若今日畏各犯招举，一惟荧惑圣聪，久稽廷讯，或潜散党羽，使之远遁，或阴毙张差，以冀灭口，则国泰之罪不容诛，宁止生疑已耶？臣愿皇上保全国泰，尤愿国泰自为保全，用敢直陈无隐，幸乞鉴察！

先是巫蛊一案，词已连及郑贵妃内侍，至是神宗览到此疏，不禁心动，便抢步至贵妃宫中。当由贵妃迎驾，见帝怒容满面，已是忐忑不定，嗣经神宗袖出一疏，掷示贵妃，贵妃不瞧犹可，瞧着数行，急得玉容惨澹，珠泪双垂，忙向驾前跪下，对泣对诉。只有此法。神宗唏嘘道："廷议汹汹，朕也不便替你解免，你自去求太子便了。"言毕自去。贵妃忙到慈庆宫，去见太子，向他哭诉，表明心迹，甚至屈膝拜倒。太子亦慌忙答礼，自任调护。贵妃方起身还宫。太子即启奏神宗，请速令法司具狱，勿再株连。

于是神宗亲率太子、皇孙等，至慈宁宫，召阁臣方从哲、吴道南及文武诸臣入内，大众黑压压的跪满一地。神宗乃宣谕道："朕自圣母升遐，哀痛无已。今春以来，足膝无力，每遇节次朔望忌辰，犹必亲到慈宁宫，至圣母座前行礼，不敢懈怠。近忽有疯子张差，闯入东宫伤人，外廷遂有许多蜚议。尔等谁无父子，乃欲离间朕躬么？"说至此，又复执太子道："此儿极孝，朕极爱惜。"言未已，忽闻有人发声道："皇上极慈爱，皇太子极仁孝，无非一意将顺罢了。"神宗听不甚悉，问系何人发言，左右复奏道："是御史刘光复。"神宗变色道："什么将顺不将顺？"光复犹大言不止，此人亦似近狂。恼得神宗性起，喝称"锦衣卫何在！"三呼不应，遂令左右将光复缚住，梃杖交下。神宗又喝道："不得乱殴，但押令朝房候旨！"左右押光复去讫。方从哲等叩头道："小臣无知乱言，望霁天威！"神宗怒容稍敛，徐徐谕道："太子年已鼎盛，假使朕有他意，何不早行变置，今日尚有何疑？且福王已就藩，去此约数千里，若非宣召，他岂能飞至么？况太子已有三男，今俱到此，尔等尽可视明！"随命内侍引三皇孙至石级上，令诸臣审视道："朕诸孙均已长成，尚有何说？"三皇孙从此处叙出。复顾问太子道："尔有何语，今日可对诸臣尽言。"太子道："似此疯癫的张差，正法便了，何必株连。外廷不察，疑我父子，尔等宁忍无君？本宫何敢无父？况我父子何等亲爱，尔等何心，必欲令我为不孝子么？"神宗待太子言毕，复谕群臣道："太子所说，尔等均已听见否？"群臣齐称领诲，随命大众退班，乃相率叩谢而出。隔了数日，罪案已定，张差磔死，马三才等远流，李自强、李万仓笞责了案。嗣将庞保、刘成杖毙内廷。

王之案为科臣徐绍吉等所劾，削职为民。何士晋外调，陆大受夺官，张达夺俸，刘光复拘系狱中，久乃得释。仍是袒护郑贵妃。惟梦龙独免。总计神宗久居深宫，不见百官，已是二十五年，此番总算朝见群臣，借释众疑，这也不必细说。

越年，为万历四十四年，清太祖努尔哈赤崛兴满洲，建元天命，后来大明国祚，便被那努尔哈赤的子孙，唾手夺去，这真是明朝史上，一大关键呢。为此特笔提明，隐寓涑水紫阳书法。相传努尔哈赤的远祖，便是金邦遗裔。金邦被蒙古灭亡，尚有遗族逃奔东北，伏处长白山下。清室史官，颂扬神圣，说有天女下降，共浴池中，长名恩古伦，次名正古伦，幼名佛库伦。会有神鹊衔一朱果，堕在佛库伦衣上，佛库伦取来就吃，竟致成孕，十月满足，生下一男，取名布库哩雍顺，姓爱新觉罗氏。爱新与金字同音，觉罗犹言姓氏，详见《清史通俗演义》。养了数年，渐渐长成。他用柳条编成一筏，乘筏渡河，流至一村，村中只有三姓，方在构衅，见有一人漂至，惊为异人，迎他至村，愿奉为主子，相率罢兵。巧有村中老丈，爱他俊伟，配以爱女伯哩，他便安心居住，部勒村民，成一堡寨，号为鄂多哩城。自是子孙相继，传至孟特穆，渐渐西略，移住赫图阿拉地。赫图阿拉即后来奉天省的兴京。孟特穆四世孙，名叫福满，福满有六子，第四子觉昌安，缵承基绪，余五子各筑城堡，环卫赫图阿拉城，统名宁古塔贝勒。觉昌安又生数子，第四子塔克世，即努尔哈赤父亲，努尔哈赤天表非常，勇略盖世。时明总兵李成梁镇守辽东，与图伦城尼堪外兰，合兵攻古埒城。古埒城主阿太章京的妻室，便是觉昌安的女孙，努尔哈赤的从姊。觉昌安恐女孙被陷，偕塔克世率兵往援，协守城池。成梁不能克，尼堪外兰诡往招抚，城中人为所煽惑，开门迎降。阿太章京及觉昌安父子，竟死于乱军中。叙述源流，简而能赅。努尔哈赤年方二十有五，闻祖父被害，大哭一场，誓报大仇，乃检得遗甲十五副，往攻尼堪外兰。尼堪外兰屡战屡败，屡败屡走，及逃入明边，努尔哈赤遂致书明朝边吏，请归还祖父丧，及拿交尼堪外兰。明边吏转达明廷，明神宗方承大统，不欲鏖兵，便许归觉昌安父子棺木，并封努尔哈赤为建州卫都督，加龙虎将军职衔。努尔哈赤北面受封，只因尼堪外兰未曾交到，仍遣差官往索。明边吏也得休便休，索性拿住尼堪外兰，交给与他。他斩了仇人，才与明朝通好，岁输方物，可见努尔哈赤原是明朝臣子。一面招兵买马，拓地图强。

其时辽东海滨，共分四部，一名满洲部，努尔哈赤实兴于此。一名长白山部，一名东海部，一名扈伦部。扈伦部又分为四，首叶赫，次哈达，次辉发，次乌拉。叶赫最强，明廷亦随时羁縻，倚为屏蔽，称作海西卫。叶赫主闻努尔哈赤崛兴满洲，料他具有大志，意欲趁早剪除，遂纠合哈达、辉发、乌拉三部，并及长白山下的珠舍哩、纳殷二部，又去联络蒙古的科尔沁、锡伯、卦勒察三部，共得三万余人，来攻满洲。哪知努尔哈赤厉害得很，一场战争，被他杀得七零八落，大败亏输。各部陆续降顺努尔哈赤，只叶赫靠着明朝，始终不服。明廷屡发兵帮助，且遣使责备努尔哈赤。努尔哈赤心甚不平，就背了明朝，自做满洲皇帝，筑殿立庙，创设八旗制度，屏去万历正朔，独称天命元年。作者虽著有《清史演义》详述无遗，然此处亦不能尽行略过，故挈纲如上。过了二载，努尔哈赤竟决计攻明，书"七大恨"告天，详见《清史演义》。集兵二万，直趋抚顺。降守将李永芳，击死援将张承荫、颇廷相、蒲世芳等人，辽东大震。

大学士方从哲，保荐了一个人材，称他熟悉边情，可任辽事。看官道是何人？便是前征朝鲜，讳败为胜的杨镐。杨镐姓名上，加了八字头衔，已见保举非人。神宗遂起镐为兵部尚书，赐他尚方宝剑，往任辽东经略。镐到了辽东，满洲兵已克清河堡，守将邹储贤、张旆战死，副将陈大道、高铉逃回。镐请出尚方剑，将两逃将斩首示众，<u>新硎立试，威风可知</u>。随即四处传檄，令远近将士，赶紧援辽，自己恰按兵不动。

次年新春，蚩尤旗出现天空，光芒闪闪，长可竟天。都下人士，料有兵祸。偏大学士方从哲，与兵部尚书黄嘉言等，迭发红旗，催镐进兵。镐不得已统兵出塞，幸四处已到了许多兵马，叶赫、朝鲜也各来了二万人。当下派作四路，分头前进。中路分左右两翼，左翼兵委山海关总兵杜松统带，从浑河出抚顺关，右翼兵委辽东总兵李如柏统带，从清河出鸦鹘关，开原总兵马林，与叶赫兵合，从开原出三岔口，称左翼北路军；辽阳总兵刘綎，与朝鲜兵合，从辽阳出宽甸口，称右翼南路军。四路兵共二十多万，镐却虚张声势，号称四十七万，<u>明是外强中干</u>。约于季春初吉，至满洲境内东边二道关会齐，进攻赫图阿拉城。努尔哈赤亦倾国而来，凑足十万雄师，抵敌明军。杨镐徐徐东进，每日间四遣侦骑，探听各路消息，忽有流星马报到，杜总兵至吉林崖，被满洲伏兵夹击，中箭身亡，全军尽覆了。镐大惊道："有这等事么？"未几，又有败报到来，马总兵至三岔口，被满洲兵乘高奋击，大败而回。佥事潘宗颜阵殁了。镐越加惶惧，连坐立都是不安，暗想两路败亡，余两路亦靠他不住，不如令他回军为是。<u>迟了</u>。遂即发檄止刘、李两军。哪知李如柏最是没用，甫抵虎栏关，闻山上有吹角声，疑是满洲兵杀来，不待檄到，已先逃归。独有大刀刘綎，深入三百里，连破三寨，直趋栋鄂路，被满洲世子代善，改作汉装，混充杜松军士，捣乱綎军。綎不知杜军已覆，遂中他诡计，一时措手不及，竟死敌手。<u>前二路用虚写，后二路用明写，笔法矫变，惟证以《清史演义》，觉得此处尚是略叙</u>。叶赫兵伤亡大半，朝鲜兵多降满洲，马林奔还开原，又由满洲兵杀到，出城战殁，弄得杨镐走投无路，只好没命的跑回山海关。小子有诗叹道：

不才何事令专征，二十万军一旦倾。

从此辽东无静日，庸臣误国罪非轻。

　　杨镐到此，势不能诡报胜仗，只好实陈败状。毕竟明廷如何下旨，且至下回再详。

　　张差一案，是否由郑贵妃暗遣，明史上未曾证实，例难臆断。惟郑贵妃之觊图夺嫡，确有此情。内监庞、刘等，遂隐承意旨，欲假张差之一击，以快私意，以徼大功，然则谓非衅自贵妃，不可得也。神宗始终惑于女蛊，故疑案叠出，不愿深究，阳博宽大之名，阴济帷房之宠，彼王之寀、何士晋、陆大受辈，得毋太好事乎？然内变尚可曲全，外患不堪大误。杨镐以伪报获谴，乃犹听方从哲之奏请，无端起用，欲以敌锐气方张之满洲太祖，几何而不覆没耶？明清兴亡，关此一举，作者虽已有《清史演义》，格外详叙，而此处亦不肯略过，书法谨严，于此可见矣。

第八十一回

联翠袖相约乞荣封　服红丸即夕倾大命

却说杨镐覆军塞外，败报上闻，盈廷震惧。言官交章劾镐，当下颁诏逮问，另任兵部侍郎熊廷弼，经略辽东，也赐他尚方宝剑，令便宜行事。廷弼奉命即行，甫出山海关，闻铁岭又失，沈阳吃紧，兵民纷纷逃窜，亟兼程东进。途次遇着难民，好言抚慰，令他随回辽阳。有逃将刘遇节等三人，缚住正法，诛贪将陈伦，劾罢总兵李如桢，督军士造战车，治火器，浚濠缮城，严行守御。又请集兵十八万，分屯要塞，无懈可击。满洲太祖努尔哈赤，探得边备甚严，料难攻入，遂改图叶赫。叶赫兵尽援绝，眼见得被他灭亡了。详见《清史演义》，故此处只用虚笔。

神宗仍日居深宫，就是边警日至，亦未见临朝。大学士方从哲及吏部尚书赵焕等，先后请神宗御殿，召见群臣，面商战守方略。怎奈九重深远，竟若无闻，任他苦口哓音，只是闭户不出。半个已死，哪得长生。未几，王皇后崩逝，尊谥孝端，又未几，神宗得疾，半月不食，外廷虽稍有消息，未得确音。给事中杨涟，及御史左光斗等，杨、左两人特别提出。走谒方从哲，问及皇上安否？从哲道："皇上讳疾，即诘问内侍，亦不敢实言。"杨涟道："从前宋朝文潞公，问仁宗疾，内侍不肯言。潞公谓天子起居，应令宰臣与闻，汝等从中隐秘，得毋有他志么？内侍方说出实情。今公为首辅，理应一日三问，且当入宿阁中，防有他变。"从哲踌躇半晌，方道："恐没有这条战例，奈何？"涟又道："潞公事明见史传，况今日何日，还要讲究故例么？"从哲方才应诺。实是一个饭桶。越二日，从哲方带领群臣，入宫问疾，只见皇太子踯躅宫前，不敢入内。杨涟、左光斗时亦随着，瞧这情形，急遣人语东宫伴读王安道："闻皇上疾亟，不召太子，恐非上意。太子当力请入侍，尝药视膳，奈何到了今日，尚踯躅宫外？"王安转语太子，太子再四点首，照词入请，才得入内。惟群臣待至日暮，终究不得进谒。

又过了好几日，神宗自知不起，乃力疾御弘德殿，召见英国公张维贤，大学士方从哲，尚书周嘉谟、李汝华、黄嘉善、张问达、黄克缵，侍郎孙如游等，入受顾命。吴道商时已罢去，故未及与列。大旨勗诸臣尽职，勉辅嗣君，寥寥数语，便即命诸臣退朝。又越二日而崩，遗诏发帑金百万，充作边赏，罢一切矿税，及监税中官，起用建言得罪诸臣。太子常洛承统嗣位，是谓光宗，以明年为泰昌元年，上先帝庙号为神宗。总计神宗在位四十八年，寿五十八岁，比世宗享国，尚多三年。明朝十六主中，算是神宗国祚最长，但牵制宫帷，宴处宫禁，贤奸杂用，内外变起，史家谓为亡国祸胎，也并非深文刻论呢。独下断语，隐见关系。

话休叙烦。且说光宗登位以后，因阁臣中只一方从哲，不得不简员补入。从哲籍隶乌程，同里好友沈㴶，曾为南京礼部侍郎，给事中亓诗教等，趋奉从哲，特上疏推荐，并及吏部侍郎史继阶。光宗遂擢沈、史两人为礼部尚书，入兼阁务。㴶初官翰林，尝授内侍书。刘朝、魏进忠皆㴶弟子，㴶既入阁，密结二人为内援。后来进忠得势，闹出绝大祸祟，好一座明室江山，便被那八千女鬼，收拾净尽，当时都中有"八千女鬼乱朝纲"之谣，八千女鬼即魏字。这且到后再述，先叙那光宗时事。

从前郑贵妃侍神宗疾，留居乾清宫，及光宗嗣位，尚未移居，且恐光宗追念前嫌，或将报复，因此朝夕筹划，想了一条无上的计策，买动嗣主欢心。看官道是何计？她从侍女内挑选美人八名，个个是明目善睐、纤巧动人，又特地制就轻罗彩绣的衣服，令她们穿着，薰香傅粉，送与光宗受用。另外配上明珠宝玉，光怪陆离，真个是价逾连城，珍同和璧。光宗虽逾壮年，好色好货的心思，尚是未减，见了这八名美姬，及许多珍珠宝贝，喜得心痒难搔，老老实实的拜受盛赐。当下将珠玉藏好，令八姬轮流侍寝，快活异常，还记得什么旧隙。八姬以外，另有两个李选侍，素来亲爱，也仍要随时周旋。一选侍居东，号为东李，一选侍居西，号为西李。西李色艺无双，比东李还要专宠。郑贵妃联络西李，日与她往来谈心，不到数月，居然胶漆相投，融成一片，所有积愫，无不尽吐。女子善妒，亦善相感，观此可见一斑。但郑贵妃是有意联结，又与寻常不同。贵妃想做皇太后，选侍想做皇后，统是一厢情愿。两人商议妥当，便由选侍出头，向光宗乞求两事。光宗因故妃郭氏，应八十九回。病殁有年，也有心册立选侍，只对着郑贵妃一面，颇觉为难，怎奈选侍再三乞请，也只好含糊答应。不念生母王恭妃牵衣诀别时耶？

一日挨一日，仍未得册立的谕旨，郑贵妃未免着急，又去托选侍催请。可巧光宗生起病来，旦夕宣淫，安得不病？一时不便进言，只好待病痊以后，再行开口。偏偏光宗的病，有增无减，急得两人非常焦躁，不得已借问疾为名，偕入寝宫，略谈了几句套话，便问及册立日期。此时光宗头昏目晕，无力应酬，禁不起两人絮聒，索性满口应承，约定即日宣诏，命礼部具仪。可恨贵妃老奸巨猾，偏要光宗亲自临朝，面谕群臣，一步不肯放松，煞是凶狡。光宗无可奈何，勉强起床，叫内侍扶掖出殿，召见大学士方从哲，命尊郑贵妃为皇太后，且说是先帝遗命，应速令礼部具仪，不得少缓。先帝遗命，胡至此时才说。言已，即呼内侍扶掖还宫。从哲本是个糊涂虫，三字最配从哲。不管什么可否，便将旨意传饬礼部。侍郎孙如游奋然道："先帝在日，并未册郑贵妃为后，且今上又非贵妃所出，此事如何行得？"遂上疏力谏道：

自古以配而后者，乃敌体之经，以妃而后者，则从子之义。故累朝非无抱衾之爱，终引割席之嫌者，以例所不载也。皇贵妃事先帝有年，不闻倡议于生前，而顾遗诏于逝后，岂先帝弥留之际，遂不及致详耶？且王贵妃诞育陛下，岂非先帝所留意者？乃恩典尚尔有待，而欲令不属毛离里者，得母其子，恐九原亦不无怨恫也。郑贵妃贤而习礼，处以非分，必非其心之所乐，书之史册，传之后禩，将为盛代典礼之累，且昭先帝之失言，非所为孝也。中庸称达孝为善继善述，义可行，则以遵命为孝，义不可行，则以遵礼为孝，臣不敢奉命！

此疏一上，光宗约略览过，便遣内监赍示郑贵妃。郑贵妃怎肯罢休，还想请光宗重行宣诏，无如光宗病势日重，势难急办，乃令内医崔文升，入诊帝疾。文升本不是个国医手，无非粗读过几本方书，便自命为知医，诊过帝脉，说是邪热内蕴，应下通利药品，遂将大黄、石膏等类，开入方剂，撮与帝饮；服了下去，顿时腹痛肠鸣，泻泄不止。一日一夜，下痢至四十三次，送终妙手。接连数日，害得光宗气息奄奄，支离病榻。原来光宗肆意宣淫，日服春药，渐渐的阳涸阴亏，哪禁得杀伐峻剂，再行下去！一泄如注，委顿不堪，都下人士，啧有烦言。都说郑贵妃授意文升，致帝重疾。外家王、郭二戚，且遍谒朝臣，泣诉宫禁危急，郑、李交祟等情。于是杨涟、左光斗与吏部尚书周嘉谟，往见郑贵妃兄子养性，责以大义，要他劝贵妃移宫，并请收还贵妃封后成命。养性不得不从，便入宫禀闻。郑贵妃恐惹大祸，勉强移居慈宁宫，就是册尊贵妃的前旨，亦下诏撤销。寻命礼部侍郎何宗彦、刘一燝、韩爌及南京礼部尚书朱国祚，并为礼部尚书，兼东阁大学士，入参机务。又遣使召用叶向高。韩、刘在京，先行入直，给事中杨涟，见阁臣旋进旋退，毫无建白，独抗疏劾崔文升道：

> 贼臣崔文升，不知医理，岂宜以宗社神人托重之身，妄为尝试？如其知医，则医家于有余者泄之，不足者补之，皇上哀毁之余，一日万几，于法正宜清补，文升反投相伐之剂。然则流言藉藉，所谓兴居之无节，侍御之蛊惑，必文升借口以盖其误药之奸，冀掩外廷攻击也。如文升者，既益圣躬之疾，又损圣明之名，文升之肉，其足食乎？臣闻文升调护府第有年，不闻用药谬误，皇上一用文升，倒置若此，有心之误耶？无心之误耶？有心则斋粉不足偿，无心则一误岂可再误？皇上奈何置贼臣于肘腋间哉？应请伤下法司严行审问，量罪惩处，以徼贼臣，则宫廷幸甚！宗社幸甚！

这疏上后，过了一天，光宗传锦衣官宣召杨涟，并召阁臣方从哲、刘一燝、韩爌及英国公张维贤，并六部尚书等入宫。众臣都为杨涟担忧，总道他抗疏得罪，将加面斥。独杨涟毫不畏惧，坦然入谒，随班叩见。光宗注目视涟，也没有甚么吩咐。迟了半晌，乃宣谕群臣道："国家事机丛杂，暂劳卿等尽心，朕当加意调理，俟有起色，便可视朝。"群臣禀慰数语，奉旨退出。越日又复召见，各大臣鱼贯进去，但见光宗亲御暖阁，凭几斜坐，皇长子由校侍立座侧，当下循例叩安，由光宗面谕道："朕迭见卿等，心中甚慰。"说毕微喘。从哲叩首道："圣躬不豫，还须慎服医药。"光宗道："朕不服药，已十多日，大约是怕泻之故。现有一事命卿：选侍李氏，侍朕有年，皇长子生母薨逝，也赖选侍抚养，王选侍之殁，就此带出。勤劳得很，拟加封为皇贵妃。"言甫毕，忽屏后有环珮声，铿锵入耳，各大臣向内窃窥，只见屏帏半启，微露红颜，娇声呼皇长子入内，隐约数语，复推他使出。光宗似已觉着，侧首回顾，巧与皇长子打个照面。皇长子即启奏道："选侍娘娘乞封皇后，恳父皇传旨。"光宗默然不答。皇长子侍立帝侧，李选侍得随意驱使，是真视光宗如傀儡者。各大臣相率惊诧，当由从哲奏请道："殿下年渐长成，应请立为太子，移居别宫。"光宗道："他起居服食，尚靠别人调护，别处如何去得？卿等且退，缓一二天，再当召见。"大众叩首趋出。

鸿胪寺丞李可灼，谓有仙方可治帝疾，居然上疏奏陈。光宗乃再宣召众大臣，入问道："鸿胪寺官说有仙方，目今何在？"从哲叩首道："李可灼的奏请，恐难尽信。"光宗痰喘吁吁道："且、且去叫他进来！"左右即奉命出召，少顷，可灼已到，谒见礼毕，便命他上前诊脉。可灼口才颇佳，具言致病原由，及疗治合药诸法。谚言"识真病，卖假药"，便是这等医生。光宗心喜，便令出去和药。一面复语群臣，提及册立李选侍，并云李选侍数生不育，只有一女，情实可怜。死在目前，还念念不忘选侍，光宗可谓多情。从哲等齐声奏称，当早日具仪，上慰圣怀。光宗复命皇长子出见，顾谕群臣道："卿等他日辅导朕儿，须使为尧、舜，朕亦瞑目。"从哲等方欲有言，但听光宗又谕道："寿宫尚无头绪，奈何？"从哲道："先帝陵寝，已经齐备，乞免圣虑！"光宗用手自指道："便是朕的寿宫。"从哲等复齐声道："圣寿无疆，何遽言此！"光宗欷歔道："朕已自知病重了。但望可灼的仙药，果有效验，或可延年。"语至此，已气喘的了不得，用手一挥，饬诸臣退去。

诸臣甫出宫门，见可灼踉跄趋入，便一同问讯道："御药已办好么？"可灼出掌相示，乃是一粒巴豆大的红丸。吃下就死，比巴豆还要厉害。大众也不遑细问，让可灼进去，一群儿在宫门外小憩，听候服药消息。约过一时，有内侍趋出，传语："圣上服药后，气喘已平，四肢和暖，想进饮食，现在极赞可灼忠臣呢。"诸臣方欢跃退去。到了傍晚，从哲等又至宫门候安，适见可灼出来，亟问消息，可灼道："皇上服了丸药，很觉舒畅，惟恐药力易竭，更进一丸，服了下去，畅快如前，圣体应可无碍了。"从哲等才放心归去。不期到了五鼓，宫中传出急旨，召群臣速进宫。各大臣等慌忙起床，连盥洗都是不及，匆匆的着了冠服，趋入宫中。但听宫中已经举哀，光宗于卯刻已经归天了。这是红丸的效力。

看官！你道红丸以内，是何药合成？原来是红铅为君，参茸等物为副，一时服下，觉得精神一振，颇有效验。但光宗已精力衰惫，不堪再提，况又服了两颗红丸，把元气一概提出，自然成了脱症，不到一夜，即至告终。这数语恰是医家正鹄，崔文升、李可灼等晓得甚么？诸臣也无词可说，只得入宫哭临。谁知到了内寝，又有中官出来阻住，怪极。弄得群臣莫名其妙。杨涟上前抗声道："皇上大行，尚欲阻群臣入临，这是何人意见，快快说来！"中官知不可阻，乃放他进去。哭临礼毕，刘一燝左右四顾，并不见有皇长子，乃启问道："皇长子何在？"问了数声，没人回答。一燝愤愤道："哪个敢匿新天子？"言未已，东宫伴读王安，入白选侍，见选侍挽着皇长子，正与太监李进忠密谈。进忠何多？王安料他有诈，亟禀选侍道："大臣入临，皇长子正宜出见，俟大臣退去，即可进来。"选侍乃放开皇长子，当由王安双手掖引，疾趋出门。进忠暗令小太监等，追还皇长子，方在揽祛请返，被杨涟大声呵斥，才行退去。一爆与张维贤等，遂掖皇长子升辇。至文华殿，各向他俯伏，山呼万岁，返居慈庆宫，择日登极。李选侍与李进忠秘议，才不得行。原来李选侍奉侍帝疾，入居乾清宫，至光宗宾天，意欲挟持皇长子，迫令群臣，先册封自己为后，然后令他登位。偏被阁臣等强行夺去，急得没法，还想令进忠带同内侍，劫皇长子入宫，可奈锦衣帅骆思恭，受阁臣调遣，散布缇骑，内外防护，那时宫内阴谋，几成画饼。御史左光斗复疏请选侍移宫，接连是御史王安舜，痛陈李可灼误投峻剂，罪有专归，于是移宫案、红丸案同时发生，纷纷争议。史官以前有梃击一案，后有移宫、红丸两案，共称三案。小子有诗叹道：

疑案都从内嬖生，盈廷聚讼至相争。
由来叔世多如此，口舌未销国已倾。

毕竟移宫、红丸两案，如何办理，容待下回表明。

光宗之昏淫，甚于神宗，即李选侍之蛊惑，亦甚于郑贵妃。郑贵妃专宠数十年，终神宗之世，不得为后。光宗甫经践祚，李选侍遽思册封，是所谓一蟹不如一蟹，每况而愈下者。然莫为之前，即无后起，有神宗之嬖郑贵妃，始有光宗之宠李选侍。且郑贵妃进献美姬，戕贼光宗，又令不明医理之崔文升，进以泄药，一泻如注，剥尽真元，虽无李可灼之红丸，亦难永祚。是死光宗者实郑贵妃，而贵妃之致死光宗，尤实自神宗贻之。至如李选侍之求为皇后，以及挟皇长子，据乾清宫，皆阴承贵妃之教而来。不有杨、左，庸鄙如方从哲辈，能不为选侍所制乎？故君子创业垂统，必思可继，不惑声色，不殖货利，其所以为子孙法者，固深且远也。

第八十二回

选侍移宫诏宣旧恶　庸医悬案弹及辅臣

　　却说移宫、红丸两案，同时发生，小子一时不能并叙，只好分案叙明。李选侍因前计不成，非常愤懑，必欲据住乾清宫，与皇长子同居。廷臣等均言非是，当由御史左光斗，慨然上疏道：

　　　内廷有乾清宫，犹外廷之有皇极殿也，惟皇上御天居之。惟皇后配天，得共居之。其他妃嫔，虽以次进御，不得恒居，非但避嫌，亦以别尊卑也。今选侍既非嫡母，又非生母，俨然尊居正宫，而殿下乃退处慈庆，不得守几筵，行大礼，名分倒置，臣窃惑之。且殿下春秋十六龄矣，内辅以忠直老成，外辅以公孤卿贰，何虑乏人？尚须乳哺而襁负之哉？及今不早断决，将借抚养之名，行专制之实，窃恐武氏之祸，再见于今，此正臣所不忍言也。伏乞殿下迅速裁断，毋任迁延！数语未免太激，卒至祸及杀身。

　　疏入，为李选侍所闻，气得柳眉倒竖，杏脸改容，便与李进忠商量，借议事为名，邀皇长子入乾清宫。进忠奉命往邀，甫出宫门，巧与杨涟相值。涟即问选侍何日移宫？进忠摇手道："李娘娘正在盛怒，令我邀请殿下入议，究治左御史武氏一说。"涟故作惊诧道："错了，错了！幸还遇我。皇长子今非昔比，李娘娘若果移宫，他日自有封号。你想皇长子年已渐长，岂无识见，你等也应转禀李娘娘，凡事三思而行，免致后悔。"晓以利害，颇得戒儆之法。进忠默然退去。既而登极有期，仍未得选侍移宫消息，直至登极前一日，选侍尚安居如故。杨涟忍耐不住，即挺身上疏道：

> 先帝升遐，人心危疑，咸谓选侍外托保护之名，阴图专擅之实，故力请殿下暂居慈庆，欲先拨别宫而迁之，然后奉驾还宫。盖祖宗之宗社为重，宫帏之恩宠为轻，此臣等之私愿也。今登极已在明日矣，岂有天子偏处东宫之礼？先帝圣明，同符尧、舜，徒以郑贵妃保护为名，病体之所以沉重，医药之所以乱投，人言藉藉，至今抱痛，安得不为寒心？惩前毖后，断不能不请选侍移宫。臣言之在今日，殿下行之，亦必在今日。阁部大臣，从中赞决，毋容泄泄，以负先帝凭几辅殿下之托，亦在今日。时不可失，患宜预防，幸殿下垂鉴，迅即采行！

杨涟一面拜疏，一面往催方从哲，令速请选侍移宫。从哲徐徐道："少缓几日，亦属无妨。"涟急语道："天子不应再返东宫，选侍今日不移，亦没有移居的日子了，这事岂可少缓？"火焦鬼碰着慢医生，真要气煞！刘一燝、韩爌亦正在侧，也语从哲道："明日系登极期，选侍亟应移宫，我等不如同去请旨便了。"从哲不得已，相偕至慈庆宫门。当有内侍出来，问明底细，便道："难道不念先帝旧宠么？"涟随在后面，忙上前厉声道："国家大事，怎得徇私？你等敢来多嘴，待要怎的。"涟本声若洪钟，更兼此时焦躁已极，越觉响激，震入宫中。皇长子令中官传旨，已请选侍移宫，诸臣少安无躁。大众闻言，伫立以待。嗣见司礼监王安趋出，语诸人道："选侍娘娘，已移居仁寿殿了，改日当再徙哕鸾宫。现更奉殿下特旨，收系李进忠、田诏、刘朝等人，因他私盗宝藏，为此究办。"刘一燝等都有喜色，且以王安人素诚信，当无诈言，遂相率退归。越日皇长子由校，即皇帝位，是为熹宗，诏赦天下，当下议改元天启。

惟神宗于七月崩逝，光宗于九月朔日又崩，彼时曾有旨于次年改元泰昌，至是又要改元，连泰昌二字，都未见正朔，或议削泰昌勿纪，或议去万历四十八年，即以本年为泰昌，或议以明年为泰昌，后年为天启元年，大家争议未决。还是御史左光斗，请就本年八月以前为万历，八月以后为泰昌，明年为天启，最是协情合理。众人也都赞成，熹宗随即听从。朝贺礼成，没甚变事，过了数日，忽由御史贾继春，上书阁臣，书中略云：

> 天地之大德曰生，圣人之大德曰孝。先帝命诸臣辅皇上为尧、舜，尧、舜之道，孝弟而已矣。父有爱妾，其子当终身敬之不忘。先帝之于郑贵妃，三十余年天下侧目之隙，但以笃念皇祖，涣然冰释。何不辅皇上取法，而乃作法于凉？纵云选侍原非淑德，凤有旧恨，此亦妇人女子之常态。先帝弥留之日，亲向诸臣，谕以选侍产育幼女，歔歔情事，草木感伤，而况我辈臣子乎？伏愿阁下委曲调护，令李选侍得终天年，皇幼女不虑意外，是即所谓孝弟之道也。惟陛下实图利之！

阁臣方从哲等，接到此书，又觉得左右为难，惶惑未定。左光斗得知此事，往见阁臣道："这也何难取决。皇上还居乾清，选侍自当移宫。惟移宫以后，不要再生枝节，多使选侍不安。现在李进忠、田诏等既已犯法，应该惩治，此外概从宽政，便是仁孝两全了。"从哲等依违两可，光斗遂将自己意见，登入奏牍。哪知谕旨下来，竟暴扬选侍罪状，其词道：

> 朕幼冲时，选侍气凌圣母，成疾崩逝，使朕抱终天之恨。皇考病笃，选侍威挟朕躬，传封皇后，朕心不自安，暂居慈庆。选侍复差李进忠等，命每日章奏文书，先奏选侍，方与朕览。朕思祖宗家法甚严，从来有此规制否？朕今奉养选侍于哕鸾宫，仰遵皇考遗爱，无不体悉。其李进忠、田诏等，盗库首犯，事干宪典，原非株连，卿等可传示遵行。

方从哲等读完谕旨，相顾惊愕。乃由从哲主张，封还原谕，且具揭上言，陛下既仰体先帝遗爱，不应再有暴扬等情。熹宗不听，仍将原谕发抄，颁告天下。葬神宗帝后于定陵，追谥皇妣郭氏为孝元皇后，尊生母王氏为孝和皇太后。寻又葬光宗帝后于庆陵，具仪发丧，正忙个不了。李选侍已移居哕鸾宫，不料宫内失火，势成燎原，亏得内有宫侍，外有卫卒，从火光熊熊中，扶出选侍母女两人。这火起自夜间，仓猝得很，余物不及抢救，尽付灰烬。当时群阉惧谴，已造蜚言，又因这次猝不及防的火灾，愈觉谣诼纷起，有说选侍母女均被焚死，有说未火以前，选侍已经投缳，其女亦已投井，种种谣言，喧传宫禁。无非是李进忠一党人物。熹宗也有所闻，忙颁谕朝堂，略说："选侍、皇妹，均属无恙。"贾继春又致书阁中，竟有"皇八妹入井谁怜，未亡人雉经莫诉"等语。给事中周朝瑞，谓继春造言生事，具揭内阁。继春又不肯相下，双方打起笔墨官司来。杨涟恐异议益滋，申疏述移宫始末，洋洋洒洒，差不多有数千言，小子录不胜录，只好节述大略。其文云：

前选侍移宫一事，护驾诸臣知之，外廷未必尽知。移宫以后，蜚语忽起，有谓选侍徒跣踉跄，欲自裁处，皇妹失所，至于投井。或传治罪珰过甚，或称由内外交通。臣谓宁可使今日惜选侍，无使移宫不早，不幸而成女后垂帘之事。况迭奉圣谕，选侍居食，恩礼有加，哕鸾宫火，复奉有选侍、皇妹无恙之旨，方知皇上虽念及于孝和皇太后之哽咽，仍念及于光宗先帝之唏嘘。海涵天盖，尽仁无已。伏乞皇上采臣蒉言，更于皇弟、皇妹，时勤召见谕安，不妨曲及李选侍者，酌加恩数，遵爱先帝之子女，当亦圣母在天之灵所共喜也。

光宗阅毕，下旨褒奖，又特谕群臣，仍陈选侍过恶。略云：

朕冲龄登极，开诚布公，不意外廷乃有谤语，轻听盗犯之讹传，酿成他日之实录，诚如科臣杨涟所奏者，朕不得不再申谕以释群疑。九月初一日，皇考宾天，诸臣入临毕，请朝见朕，李选侍阻朕于暖阁，司礼官固请，既许而后悔。又使李进忠请回者，至再至三。朕至乾清宫丹墀上，大臣扈从前导，选侍又使李进忠来牵朕衣，卿等亲见，当时景象，危乎安乎？当避宫乎？不当避宫乎？初一日朕至乾清宫，朝见选侍毕，恭送梓宫于仁智殿，选侍差人传朕，必欲再朝见方回，各官皆所亲见，明是威挟朕躬，垂帘听政之意。朕蒙皇考命依选侍，朕不住彼宫，饮食衣服，皆皇祖、皇考所赐，每日仅往彼一见，因之怀恨，凌虐不堪。若避宫不早，则彼爪牙成列，盈虚在手，朕亦不知如何矣。既殴崩圣母，又每使宫眷王寿花等，时来探听，不许朕与圣母旧人通一语，朕之苦衷，外廷不能尽知。今停封以慰圣母之灵，奉养以尊皇考之意，该部亦可以仰体朕心矣。臣工私于李党，不顾大义，谕卿等知之，今后毋得植党背公，自生枝节！

这谕下后，御史王养浩等，又上言"殴崩圣母"四字，有伤先帝盛德，不宜形诸谕旨，垂示后世。此折留中不报。还有与继春同党的人，且诋涟内结王安，私图封拜，涟遂乞归。继春出按江西，且驰疏自明心迹。熹宗降旨切责，次年以继春擅造入井雉经等语，放归田里，永不叙用。后至魏阉专权，矫旨封李选侍为康妃，这系后话慢表。

惟有李可灼呈入红丸一案，当光宗初崩时，已由方从哲拟诏赏给可灼银五十两。总算酬谢他送命的功劳。朝臣啧有烦言，以可灼误下劫剂，不无情弊，却为何还要给赏？即由御史王安舜首先争论，上疏极谏道：

> 医不三世，不服其药。先帝之脉，雄壮浮大，此三焦火动，面唇赤紫，满面火升，食粥烦躁，此满腹火结。宜清不宜助，明矣。红铅乃妇人经水，阴中之阳，纯火之精也，而以投于虚火燥热之症，几何不速之死乎？然医有不精，犹可借口，臣独恨其胆之大也。以中外危疑之日，而敢以无方无制之药，假言金丹，轻亦当治以庸医杀人之条，乃蒙殿下颁以赏格，臣谓不过借此一举，塞外廷之议论也。夫轻用药之罪固大，而轻荐庸医之罪亦不小，不知其为谬，犹可言也，以其为善而荐之，不可言也。伏乞殿下改赏为罪，彻底究办！

看这疏中语味，还说李可灼不过误医，就是提及荐医的人，也未尝指出姓名，没有甚么激烈。从哲乃改为夺可灼罚俸一年。及熹宗即位，御史郑宗周复劾崔文升罪，请下法司。从哲又拟旨令司礼监察处。于是御史冯三元、焦源溥、郭如楚，给事中魏应嘉，太常卿曹珖，光禄少卿高攀龙，主事吕维祺，交章论崔、李罪状，并言："从哲徇庇，国法何在！"给事中惠世扬，竟直纠从哲十罪三可诛，疏中有云：

> 方从哲独相七年，妨贤病国，罪一；骄蹇无礼，失误哭临，罪二；梃击青宫，庇护奸党，罪三；恣行凶臆，破坏丝纶，罪四；纵子杀人，蔑视宪典，罪五；阻抑言官，蔽塞耳目，罪六；陷城失律，宽议抚臣，罪七；马上催战，覆没全师，罪八；徇私罔上，鼎铉贻羞，罪九；代营榷税，蠹国殃民，罪十。贵妃求封后，举朝力争，从哲依违两可，当诛者一；选侍乃郑氏私人，从哲受其官奴所盗美珠，欲封为贵妃，又听其久据乾清，当诛者二；崔文升用泄药，伤损先帝，廷臣交章言之，从哲拟为脱罪，李可灼进劫药，以致先帝驾崩，从哲反拟加赏，律以《春秋》大义，弑君之罪何辞，当诛者三。如此尤任其当国，朝廷尚有法律耶？务乞明正典刑，以为玩法无君者戒！

看官！你想方从哲尚有人心，到了此时，还有甚么脸面，在朝执政？当即上表力辞，疏至六上，乃命进中极殿大学士，赏银币蟒衣，允他致仕。从哲尚有廉耻，较之严分宜辈，相去多矣。但从哲虽已辞职，尚羁居京师。崔、李二人，终未加罪。御史焦源溥、傅宗龙、马逢皋、李希孔，及光禄少卿高攀龙等，又先后劾奏崔、李二人。既而礼部尚书孙慎行，又追劾李可灼进红丸事，并斥从哲为弑逆。略云：

> 李可灼进红药两丸，实原任大学士方从哲所进。未免

锻炼。夫可灼官非太医，红丸不知何药，乃敢突然进呈，昔许悼公饮世子药而卒，世子即自杀，《春秋》犹书之为弑，然则从哲宜何居？速引剑自裁，以谢先帝，义之上也。合门席藁以待司寇，义之次也。乃悍然不顾，至举朝共攻可灼，仅令罚俸，岂以己实荐灼，恐与同罪，可灼可爱，而先帝可忍乎？纵无弑之心，却有弑之事，欲辞弑之名，难免弑之实。即有百口，亦无能为天下万世解矣。陛下以臣言有当，乞将从哲大正肆放之罚，速严两观之诛，并将李可灼严加考问，置之极刑。若臣言无当，即以重典治臣，亦所甘受，虽死何辞！

这疏上去，有旨令廷臣集议。大臣到了一百十余人，多以原奏为是，纷纷欲罪从哲。独刑部尚书黄克缵，御史王志道、徐景濂，给事中汪庆百数人，颇袒从哲。从哲也上疏辩驳，结末有"请削官阶，愿投四裔，以谢先帝并谢天下"等语。熹宗令阁臣六卿，再行慎议。大学士韩爌述进药始末，吏部尚书张问达，户部尚书汪应蛟等，亦将始末具陈。大旨言："可灼自请进药，由先帝召问，命他和丸急进，非但从哲未能止，即臣等亦未能止。从哲坐罪，臣等均应连坐。惟从哲拟赏可灼，及御史王安舜争谏，仅令罚俸，论罪太轻，实无以慰先帝、服中外，宜如从哲请，削夺官阶，为法任咎。至可灼罪不容诛，崔文升先进大黄凉药，罪比可灼尤重，法应并加显戮，藉泄公愤"云云。熹宗乃命将可灼遣戍，文升放南京，惟从哲仍不加罪。孙慎行见公论难伸，引疾归田。后来尚宝司少卿刘志选，反劾孙慎行妄引经义，诬毁先帝，更及皇上。得旨令宣付史馆，且赦免可灼。看官！你道熹宗出尔反尔，是何理由？原来即位以后，宠用魏阉、可灼、文升等人，俱向魏阉贿托，魏阉权焰薰天，无论甚么大事，均可由他主张，何论这文升、可灼两人呢？小子闻当时有一道士，作歌市中云：

委鬼当头立，茄花满地红。

"委鬼"二字，明指魏姓，"茄花"二字，应作何解，看官少安毋躁，容小子下回说明。

移宫、红丸两案，群议纷滋，直扰扰至明亡而止。平心论之，选侍之应即移宫，与红丸之应罪可灼，议之最正者也。杨、左等之主张此议，正大光明，何私何疑？但必斥选侍为武氏，与李可灼之有心弑逆，则太苛太激，未免不平。方从哲之过，在失之模棱，必谓其勾通选侍，授意可灼，亦觉深文周纳，令人难堪。晋伯宗好直言，卒致及难，杨、左等读书有素，宁未闻之。熹宗不明，暴扬选侍过恶，不留余地，而可灼、文升之应加罪，反迁延不发，嗣虽一戍一放，乃久后复有赦免之旨，如此昏愦，不值一争。良禽择木而栖，良臣择主而事，如杨、左诸臣，毋乃失先几之智乎？

第八十三回

大吃醋两魏争风　真奇冤数妃毕命

　　却说道士作歌都市，有"委鬼当头立，茄花满地红"二语，"委鬼"二字相拼，便是"魏"字，"茄花"究属何指，据《明史》上说及，"茄"字拆开，便是"客"字。此语未免牵强。小子愚昧，一时未能明析，只好照史誊录，看官不要贻笑。闲文少叙，原来熹宗有一乳母，叫作客氏，本是定兴县民侯二妻室，生子国兴，十八岁进宫。又二年，侯二死了，客氏青年守孀，如何耐得住寂寞？况且她面似桃花，腰似杨柳，性情软媚，态度妖淫，仿佛与南子、夏姬同一流的人物。比较确切。不过在宫哺乳，未能出外，朝夕同处，无非是宫娥、太监等人，就使暗地怀春，也无从觅一雄狐，替她解闷。事有凑巧，偏司礼监王安属下，有一魏朝，性甚儇黠，颇得熹宗宠爱，随时出入宫中。他见客氏貌美，非常垂涎，趁着空隙，常与客氏调笑，渐渐的亲昵起来，遂至捏腰摸乳，无所不至。既而熹宗渐长，早已辍乳，客氏仍留居宫禁，服侍熹宗，惟职务清闲，比不得从前忙碌。一夕，正在房中闲坐，蓦见魏朝入内，寒暄数语，朝复施出故技，逗引客氏，惹得客氏情急，红潮上脸，恨恨的说道："你虽是个男子，与我辈妇人相同，做此丑态何为。"朝嬉笑道："妇人自妇人，男子自男子，迥不相同，请你自验！"客氏不信，竟伸手摸他胯下，谁知白鸟鹤鹤，与故夫侯二，毫无异样，奇哉怪哉！不禁缩手道："哪里来的无赖，冒充太监，我当奏闻皇上，敲断你的狗胫。"还是割势最妙。言已，抽身欲走。魏朝四顾无人，竟尔色胆如天，把客氏牵住，拥入罗帏，小子不敢导淫，就此截住亵语。但魏朝本由太监入宫，为何与侯二无二，莫非果真冒充么？若果可以冒充，宫内尽成真男，倒也普济宫城。此中情节，煞费猜疑。相传魏朝净身后，密求秘术，割童子阳物，与药石同制，服过数次，重复生阳，所以与客氏入帏以后，仍然牝牡相当，不少减兴。魏朝既偿了夙愿，客氏亦甚表同情，相亲相爱，不啻伉俪。朝恐出入不便，教客氏至熹宗前，乞赐对食。什么叫作对食呢？从来太监净身，虽已不通人道，但心尚未死，喜近妇女，因此太监得宠，或亦由主上特赐，令他成家授室，只不能生育子女，但相与同牢合卺罢了，因此叫作对食。自汉朝以后，向有这个名目，或亦称为伴食，亦称菜户。客氏入奏熹宗，熹宗便即允从，自此与魏朝做了对食，名义上的夫妇，变成实质上的夫妇。实沾皇恩。

魏进忠与魏朝同姓，就此夤缘，得入宫中。进忠初名尽忠，河间肃宁人，书中惟大忠大奸，特表籍贯。少时善骑马射箭，尤好赌博，尝与悍少年聚赌，输资若干，无力偿还，被悍少年再三窘迫，愤极自宫，遂与魏朝认了同宗，由他介绍，至熹宗生母王选侍宫内典膳，改名进忠。熹宗省视生母，与进忠相见，进忠奉承惟谨，颇得熹宗欢心。及选侍逝世，进忠失职，魏朝又至王安前，替他说项，改入司礼监属下。嗣又托客氏进白熹宗，熹宗尚在东宫，记得进忠巧慧，便令他入宫办膳。进忠善伺意旨，见熹宗性好游戏，遂令巧匠别出心裁，糊制狮蛮滚球，双龙赛珠等玩物，进陈左右，镇日里与客氏两人，诱导熹宗，嬉戏为乐。熹宗大喜，遂倚两人为心腹，几乎顷刻难离。祸本在此。至熹宗登极，给事中杨涟，曾参劾进忠导上为非，进忠惧甚，泣求魏朝保护。魏朝转乞王安解免，安乃入奏熹宗，只说是杨涟所参，恐指及选侍宫中的李进忠，同名误姓，致此讹传。幸有李进忠代他顶罪，可见名与人同，有利有害。熹宗遂坦然不疑。且恐廷臣再有谬误，遂教进忠改名忠贤。忠贤深德魏朝，与朝结为兄弟，差不多似至亲骨肉一般。都为后文伏笔。魏朝受他笼络，所有宫中大小事件，无不与忠贤密谈，甚至采药补阳，及与客氏对食等情，也一一说知。逢人须说三分话，未可全抛一片心。忠贤正艳羡客氏，只虑胯下少一要物，无从纵欲，此时得了魏朝的秘授，当即如法一试，果然瓜蒂重生，不消数月，结实长大，仍复原阳。乘着魏朝值差的时候，与客氏调起情来。客氏见忠贤年轻貌伟，比魏朝高出一筹，也是暗暗动情。但疑忠贤是净身太监，未必有此可意儿，所以遇他勾引，不过略略说笑，初不在意。哪知忠贤佯与扑跌，隐动机关，竟按倒客氏，发试新硎，一番鏖战，延长至二三时，客氏满身爽适，觉得忠贤战具远过魏朝，遂把前日亲爱魏朝的心思，一古脑儿移至忠贤身上，嗣是视魏朝如眼中钉。魏朝觉得有异，暗暗侦察，才知忠贤负心，勾通客氏，好几次与客氏争闹。客氏有了忠贤，哪顾魏朝，当面唾斥，毫不留情。水性杨花，至此已极，可为世之轧姘头者作一棒喝。忠贤知此事已发，索性一不做，二不休，竟占据了客氏，不怕魏朝吃醋。

　　一夕，忠贤与客氏正在房闱，私语喁喁，可巧魏朝乘醉而来，见了忠贤，气得三尸暴炸，七窍生烟，便伸手去抓忠贤。忠贤哪里肯让，也出手来抓魏朝，前日情谊，何处去了。两人扭做一团，还是忠贤力大，揪住魏朝，殴了数下。朝知敌他不过，慌忙闪脱，转了身竟将客氏扯去。忠贤不防这一着，蓦见客氏被拥出房，方才追出，魏朝且扯且斗，哄打至乾清宫西暖阁外。原来乾清宫东西廊下，各建有平屋五间，向由体面宫人居住。客氏、魏朝也住于此。时熹宗已寝，陡被哄打声惊醒，急问外面何事？内侍据实陈明，熹宗即将三人召入，拥被问讯。三人跪在御榻前，实供不讳。熹宗反大笑道："你等都是同样的人，为何也解争风？"三人都低头不答。熹宗又笑道："这件事朕却不便硬断，还是令客媪自择。"好一个知情的皇帝。客氏闻言，也没有甚么羞涩，若稍有廉耻，也不至出此丑事。竟抬起头来，瞟了忠贤一眼。熹宗瞧见情形便道："哦哦！朕知道了。今夕应三人分居，明日朕替你断明。"三人方遵旨自去。越夕，竟颁下谕旨，立撵魏朝出宫。魏朝无可奈何，空落得短叹长吁，垂头自去。谁要你引用忠贤。那客氏真是很辣，想出了一条斩草除根的计策，竟令忠贤假传圣旨，将魏朝遣戍凤阳，一面密嘱该处有司，待魏朝到戍，勒令缢死。有司奉令遵行，眼见得魏朝死于非命。抢风吃醋之结果，如是如是。客、魏两人，从此盘踞宫禁，恃势横行，熹宗反越加宠倖，封客氏为奉圣夫人。其子国兴，荫袭官爵。授忠贤兄魏钊，及客氏弟客光先，俱为锦衣千户。

　　司礼监王安持正不阿，目睹客、魏专权，不由的懊怅起来。御史方震孺曾劾奏客、魏，王安亦从中怂恿，请令客氏出宫，忠贤改过。熹宗颇也允从，当将忠贤发安诘责，客氏退出宫外。怎奈熹宗离此两人，寝不安席，食不甘味，一时虽勉从安请，后来复怀念不忘。客氏得知消息，复夤缘入宫，仍与忠贤同处，日夕谋害王安。也是王安命数该绝，内侍中出了一个王体乾，想做司礼监，与忠贤朋比为奸，往见客氏道："夫人比西李何如？势成骑虎，无贻后悔。"客氏既有心图安，又遭体乾一激，忙与忠贤商议，嗾使给事中霍维华，弹劾王安。又令刘朝、田诏等上疏辨冤，说由王安诬陷成狱。再经客氏入内加谗，惹得熹宗怒起，饬令王安降职，由王体乾继任。忠贤更矫旨赦免刘朝，且命他提督南海子，降安为南海净军，勒令自裁。

　　先是光宗为太子时，忧谗畏讥，赖王安左右调护，始得免祸。及梃击案起，安又为属草下谕，解释群疑，神宗非常信任。及光宗即位，特擢为司礼监，劝行善政，内外称贤。熹宗嗣祚，又全亏他从中翼助，至是为客、魏陷害，竟至毙命。看官试想！冤不冤呢？善善从长，不以阉人少之。王安既死，忠贤益无忌惮，又有司礼监王体乾为耳目，及李永贞、石元雅、徐文辅等为腹心，李实、李明道、崔文升等为指臂，势倾内外，炙手可热。

天启二年，册立皇后张氏，客、魏二人自然在内帮忙。大婚礼成，忠贤得荫侄二人，客氏得赐田二十顷，作为护坟香火的用费。给事中程注、周之纲，及御史王一心等相继奏阻，俱遭斥责。又有给事中侯震旸，亦奏斥客、魏，奉诏夺职。吏部尚书周嘉谟上疏营救，留中不报。嘉谟以霍维华谄附忠贤，把他外调，忠贤益怒，遂阴嘱给事中孙杰，纠弹嘉谟朋比辅臣，受刘一燝指使，谋为王安复仇。熹宗遂将嘉谟免官，刘一燝因此不安，亦累疏乞休，特旨允准。叶向高奉诏起用，早已到阁，应八十一回。见刘、周相继归休，不能自默，遂上言："客氏既出复入，一燝顾命大臣，反不得比保姆，令人滋疑，不可不防。"熹宗全然不睬。大学士沈潅，内通客、魏，令门客晏日华，潜入大内，与忠贤密议，劝开内操。忠贤大喜，遂令锦衣官召募兵士，得数千人，居然在宫禁里面，演操起来，钲鼓炮铳的声音，震动宫闱。皇长子生未满月，竟被惊死。既而内标增至万人，裹甲出入，肆行无忌。内监王进尝试铳帝前。铳炸伤手，余火乱爆，险些儿伤及熹宗。熹宗反谈笑自若，不以为意。所有正士邹元标、文震孟、冯从吾等，俱因积忤忠贤，一并斥逐。更引用顾秉谦、朱延禧、朱国桢、魏广微一班人物，入阁办事。秉谦、广微庸劣无耻，但知谄附忠贤，因得幸进。霍维华、孙杰等，且优升京堂。总之宫廷以内，知有忠贤，不知有熹宗，只教忠贤如何处断，便可施行。

客氏尤淫凶得很，平日与光宗选侍赵氏，素不相容，她竟与忠贤设计，矫旨赐赵选侍自尽。选侍恸哭一场，尽出光宗所赐珍玩，罗列座上，拜了几拜，悬梁毕命。裕妃张氏，因言语不慎，得罪客氏，客氏蓄恨多时，会张妃怀妊，约已数月，偏由客氏暗入谗言，只说张妃素有外遇，怀孕非真帝种，顿时惹动熹宗疑心，把她贬入冷宫。客氏禁膳夫进食，可怜一位受册封妃的御眷，活活的饿了好几日，竟至手足疲软，气息仅属。会值天雨，张妃匍匐至檐下，饮了檐溜数口，无力返寝，宛转啼号，竟死檐下。客氏之肉，其足食乎？冯贵人才德兼优，尝劝熹宗停止内操，为客、魏所忌，不待熹宗命令，竟诬她诽谤圣躬，迫令自尽。熹宗尚未曾知晓，经成妃李氏从容奏闻，熹宗毫不悲切，置诸不问。哪知客氏恰已得知，又假传一道圣旨，把成妃幽禁别室。幸成妃已鉴裕妃覆辙，在壁间预藏食物，一禁半月，尚得活命。熹宗忽记及成妃，问明客氏，才知她幽禁有日。自思从前与成妃相爱，曾生过两女，虽一并未育，究竟余情尚在，向客氏前替她缓颊，始得放出，结局是斥为宫人，迁居乾西所。熹宗并未与客氏相通，乃受她种种挟制，反不能保全妾妃，令人不解。

唯是张皇后素性严明，察悉客、魏所为，很是愤恨，每见熹宗，必痛陈客、魏罪恶。熹宗厌她絮烦，连坤宁宫中，都不常进去。一日，闲步至宫，后方据案阅书，闻御驾到来，忙起身相迎。熹宗入视案上，书尚摊着，便向后问道："卿读何书？"后正色答道："是《史记》中《赵高传》。"熹宗默然。随后支吾数语，便又出去。看官读书稽古，应知赵高指鹿为马，是秦二世时一个大权阉，二世信任赵高，遂至亡国，此次张后所览，未必定是《赵高传》，不过借题讽谏，暗指魏忠贤，提醒熹宗，熹宗昏迷不悟。倒也罢了，偏这客、魏两人，贼胆心虚，竟卖嘱坤宁宫侍女，谋害张后，是时后亦怀娠，腰间觉痛，由侍女替她捶腰，侍女暗施手术，竟将胎孕伤损。过了一日，遂成小产。一个未满足的胎形，堕将下来，已判男女，分明是一位麟儿，坐被客、魏用计打落，小人女子之难养，一至于此。熹宗从此绝嗣。小子有诗叹道：

> 王圣、赵娆无此恶，江京、曹节且输凶。
> 一朝遗脉伤亡尽，从此朱明便覆宗。

客、魏既计堕后胎，还要捏造谣言，污蔑张后。说将起来，令人发指，小子演述下去，也不禁气愤起来，姑将秃笔暂停，少延片刻再叙。

　　是回历叙客、魏入宫，非法妄为等情事，魏忠贤与魏朝，同争客氏，明明是宫中丑史，稍有心肝之人主，应早动怒，一并撵逐，何物熹宗，反将客氏断与忠贤，坐令秽乱而不之防！吾恐桀、纣当日，亦未必昏迷至此。客、魏见熹宗易与，自然日肆诪张。忠贤阴狠，客氏淫凶，两人相毗，何事不可为，如斥正士，引匪类，尚意中事。甚至欲斩丧龙种，于已生之皇长子，则震死之，于怀妊之裕妃张氏，则勒死之；于张皇后已孕之儿胎，则堕死之。熹宗均不加察，仍日加信任，此而欲不亡国绝种，得乎？自古权阉，莫甚于魏贼；自古乳媪，亦莫甚于客氏。读此回而不愤发者，吾谓其亦无心肝。

第八十四回

王化贞失守广宁堡　朱燮元巧击吕公车

却说熹宗皇后张氏，本祥符人张国纪女，国纪由女得封，授太康伯，客、魏尝欲倾后，无词可谤。左思右想，竟造出一种蜚言，谓后非国纪女，乃是系狱海寇孙官儿所出；想入非非。且扬言将修筑安乐堂，遣后居住。安乐堂在金海桥西，从前孝宗生母纪氏，为万贵妃所构害，谪居于此。此时欲张后入居，明明是讽劝熹宗，实行废后故事。熹宗不愿允从，还算有一线明白。客氏还不肯罢休，适归家省母，母极力劝止，悚以危言，方才搁过一边。

看官听着！小子叙述客、魏行事，多半是假传圣旨，难道熹宗果耳无闻、目无见么？我亦动疑。原来熹宗颇有小慧，喜弄机巧，刀锯斧凿，丹青髹漆等件，往往亲自动手，尝于庭院中作小宫殿，形式仿乾清宫，高不过三四尺，曲折微妙，几夺天工。宫中旧有蹴圆亭，他又手造蹴圆堂五间，此外如种种玩具，俱造得异样玲珑，绝不惮烦。倒是一个工业家。惟把国家要政，反置诸脑后，无暇考询。忠贤尝趁他引绳削墨的时候，因事奏请，熹宗未免厌恨，随口还报道："朕知道了，你去照章办理就是。"至如廷臣奏本，旧制于所关紧要，必由御笔亲批；若例行文书，由司礼监代拟批词，亦必书"遵阁票"字样，或奉旨更改，用硃笔批，号为"批红"。熹宗一概委任魏阉，以此魏阉得上下其手，报怨雪恨，无所不为。

魏阉置第宫南，客氏置第宫北，两屋相去，不过数武，中架过廊一埭，以便交通往来。两人除每夕肆淫外，统是设计营谋，倾排异己。客氏又在风彩门，另置值房一所，或谓客氏虽私忠贤，尚嫌未足，免不得再置面首，就是大学士沈潅，也曾与客氏结露水缘，是真是假，且勿深考。惟客氏日间在宫，夜间必往私宅，无非寻欢。侍从如云，不减御驾；灯炬簇拥，远过明星；衣服华丽似天仙，香雾氤氲如月窟。既至私宅，仆媪等挨次叩头，或呼老太太，或呼千岁，喧阗盈耳，响彻宫廷。至五更入宫，仍然照旧铺排，丝毫不减，我说客氏夜来明往，不能与所欢日夕同居，还是失策。客氏又性喜妆饰，每一梳洗，侍女数辈，环伺左右，奉巾理发，添香簪花，各有所司，不敢少懈；偶欲湿鬓，即选三五美人津液，充作脂泽，每日一易。自云此方传自岭南老人，名“群仙液”，令人老无白发。天不容你长生，如何是好。又喜效江南妆，广袖低髻，备极妖冶，宫中相率模仿。惟张皇后很是厌薄，凡坤宁宫侍女，概禁时装，客氏尝引为笑柄；后虽微有所闻，仍然吾行吾素，不改古风。还有客氏一种绝技，是独得烹饪的秘诀。熹宗膳餐，必经客氏调视，方得适口，所以客氏得此专宠，恩礼不衰。相传熹宗不喜近色，所以宠幸客氏者，在此，故特别叙明。

话休叙烦，且说辽东经略熊廷弼，守辽三年，缮完守备，固若金瓯，惟廷弼索性刚正，不肯趋附内臣，免不得有人訾议。太监魏忠贤心中也是恨他，当遣吏科给事中姚宗文，赴辽阅兵。宗文系白面书生，何知军务。此次奉遣，明是教他需索陋规，廷弼毫无内馈，并且薄待宗文，宗文失望回京，即上疏诬劾廷弼。廷弼便即免官，改任袁应泰为经略。应泰文事有余，武备不足，把廷弼所定的规律，大半变易，且招降满洲饥民，杂居辽、沈二城。满洲太祖乘势袭击，降人多为内应，据了沈阳，直逼辽阳。应泰登陴督御，偏偏城中自乱，将校潜遁，一时失措，竟被满洲兵陆续登城。应泰自缢，辽阳又失，辽东附近五十寨，及河东大小七十余城，尽被满洲兵占去。都是魏阉拱手奉送。朝议乃再用廷弼，赐宴饯行。急时抱佛脚。

　　廷弼到山海关，与辽东巡抚王化贞商议军务。化贞主战，廷弼主守，彼此又龃龉起来，两造各持一说，奏报明廷。起初廷议颇赞成廷弼，嗣因辽阳都司毛文龙，取得镇江城，报知化贞，化贞遂奏称大捷，请即进兵。兵部尚书张鹤鸣轻信化贞，令化贞专力图辽，不必受廷弼节制，一面偏促廷弼出关，为化贞后援。既教化贞专力图辽，为何又令廷弼接应？化贞五次出师，俱不见敌，廷弼请敕化贞慎重举止，化贞独上言得兵六万，可一举荡平满洲。大言不惭。叶向高为化贞座主，颇袒化贞，张鹤鸣尤信任不疑。化贞意气自豪，出驻广宁，方拟大举，哪知满洲兵已西渡辽河，击死明副将罗一贯，长驱入境，势如破竹。化贞即遣爱将孙得功，及参将祖大寿、总兵祁秉忠往援，与满洲兵交战平阳桥。得功未败先奔，阵势大乱。秉忠战死，大寿遁去。得功潜降满洲，且欲缚住化贞，作为贽仪，好一个爱将。佯率败军逃回广宁，待满洲兵一到，即为内应。化贞全然不知，关了署门，整缮文牍。忽有参将江朝栋，排闼入报道："敌兵来了，请公速行。"化贞莫明其妙，尚在瞠目不答，当由朝栋一把掖住，出署上马，踉跄出城。好好一座广宁城，平白地奉送满洲，毫不言谢。趣语。

　　此时廷弼已奉命出关，进次闾阳驿，闻广宁已经失守，料想不及赴援，遂退屯大凌河。巧值化贞狼狈回来，下马相见，不禁大哭。绝似一个儿女子，如何去御敌兵？廷弼微笑道："六万军一举荡平，今却如何？"乐得奚落，难为化贞。化贞带哭带语道："还求经略即速发兵，前截满人。"廷弼道："迟了迟了。我只有五千兵，今尽付君，请君抵挡追兵，护民入关！"言未已，探马来报，孙得功已降满洲，锦州以西四十余城，统已失陷。廷弼急将麾下五千人，交给化贞，令他断后，自与副使高出、胡嘉栋等，焚去关外积聚，护送难民十万人入关。败报到了京中，一班言官，也不辨廷弼、化贞的曲直，但说他一概有罪，请即逮问。熹宗糊涂得很，当即照准，饬将二人逮押来京，即交刑部下狱。张鹤鸣惧罪乞休，寻即罢官。

　　御史左光斗，因广宁一失，辽事日棘，特荐一老成练达的孙承宗，督理军务。熹宗乃授为兵部尚书，兼东阁大学士，另用王之晋为辽东经略。王之晋莅任，请添筑重关，增设守兵至四万人。佥事袁崇焕，以为非计，入白叶向高，向高不能决。承宗自请往视，由熹宗特许，兼程到关，相度形势，与之晋所见未合，因还言之晋不足任，自愿督师。熹宗甚喜，遂命他督师蓟辽，赐尚方剑，御门亲饯，送他启程，承宗拜辞而去。及到了关外，定军制，明职守，筑堡修城，练兵十一万，造铠仗数百万，开屯田五十顷，兵精粮足，屹成重镇。满洲兵不敢觊视，相戒近边，俨然有一夫当关，万夫莫入的情形。为政在人。明廷少安，便拟讯鞫熊廷弼、王化贞的罪案。刑部尚书王纪，以廷弼守辽有功，足以赎罪，应从末减。独阁臣沈㴶，劾他祖护罪臣，例应同坐。明是受意魏阉。王纪心中不服，亦奏称沈㴶贪鄙龌龊，酷似宋朝的蔡京。熹宗初颇下旨调停，令两人同寅协恭，不得互相攻讦，嗣被魏忠贤从中唆惑，竟将王纪削籍。纪去后，叶向高言："纪、㴶交攻，均失大臣体裁，纪独受斥，㴶尚在位，怎得折服人心？"阁臣朱国祚，亦具揭论王纪无罪，㴶心中颇不自安，引疾退归。魏忠贤衔恨朱、叶，屡欲陷害，国祚明哲保身，连上十三疏乞休，乃蒙允准。史继偕亦致仕而去。继偕两字，不愧尊名。小子因随笔叙下，无暇他及，致将内地两大乱事，一时无从插入，可巧明廷大臣，纷纷乞休，正好乘这空隙，补叙出来。此是作者欺人之笔。

　　天启元年，四川永宁土司奢崇明作乱，奢氏本猓猡遗种，

洪武中入附明朝，命为永宁宣抚使。数传至奢崇周，殁后无
嗣。崇明以族人继立，素性阴狡，内悍外恭，有子奢寅，骁桀
好乱，明廷方募兵援辽，檄至四川，崇明父子，上疏请行，先
遣土目樊龙、樊虎等，径赴重庆。巡抚徐可求点核土兵，见有
老弱夹杂，拟加裁汰。樊龙不服，定要可求照数给饷。可求呵
叱数语，龙即挺起槊来，刺杀可求，并击毙道府总兵官二十余
人，占住重庆府城。是时川境久安，守备日弛，为了此弊，所以
抚道各员，俱被杀死，然典守何事，乃竟令彼猖獗耶？闻得重庆警
报，附近兵民，纷纷逃逸。樊龙等遂乘势出兵，攻合江、纳
溪，复报知崇明父子，请即援应。崇明父子，踊跃而来，统率
部众及徼外杂蛮，不下数万，破泸州，陷遵义、兴文，全蜀大
震。播州杨应龙余孽，播州事见七十八回。及诸亡命奸人，随处
响应，势日猖獗。崇明居然悬旗僭号，伪称大梁，设丞相以下
等官，麾众进逼成都。

　蜀王至澍，为太祖第十一子椿八世孙，世袭藩封，见城内
守兵寥寥，仅有镇远营七百人，如何守御得住？急忙檄调近地
兵士，陆续到来，亦只有一千多人。偏偏左布政使朱燮元，正
奉旨入觐，出城北上，燮元以知兵闻，当这军务吃紧的时候，
哪可失此良告，蜀王情急得很，忙率百姓驰出国门，追留燮
元。燮元见遮道攀辕，非常恳切，遂慷慨返驾，入城誓师，热
忱壮士。当下与右布政使周著，按察使林宰等，督励兵民，分
陴固守；一面驰檄各道，飞调援兵。不意寇兵已至，四面环
攻。燮元加意严防，督令士卒放炮擂石，昼夜不懈。贼拥革为
蔽，被炮击毁，接竹为梯，被石击断，累攻不能得手，反死伤
了数百人。适值冬濠水涸，贼率降民持蒉束薪，满填濠中，高
如土垒，上筑蓬荜，形类竹屋，藉避铳石，暗中恰伏弩仰射，
齐注城头。燮元已豫备竹帘，撑架起来，挡住敌矢。夜半恰令
壮士缒城而出，持刍涂膏，纵火焚薪，薪燃垒坏，上面倚据的

贼兵，不被烧死，也遭跌死。燮元又遣人潜决江水，流满城濠，贼计无所施，但射书入城，煽惑兵民。当有奸徒二百余人，谋为内应，被燮元一一查出，枭首悬城。贼又四面架起望楼，高与城齐，也由燮元暗遣死士，放火焚去，斩了贼目三人，相持至十余日，孤城兀峙，不损丝毫。可谓善守。

诸道援兵，次第趋集，就中有一个巾帼英雄，系石砫宣抚司女总兵秦良玉，也率队到来。良玉忠州人，曾嫁宣抚使马千乘，千乘病死，良玉英武知兵，代为统领。崇明夙慕英名，发难时曾厚遗良玉，乞为臂助，良玉语来使道："你不闻我秦氏世笃忠贞么？我兄邦屏、邦翰，奉旨援辽，俱死王事，只有我弟民屏，负伤归来，现在伤痕已痊，我当带领弟侄，效死报国，什么盗物，敢来污我！"英气勃勃，足愧须眉。秦良玉为明末女杰，故叙述履历，格外从详。言毕，将所遗金银，掷还来使。来使出言不逊，恼得良玉性起，拔出佩剑，砍作两段。爽快之至。当下率所部精兵，与弟民屏、侄翼明等，卷甲疾趋，潜越重庆。分兵为二，留翼明屯南坪关，截贼归路；又留兵一千，多张旗帜，护守忠州，作为南坪关的犄角；自率锐卒三千人，沿江而上，直抵成都，离城数里下寨。

崇明父子，见援兵日至，也陆续募集党羽，分头拦阻。且督众更番攻城，自初冬至暮冬，岁已且尽，仍然围攻不辍。城中人伏腊不祭，岁朝不贺，一意同悍寇拼命，与城存亡。非燮元之抚驭有方，安能得此。元夕已过，贼攻少懈，燮元方下城少憩，忽城上来了守卒，大呼道："有旱船来了，请主帅速即登城！"燮元忙上城楼，但见有数千悍贼，自林中大噪而出，拥物如大舟，高可丈许，长约五百尺，内筑层楼数重，上面站着一人，披发仗剑，旁竖羽旗，中载数百人，各挟机弩毒矢，翼以两云楼，用牛牵曳，势将近城，较诸城楼上面，还高尺许。这是何物？费人疑猜。守陴的老幼妇女，顿时大哭起来。燮元忙即慰谕道："不妨不妨，这是吕公车，可以立破。"是谓知兵。随即命守卒道："我有巨木预备，搁置城下，无论大小，一并取来！"守卒忙即运至，由燮元亲自指点，长木为杆，短木为轴，轴上已有巨索，转索运杆，可发大炮。炮中有千斤石，飞射出去，好似弹丸。这边已装好大炮，那边吕公车适至，第一炮轰去，击毁车旁云楼，第二炮轰去，不偏不倚，正将这披发仗剑的贼目，一石打倒。看官听说！这全车的举动，全仗他一人指挥，他已被击，车中人都成傀儡了。燮元更用大炮击牛，牛负痛返奔，冲动贼阵。那时燮元乘势出击，大杀一阵，便即还城。

　　崇明父子，尚不肯退去，会有裨将刘养鲲，报称贼将罗乾象，遣私人孔之谭输诚，情愿自拔效用。燮元即遣之谭复往，令与乾象俱来。及乾象既至，燮元方卧城楼，起与共饮，饮至酣醉，复呼令同寝，鼾声达旦。这是有诈，莫被燮元瞒过。不然，崇明未退，乾象新降，安得冒昧若此？乾象因此感激，誓以死报。燮元遂与他密约，令诱崇明登城，设伏以待。果然乾象去后，即于是夜偕崇明登城，甫有一人悬梯而上。守兵遽行鼓噪。崇明料知有备，跳身逸去，等到伏兵突出，追赶不及，只拿住他随卒数人。乾象即纵火焚营，崇明父子，仓猝走泸州，成都围解，乾象率众来归。燮元上书奏闻，朝旨擢为四川巡抚，于是复率诸军进讨，连复州县卫所四十余，乘胜攻重庆。

　　重庆为樊龙所据，已九阅月，贼守甚固，自二郎关至佛图关，为重庆出入要道，悍贼数万扼守，连营十有七座。总兵杜文焕，及监军副使邱志充、杨述程等，率兵进攻，连战不下。石砫女官秦良玉，请"从间道绕出关后，两路夹击，定可破贼"等语。燮元很是嘉许，遂命良玉带领部兵，觅路径去。贼兵只管前敌，不防后袭。谁知后面竟来了一位女将军，铁甲银枪，蛮鞯白马，在垒后麾军直入，乱杀乱戮，无人敢当。极写良玉。前面的杜文焕等，也踹入贼营，似削瓜刈稻一般，遮拦不住。那时贼众大溃，连拔二郎、佛图二关，直捣重庆。樊龙出战不利，守了数日，粮道被断，城中竟致乏食，只好开门潜遁。行不一里，但听得四面八方，都呼樊贼休走，正是：

将军巧计纵鹰犬，悍贼穷途陷网罗。

未知樊龙曾否就擒，请看下回分解。

　　熊廷弼为明季名将，守辽有功，乃为王化贞牵制，致同坐罪，此事为明廷一大失着。作者前著《清史演义》，叙述甚详，而此回亦不肯从略，盖嫉王化贞，惜熊廷弼，且以见明廷之刑罚不明，贤奸倒置，其亡国之征，所由来也。朱燮元亦一大将材，观其固守成都，卒却悍寇，破吕公车于城下，识罗乾象于寇中，智勇双全，难能可贵。而秦良玉之出身巾帼，远过须眉，尤为明代一人。本回从大处着笔，更写得烨烨有光，善必彰之，恶必瘅之，谓非良史家可乎？

第八十五回

新抚赴援孤城却敌　叛徒归命首逆伏诛

却说樊龙开门潜走，正遇着朱燮元的伏兵，四面围住，任你樊龙凶悍过人，至此也无从狡脱，只好束手就擒，余酋亦多被缚住。燮元遂克重庆，移兵攻泸州；崇明父子弃城夜走，直奔遵义。遵义已为贵州兵所复，不防水西土目安邦彦，也揭竿起事，响应崇明。贵州兵调攻邦彦，遵义空虚，只剩推官冯凤雏居守。崇明父子猝至遵义，凤雏无兵无饷，如何守得？当被崇明父子陷入，眼见得这位冯推官，杀身成仁了。崇明复破遵义，留子奢寅，及部目尤朝柄、杨维新、郑应显等占据，自率余众返永宁。这且慢表。

且说水西土目安邦彦，系宣慰使安尧臣族子，尧臣病殁，子位嗣职。位年尚幼，由尧臣妻奢社辉摄事。社辉系奢崇明女弟，尝与崇明子寅争地为仇，不通闻问。独邦彦与崇明往来，素怀异志，及崇明作乱，或说他已得成都。邦彦遂挟位母子叛应崇明，自称罗甸大王，纠合诸部头目安邦俊、安若山、陈其愚、陈万典等进陷毕节。更分兵四出，西破安顺、沾益，东下瓮安、偏桥，邦彦自率水西部众，渡陆广河，直趋贵阳。适贵阳城中，藩臬守令，均已入觐。巡抚李橒，亦因乞休得请，专待后任交卸，陡闻此变，慨然督军，又是一个朱燮元。与巡按御史史永安、提学佥事刘锡元，悉力拒守。但虑城大兵单，不敷堵御，当由刘锡元号召学官，并及诸生，督促城中丁壮，分堞守护。邦彦率众攻城，城上矢石齐下，无隙可乘。他却想了一计，沿城筑栅，断绝城中出入，为久围计。流寇宜速不宜缓，乃筑栅久围，已非胜算。镇将张永芳闻省会被围，即率二万人入援，为邦彦所阻，不得进行。他将马一龙、白自强等，与贼兵交锋，战败阵亡。邦彦攻城愈急，占住城东山冈，搭设厢楼，登高俯击。李橒令兵士遥射火箭，迭毁贼楼，接连三日三夜，尚是火光熊熊。邦彦乃不敢登山，但据住各栅，不令放松。城中久持力惫，将校多病，更兼饷绝粮空，害得大家枵腹，先食糠粃，继食草本败革，后且食死人血肉，最后连尸骸俱被刮尽，不得已杀食生人，甚至亲属相噉。里居参政潘润民，一女被食，知县周思稷，且自杀饷军，幸得人心坚固，到了这个地步，还是以城为重，视死如归。比朱燮元之守成都，尤为坚忍。

明廷方注重辽事，不遑兼顾，只有新任巡抚王三善，已经简放，驰抵平越。巡按史永安飞檄敦促，且上疏诋三善观望不前，请朝旨星夜催迫。三善乃在平越募兵，大会将士，毅然面谕道："省城危急万分，不能久待，我辈若再不往援，他日省城失守，必至坐法。与其坐法论死，还不若驰往死敌，或尚可望不死呢。"是极。将士等齐声赞成，遂分三道进兵。道臣何天麟、杨世赏等，左右夹进，三善自与道臣向日升，从中路驰入。衔枚疾走，直抵新安，距贵阳只数十里。乃命刘超为前锋，自为后劲。超麾军大进，与寇相值，两下对垒，贼首阿成操着长槊，奋勇杀来。超兵遮退，超下马手斩二人，复上马冲出，亲当阿成。阿成已持槊飞舞，突被刘超用刀格住，方拟抽槊回刺，不防超背后闪出一人，趋近阿成身旁，拦腰一刀，挥作两段。贼兵失了主将，自然披靡，可巧三善亦驱军大至，乃奋呼杀贼，追了一程，收复龙里城。当由刘超禀报，掩杀阿成，乃是麾下亲兵张良俊。为叙明姓氏补笔。三善大喜，簿录首功，遂乘胜入援贵阳城。

　　邦彦闻新抚到来，防有数十万大兵，不禁手足无措，踌躇半晌，才语部众道："我当亲出调兵，与他决一胜负。"言毕自去。贼众待久不至，相顾惊诧，怎禁得官军杀到，似山崩地震一般，压入垒中，纷纷瓦解。贼将安邦俊，不管死活，还想上前招架，但听得"扑"的一声，已是中了一弹，洞胸殒命。大众顾命要紧，各将甲仗弃去，四散奔逃。官军直抵城下，先有五骑传呼道："新抚到了。"城中兵民，欢呼相和，共庆更生。贵阳被围十余月，城中户口十余万，至是只剩数百人，兀自守住，这全仗故抚李橒，及永安、锡元等的功绩呢。越数日，左右两部兵才至，又数日，楚、粤、蜀各兵亦到，李橒乃卸任而去。城已保全，才行卸任，我钦爱李公忠荩。

　　是时朱燮元已升任四川总督，兼兵部侍郎，再举讨贼，大集将佐等计议道："我与永宁贼相持已久，尚不得志，无非因贼合我分，贼逸我劳呢。今拟尽撤各防，会剿永宁，捣穴平巢，在此一举。"秦良玉首先允议，诸将亦拱手听命，遂令副将秦衍祚等，往攻遵义，自率大军进讨，历破诸险，将薄永宁。奢寅自遵义还援，带着樊虎等人，前来搏战，被燮元督军猛击，杀得弃甲曳兵。奋追至老君营、凉伞铺，尽毁贼垒。寅身中二枪，仓皇遁走，樊虎伤重即死。燮元还破青岗坪，进扑永宁城，一鼓齐上，生擒贼目周邦泰等，降贼二万。惟崇明得脱，败奔旧蔺州城。罗乾象已由燮元保举，擢为参将，愿率一军穷追崇明，燮元遣他去讫。乾象甫行，遵义捷音亦至，逐去贼目尤朝柄、杨维新、郑应显等，降贼党安銮，克复遵义全城。于是燮元再自永宁出师，为乾象后援，途次接到乾象军报，奢贼计穷，已走水西、龙场，向安氏借兵，再图报复。燮元乃长驱直进，与乾象会师，向蔺州进发，忽由探马报到，安邦彦已出兵两路，帮助奢氏，一窥遵义，一窥永宁，已过赤水河，向狮子山来了。燮元遂命罗乾象攻蔺州，自往狮子山截击贼锋。乾象督兵至蔺,用了火炮火箭,击射城中,把奢氏的九凤楼,片刻毁去。城中自相哗噪,当由乾象乘隙攻入,扫尽贼众。崇明父子时已转走龙场,无从缉获。蔺州方下,燮元至芝麻塘,遇着安氏所遣的贼众,一阵击退,再进兵至龙场,崇明已如惊弓鸟,漏网鱼,未战先逃,连妻弟都不及带去。官兵遂将他妻安氏、弟崇辉一并擒住,斩首以千万计。复四处追觅崇明父子,嗣闻崇明父子,相继遁入水西,燮元以王三善方在得手,不欲攘功,便勒兵不追。申明燮元意旨,可见燮元之不追,并非畏怯。

那时三善正会师六万,进击水西,连战皆捷,遂渡渭河,直达大方。安邦彦逃入织金,安位及母奢社辉,窜居火灼堡,三善乃檄令安位母子,速擒安邦彦及崇明父子,解献军门,请旨赎罪。安位母子倒也惊慌,只恐三善未必践言,特遣人赴镇远,至总督杨述中处乞降,述中当即允许,致书三善,令他撤兵。三善以元凶未翦,不如即抚即剿,述中一意主抚,彼此辩论不明,反将军务搁起。安邦彦侦知情形,日夜聚兵,为再出计,且勾通四川乌撒土目安效良,作为外援,一面与悍党陈其愚密商,令他诈降三善。三善见了其愚,初颇怀疑,经其愚狡黠善辩,遂以为诚信可靠,引作参谋。燮元收降罗乾象,三善收降陈其愚,同一招抚,而结果迥异,是仍在知人与不知人耳。其愚诈言邦彦远窜,势不足虑,不如撤还贵州。三善因出师连捷,颇有骄心,且久住大方,粮食将尽,遂信了其愚的计划,焚去大方庐舍,率兵东归。其愚自请断后,三善许诺,乃将各队兵马,陆续先发,自与副将秦民屏等,揽辔徐行。哪知其愚早已报知邦彦,令他发兵追击,等到邦彦兵至,恰密遣心腹,驰禀三善,只说是其愚遇贼,速请回援。三善返旆往救,遥见其愚跃马奔来,还道他被贼所追,急忙出马救护,说时迟,那时快,其愚见三善在前,故意的策马数鞭,马性起前蹿,竟将三善的坐骑撞翻，三善从马上跌将下来，自知有变，即将帅印掷付亲兵，自抽袜中小刀，横颈欲刎。其愚很是厉害，意欲生缚三善，便下马夺刀，三善怒骂不止。秦民屏正来相救，偏偏贼兵大至，围拥上来，民屏战死，三善被杀。秦佐明、祚明等突围出走。贼兵尚并力追赶，还亏前行将校，回马迎击，方得杀退贼兵。监军御史傅宗龙，闻三善被戕，矢志复仇，独率壮士数百人，潜蹑陈其愚后尘。其愚正在得意，扬鞭归去，口唱蛮歌，不防宗龙赶到，一声嗯哨，乱刀齐起，立将其愚斫落马下，连人带马，剁作数段。<small>三善至此，亦堪瞑目。</small>宗龙割下其愚首级，招呼壮士，飞马还走。贼兵闻警来追，那宗龙与壮士数百名，似风驰电掣一般，霎时间走得很远，无从追及了。

明廷闻王三善被害，命总督刘述中，回籍听勘，改任蔡复一为总督。复一遣总兵鲁钦、刘超等，捣织金贼巢。织金四面皆山，林深箐密，向称天险，官兵从未入境。鲁、刘二军凿山开道，攀藤穿窦，用了好几月工夫，才得到了织金。途次遇着数千贼兵，由官军努力上前，斩杀千余人，余众溃败。及捣入贼巢，只是空空一寨，四面搜觅，并不见有邦彦踪迹，没奈何下令退兵。已中邦彦诡计。行了一程，忽由岩壑间钻出贼众，左右奔集，来击官军。鲁钦知事不妙，慌忙整军抵敌，怎奈路径崎岖，如鼠斗穴，贼兵驾轻就熟，官军路陌生疏，又兼意乱心慌，如何招架得住？不到数时，多半溃散。钦等急寻归路，且战且行，好容易杀出危途，手下的兵士，十成中已丧亡六七了。<small>还是幸免。</small>复一见钦军败还，只好上章自劾，朝旨责令罢官，特授朱燮元为兵部尚书，总督云、贵、湖、广、四川五省军务，出驻遵义。

适值乌撒土目安效良，南向入滇，纠合蔺州、水西、乌撒三部，入据沾益。云南巡抚闵洪学，急饬副总兵袁善，宣抚使沙源等，激励将士，血战沾益城下，相持五昼夜，屡出奇兵破贼，效良乃去。燮元闻云南有警，正拟调兵往救，嗣得闵抚报捷，因即停遣。既而探知水西贼情，拟由三路入犯，一攻云南，一攻遵义，一攻永宁。永宁的贼将，就是奢崇明子奢寅。燮元语诸将道："奢寅是抗命的首逆，此贼不除，西南哪有宁日？我当设法除他。"诸将请即进剿，燮元道："且慢！可能不劳一兵，除灭此贼，那是最好的呢。"诸将不知何计，也不敢复问，但见燮元按兵不动，每日只遣将校数名，出外行事。约阅旬日，方拨兵千人，令他往迎降将。果然派兵往迓，降将随来，当即呈上首级一颗，看官道是何人首级？就是燮元所说首逆奢寅。<small>点醒眉目，尚伏疑团。</small>原来寅素凶淫，每见附近番妇，稍有姿色，即行强奸，遇豪家富室，往往尽情勒索，稍不如命，立杀勿贷；就是部下兵士，也是朝不保暮。因此兵民戒惧，多生变志。部目阿引尝受奢寅鞭责，怀恨在心，燮元暗地探知，特遣总兵李维新，诱他降顺，歃血为誓。阿引很是欢洽，愿乘隙诛寅，作为报效。两下里非常秘密，偏被寅稍稍觉察，令左右将阿引缚去，拷问了好几次，且用利刃穿他左足，至一昼夜，阿引宁死不承，才得释放。<small>蛮人究竟悍忍。</small>看官！你想阿引受此痛苦，怎肯干休？巧有同党苗老虎、李明山等，与阿引素来莫逆，代为不平，阿引遂与同谋，只苦足胫受伤，不便举事。苗、李两人，奋袂而起，愿当此任，密约已定，专待下手。一夕，奢寅与部众痛饮，传入几个蛮女，酣歌侑酒，自午至申，竟饮得酩酊大醉，登床熟寝。苗老虎佯为奢寅盖被，见寅方鼾睡，暗拔佩刀，向胸刺入。李明山乘势进去，也用刀助砍，眼见得恶贯满盈的首逆，肠破血流，霎时归阴。苗老虎割了寅首，与明山遁出帐外，邀同阿引，来投官军。待至贼党追来，已由官军接着，欢迎去了。<small>首逆得诛，故特笔详叙。</small>朱燮元喜诛奢寅，遂建议滇、蜀、黔三省进兵，共剿邦彦，自率大军出发遵义，满期一举荡平，廓清天日。不意家中来了急报，由燮元亲自启阅，瞧了数行，禁不住大恸起来，险些儿昏晕过去。这一番有分教：

将军归去循丧礼，悍贼余生稽显诛。

毕竟燮元为着何事，待至下回再详。

奢崇明先反，而安邦彦继之。蛮苗殊俗，叛服不常，固其天性然也。惟奢酋窃发，尚止蜀道一隅，且未几即遭挫败。安氏则转战西南，勾通各部，至逃入织金后，且收拾余烬，再出骚扰，狡悍情形，盖比奢酋为尤甚矣。若夫王三善之才略，亦远逊朱燮元，三善因胜而骄，卒堕贼谋，致为所害。燮元独用兵如神，始降罗乾象而却崇明，继降苗老虎等而诛奢寅，并不闻有其愚之凶，猝遭反噬，是非驾驭有方，乌能使悍蛮之束身归命耶？他若李標之守贵阳。亦与燮元之守成都相似，无独有偶，是亦一《明史》之光钦。

第八十六回

赵中丞荡平妖寇　杨都谏纠劾权阉

却说朱燮元接着家报，系是父殁的讣音，燮元忠孝性成，自然悲号不止。当由众将上前劝慰，才行停泪，即上疏乞归居丧，熹宗不得不准，特命偏沅巡抚闵梦得继任。奢、安两酋，因部众凋零，暂拟休养，彼此按兵不动，且至后文再提。

且说西南鏖兵的时候，山东亦出一妖徒徐鸿儒，揭竿作乱。先是深州人王森，尝救一妖狐，藏狐断尾，颇有异香，以此煽惑愚民，敛钱聚众，号为"闻香教"，亦名"白莲教"，自称教主，收集徒侣，有大小传头及会主诸名目，蔓延各省。嗣森为有司所拘，下狱瘐死，遗有巨万家资，由森子好贤承受。好贤散财结客，与武邑人于弘志，及巨野人徐鸿儒互相往来，密图叛乱，好贤席有父产，何妨酒食逍遥，乃必结党营谋，自寻死路，真是何苦！约于天启二年八月望日，三方同起。鸿儒制造甲械，号召党羽，免不得泄漏风声，当由地方官吏，派兵往捕。鸿儒不及待约，先期发难，便在卞家屯刑牲誓众，令党徒各挈家属，寄居梁山泊，然后起兵两路，一攻魏家庄，一攻梁家楼。两处都被得手，遂进陷巨野县城，僭号中兴福烈帝，称大成兴胜元年。据一县城，便僭称帝，想亦自知不久，遂窃帝号以自娱。一时不及制办冠服，只令大众用红巾包头，算作标记便了。明太祖起兵，曾投入红巾党，鸿儒岂亦欲效明太祖耶？

巨野既陷，转趋郓城，郓城无兵可守，知县余子翼，偷生惜命，一溜烟的逃走。于是曹、濮一带，相继震动。兖西道阎调羹飞书至省会乞援，巡抚都御史赵彦，忙檄同总河侍郎陈道亨，合兵剿办，一面奏报明廷。廷议以"小丑跳梁，不甚可虑"，只命赵彦赶紧荡平。赵彦职任疆圻，恰也无从推诿。怎奈山东武备久虚，重兵难集，且因辽事日亟，朝廷日括辽饷，几已把所有地皮，尽行剥去，此时饷缺兵稀，如何平乱？当下赵彦奉命，无法可施，不得已暮练乡勇，权时救急。既而邹、滕两县，警报迭传，邹县署印通判郑一杰，至滕县知县姚之胤，都逃得不知去向，两城俱被匪徒占去。赵彦即饬都司杨国盛、廖栋等，带着兵勇，前去截击。那匪徒本无纪律，亦无勇谋，不过借着一些江湖卖艺的幻技，说是能剪纸成人，撒豆成兵，哄骗这愚夫愚妇，吓走那庸吏庸官。此次杨、廖两都司居然有点胆量，效力杀贼，一班乌合的党徒，哪里是两将对手？杀一阵，败一阵，纷纷如鸟兽散去，不数日便克复郓城，夺还巨野。但官军虽屡获胜仗，贼势终是未衰，这边奔散，那边啸聚，杨国盛、廖栋日夕追剿，也不免疲于奔命。赵彦乃上言妖贼日众，官兵日敝，乞截住京操班军，及广东援辽军，留备征调。并荐故大同总兵杨肇基，统山东军讨贼，朝旨一一照准。

肇基尚未到山东，鸿儒已令贼党潜袭兖州，为知县杨炳所败，也有这个好知县。移犯夏镇、韩庄。夏镇近彭家口，为运河孔道，适有粮船四十余艘，运往京师，经过此地，偏为贼目词诇知，纠众劫夺。粮船上没甚防兵，如何阻拦得住？不消半刻工夫，被他连船劫去，侍郎陈道亨闻警，飞章告急，亏得沙沟营姚文庆，招集军壮乡勇，临流阻截，擒贼十一人，杀贼五十余人，贼众窜走，方将漕艘夺回，运道复通。贼众奔回滕县，与邹县贼会合，同攻曲阜，共计马步四万余，拥至城下。知县孔闻礼率城中丁壮，极力捍御，飞矢掷石，毙贼甚众。不愧孔氏后裔。贼料不能克，撤围引去。道经杨国盛军营，他竟出其不意，袭击过去。国盛措手不及，跳身走兔，游击张榜等均战殁，营内粮草器械，俱没入贼中。贼焰复盛，扬言当先取兖州，继取济南。武邑于弘志，也杀人祭旗，起应鸿儒；王好贤亦倡乱深州；还有艾山贼赵大，奉刘永民为主，得死党二十八人，各用五色涂面，谓上应二十八宿，仿佛儿戏。聚众至二万余人，合邹、滕贼众，共得一十七支。省会中的警报，好似雪片相似。赵彦以悍贼聚邹、滕间，鸿儒复在邹县居住，拟先攻邹县，为擒渠计。副使徐从治进言道："攻坚不若攻瑕，捣实不如捣虚，去他羽翼，那两城悍贼，亦当胆落，渠魁办不难就擒了。"赵彦尚在迟疑，可巧杨肇基到来，会商军务，亦贺同从治计划。当下发兵往剿，分徇武邑、艾山。已而武邑捷闻，于贼弘志击毙，接连又是艾山捷报，生擒了刘永明，赵彦即批令就地正法。永明临刑，尚自称"寡人"，官兵传为笑话。煞是可笑。彦即偕肇基同赴兖州，至演武场阅兵，蓦闻贼众已到城下，肇基即起身出战，命杨国盛为左翼，廖栋为右翼，两翼分击，毙贼千余人，贼众仓皇败退，复回滕县去了。实是无用。

肇基既获胜仗，遂与赵彦定计攻邹，大军齐发，共趋邹城，途次闻贼众精锐，麇集峄山，乃令游兵至邹，牵制城中守贼，自率大军径袭峄山。贼众未曾防备，突被杀入，多作刀头之鬼，有一小半逃回邹城。赵抚、杨总兵，即追薄城下，鸿儒自知穷蹙，与党魁高尚宾、欧阳德、鄞九叙、许道清等，誓死坚守，屡攻不下。邹、滕两县相为犄角，赵彦料滕县未复，邹亦难克，遂遣杨国盛、廖栋等，攻拔滕县，又大破贼党于沙河，邹城乃成孤立。官军筑起长围，困得水泄不通，渐渐的城中食尽，守卒统有饥色。赵彦下令招降，除鸿儒外，一概免死。伪都督侯五，伪总兵魏七等，遂拔去城上旗帜，情愿投诚。鸿儒单骑夜走，甫出城闉，即被官兵擒住。赵彦等乃入城宣抚，安插乡民二万余人，收获军资无算，遂将鸿儒槛送京师，照例磔死。鸿儒受刑时，仰天叹道："我与王好贤父子，经营二十年，党羽不下二百万，乃先期泄谋，致遭此败，岂非天意？"项羽乌江自刎，称为天意，鸿儒亦欲援天自解，真是不度德，不量力。总计鸿儒举事，凡七阅月，尽行灭亡。王好贤闻鸿儒伏法，遁走蓟州，私挈家属二十余人，南奔扬州，后来事露被擒，也遭骈戮。该死。明廷录平贼功，擢赵彦为兵部尚书，杨肇基以下，进秩有差。赵彦查得五经博士孟承光，系亚圣后裔，邹城被陷时，为贼所执，不屈遇害，至是并上书奏闻。又经御史等申请抚恤，乃下旨准奏，修葺孟庙，光复孟祀，且不必说。

再说魏忠贤专宠怙权，由司礼秉笔监，提督东厂，车马仪卫，僭拟乘舆，任用同党田尔耕，掌厂卫事，许显纯为镇抚司理刑，罗织善类，屠害忠良，呼号敲扑的声音，昼夜不绝。杨涟已任左副都御史，目击忠贤不法情状，忍无可忍，遂劾忠贤二十四大罪。略云：

太监魏忠贤者，本市井无赖，中年净身，夤入内地，初犹谬为小忠小佞以幸恩，继乃敢为大奸大恶以乱政，今请列其罪状，为陛下言之！祖制拟旨，专责阁臣，自忠贤擅权，多出传奉，或径自内批，坏祖宗政体，大罪一；刘一燝、周嘉谟皆顾命大臣也，忠贤令其党论去，急于翦己之忌，不容陛下不改父之臣，大罪二；先帝宾天，实有隐憾，孙慎行、邹元标以公义发愤，悉为忠贤排去，顾于党护选侍之沈漼，曲意绸缪，终加蟒玉，亲乱贼而仇忠义，大罪三；王纪为司寇，执法如山，钟羽正为司空，清修如鹤，忠贤构党斥逐，必不容盛时有正色立朝之臣，大罪四；国家最重，无如枚卜，忠贤一手握定，力阻首推之孙慎行、盛以宏，更为他词以锢其出，是真欲门生宰相乎？

大罪五；爵人于朝，莫重廷推，去岁南太宰，北少宰，俱用陪推，一时名贤不安于位，颠倒铨政，掉弄机权，大罪六；圣政初新，正资忠直，乃满朝荐文震孟、江秉谦、侯震旸等，抗论稍忤，立行贬黜，屡经恩典，竟阻赐环，长安谓天子之怒易解，忠贤之怒难调，大罪七；然犹曰外廷臣子也，传闻宫中有一旧贵人，以德性贞静，荷圣上宠注，忠贤恐其露己骄横。托言急病，置之死地，即指冯贵人，《纪事本末》作胡贵人。大罪八；犹曰无名封也，裕妃以有娠传封，中外方为庆幸，忠贤恶其不附己，矫旨勒令自尽，大罪九；犹曰在妃嫔也，中宫有庆，已经成男，忽然告陨，虹流电绕之祥，变为飞星堕月之惨，传闻忠贤与奉圣夫人，实有谋焉，大罪十；先帝在青宫四十年，操心虑患，所以护持孤危者，惟王安一人，即陛下仓猝受命，拥卫防维，安亦不可谓无劳？忠贤以私忿矫旨，掩杀于南海子，是不但仇王安，而实敢仇先帝之老仆，略无顾忌，大罪十一；今日奖赏，明日祠额，要挟无穷，王言屡亵，近又于河间府毁人房屋，以建牌坊，镂凤雕龙，干云插汉，又不止于茔地擅用朝官，规制僭拟陵寝而已，大罪十二；今日荫中书，明日荫锦衣，金吾之堂，口皆乳臭，诰敕之馆，目不识丁，如魏良弼、魏良卿及傅应星等，滥袭恩荫，亵越朝常，大罪十三；用立枷之法以示威，戚畹家人，骈首毕命，意欲诬陷国戚，动摇中宫，若非阁臣力持，言官纠正，椒房之戚，又兴大狱矣，大罪十四；良乡生员章士魁，以争煤窑，伤忠贤坟脉，遂托言开矿而致之死，赵高鹿可为马，忠贤煤可为矿，大罪十五；王思敬以牧地细事，径置囹阱，草菅士命，使青燐赤璧之气，先结于璧宫泮藻之间，大罪十六；科臣周士朴，执纠织监，原是在工言工，忠贤竟停其升迁，使吏部不得专铨除，言官不敢司封驳，大罪十七；北镇抚刘侨，不肯杀人媚人，忠贤以不善锻炼，遂致削籍，大明之律令可不守，忠贤之命令不可不遵，大罪十八；魏大中为吏科，遵旨莅任，忽传旨切责，及大中回奏，台省交章，又再亵王言，煌煌纶綍，朝夕纷更，大罪十九；东厂之设，原以缉奸，自忠贤任事，日以快私仇行倾陷为事，投匦告密，日夜未已，势不至兴同文之狱，刊党锢之碑不止，当年西厂汪直之僭，未足语此，大罪二十；边警未息，内外戒严，东厂缉访何事，前韩宗功潜入长安，侦探虚实，实主忠贤司房之邸，事露始去，假令天不悔祸，宗功事成，未知九庙祖灵，安顿何地？大罪二十一；祖制不蓄内兵，原有深意，忠贤与奸相沈潅，创立内操，薮匿奸宄，安知无大盗刺客，潜入其中，一旦变生肘腋，可为深虑，大罪二十二；忠贤进香涿州，警跸传呼，清尘垫道，人以为御驾出幸，及其归也，改驾驷马，羽幢青盖，夹护环遮，则俨然乘舆矣，大罪二十三；夫宠极则骄，恩多成怨。闻今春忠贤走马御前，陛下射杀其马，贷以不死，忠贤不自伏罪，进有傲色，退有怨言，朝夕提防，介介不释，从来乱臣贼子，只争一念放肆，遂至不可收拾，奈何养虎兕于肘腋间乎？此又寸斮忠贤，不足蔽其辜者，大罪二十四。

　　凡此逆迹，昭然在人耳目，乃内廷畏祸而不敢言，外廷结舌而莫敢奏，间或奸伏败露，又有奉圣夫人为之弥缝，更相表里，迭为呼应。伏望陛下大发雷霆，集文武勋戚，敕刑部严讯以正国法，并出奉圣夫人于外，以消隐忧，臣死且不朽矣！谨奏。

涟缮折已毕，本欲因熹宗早朝，当面呈递。偏偏次日免朝，涟恐再宿机泄，不得已照例封入，自己缮写奏稿，尚恐再宿机泄,可见魏阉心腹,已遍都门。当已有魏阉心腹,走漏风声。忠贤也颇惶迫,往谒阁臣韩爌,请代为解免。爌严行拒绝。忠贤不得已泣诉御前,并托客氏从旁洗饰。熹宗本是个麻木不仁的人物,总道客、魏理直,杨涟理曲,便令魏广微拟旨斥涟。广微虽备位辅臣,无异权阉走狗,所拟诏旨,格外严厉。忠贤且佯辞东厂,自愿出宫,又经熹宗再三慰谕,接连三日辍朝。至第四日,方御皇极门,两旁群阉夹侍,刀剑森立,涟欲对仗再劾,偏已有旨传下,勅左班诸臣,不得擅出奏事。比周厉监谤,厉害十倍。于是廷臣大愤,罢朝以后,各去缮备奏章,陆续上陈。给事有魏大中、许誉卿等,御史有刘业、杨玉珂等,京卿有太常卿胡世赏、祭酒蔡毅中等,勋戚有抚宁侯朱国弼等,先后纠劾忠贤,不下百余疏,或单衔,或联名,无不危悚激切,均不见报。陈道亨调任南京兵部尚书,已引疾杜门,不与公事,乃见杨涟参疏,奋然出署,联合南京部院九卿诸大臣,剀切敷陈,拜表至京,只博得一顿训斥。道亨决计致仕,洁身引去。无道明隐,正在此时。大学士叶向高,及礼部尚书翁正春,请将忠贤遣归私第,聊塞众谤,熹宗仍然不从。工部郎中万燝实在看不过去,便上言"内廷外朝,只知忠贤,不知陛下,岂可尚留左右"等语。忠贤正愤无所发,见了此疏,大怒道:"一个小小官儿,也敢到太岁头上动土么?若再不严办,还当了得。"随即传出矫旨,廷杖万燝百下。一班腐竖,接了此谕,都跑到万燝寓中,把燝扯出,你一拳,我一脚,且牵且殴,及牵到阙下,已是气息奄奄,哪禁得刑杖交加,惨酷备至。小子有诗叹道:

> 古刑不上大夫身,何物权阉毒搢绅?
> 试看明廷笞杖日,恨无飞剑戮奸人。

未知万燝性命如何，且至下回续叙。

　　徐鸿儒一外妖也，魏忠贤一内孽也，古称在外为奸，在内为宄，奸宄交作，祸必随之。吾谓妖孽之萌，尤甚于奸宄，而内孽尤甚于外妖。鸿儒举事，仅七阅月，即报荡平。忠贤蟠踞宫禁，甚至内外大臣，弹劾至百余疏，尚不能动其分毫。伊古以来，殆未有得君如忠贤者。观都御史杨涟一疏，觉忠贤不法情状，罪不容死，外如群臣各奏，《明史》虽多未录述，而大致应亦从同。熹宗违众庇私，甘为蛊惑而不悟，是诚何心？窃不禁为之恨恨矣！

第八十七回

魏忠贤喜得点将录　许显纯滥用非法刑

却说万燝受杖阙廷，昏绝复苏，又经群阉任情蹴踏，哪里还保得住性命？阉党将他拖出，由家人舁归京寓，不到数日，便即去世。哪知忠贤又复矫旨，饬群阉去拿御史林汝翥，依万燝例惩治。这林御史系叶向高族甥，尝巡视都城，见有二阉夺人财物，互相斗殴，因即斥他闹事，薄笞了案。偏偏二阉入诉忠贤，忠贤正杖燝示威，索性将林汝翥一并逮办。想是并案处治。汝翥闻信，恐未受廷杖，先遭殴辱，即逃出城外。群阉无处拘拿，总道他避匿向高寓中，哄然直入，谩骂坐索。向高愤极，上言"国家二百年来，从没有中使鸱张，敢围阁臣私第。臣乃遭彼凌辱，若再不去，有何面目见士大夫？"熹宗总算温旨慰留，收回中使。已而林汝翥赴遵化军门，乞为代奏，愿自至大廷受杖，不愿受阉党私刑。奏入后，科道潘云翼等，疏救不从，仍执前旨如故。汝翥遂自诣阙下，受杖百下，不过吃了几日痛楚，还不致伤损大命。幸亏先逃后至。向高目睹时弊，料不可为，迭上二十余疏，无非是乞休回籍，乃命行人送归。总计向高两出为相，秉性忠厚，颇好扶植善类，至魏阉专权，尚且从中补救，为清流所倚赖。惟祖庇门生王化贞，贻误边疆，致惹物议，这是他平生第一缺憾；后三年病殁家中，崇祯初始追赠太师，予谥文忠。神宗以后诸相臣，应推叶向高，故总断数语。

　　向高既去，韩爌进为首辅，屡与魏广微等龃龉。爌亦抗疏乞归，中旨反责他悻悻自专，听令罢官。爌与向高，素为东林党所推崇。东林党见七十五回。两人相继去职，只有吏部尚书赵南星，算是领袖。魏忠贤颇仰赵名，曾遣甥傅应星往谒，被拒不纳。阁臣魏广微，本为南星故友，魏允贞子，有通家谊，素相往来。及广微谄附忠贤，夤缘入阁，南星乃绝不与通，尝叹为见泉无子。见泉即允贞别字。广微闻言，未免怀恨。又尝三谒南星，始终不见，嫉恶太严，亦足取祸。遂与南星有隙，协比忠贤，设法排挤。南星在朝，以高攀龙、杨涟、左光斗、魏大中等，均系正人，引为知交，共期佐治。可奈忠贤在内，广微在外，均欲扰乱朝纲，誓倾正士，那时薰莸异器、臭味差池，渐渐的君子道消、小人道长。况明朝气运将尽，出了一个昏愦绝俗的熹宗，专喜小人，不喜君子，凭你如何方正，也是无益，反被那小人侧目，贻祸身家，说将起来，正令人痛恨无穷呢！慨乎言之，为下文作一总冒。

　　且说明朝故事，巡按御史回道，必经都御史考核称职，才得复任。御史崔呈秀，巡按淮扬，赃私狼藉，及还朝复命。凑巧高攀龙为左都御史，秉公考察，尽得他贪秽实迹，立行举发。赵南星职掌铨衡，上议应戍，有旨革职听勘。呈秀大惧，忙怀挟金宝，夜投忠贤私第，叩首献珍，且乞为义子。廉耻何存？忠贤自然喜欢，居然上坐，受他九拜。呈秀趁这机会，极言南星、攀龙等人，故意寻隙，此辈不去，我等将无死所。忠贤听一句，点一回首，便道："老子尚在，不怕他不落我手，你休要担忧呢！"呈秀拜谢而去。会山西巡抚出缺，南星荐举大常寺卿谢应祥，既邀俞允，偏是御史陈九畴，上言"应祥尝任嘉善知县，与魏大中谊属师生，大中为师出力，私托选郎夏嘉遇，谋任是缺，徇私当斥"云云。希承魏阉意旨，已在言中。大中、嘉遇闻有此奏，自然上疏辩驳"南星、攀龙，亦奏称推举应祥，实协人望，大中、嘉遇并无私情，九畴妄言，实是有人授意，请勿过听"等语。忠贤见了此奏，明知有意讽己，特矫旨降调大中、嘉遇，并将陈九畴一并议罪，镌去三级。俗所谓讨好跌一交。且责南星等朋谋结党，有负委任。南星遂乞罢，攀龙亦请归，有旨一一批准，立命免官，复议推选吏部尚书。侍郎于廷，推乔允升、冯应吾、汪应蛟等人，杨涟注籍不预，忠贤又矫旨责涟，坐他"大不敬"三字的罪名。是亦三字狱也。又以允升等为南星私人，斥责于廷徇私荐引，左光斗与涟朋比为奸，均应削籍，另擢徐兆魁为吏部侍郎，乔应甲为副都御史，王绍徽为佥都御史。这三人俱系南星所摈，转附魏阉，于是朝廷大权，尽归魏阉掌握了。

魏阉既得崔呈秀，相见恨晚，倚为腹心，日与计划。给事中李恒茂趋奉魏阉，即为呈秀讼冤，忠贤遂矫旨复呈秀官。时矫旨迭下，浑称"中旨"，廷臣均以为未合。给事中李鲁生，独谓："执中者帝，宅中者王，谕旨不自中出，将属何处？"大众目为笑话，忠贤恰非常嘉许。阁臣顾秉谦、魏广微等，编造《缙绅便览》一册，如叶向高、韩爌、赵南星、高攀龙、杨涟、左光斗诸人，统称邪党；黄克缵、王永光、徐大化、贾继春、霍维华等，统算正人，私下呈与忠贤，用一呈字妙。令做进退百官的蓝本。呈秀复进《同志录》《天鉴录》两书，《同志录》均属东林党，《天鉴录》均非东林党。最可笑的，是佥都御史王绍徽，编了一部《点将录》，无论是东林党，非东林党，但教与他未合，统列入东林党中，统计得一百八人，每人名下，系以宋时梁山泊群盗诸绰号：比叶向高为宋公明，就叫他作及时雨。此外号缪昌期为智多星，文震孟为圣手书生，杨涟为大刀，惠世扬为霹雳火，郑鄤为白面郎君，顾大章为神机军师，也按着天罡地煞，分类编列。天罡星部三十六，地煞星部七十二，用了洛阳佳纸，蝇头细楷，写得明明白白，浼呈秀献与忠贤。忠贤识字无多，正苦东林党人记不胜记，惟梁山泊诸盗名目，从幼时得诸传闻，尚含着脑筋中，未曾失忆。此番有了《点将录》，正好两两对证，容易记着，便异常欢喜，目为圣书。究竟不及宋公明的天书。令王体乾等各抄一本，暗挟袖中。每阅廷臣章奏，先将《点将录》检览，录中姓氏相符，即粘纸条寸许，赍送忠贤直房。忠贤即除去纸条，奏请责处。但有时尚恐遗误，必与那位奉圣夫人细商，奉圣夫人入直处，统用红纱大幔遮蔽，幔上绣着花鸟，仿佛如生，幔中陈列寝榻几案，无不精巧。忠贤入幔对食，就把责处廷臣的方法，与她密谈。奉圣夫人有可有否，忠贤无不照允。到了宴笑尽欢的时候，便相抱相偎，做一回鸳鸯勾当，内廷中人，没一个不知晓。只因他权焰薰天，哪个去管这种闲事？大家都是过来人，原是不必多管。惟《天鉴录》中，统是魏阉门下士，崔呈秀、田吉、吴淳夫、李夔龙、倪文焕，与主谋议，时人号为"五虎"。田尔耕、许显纯、孙云鹤、杨寰、崔应元，代行杀戮，时人号为"五彪"。还有尚书周应秋，大仆寺少卿曹钦程等，出入阉门，时人号为"十狗"。此外又有"十孩儿""四十孙"名号，书不胜书。最有势力的，要算崔呈秀，自复官后，不二年即进职兵部尚书，兼左都御史，舆从烜赫，势倾朝野，因此前时客、魏并称，后来反变作崔、魏了。

　　先是神宗末年，朝局水火，党派纷争，有宣昆党、齐党、楚党、浙党诸名目。汤宾尹、顾天埈为宣昆党魁首。亓诗教、周永春、韩浚、张延登为齐党魁首。官应震、吴亮嗣、田生金为楚党魁首。姚宗文、刘廷元为浙党魁首。四党联成一气，与东林党为仇敌。至叶向高、赵南星、高攀龙等，入掌朝纲，四党气焰渐衰，又有歙县人汪文言，任侠有智，以布衣游京师，输赀为监生，党附东林，计破他党。向高嘉他同志，引为内阁中书。韩爌、赵南星、左光斗、魏大中等，俱与交游，往来甚密。适桐城人阮大铖，与光斗同里，光斗拟荐为吏科给事中，南星、攀龙等，以大铖轻躁，不足胜任，乃改补工科，另用魏大中为吏科给事。大铖遂与光斗、大中有嫌，暗托同寅傅櫆，劾奏文言，与光斗、大中，交通为奸。得旨将文言下狱。吏、工两部，虽少有分别，然名位相等，大铖即以此挟嫌，谋害左、魏，是之谓小人。幸镇抚司刘侨，从御史黄尊素言，只将文言廷杖除名，不及左、魏。忠贤正深恨东林党人，欲借此为罗织计，偏偏侨不解事，因将他削籍除名，改用许显纯继任。御史梁梦环，窥透忠贤意旨，复上疏申劾文言。当由中旨传出，再逮文言下狱，令许显纯鞫治。

看官！你想显纯是魏阉门下有名的走狗，得了这个差使，自然极力承办，尽情锻炼，狱连赵南星、杨涟、左光斗等二十余人，还有故巡抚凤阳都御史李三才，也牵连在内。三才当神宗时，以都御史出抚凤阳，镇淮十年，颇得民心，尝与东林党魁顾宪成，深相结纳，宪成亦乐为揄扬。但材大气豪，不矜小节，多取多与，伐异党同，以此干触时忌，屡上弹章。三才倒也见机，累请辞官，甚至疏十五上，尚不得命，他竟挂冠自去。是为补叙之笔。王绍徽《点将录》中，亦曾列入，惟绰号加他托塔天王，不入梁山泊排行。熹宗暇时，亦由忠贤呈上《点将录》，看到“托塔天王”四字，懵然不解。忠贤代为解说，谓：“古时有托塔李天王，能东西移塔，三才善惑人心，能使人人归附，亦与移塔相似。”牵强附会，确是魏阉口吻。熹宗微笑无言。至是亦拦入案中，都诬他招权讷贿，目无法律。这贿赂从何处得来？便把移宫一案，加在诸人身上。大理寺丞徐大化，至魏阉处献策道：“选侍移宫，皇上亦尝赞成，何赃可指？不若说他纳杨镐、熊廷弼等贿赂，较为有名。且封疆事关系重大，即使一并杀却，后人也不能置议呢。”忠贤大喜，便嘱徐大化照计上奏，一面令许显纯照奏审问。等到徐疏发落，显纯即严鞫文言，迭加惨刑，令他扳诬杨、左诸人。文言始终不承，至后来不胜搒掠，方仰视显纯道："我口总不似你心，汝欲如何？我便依你。"显纯乃令松刑，文言忍痛跃起，扑案厉声道："天乎冤哉！杨、左诸贤，坦白无私，宁有受赃情弊？我宁死不敢诬人。"说毕，仆倒地上，奄然无语。显纯料不肯供，自检一纸，捏写文言供状。文言复张目道："你不要妄写！他日我当与你对质。"显纯被他一说，倒也不好下笔，便令狱卒牵退文言。

是夕，即将文言掠毙，仍伪造供词，呈将进去。杨、左两人各坐赃二万，魏大中坐赃三千，御史袁化中坐赃六千，太仆少卿周朝瑞坐赃一万，陕西副使顾大章坐赃四万。忠贤得此伪证，飞骑逮六人系狱，由许显纯非法拷掠，血肉狼藉，均不肯承。光斗在狱中私议道："他欲杀我，不外两法；我不肯诬供，掠我至死，或夜半潜令狱卒，将我等谋毙，伪以病殁报闻。据我想来，同是一死，不如权且诬供，俟移交法司定罪，再陈虚实，或得一见天日，也未可知。"周、魏等均以为然，俟再讯时，一同诬服。哪知忠贤阴险得很，仍不令移交法司，但饬显纯严行追赃，五日一比，刑杖无算，诸人始悔失计，奈已是不及了。自来忠臣义士，多带默气，试想矫旨屡颁，已非一次，哪有天日可见？就使移交法司，亦岂能免死耶？

过了数日，杨涟、左光斗、魏大中，俱被狱卒害死；光斗、大中，死后均体无完肤，涟死尤惨，土囊压身，铁钉贯耳，仅用血衣裹置棺中。又逾月，化中、朝瑞亦毙，惟大章未死。群阉谓诸人潜毙，无以服人，乃将大章移付镇抚司定罪。大章已死得半个，料知不能再生，便招弟大韶入狱，与他永诀，各尽一卮，惨然道："我岂可再入此狱？今日当与弟长别了。"大韶号哭而出，大章即投缳自经。先是涟等被逮，秘狱中忽生黄芝，光彩远映，适成六瓣。或以为祥，大章叹道：

"芝本瑞物，乃辱生此间，是即为我等六人朕兆，还有甚么幸事！"后来果如所言，世称为"六君子"。

六人已死，忠贤还饬抚按追赃，光斗兄光霁，坐累自尽，光斗母哭子亡身，家族尽破。大中长子学洢，微服随父入京，昼伏夜出，欲称贷赎父，父已毙狱，学洢恸哭几绝，强起扶榇，归葬故里，日夕哭泣，水浆不入口，竟致丧命。赵南星、李三才亦坐是削籍，饬所在抚按追赃。未几，又将南星遣戍，终毙戍所。吏部尚书崔景荣，心怀不忍，当六君子未死时，曾请魏广微谏阻。广微本预谋此狱，不料天良未泯，居然听信景荣，上了一道解救的奏章，惹得忠贤大怒，召入私第，当面呵斥。广微汗流浃背，忙出景荣手书，自明心迹，忠贤尚嘲骂不已。广微趋出，忙上疏求归，景荣亦乞罢，先后去职。阁臣中如朱国桢、朱延禧等，虽未尝反对魏阉，但亦不肯极力趋奉，相继免归。忠贤乃复引用周如磐、丁绍轼、黄立极，为礼部尚书，冯铨为礼部侍郎，入阁预事。绍轼及铨，均与熊廷弼有隙，遂以杨、左诸人因赃毙狱，不杀熊廷弼，连杨、左一狱也属无名，乃将廷弼弃市，传首九边。可怜明廷一员良将，只为积忤权阉，死得不明不白。他如轻战误国的王化贞，曾经逮问论死，反邀赦免，竟获全生。御史梁梦环，且奏言廷弼侵军赀十七万，刘徽又谓廷弼家赀百万，应籍没输军，中旨一概照准，命锦衣卫追赃籍产，络绎道途。廷弼子兆珪受迫不堪，竟至自刎。所有姻族，连类破产。武弁蔡应阳为廷弼呼冤，立置重辟，太仓人孙文豸、顾同寅作诗诔廷弼，又坐诽谤罪斩首。编修陈仁锡、修撰文震孟，因与廷弼同郡，亦均削籍。小子有诗叹道：

逆予者死顺予生，辗转钩连大狱成。
一部古今廿四史，几曾似此敢横行。

穷凶极恶的魏忠贤，意尚未足，还要将所有正人，一网打尽，说来煞是可恨，容小子下回再详。

予阅此回，予心益愤，于逆阉等且不屑再责矣。但予不屑责及小人，予且不忍不责备君子。古圣有言："邦有道，危言危行；邦无道，危行言孙。"又曰："所谓大臣者，以道事君，不可则止。"盖当炀灶蔽聪之候，正诸君子山林潜迹之时，非必其无爱国心也。天下事剥极必复，静以俟之，或得一贤君御宇，再出图治，容或未迟。乃必肆行掊击，酿成大狱，填尸牢狱，血骴交横，至怀宗践阼而朝野已空，人之云亡，邦国殄瘁，是诸君子之自速其亡，咎尚小，自亡不足，且致亡国，其咎为无穷也。或谓明之亡不亡于邪党，而亡于正人，言虽过甚，毋亦一《春秋》责备贤者之意乎？

第八十八回

兴党狱缇骑被伤　媚奸珰生祠迭建

却说魏忠贤既除杨、左诸人，遂拟力翻三案，重修《光宗实录》。御史杨维垣，及给事中霍维华，希旨承颜，痛诋刘一燝、韩爌、孙慎行、张问达、周嘉谟、王之寀及杨涟、左光斗诸人，请旨将《光宗实录》，续行改修。又有给事中杨所修，请集三案章疏，仿《明伦大典》，编辑成书，颁示天下。《明伦大典》，见世宗时。于是饬修《光宗实录》，并作《三朝要典》，即神、光、熹三朝。用顾秉谦、黄立极、冯铨为总裁，施凤来、杨景辰、孟绍虞、曾楚卿为副，极意诋斥东林，暴扬罪恶。梃击一案，归罪王之寀，说他开衅骨肉，既诬皇祖，并负先帝，虽粉身碎骨，不足蔽辜。红丸一案，归罪孙慎行，说他罔上不道，先帝不得正终，皇上不得正始，统由他一人酿成。移宫一案，归罪杨涟，说他内结王安，外结刘一燝、韩爌，诬蔑选侍，冀邀拥戴首功。大众咬文嚼字，胡言乱道，瞎闹了好几月，才得成书。忠贤令顾秉谦拟御制序文，载入卷首，刊布中外。

御史卢承钦又上言：“东林党人，除顾宪成、李三才、赵南星外，如高攀龙、王图等，系彼党中的副帅；曹于汴、杨兆京、史记事、魏大中、袁化中等，系彼党中先锋；丁元荐、沈正宗、李朴、贺烺等，系彼党中敢死军人；孙丕扬、邹元标等，系彼党中土木魔神，宜一切榜示海内，垂为炯戒。”忠贤大喜，悉揭东林党人姓名，各处张贴。是谓一网打尽。惟党中魁桀，已大半得罪，尚有高攀龙、缪昌期数人，在籍家居，未曾被逮。崔呈秀又欲杀死数人，聊快己意，遂入白忠贤，先用矫旨去逮高攀龙。攀龙闻缇骑将至，焚香沐浴，手缮遗疏，封固函内，乃授子世儒，且嘱道：“事急方启。”世儒未识情由，只好遵命收藏。攀龙复给令家人，各自寝息，不必惊慌。家人还道他有妙计安排，都放心安睡。到了夜半，攀龙四顾无人，静悄悄的着衣起床，加了朝服朝冠，望北叩头，未免太迂。自投池中。翌晨世儒起来，趋入父寝，揭帐省视，只剩空床，慌忙四觅，但见案上留有一诗，隐寓自沉的意思。遂走向池中捞取，果得父尸。适值缇骑到来，见了尸骸，无话可说。世儒泣启遗缄，乃是遗疏数行，略言：“臣虽削籍，曾为大臣，大臣不可辱，辱大臣，与辱国何异？谨北向叩头，愿效屈平遗则，君恩未报，期结来生，望钦使驰此复命！”句句是泪。世儒瞧毕，便缴与缇骑，缇骑携疏自去。

　　攀龙，无锡人，学宗濂、洛，操履笃实，不愧硕行君子，死后无不悲感。惟呈秀尚以为恨，复命将世儒逮狱，问成徒罪，蛇蝎无此险毒。再下手逮缪昌期。昌期尝典试湖广，策语引赵高、仇士良故事，暗讽魏忠贤。至杨涟劾忠贤二十四罪，或谓亦由昌期属稿。高攀龙、赵南星回籍，昌期又送他出郊，置酒饯行，执手太息。忠贤营墓玉泉山，乞昌期代撰碑铭，昌期又不允。以此种种积嫌，遂由呈秀怂恿，把他拘来。昌期慷慨对簿，词气不挠。许显纯诬他坐赃三千，五毒交加，十指堕落，卒死狱中。一道忠魂，又往西方。

　　第三着下手，是逮御史李应升、周宗建、黄尊素，及前苏松巡抚周起元，吏部员外郎周顺昌。应升尝劾魏忠贤，有“千罪万罪，千真万真”等语，宗建亦劾忠贤目不识丁，尊素素有智虑，见忌群小，以此一并被逮。会吴中讹言，尊素欲效杨一清诛刘瑾故事，联络苏、杭织造李寔，授他秘计，令杀忠贤。忠贤闻信，忙遣私人至吴，侦探真伪。其实李寔是贪婪无耻，平时尝谄附魏阉，并不及正德年间的张永，张永、杨一清事。均见前四十六回。一闻有人侦察，便寻邀入署，赠与金银若干，托他辩明。且言："自己与故抚起元，夙有嫌隙，或即由他造言污蔑，也未可知。"来人得了贿赂，自然依了李寔的言语，回报忠贤。忠贤翻阅《点将录》，曾有起元名氏在内，又遣人到李寔处，索取空印白疏，嘱李永贞伪为寔奏，诬劾起元抚吴时，乾没帑金十余万，且与攀龙等交好莫逆，谤毁朝廷，就中介绍人士，便是吏部员外郎周顺昌。

看官！这周顺昌时已辞职，返居吴县原籍，为何平白地将他牵入呢？原来魏大中被逮过吴，顺昌留住三日，临别泪下，愿以女字大中孙。缇骑屡次促行，顺昌瞋目道："尔等岂无耳目？难道不知世间有好男子周顺昌么？别人怕魏贼，无非畏死，我周顺昌且不怕，任你去告诉阉贼罢！"也觉过甚。缇骑入京，一五一十的报告忠贤。忠贤怒甚，就在李寔伪疏中，牵连进去。御史倪文焕，并举顺昌缔婚事，奏了一本。当时魏阉权力，赛过皇帝，不过借奏牍为名目，好即出票拘人，当下缇骑复出，飞逮两周。宗建与顺昌同籍，先已逮去，不三日又有缇骑到来，吴中士民，素感顺昌恩德，至是都代为不平。苏抚毛一鹭，召顺昌到署，开读诏书，顺昌跪听甫毕，外面拥入诸生五六百人，统跪求一鹭，恳他上疏解救。一鹭汗流满面，言语支吾，缇骑见议久不决，手掷锁链，琅然有声，并呵叱道："东厂逮人，哪个敢来插嘴！"语未已，署外又拥进无数市民，手中都执香一炷，拟为顺昌吁请免逮，可巧听着缇骑大言，便有五人上前，问缇骑道："圣旨出自皇上，东厂乃敢出旨么？"缇骑还是厉声道："东厂不出旨，何处出旨？"五人闻言，齐声道："我道是天子命令，所以偕众同来，为周吏部请命，不意出自东厂魏太监。"说着时，大众都哗噪道："魏太监是朝廷逆贼，何人不知？你等反替他拿人，真是狐假虎威，打！打！打！"几个打字说出，各将焚香掷去，一拥而上，纵横殴击，当场将缇骑殴毙一人，余众亦皆负伤，逾垣逸去。毛一鹭忙奔入内，至厕所避匿，大众无从找寻，始各散去。恨不令一鹭吃屎。

顺昌遂分缮手书，诀别亲友，潜自赴都，入就诏狱。宗建、应升、尊素三人，先已受逮，彼此相见，各自叹息。次日即由许显纯讯鞫，无非是笞杖交下，锁夹迭加。顺昌尤大骂忠贤，被显纯指令隶役，椎落门牙。他且喷血上喷，直至显纯面颊，呼骂益厉，无一语乞哀。显纯即于是夜密嘱狱卒，把他结果了性命。三日出尸，皮肉皆腐，仅存须发。宗建横受箠楚，偃卧不能出声，显纯尚五日一比，勒令交赃，并痛诋道："看你还能骂魏公不识一丁么？"寻即用沙囊压宗建身，惨毙狱中。尊素知狱卒将要害己，即啮指血为诗，书于柳上，并隔墙呼应升别字道："我先去了！"言已，即叩首谢君父，触墙而死。越日，应升亦死。起元籍隶海澄，离京较远，及被逮至京，顺昌等均已遇害，显纯更横加拷掠，迫令缴赃十万。起元两袖清风，哪里来此巨款？只把这身命相抵，朝笞夜杖，血肉模糊，自然也同归于尽了。时人以顺昌等惨死诏狱，与杨、左诸人相同，遂与高、缪两贤，并称为后"七君子"。

此外屈死的人，也属不少，但资望不及诸贤，未免声名较减，小子也不忍再录。惟前刑部侍郎王之案，后来亦被逮入京，下狱瘐死。前礼部尚书孙慎行，坐戍宁夏，还是知府曾樱，令他从缓数月。慎行未行，忠贤已败，才得免罪。这两人关系三案，小子不能不详。又有吴中五人墓，合葬虎邱，传播人口，虽是市中百姓，恰也旌表万年。大书特书，隐为后人表率。看官听说！这五人便是吴中市民的代表，叫作颜佩韦、杨念如、周文元、马杰、沈扬。

先是缇骑被逐，毛一鹭即飞章告变，忠贤恰也惊心，忙饬一鹭查缉首犯。一鹭本魏阉义儿，好容易谋得巡抚，他本无才无能，干不了什么事，幸知府寇慎，及吴县令陈文瑞，爱民有道，颇洽舆情。当下由一鹭下书，令府县办了此案。寇、陈两官，自巡市中，晓谕商民，叫他报明首犯，余俱从赦。商民尚未肯说明，还是那五人挺身自首，直认不讳。寇慎不得不将他拘住，禀知一鹭。一鹭又报告忠贤，忠贤令就地正法。五人被缚至市，由知府寇慎监刑，号炮一声，势将就戮。五人回顾寇慎道："公系好官，应知我等好义，并非好乱呢。"说罢，延颈就刃，面色如生。寇慎恰也不忍，但箭在弦上，不得不发，只得令市民好好收尸，含泪回署去讫。惟缇骑经此一击，后来不敢径出都门，忠贤也恐人心激变，稍从敛戢，是恶贯满盈，天道有知，也不容他再横行了。这且表过不提。

且说苏、杭织造李实，因前时被人造谣，几乎罹罪；嗣蒙忠贤开脱，任职如故，不由得感激异常。浙江巡抚潘汝桢，*又是个簋片官儿*，平时很巴结魏阉，寻见魏阉势力愈大，越想讨好，每与李实商议，要筹划一个特别法儿，买动魏阉欢心。李实很表同情，奈急切无从设法。汝桢日夜筹思，居然计上心来，不待与李实商量，便即奏闻。看官道是何法？乃请就西湖胜地，辟一佳壤，为忠贤建筑生祠。*却是妙法，为他人所未及。*忠贤得疏，喜欢的了不得，当即矫旨嘉奖。湖上旧有关壮缪、岳武穆两祠，相距不过半里，中留隙地，汝桢遂择这隙地中，鸠工庀材，创建祠宇，规模宏敞，气象辉煌，比关、岳两祠，壮丽数倍。*关、岳有灵，应该把他殛毁。*李实被汝桢走了先著，自悔落后，急忙补上奏章，乞授杭州卫百户沈尚文等，永守祠宇，世为祝厘崇报，中旨自然照准，并赐名普德，由阁臣撰文书丹，侈述功勋。祠已落成，李、潘两人朔望尝亲去拈香，真个是必恭必敬，不愆不忘。挖苦得妙。孰意一人创起，百人效尤，各地寡廉鲜耻的狗官，纷纷请援例建祠，无不邀准。且中旨命毁天下书院，正好就书院基址，改筑魏公祠，恰是一举两便。不到一年，魏忠贤的生祠，几遍天下，小子试录表如下：

　　苏州　普惠祠。松江　德馨祠。巡抚毛一鹭，巡按徐吉同建。

　　淮安　瞻德祠。扬州　沾恩祠。总督漕运郭尚友，巡抚宋桢模、许其孝同建。

　　卢沟桥　隆恩祠。工部郎中曾国桢建。

　　崇文门　广仁祠。宣武门　懋勋祠。顺天府通判孙如冽，府尹李春茂，巡抚刘诏，巡按卓迈，户部主事张化愚同建。

　　济宁　昭德祠。河东　褒勋祠。巡抚李精白，巡按李灿然、黄宪卿，及漕运郭尚友同建。

　　河南　戴德祠。成德祠、巡抚郭宗光，巡按鲍奇谋，守道周镛同建。山西　报功祠。巡抚牟志夔、曹尔桢，巡按刘弘光同建。

　　大同　嘉德祠。巡抚王占，巡按张素养，汪裕同建。

　　登莱　报德祠。巡按李嵩建。

　　湖广　隆仁祠。巡抚姚宗文，巡按温皋谟同建。

　　四川　显德祠。工部侍郎何宗圣建。

　　陕西　祝恩祠。巡抚朱童蒙，巡按庄谦、王大中同建。

　　徽州　崇德祠。知府颉鹏建。

　　通州　怀仁祠。督漕内监李道建。

　　昌平二镇亦属通州。崇仁祠。彰德祠。总督阎鸣泰建。密云　崇功祠。巡抚刘诏，巡按倪文焕同建。江西　隆德祠。巡抚杨廷宪，巡按刘述祖同建。

　　林衡署中永爱祠。庶吉士李若林建。

　　嘉蔬署中洽恩祠。

上林署中存仁祠。上林监丞张永祚建。

上述各祠，次第建设，斗巧竞工，所供小像，多用沉香雕就，冠用冕旒，五官四肢，宛转如生人。腹中肺腑，均用金玉珠宝妆成。何不用狼心狗肺相代？鬓上穴空一隙，俾簪四时香花。闻有一祠中像头稍大，不能容冠，匠人性急，把头削小，一阉抱头大哭，严责匠人，罚令长跪三日三夜，才得了事。统观上述诸祠，只供忠贤生像，惜未将奉圣娘娘一并供入，犹为缺点。每祠落成，无不拜疏奏闻。疏词揄扬，一如颂圣，称他"尧天舜德，至圣至神"，何不去尝忠贤粪秽？阁臣亦辄用骈文褒答，督饷尚书黄运泰，迎忠贤生像，甚至五拜五稽首，称为"九千岁"。独蓟州道胡士容不愿筑祠，为忠贤所知，矫旨逮问。遵化道耿如杞，入祠不拜，亦即受逮，由许显纯讯问拷掠，都累得九死一生。所有建祠碑文，多半施风来手笔；所有拟旨褒答，多出王瑞图手笔。忠贤均擢他为礼部尚书，兼东阁大学士，入预机务。冯铨、顾秉谦反为同党所轧，相继归休。到了天启七年，监生陆万龄，请以忠贤配孔子，忠贤父配启圣公，疏中大意，谓："孔子作《春秋》，魏公作《要典》；孔子诛少正卯，魏公诛东林党人。理应并尊，同祠国子监。"司业林钎见疏大笑，援笔涂抹，即夕挂冠自去。嗣经司业朱之俊代为奏请，竟得俞允，林钎反坐是削籍。小子有诗叹道：

媚奥何如媚灶灵，蛆蝇甘尔逐羶腥。
一般廉耻销磨尽，剩得污名秽简青。

建祠以后，有无荒谬事情，容俟下回续叙。

崔、魏力翻三案，非真欲翻三案也，为陷害东林

党计耳。前六君子，与后七君子，合成十三人，为逆
阉构陷，死节较著。而高攀龙之自溺池中，最为得当
而死，无辜被逮，不死不止，与其死于黑索之下，何
若死于白水之间？所谓蝉蜕尘秽，皭然泥而不滓者
也。颜佩韦、杨念如等五人，率众殴击缇骑，虽似有
干国法，实足为一时快意之举。逆阉可以擅旨，市民
亦何尝不可擅为？况经此一殴，缇骑乃不敢轻出国
门，牺牲者仅五人生命，保全者不止什百。虎邱遗
垒，彪炳千秋，不亦宜乎？潘汝桢创筑生祠，遂致各
地效尤，遍及全国。观其廉耻道丧，本不值污诸笔
墨，但为世道人心计，不得不表而出之，为后世戒。
语有之："豹死留皮，人死留名。"后之人毋污名节，
庶不负记者苦心云。

第八十九回
排后族魏阉谋逆　承兄位信邸登基

　　却说天启六年三月间，有辽阳人武长春往来京师，寄迹妓家，好为大言。当由东厂探事人员，指为满洲间谍，把他拘住，当由许显纯掠治，张皇入奏。略说："是皇上威灵，厂臣忠智，得获敌间，立此奇功。"长春并非敌间，就使实为间谍，试问东厂所司何事？厂臣所食何禄？乃称为奇功，令人羞死。当即优诏褒美，并封忠贤从子良卿为肃宁伯，得予世袭，并赐养赡田七百顷。是时蓟、辽督师孙承宗，因魏阉陷害正士，拟入朝面奏机宜。阉党早已闻风，飞报忠贤。忠贤哭诉帝前，立传谕旨，饬兵部飞骑禁止。承宗已抵通州，闻命还镇，阉党遂痛诋承宗，目为晋王敦、唐李怀光一流人物。承宗遂累疏乞休，廷议令兵部尚书高第继任。第恇怯无能，一到关外，即将承宗所设各堡，尽行撤去。惟宁前参师袁崇焕，誓死不徙。果然满洲兵来攻宁远，声势张甚，高第拥兵不救，赖崇焕预备西洋大炮，击退满洲兵士。明廷闻报，乃将高第削职，另任王之臣为经略，且命崇焕巡抚辽东，驻扎宁远。此段是带叙之笔。熹宗正日忧辽事，闻魏忠贤得获敌间，差不多与除灭满洲同一功绩，因此格外厚赏。其实辽阳男子武长春，并不是满洲遣来，为了多嘴多舌，平白地问成磔刑，连骨肉尸骸，无从还乡，反弄好了一个魏忠贤。

　　是年满洲太祖努尔哈赤病殂，传位第八子皇太极，以次年为天聪元年，就是《清史》上所称的清太宗。载明清太宗嗣位，为清室初造张本。太宗一面与崇焕议和，一面发兵击朝鲜，报复旧恨。为前时杨镐出塞，朝鲜发兵相助之故。朝鲜遣使，向明廷告急。明廷只责成袁崇焕，要他发兵往援。崇焕正拟遣将东往，偏东江总兵毛文龙，也报称满兵入境，乞调兵增守。那时足智多能的袁崇焕，明知满洲太宗，用了缓兵疑兵的各计，前来尝试。怎奈缓兵计便是和议，不便照允，疑兵计恐要成真，不能不防。乃派水师援文龙，另遣总兵赵率教等，出兵三岔河，不过是牵制满人，使他后顾。无如朝鲜的君民，实是无用，一经满兵杀入，势如破竹。朝鲜国王李倧，弃了王城，逃至江华岛，看看饷尽援绝，只好派使向满洲乞和，愿修朝贡。满洲太宗得休便休，就与朝鲜订了盟约，调兵回国。

既而崇焕与王之臣未协，明廷召还之臣，令崇焕统辖关内外各军。崇焕命赵率教守锦州，自守宁远，蓦闻满洲太宗亲督大军，来攻锦州，他知率教足恃，一时不致失守，独遣总兵祖大寿，领了精兵四千，绕出满兵后面，截他归路。自督将士修城掘濠，固垒置炮，专防满兵来袭。果然满兵攻锦不下，转攻宁远，被崇焕一鼓击退。满洲太宗再欲益兵攻锦州，闻有明军截他后路，不得已整队回去。祖大寿见满兵回国，纪律森严，也是知难而退。崇焕拜本奏捷，满望论功加赏，哪知朝旨下来，反斥他不救锦州，有罪无功，气得崇焕目瞪口呆，情愿乞休归里；奏乞解职，有旨照准，仍命王之臣继任。看官不必细猜，便可知是淫凶贪狡，妒功忌能的魏忠贤，弄出来的把戏。不是他是谁？原来各处镇帅，统有阉党监军，阉党只贪金钱，所得贿赂，一半中饱，一半献与忠贤。前时熊廷弼得罪，孙承宗遭忌，无非为这项厚礼，不肯奉送的原故。此次袁崇焕督师关外，也有太监纪用监军，崇焕只知防敌，哪肯将罗掘得来的饷项，分给阉人？纪用无从得手，忠贤何处分肥，以此宁、锦叙功，崇焕不预。解释明白，坐实魏阉罪状。

忠贤安坐京师，与客氏调情作乐，并未尝筹一边务，议一军情，反说他安攘有功，得旨褒叙。安字注解，即是安坐绣幔中；攘字注解，当是攘夺的攘，或训作攘内，意亦近是。还有王恭厂被火，又得叙功，王恭厂就是火药局，夏季遇雷，火药自焚，地中霹雳声，震响不已，烟尘蔽空，白昼晦冥，军民晕仆，死了无数。忠贤足未出户，阉党薛贞偏说他扑灭雷火，德可格天，又获奖敕。余尝见有人慰失火书，说系吉人天相，薛贞所奏，毋乃类是。兵部尚书王永光，以天象告儆，请宽讼狱，停工作，慎票旨。给事中彭汝楠、御史高弘图，亦上书奏请，大致相似，中旨斥他迹近讽刺，一齐罢官。又因皇极殿建筑告成，熹宗御殿受贺，这殿系魏、崔两人督办，太监李永贞即表奏忠贤大功，吏部尚书周应秋相继奏陈，又是极力揄扬。熹宗大悦。竟破格加恩，特封忠贤为上公。忠贤从子魏良卿，前已晋封侯爵，至是又进授宁国公，加赐铁券；从孙鹏翼只二岁，封安平伯，从子良栋只三岁，封东安侯；崔呈秀为少傅，荫子锦衣卫指挥，吏部尚书周应秋等十八人，俱加封宫保衔，工部侍郎徐大化、孙杰升任尚书，傅应星加太子太傅，魏士望等十四人，均升授都督金事，各赐金银币有差。惟忠贤特别加赐，给他庄田二千顷。宁国公魏良卿禄米，照忠贤例，各支五千石。阁臣拟旨锡封，悉拟曹操九锡文。曹操为中常侍曹腾从子，援例比拟，亦尚相合。内外章奏，各称忠贤为"厂臣"，不得指名。要把大明江山，送与别人，原非容易，应该受此懋赏。会山东奏产麒麟，大学士黄立极等，上言厂臣修德，因致仁兽，何不径称尧舜，劝熹宗让位忠贤？正是贡媚献谀，无微不至，连忠贤自己，也不知自居何等呢。

忠贤以复仇修怨，均已快心，惟有一憾未了，免不得心存
芥蒂。看官道是何憾？便是正位中宫的张皇后。张后深恨客、
魏，因进谏不从，致疏宸眷。后亦无所怨望，惟以文史自娱，
但熹宗生平不喜渔色，待遇后妃，都不过淡淡相交，就是与后
未协，亦无非怕她烦絮，并没有特别嫌疑，所以客、魏等虽有
谗言，熹宗始终不睬。会厚载门外，有匿名揭帖，备列忠贤逆
状，且及阉党七十余人，忠贤遂欲诬陷后父，即召私党邵辅
忠、孙杰两人入商。两人闻言，陡然一呆，彼此相觑。忠贤猛
笑道："这有何难？教你两人合奏一本，只说后父国纪私张揭
帖，且与中宫勾连，谋害厂臣，我想上头览奏，必要究治。后
若因此被废，我侄儿良卿，生有一女，年已及笄，好进立为后
了。"曹操只做国丈，魏阉想做太国丈，比曹操又高一等。两人唯唯
趋出，缮好一篇奏草，但心中总尚畏祸，不敢径呈。猛然想到
顺天府丞刘志选，年老嗜利，可浼他出头。当下相偕往见，说
明意思，并示他奏稿。志选暗想道："我年已老，不妨一行。
他日忠贤失势，我已不知死在何处？今日趁他专权，帮一个
忙，必有重赏到来，我享了几年荣华富贵，再作计较。"到老
尚不看破，势利之害人如此。随即欣然领命，录奏进呈。疏中极
论后父国纪罪状，结末数语，有"毋令人訾丹山之穴，蓝田
之种"云云。奏上数日，并不见有批答下来。御史梁梦环，复
申论志选奏章，故意诘问"丹山""蓝田"二语。熹宗仍然不
答，惟密饬国纪自新。国纪知为忠贤所嫉，竟见几远引，飘然
回籍去了。

忠贤见此计不成，又想了一策，暗募壮士数人，怀藏利
刃，伏匿殿中，自己恰预报熹宗。至熹宗御殿视朝，先遣锦衣
卫搜查，果然获住怀刃的壮士。当下缚交东厂，令忠贤发落。
忠贤欲令壮士诬供后父，说他意图不轨，谋立藩王。可巧王体

乾入白他事，忠贤即与熟商，体乾道："皇上诸事糊涂，独待遇兄弟夫妇，恰也不薄。倘若意外生变，我等恐无噍类了。"得此一沮，不知是阉党的运气，还是张后的运气？忠贤沉吟半晌，方道："这却也是可虑呢。但缚住的壮士，如何处置？"体乾道："速即杀却，免得多口。"忠贤复为点首，依计而行，只晦气了数名壮士。此着恰不及曹操，曹操能弑伏后，忠贤不能弑张后，这尚未免胆小呢。熹宗哪知就里，总教他已经处治，便算了事。魏忠贤心尚未死，暗想张后如此难除，不如做一番惊天动地的事业，索性连这糊涂皇帝，亦掇开了他。险毒小人，非此不止。但熹宗尚有三个叔父，留住京邸，一个是瑞王常浩，一个是惠王常润，一个是桂王常瀛，都是神宗皇帝的庶子，欲要举行大事，必须将他三位皇叔，尽行外徙，免得在此作梗。当下嗾令御史张讷，疏促就藩，于是瑞王赴汉中，惠王赴荆州，桂王赴衡州，仪物礼数，务从贬损。熹宗反听信邪言，嘉他节费为国，褒美厂臣。既而享祀南郊，祭荐太庙，竟遣宁国公魏良卿往代，虽然做候补皇帝。且加封良卿为太子太师。太师两字，实可截去，不如竟称太子为是。世袭伯爵。魏良栋加封太子太保，魏鹏翼加封太子少师。良栋、鹏翼尚在襁褓，如何为东宫师保？此种命令，比演戏还要弗如。崔呈秀适遭父丧，诏令夺情视事，不用缞绖，且任他为兵部尚书，兼职少傅及太子太傅，并左都御史。明朝二百数十年间，六部九卿，从没有身兼重职，与呈秀相似，这都是熹宗宠任魏阉，推恩锡类，贻及义儿。又赐奉圣夫人金币无数，加恩三等，予荫子姪一人，世袭锦衣卫指挥。任你如何封赠，总未餍他欲望。

从前熹宗亲祀方泽，乘便游幸西苑，与客、魏并驾大舟，泛入湖中，畅饮为欢。偏是熹宗素性好动，饮至半酣，竟欲改乘小舟，自去泛棹，当由二小珰随帝易船，船前后各坐一阉，划桨而去。熹宗坐在船中，也手携片桨，顺流摇荡，不意一阵大风，刮将过来，竟把小舟吹覆，熹宗竟堕入波心，灌了一肚子的冷水。还亏湖中另有他船，船上载有侍从，七手八脚，得将熹宗救起，两小珰堕水多时，不及施救，竟至溺死。仿佛与正德皇帝相似。客、魏所乘的大舟，相去不过里许，他只对斟酬饮，佯作不知。两人正在行乐，还顾什么皇帝？加一佯字，恐太锻炼。熹宗遭此一吓，染病了好几日，幸为张后所闻，宣召太医数人为帝医治，总算告痊，但病根自此种着，常有头晕腹泻诸疾。且熹宗好动恶逸，年已逾冠，尚有童心，或斗鸡，或弄猫，或走马，或捕鸟，或打秋千，或蹴毬蹴踘。又有两大嗜好，一喜斲削雕琢，斲削事已见前文，见八十四回。雕琢玉石，颇也精工，尝赐客、魏二人金印，各重三百两。魏忠贤的印中，刻有"钦赐顾命元臣"数字，客氏的印中，刻有"钦赐奉圣夫人"数字，相传俱由熹宗自刻。此外所刻玉石，随赐宫监，也不胜数。甚且随手抛弃，视作废物罢了。一喜看戏扮演，熹宗尝在懋勤殿中，设一隧道，召入梨园子弟，就此演剧，台榭毕具，暇时辄与客、魏两人，看戏为乐。一夕，演《金牌记》，至《疯僧骂秦桧》一出，魏阉匿入屏后，不敢正视。也有天良发现时。熹宗偏故意宣召，还是客氏设词应答，替他求免。又尝创演水傀儡戏，有《东方朔偷桃》，及《三保太监下西洋》等剧，装束新奇，扮演巧妙。熹宗每召张后同观，后屡辞不获，勉与偕行。熹宗却口讲指画，与后笑谈。后微笑无语，屡失帝欢。到了看戏尽兴的时候，竟掣内侍高永寿、刘思源等，亲自登台，扮演宋太祖夜访赵普故事。熹宗自装太祖，应仿雪夜戎装景象，虽当盛暑，也披兜服裘，不惮挥汗，为此种种嬉戏，遂酿成许多病症。二十多岁的人物，偏尪瘵异常，面少血色，尚书霍维华，制造一种灵露饮，说系特别仙方，久服可以长生。又有仙方出现。什么叫作"灵露饮"呢？相传用粳糯诸米，淘尽糠秕，和水入甑，用桑柴火蒸透，甑底置长颈空口大银瓶一枚，俟米溶成液，浥出清汁，流入银瓶，取出温服，味如醍醐，因此腾一美名，叫作灵露饮，进供御食。熹宗饮了数匙，清甘可口，遂令维华随时进呈。哪知饮了数月，竟成了一种臌胀病，起初是胸膈饱闷。后来竟浑身壅肿，遂致奄卧龙床，不能动弹。煮米取汁，当不至酿成胀病，想此系别有隐疾，不得过咎维华。御医诊治无效，眼见得病象日危，去死不远了。

熹宗无嗣，只有皇弟由检，曾封信王，尚居京师，当下召他入宫，自言病将不起，令承大统。信王固辞，经熹宗叮嘱再三，劝他不必谦让，勉为尧舜之君，信王始含泪受命。熹宗又道："皇后德性幽闲，你为皇叔，嗣位以后，须善为保全。魏忠贤、王体乾等，均恪谨忠贞，可任大事。"善事中宫之谕，见得熹宗尚有恩情，至嘱及委任权阉，殊属至死不悟。信王也唯唯允诺。嗣复召各部科道入宫，约略面谕，大致仍如前言。信王及众大臣等，暂且退出。越宿大渐，又越宿驾崩，共计在位七年，只二十三岁。

皇弟由检，系光宗第五子，为刘贤妃所生，刘妃早殁，由李选侍抚育成人。李选侍便是东李，应八十一回。名位本居西李上，独得宠不及西李。天启初曾册封庄妃，庄妃素嫉魏阉，恒呼他为女鬼。魏阉闻知，遂与客氏相连，交谮帝前，并将庄妃宫中应给服食，一概裁损。庄妃遂抑郁成疾，渐成痨症。皇五子每日晨起，叩首祷天，复退谒庄妃，庄妃抱病与游，至东宫后面，置有二井，皇五子戏汲井中，得一金鱼，再汲次井，仍有金鱼出现。庄妃稍开笑颜，语皇五子道："此乃异日吉兆。"语至此，复呜咽道："可惜我不得相见了。"皇五子随说梦征，谓"夜间熟寝时，见有金龙蟠着殿柱，陡被惊寤"云云。庄妃道："龙飞九五，也是祯祥，但不应泄漏为是。"皇五子亦私自心喜，随着庄妃回宫。到了熹宗归天，庄妃早已去世了。叙入此段，为庄妃封后伏线。

　　熹宗崩后，由魏忠贤夜召信王，信王素知忠贤奸邪，自觉背生芒刺，没奈何同他入宫。翌晨，诸大臣俱入宫哭临，忠贤凭棺大恸，双目并肿，既而呼崔呈秀入谈，密语多时，无人与闻。或云忠贤谋逆，呈秀以时机未至，才行罢议，或谓由张后保护信王，魏阉无从下手，这且不必细说。单说信王由检，择日即位，以次年为崇祯元年，世称为崇祯帝，后来号为怀宗，亦称毅宗。即位这一日，忽闻天空有声，惹得大众惊疑起来。至朝贺礼成，响声亦止。司天监谓为天鼓忽鸣，主兆兵戈。是明祚将终预兆。但因新主登极，相率讳言。魏忠贤上表辞职，有诏不许，惟奉圣夫人客氏，令出外宅。客氏就梓宫前，出一小函，用黄色龙袱包裹，内贮熹宗胎发痘痂，及累年落齿剃发等，一一检出焚化，痛哭而去，阉党稍稍自危。不意逆阉门下走狗杨维垣，竟先纠劾崔呈秀，不守父丧，显违礼制，解铃还是系铃人。奉旨免呈秀官，勒令回籍。呈秀一去，弹劾魏阉的奏章，陆续进呈，有分教：

　　　　妖雾常霾只畏日，冰山忽倒又回阳。

　　欲知魏阉得罪情形，待至下回再表。

　　　本回叙熹宗绝续之交，见得魏阉实具逆谋，不过因种种障碍，以致中沮，说者谓王体乾、崔呈秀辈，谏阻逆谋，不为无功。讵知自古以来，无逆阉篡国之理，王体乾、崔呈秀辈，并非效忠明室，不过援情度理，自知难成耳。然明朝元气，已为魏阉一人，斲削殆尽。魏阉虽未篡国，实足亡国，百世而下，犹播腥闻，不特为有明罪人已也。独怪熹宗之失，不过嬉戏，而贻祸至于如此，鲁昭公犹有童心，君子知其不终，观熹宗而益信矣。

第九十回

惩淫恶阉家骈戮　受招抚渠帅立功

却说怀宗嗣位以后，当有人弹劾魏、崔两人。崔呈秀已经罢官，那魏忠贤亦被廷臣纠弹。工部主事陆澄源首先奏劾，次即主事钱元悫，又次为员外史躬盛，还有嘉兴贡生钱嘉征，更劾忠贤十大罪：一并帝；二蔑后；三弄兵；四无二祖列宗；五剥削藩封；六无圣；七滥爵；八掩边功；九伤民财；十通关节。均说得淋漓痛切，无恶不彰。魏阉何止十大罪？就是杨涟所奏二十四罪，也嫌未足。忠贤闻有此疏，忙入宫哭诉。此时却用不着。怀宗命左右朗读原疏，吓得忠贤惊心动魄，只是磕着响头，蓬蓬勃勃，大约有数十百个。随被怀宗叱退，忠贤急得没法，忙至私第取出重宝，往会信邸太监徐应元，贿托调停。应元本忠贤赌友，倒也一力担承，便入谒怀宗，替他说情。怀宗不待说毕，即把他一顿斥责，撵出宫门。次日即传出严旨，表明魏忠贤罪状，谪置凤阳，司香祖陵。徐应元亦谪守显陵，忠贤束装就道，护从尚数百人，复经言官讦奏，更颁谕旨，饬兵部发卒逮治。谕中有云：

> 逆恶魏忠贤，盗窃国柄，诬陷忠良，罪当死。姑从轻降发凤阳，不思自惩，犹畜亡命之徒，环拥随护，势若叛然。著锦衣卫速即逮讯，究治勿贷！

忠贤此时，方至阜城，寓宿驿舍，勿由京中密报谕旨，料知锦衣卫到来，被拘入京，必至伏法，遂与干儿李朝钦，对哭一场。双双解带，自缢身亡。怀宗闻忠贤自尽，饬将家产籍没，并逮魏良卿下狱。一面查客氏家资，搜得宫女八人，多怀六甲。看官道是何故？原来熹宗无子，属望颇殷，客氏出入掖廷，竟带出宫女若干名，令与子弟同寝，好使怀妊，再进宫中，谋为以吕易嬴，以牛代马的秘计。以吕易嬴，有秦时吕不韦故事。以牛易马，是晋朝小吏牛金故事。怀宗命太监王文政讯究，那一班弱不胜衣的宫女，怎禁得刑驱势迫，一经恫吓，便一一吐出实情，归罪客氏。文政据实奏陈，触起怀宗怒意，立命将客氏拘至浣衣局，掠死杖下。于是穷奢极欲，挟权怙势的老淫妇，把雪白的嫩肌肤，去受这无情刑杖，挨不到数十下，便已玉殒香销，惨赴冥司，与成妃李氏，裕妃张氏，及冯贵人等，对簿坐罪去了。也有此日，令人浮一大白。

客氏弟客光先，子侯国兴，一同拘到，与前封宁国公魏良卿，俱绑至法场，一刀一个，送他归阴。所有客、魏家属，无论长幼男女，尽行斩首。有几个乳儿婴孩，尚是盹睡未醒，也被刽子手一时杀尽。都下人士，统说是客、魏阴毒，应该受此惨报，并没有一人怜惜。可见福善祸淫，古今常理，君子乐得为君子，何苦陷害好人！肆行无忌，弄到这一番结果呢？当头棒喝。

客、魏已诛，阉党失势，给事中许可征，复劾崔呈秀为"五虎"首领，宜肆市朝。诏令逮治，并籍家产。呈秀归蓟州，闻这消息，罗列姬妾，及诸般珍玩，呼酒痛饮，饮尽一卮，立将酒卮掷去，随饮随掷，掷碎了数十卮，乃阖户自缢。山阴监生胡焕猷，越俎上书，极论黄立极、施凤来、张瑞图、李国潘等，身居揆席，一意媚阉，并应斥罢。怀宗以祖宗旧例，生监不得言事，便将焕猷论杖除名。黄立极料难久任，辞

职归休。施凤来等尚是恋栈，怀宗颇也动疑，令九卿科道，另
荐阁臣，仿古时枚卜遗典，将所荐阁臣姓名，贮入金瓯，焚香
肃拜，依次探取，得钱龙锡、李标来、宗道、杨景辰四人。复
因天下多事，更增二人，又得周道登、刘鸿训，遂并命入阁。
同为大学士。辅臣以得人为主，全凭君主藻鉴，岂得暗中摸索，便称
得人？怀宗首为此举，已是误事。罢施凤来、张瑞图、李国𣚣等。
国𣚣在三人中，还算持正，就是罢官归去，也是他自己乞休。
临行时，并荐韩爌、孙承宗自代，怀宗乃复召韩爌入阁。爌尚
未至，阉党杨维垣等，又力诋东林党人，明斥韩爌。谓与崔、
魏等，同为邪党。你算不是邪党，如何前时阿附崔、魏？编修倪元
潞，上疏驳斥，且请毁《三朝要典》，其词云：

> 梃击、红丸、移宫，三议哄于清流，而《三朝要典》
> 一书，成于逆竖。其议可兼行，其书必当速毁。盖当事起
> 议，与盈廷互讼，主梃击者力护东宫，争梃击者计安神
> 祖；主红丸者仗义之言，争红丸者原情之论；主移宫者弭
> 变于几先，争移宫者持平于事后。数者各有其是，不可偏
> 非也。未几而魏阉杀人，则借三案，群小求富贵，则借三
> 案，而三案面目全非矣。故凡推慈归孝于先皇，正其颂德
> 称功于义父。批根今日，则众正之党碑；免死他年，即上
> 公之铁券。由此而观，三案者天下之公议，《要典》者魏
> 氏之私书，三案自三案，《要典》自《要典》，以臣所见，
> 惟毁之而已。夫以阉竖之权，而役史臣之笔，亘古未闻，
> 当毁一；未易代而有编年，不直书而加论断，若云仿佛
> 《明伦大典》，则是魏忠贤欲与肃皇帝争圣，崔呈秀可与
> 张孚敬比贤，悖逆非伦，当毁二；矫诬先帝，伪撰宸编，
> 既不可比司马光《资治通鉴》之书，亦不得援宋神宗手
> 制序文为例，假窃诬妄，当毁三；况史局将开，馆抄具

备，七载非难稽之世，实录有本等之书，何事留此骈枝，供人唾骂？当毁四。愿敕部立将《要典》镂毁，一切妖言市语，如旧传点将之谣，新腾选佛之说，毋形奏牍，则廓然荡平，邪慝去而大经正矣。伏惟圣鉴施行！此折最为持平，故录述一斑。

先是魏阉伏法，所有历年奖敕，尽行收还，各处生祠，尽行撤除。至是复毁去《三朝要典》，乃将阉党所著邪议，一律推翻，遂赠恤天启朝被害诸臣，如前六君子，后七君子等，概赠官爵，悉予嘉谥，罢免追赃，释还家属。内外人心，喁喁望治。

既而韩爌至京，命为首辅，令定魏阉逆案，爌不欲广搜穷治，仅列四十五人，呈入拟罪。怀宗不悦，命再钩考，且面谕韩爌道："忠贤不过一个内竖，乃作奸犯科，无恶不作，若非内外臣僚，助他为虐，哪有这般凶暴？现在无论内外，须要一律查明，共同加罪，才见得是明刑敕法呢。"爌复奏道："外廷臣工，未知内事，不便捉风捕影，任情罗织。"怀宗微笑道："只怕未必，大约不敢任怨，所以佯作不知。明日朕当示卿。"言毕，即退殿入宫。越日，又召见韩爌等人，指案上布囊，语爌等道："囊中章奏累累，统是逆阉旧党，赞导拥戴，颂美谄附，卿可一一案名，列表惩处。"爌又叩首道："臣等职司辅导，不习刀笔。"怀宗面有愠色，又顾吏部尚书王永光道："卿系职掌铨衡，彰善瘅恶，应有专责。"永光亦回奏道："臣部止任考功，未曾论罪。"阉党罪恶滔天，害人奚止十百？此次怀宗践阼，敕定逆案，正当罗列无遗，为后来戒，乃彼推此诿，果属何为？怀宗又回顾刑部乔允升，及左都御史曹于汴道："这是二卿的责任，不要再推诿了。"当下命左右携下布囊，缴给允升，自己竟下座进内。允升不能再诿，只好与曹都御史，捧囊出来，启囊检视，按名列表，共得二百余人，呈入钦定。怀宗亲自裁夺，科罪七等。首逆魏忠贤、客氏，依谋反大逆律，枭首磔尸；次与首逆同谋，如崔呈秀、魏良卿、侯国兴等六人，立即斩决。又次为交结内侍，如刘志选、梁梦环、倪文焕、许显纯等十九人，均拟斩首，秋后处决；还有交结近侍次等，如魏广微、周应秋、阎鸣泰、杨维垣等十一人，及逆孽魏志德等三十五人，一并充军；再次为谄附拥戴，如太监李寔等十五人，亦俱充军；又有交结近侍末等，如顾秉谦、冯铨、王绍徽等一百二十八人，俱坐徒三年；最轻是交结近侍减等，如黄立极等四十四人，俱革职闲住。这二百多名罪人，统榜列姓名，各注罪状，刊布中外，且饬刑部照案惩办，不得再纵。于是客、魏两贼的尸首，再加寸磔，此外已经伏法，不必再核；未经伏法的罪犯，悉照钦定逆案，应斩应戍应徒应革职，处置了结。八千女鬼，化作春婆，不消细说。

且说怀宗生母刘贤妃，生前已经失宠，殁葬西山。怀宗年甫五岁，未识生母瘗所，及年渐长，询及近侍，方知窀穸所在，密付内侍金钱，具楮往祭。到了即位，追尊生母为孝纯皇后。且因东李庄妃，鞠育有恩，特上妃封号，并赐妃弟李成栋田产千顷。庙号大行皇帝为熹宗，尊熹宗后张氏为懿安皇后，立后周氏，册田氏、袁氏为妃，*为下文伏笔*。典礼粗定，谋修治术，起袁崇焕为兵部尚书，督师蓟、辽。崇焕至都，入见平台，怀宗咨及平辽方略，崇焕对道："愿陛下假臣便宜，约五年可复全辽。"怀宗心喜，又问了数语，入内少憩。给事中许誉卿，便问崇焕道："五年的限制，果可践言否？"崇焕道："皇上为了辽事，未免焦劳，所以特作慰语。"誉卿道："主上英明，岂可漫对？倘若五年责效，如何覆命？"崇焕俯首不答。*自知说错，所以俯首，然后来被置重辟，已伏于此。*既而怀宗复出，崇焕又上前跪奏，略言："辽事本不易奏功，陛下既已委臣，臣亦不敢辞难。但五年以内，户部转军饷，工部给器械，吏部用人，兵部调兵遣将，须内外事事相应，方能有济。"怀宗道："朕知道了。朕当饬四部大臣，悉如卿言。"崇焕又奏称制辽有余，杜谗不足，一出国门，便成万里，设有妒功忌能的人员，便足坏事。怀宗闻言，为之起座道："卿勿疑虑，朕当为卿作主便了。"大学士刘鸿训等，复请赐崇焕尚方剑，令便宜从事。怀宗概行照允，即遣崇焕去讫。

忽接福建巡抚熊文灿奏章，内称海盗郑芝龙，已经招降，应乞加恩授职等语。小子叙到此处，不得不将芝龙来历，详述一遍。芝龙泉州人，父名绍祖，为泉州库吏。太守蔡善继公出，突被一石子击中额上，立饬卫卒查捕。嗣捕到一个幼童，问明姓氏，便是库吏绍祖子芝龙。绍祖闻报大惊，急忙入署待罪，巧值芝龙出来，谓已蒙太守释放，绍祖不知就里，再入谒太守，叩首请罪。善继笑道："芝龙便是你子么？我见他相貌非凡，他日必当富贵，现在年尚幼稚，稍有过失，不足为罪，我已放他去了。"以貌取人，失之芝龙。绍祖才叩谢回家。后来善继去任，绍祖病逝，芝龙贫不能存，竟与弟芝虎流入海岛，投海盗颜振泉属下，去做剽掠勾当。振泉身死，众盗无主，欲推一人为首领，一时不能决定。嗣经大众公议，祷天择帅，供起香案。案前贮米一斛，用一剑插入米中。各人次第拜祷，剑若跃出，即推何人为长。说也奇怪，别盗拜了下去，剑仍一毫不动，偏偏轮着芝龙拜祷，那剑竟陡然跃出，落地有声。真耶假耶？大众疑为天授，遂推芝龙为盗魁，纵横海上，官兵莫与抗衡。闽中长官，以善继有德芝龙，再调任泉州道，贻书招抚。芝龙颇也感德，复书愿降，独芝虎不从，率众大哗。芝龙没法，仍留踞海岛，劫掠为生。福建巡抚朱一冯，新任抚缺，决计剿捕，遂遣都司洪先春，从水路出师，把总许心素、陈文廉从陆路出师，两路夹攻，总道是可灭芝龙。哪知陆军失道，只有洪先春舟师，进攻海岛，日间战了一仗，还是胜负相当，夜间由芝龙潜遣盗众，绕出先春后面，袭击先春，芝龙又从前面杀出，两下里夹击官军，害得先春跋前疐后，身被数刃，拼命走脱。芝龙也不追赶，擒住了一个卢游击，恰好生看待，释令还闽。

　　惟明廷接得败报，撤去朱一冯，改任熊文灿。文灿到任，温言招谕，且言归降以后，仍得统辖原部，移作海防。芝龙乃率众降顺，文灿即飞章奏闻。给事中颜继祖上言芝龙既降，应责令报效，方可酌量授职。怀宗准奏，当将原疏抄发到闽，令文灿照办。文灿转谕芝龙，芝龙恰也允诺。当时海盗甚多，李魁奇、钟彬、刘香老等，统是著名盗目，出没海乡。芝龙先击李魁奇，魁奇战败，走入粤中，被芝龙追杀过去，一炮轰毙。复移众攻钟彬，恰也战胜了好几仗，彬竟窜死。文灿又复奏闻，乃有旨授芝龙为游击。芝龙得了官职，复大击刘香老。香老为盗有年，寇掠闽广沿海诸邑，势甚猖獗。芝龙与他角逐海上，正是旗鼓相当，差不多的本领。香老因闽海边防，得一芝龙，恰是劲敌，不如窜入粤海，当下鼓行而南。粤中相率戒严。明廷升调熊文灿为两粤总督，文灿仍用招抚的老法儿，命守道樊云蒸，巡道康永祖，参将夏之本、张一杰等，同往抚谕。偏偏香老不从，竟把他四人拘住，急得文灿仓皇失措，飞调郑芝龙到粤，并拨粤兵相助，进击田尾远洋。香老见闽、粤联兵，战舰麇至，料知不是对手，遂硬胁樊云蒸出舟，止住来兵。云蒸大呼道："我已誓死报国了，诸君努力击盗，正好就此聚歼，切勿失此好机会呢！"数语甫毕，已被盗众杀死。参将复之本、张一杰等自知难保，索性夺刀奋斗。芝龙见寇船大噪，飞行过去，登舟一跃，纵上盗船，部众次第跃上，乱杀乱剁，霎时间扫得精光，把康永祖及夏、张二参将，一齐救出，越是拼死，越是不死。遂上前围裹香老坐船。香老支撑不住，欲走无路，没奈何纵火自焚，与船同尽。小子有诗叹道：

> 海上横行已有年，一朝命绝总难全。
> 杀人寻亦遭人杀，果报循环自有天。此诗别具感慨，并
非专指刘香老。

香老自尽，海氛顿息，芝龙得升任副总兵。欲知后事，且
看下回。

　　魏忠贤恶贯满盈，中外切齿，但伪恭不及王莽，
善诈不及曹操，无拳无勇，职为乱阶。故以年少之崇
祯帝，骤登大位，不假手于他人，即行诛殛。可见当
日明臣，除杨、左诸人外，大都贪鄙龌龊，毫无廉
耻。魏阉得势，即附魏阉，魏阉失势，即劾魏阉，杨
维垣之行事可鉴也。即如杨、左诸人，伉直有余，权
变不足，故俱遭陷害；否则如韩琦之治任守忠，杨一
清之除刘瑾，掉而去之，尚非难事，何至残善类而残
国脉耶？若夫郑芝龙，一海盗耳，善于驾驭，非必不
可为我用。观其击杀群盗，所向有功，亦似一海外干
城。但只可任之为偏裨，不能予之以特权，若终其身
为游击副总兵，亦不至有日后事矣。故惟有大材智者
乃足以御奸，亦惟有大材智者并足以使诈，惜乎明廷
内外之未得其人也。

第九十一回

徐光启荐用客卿　袁崇焕入援畿辅

却说怀宗用枚卜遗制，采得钱龙锡、李标来、宗道、杨景辰、周道登、刘鸿训等六人，同时入阁，总道是契合天心，定可得人。哪知来、杨两臣系魏阉余党，景辰且曾为《三朝要典》副总裁，一经授职，廷臣已是大哗，后来交章弹劾，乃将来、杨两人罢官。刘鸿训素嫉阉党，次第斥杨维垣、李恒茂、杨所修、孙之獬、阮大铖等，人心大快。独阉党余孽犹存，恨刘切骨。会惠安伯张庆臻，总督京营，敕内有"兼辖捕营"语，提督郑其心，谓有违旧例，具折讦陈。怀宗以所拟原敕本无此语，因御便殿问诸阁臣，阁臣俱云未知。既而御史吴玉言："由鸿训主使，兵部尚书王在晋，及中书舍人田嘉璧，统同舞弊。"乃将鸿训落职，谪戍代州，王在晋削籍，田嘉璧下狱。未免有人倾害，阁臣去了三人，免不得又要推选。廷臣列吏部侍郎成基命，及礼部侍郎钱谦益等，共十一人，呈入御定。礼部尚书温体仁，与侍郎周延儒，早已望为宰辅，偏偏此次廷推，两人均不在列，当下气愤填胸，遂将这廷推十一人中，吹毛索瘢，有心寻衅。巧巧查得钱谦益，曾典试浙江，略涉嫌疑，即劾他营私得贿，不配入阁。谦益后为贰臣，心术固不甚可取，但温、周二人，误明亡国，罪比谦益尤甚。

原来天启二年，谦益为浙江典试官，适有奸人金保元、徐时敏等，伪作关节，用一俚句，有"一朝平步上青天"七字，谓嵌入七义结尾，定可中选。试士钱千秋，本是能文，因求名性急，遂依了金、徐两人的密嘱，入场照办。揭晓以后，果然中了第四名。后来探得确音，本房拟荐第二，被主司抑置第四，料知关节非真，竟与保元、时敏相争，索还贿赂，猫口里挖鳅，也是多事。两造几至用武，闹得天下闻名。至部科磨勘，卷中实有此七字，报知谦益。谦益大惊，忙具疏劾奏二奸，并及千秋。有旨俱下狱论戍，谦益亦坐是夺俸。二奸瘐毙，千秋遇赦释还，案情已成过去。此次又为体仁讦发，当由怀宗召入谦益，与体仁对质。谦益虽未受赃，究竟事涉嫌疑，只好婉言剖辩。偏体仁盛气相凌，言如泉涌，且面奏怀宗道："臣职非言官，本不必言，会推不与，尤宜避嫌不言。但枚卜大典，关系宗社安危，谦益结党受贿，没人讦发，臣不忍见皇上孤立，所以不得不言了。"怀宗英明好猜，英明是好处，好猜是坏处。久疑廷臣植党，闻体仁言，再三点首。此时阁部科道，亦均被召，多为谦益辩白。吏部给事中章允儒，尤痛诋体仁，激得怀宗怒起，命礼部缴进千秋原卷，指斥谦益，谦益不得已引罪。怀宗叹道："今日若无体仁奏发，岂非误事？"体仁在天启初，已官礼部，彼时不闻纠弹，直至此时讦发，明是假公济私，怀宗奈何中计？遂叱令左右，缚允儒下狱，并切责诸大臣。周延儒又申奏道："廷推阁臣，名若秉公，奈暗中主持，实不过一二人，此外都随声附和，哪敢多言招尤？即如千秋一案，早有成谳，何必复问。"怀宗乃传令退班，即日降旨，罢谦益官，并罢廷推十一人，悉置不用。独用韩爌为首辅，且召爌面谕道："朕观诸大臣中，多半植党，不知忧国，卿为朕执法相绳。"爌叩首奏道："人臣原不应以党事君，人君也不可以党疑臣，总当详核人品，辨别贤奸，然后举错得当。若大廷上妄起戈矛，宫府中横分畛域，臣恐非国家幸福呢。"名论不刊。怀宗默然不答，不以爝言为然，是怀宗一生致病处。爝即见机叩退。未几，召见周道登，因奏对失言，又下旨放归。

崇祯二年五月朔，钦天监预报日食，届期失验时刻，怀宗遂严责钦天监官。原来中国历法，犹本唐尧旧制，相沿数千年，只墨守了一本旧书，不少增损。汉、唐及宋，岁时节气，及日蚀月蚀，往往相差至数时，甚且差至一二日。中国人不求进化，于此可见一斑。至元太史郭守敬，遍参历法，编造授时新历，推步较精，但中间刻数，尚有舛错，所以守敬在日，已有日月当食不食、不当食反食等事。一班吹牛拍马的元臣，反说日月当食不食，系帝后昭德回天，非常庆幸。日月不当食而食，说将若何？其实统是意外献谀，不值一辩。及明祖崛兴，太史刘基，上大统历，仍然是郭守敬的成书，以讹沿讹，怎能无误？可见刘基犹是凡人，并不是神仙等侣。夏官正戈丰据实复奏，略言："谨守成历，咎在前人，不在职等。"倒是善于卸责。独吏部左侍郎徐光启，上历法修正十事，大旨谓"中历未合，宜参西法"，并举南京太仆寺少卿李之藻，及西洋人龙华民、邓玉函，同襄历事。怀宗立即批准，饬召李之藻及龙、邓两西人入京，擢光启为礼部尚书，监督历局。中国用外人为客卿，及采行西洋新法，便是从此起头。大书特书。

看官！你道徐光启如何认识西人？说来话长，待小子略略补叙。自元代统一亚洲，东西两大洋，交通日繁，欧洲人士，具有冒险性质，往往航海东来。葡萄牙人，首先发现印度航路，从南洋麻六甲海中，附搭海船，行至中国，出没海疆，传教通商。嗣是愈来愈众，至明世宗四十三年，竟在粤海沿边的澳门地方，建筑商馆，创业经营，大有乐不思蜀的气象。粤省大吏，屡与交涉，方要求租借，每年出赁金二万两，彼此定约。此后荷兰国人、西班牙国人、英吉利国人，纷纷踵至，多借澳门为东道地。会意大利人利玛窦，亦航海来华，留居中国数年，竟能通中国语言文字，往来沿海各口，广传耶稣教福音。徐光启生长上海，与利玛窦会晤，谈论起来，不但畅陈博爱平等的教义，并且举天文历数，统是融会贯通。光启很是钦佩，引与为友，往往与他研究学术，通宵达旦，时人目为痴呆，光启全然不顾，竟把西学研通大半。实是一个热心人物，若后人尽如光启，中国也早开化了。到了入任侍郎，邀利玛窦入京，早思将他推荐。因利玛窦年已垂老，不愿任职，乃将他同志龙华民、邓玉函两人，荐修历法。李之藻亦热心西学，所以一并举用。光启且舍家宅为教堂，并请准在京师建会堂。寻又保举西人汤若望、罗雅谷等，同入历局，翻译天文、算术各书，约有数种。并制造仪器六式，推测天文。一名象限悬仪，二名平面悬仪，三名象限立运仪，四名象限座正仪，五名象限大仪，六名三直游仪，复有弩仪、弧矢仪、纪限仪诸器，统是适用要件，可法可传。光启又自著《日躔历指》《测天约说日躔表》《割圜八线表》《黄道升度》《黄赤道距度表》《通率表》等书，又译《几何原本》一书，至今尚流传不绝，推为名著。利玛窦于崇祯三年，病殁京师，赐葬阜城门外。墓前建堂两重，堂前立晷石一方，上刻铭词，垂为纪念。铭词计十六字，分为四句，首二句是"美日寸影，勿尔空过"，次二句是"所见万品，与时并流"，遗迹至今尚存。光启卒于崇祯六年，后来清帝入关，汤若望等尚在清廷为钦天监，这是后话不提。

且说袁崇焕奉命赴辽，修城增堡，置戍屯田，规划了一年有余，颇有成效。只因毛文龙镇守东江，势大官尊，免不得跋扈难驯，不服崇焕节制。崇焕早欲除去文龙，适文龙亲来谒见，乃以宾礼相待。文龙也不谦让，居然分庭抗礼，与崇焕对坐谈天。崇焕约略问了数语，当即谢客令归，既而借阅兵为名，径至东江，就双岛泊船。文龙循例迎接，崇焕恰格外谦和，留他在舟宴饮。欢语多时，方才谈及军务。崇焕拟改编营制，别设监司。文龙心中，独以为东江一岛，本是荒凉，全仗自己一人，招集逃民，经营起来，此次来了袁崇焕，无端硬来干涉，哪肯低首忍受？当即将前因后果，叙述一番，并说是岛中兵民，全系恩义相联，不便另行编制。崇焕微笑道："我亦知贵镇劳苦，但目今外患交迫，兵务倥偬，朝中大臣，又未必肯谅苦衷，我是奉皇上特遣，不得已来此，为贵镇计，到不如辞职还乡，乐得安闲数年呢。"崇焕此时，尚不欲杀文龙。文龙勃然道："我亦久有此意，只是满洲事情，还没有办了，眼前知道边务的人，又是很少。据文龙的意思，平了满洲，夺得朝鲜，那时功成名立，归去未迟。"太属狂言。说至此，竟放声大笑起来。死在目前，还要笑甚。崇焕嘿然无语，勉勉强强的与他再饮数杯，即命左右收拾残肴，文龙也即告辞。临别时，崇焕与他订约，邀阅将士较射山上，文龙自应诺去讫。

次日五更，崇焕已召集将校，授他密计，趁着晨光熹微的时候，便率众上山，一面遣人往催文龙。文龙尚高卧未起，一闻督师催请，没奈何起身盥洗，等吃过早点，催请的差人已来过三五次，当下穿好衣冠，匆匆出署，带着护兵，趋上山来。只见这位袁督帅，早已立马待着，正欲上前参见，偏被他握住了手，笑容可掬道："不必多礼，且同行上山罢！"文龙便随了崇焕，拾级上升，护军要想随行，却被督师手下的将弁，出来拦住，不得并进。崇焕与文龙，到了半山，突语文龙道："我明日就要回去，今日特向贵镇辞行。贵镇膺海外的重寄，杀敌平寇，全仗大力，理应受我一拜。"说着，即拜将下去，吓得文龙答礼不迭。正是奇怪。崇焕又与他携手同行，到了帐中，忽变色道："谢参将何在？"参将谢尚政应声即出，崇焕将文龙一推，便道："我将此人交代了你。"尚政背后，即跳出好几个健将，把文龙拿下。_{出其不意。}文龙大呼道："我得何罪？"崇焕道："你的罪不下十种，就是本部院奉命到此，改编营制，你便抗命不遵，背了我还是小事，你心中早无圣上，即此一端，已当斩首。"文龙此时，已似砧上肉、釜中鱼，只好叩头乞免。崇焕道："不必说了。"便望着北阙，三跪九叩首，请出尚方宝剑，缴与谢尚政，令将文龙推出处斩。不一时献首帐前，崇焕即整辔下山，驰谕文龙部众道："罪止文龙一人，余皆无罪。"又传唤文龙子承祚至前，面谕道："你父违叛朝廷，所以把他正法，你本无罪，好好儿镇守此处，我为公事斩了你父，我私下恰很念你父。你果勉盖父愆，我当替你极力保举哩。"说至此，又召过副将陈继盛，令他辅翼承祚，镇守东江，分编部兵为四协。并到文龙灵前，哭奠一番，然后下船回去。_{崇焕所为，全是做作，怎得令人敬服？}一面奏报明廷，怀宗未免惊疑，转念文龙已死，方任崇焕，只好优旨报闻。_{后来决杀崇焕，便是为此而起。}

哪知文龙部下，有两大义儿，一个叫作孔有德，一个叫作耿仲明。二人素受文龙恩惠，到了此时，便想为文龙报复私仇，所有"忠君爱国"四大字，尽行抛去，竟自通款满洲，愿为前驱，除这崇焕。满洲太宗，自然准降，惟仍教他留住东江，阳顺明朝，阴助满洲，作为牵制崇焕的后盾。自己径率大军，用蒙古喀尔沁台吉布尔噶图，_{台吉系蒙古官名。}作为向导，攻入龙井关，分两路进兵。一军攻洪山口，一军攻大安口，统是马到成功，长驱并进，浩浩荡荡的杀至遵化州。明廷闻警，飞檄山海关调兵入援，袁崇焕奉檄出师，遣总兵赵率教为先行，自率全军为后应。率教倍道前进，到了遵化州东边，地名三屯营，望见满洲军士，与蜂蚁相似。把三屯营困住，他却不

顾利害，不辨众寡，单靠着一腔忠愤，杀入满兵阵中。满兵见
有援师，让他入阵，复将两翼兵围裹拢来，把率教困在垓心。
率教左冲右突，东斫西砍，恰杀死满兵多名。怎奈满兵越来越
众，率教只领着孤军，越战越少，满望营中出兵相应，谁知营
中守将朱国彦，只怕满兵混入，竟紧闭营门，拒绝率教。率教
杀到营前，已是力竭声嘶，待至呼门不应，弄得进退无路，不
禁向西遥呼道："臣力竭了！"举剑向颈上一横，当即殉国，
全军尽覆。满兵乘胜扑营，朱国彦知不可守，与妻张氏投缳自
尽。等是一死，何不纳赵率教？

　　三屯营已失，遵化当然被兵，巡抚王元雅率同保定推官李
献明，永平推官何天球，遵化知县徐泽，及前任知县武起潜
等，凭城拒守，支撑了好几日。争奈满兵势大，援师不至，偌
大一个孤城，哪里保守得住？眼见得城池被陷，相率沦亡。明
廷闻遵化失守，惊慌的了不得。吏部侍郎成基命，奏请召用故
辅孙承宗，督师御敌。怀宗深以为然，立征承宗为兵部尚书，
兼中极殿大学士，视师通州。并命基命为礼部尚书，兼东阁大
学士，参预机务。承宗奉召入觐，具陈方略，即率二十七骑，
驰入通州城，与保定巡抚解经传，总兵杨国栋等，整缮守具，
协力抵御。是时勤王诏下，宣府、大同等处，各派兵入援，怎
奈见了满兵，统是畏缩不前，甚且半途溃散。满洲太宗遂连破
蓟州、三河、顺义，直薄明京，都中大震。亏得总兵满桂，由
崇焕遣他入援，已至德胜门下营。满桂也是一员猛将，见满兵
到来，即率五千骑卒，与满兵交锋起来，战了半日，不分胜
负，城上守将，发炮助威，满兵霎时驰退，满桂手下的兵士，
反被炮弹轰死数百名，桂亦负伤收军。怀宗正遣中官赍送羊
酒，慰劳满桂，令入休瓮城。忽闻袁崇焕亲率大军，偕总兵祖
大寿、何可纲等入卫，怀宗大喜，立刻召见平台，温言慰勉。

崇焕请入城休兵，偏不见许，再请屯兵外城，如满桂例，亦不见答。这是何意？崇焕乃出屯沙河门外，与满兵遥遥对垒，暗中在营外布着伏兵，防备满兵劫营。果然满兵乘夜袭击，着了道儿，还亏援应有人，步步为营，才得卷甲回去。怀宗遂命崇焕统辖诸道援师，崇焕料满兵远来，不能久持，意欲按兵固守，养足锐气，等到满兵退还，方才尾击。这是以逸待劳的上计。于是相度地势，择得都城东南角上，扼险为营，竖木列栅，竟与满兵久抗起来。满洲太宗正防这一着，忙率兵来争，崇焕坚壁相待，任他如何鼓噪，只令将士射箭放炮，挡住满兵，独不许出营一步。满兵驰去，越日又来攻营，崇焕仍用这老法儿对付，那时满兵又只得退去。如是相持，有好几日，蓦然间接奉诏旨，命他入见。当下驰入平台，叩谒怀宗，不意怀宗竟换了一张脸色，责他擅杀毛文龙，及援兵逗留的罪状。崇焕正欲剖辩，偏被怀宗喝住，只叱令锦衣卫缚住了他，羁禁狱中。小子有诗叹道：

> 率师入卫见忠贞，固垒深沟计亦精。
> 谁料君心太不谅，错疑道济坏长城。

欲知崇焕下狱详情，且至下回交代。

怀宗能用西洋人为客卿，独不能容一袁崇焕，岂外人足恃，而内臣不足恃耶？盖由怀宗好猜，所重视者惟将相，所歧视者亦惟将相，即位甫期年，已两易阁臣，阁臣虽未尽胜任，然如温体仁、周延儒辈挟私寻隙，反信而不疑，偏听失明，已见一斑。崇焕为明季将材，诱杀毛文龙，固近专擅，然文龙亦非足恃之

人，盘踞东江，虚张声势，安保其始终不贰乎？且满
兵西入，京畿大震，崇焕奉旨派兵，随即亲自入卫，
不可谓非忠勇之臣。乃中外方倚为干城，而怀宗即拘
令下狱，临阵易将，犹且不可，况以千里勤王之良
将，而骤遭械系乎？制全辽有余，杜众口不足，我闻
崇焕言而不禁太息矣！

第九十二回

中敌计冤沉碧血　遇岁饥啸聚绿林

却说袁崇焕被系诏狱，实堕满洲太宗的反间计。崇焕抚辽时，曾与满洲往来通使，有意议和，嗣因两造未协，和议乃破。朝中一班大臣，全然不识边情，统说是和为大辱，有战无和，此次满兵到京，反诬称崇焕召他进京，为胁和计。冤哉！枉也！怀宗渐有所闻，心中不能无疑。满洲太宗足智多谋，侦得明廷消息，遂写好两封秘密书信，暗投明京德胜门外及永定门外。可巧被太监拾得，呈与怀宗。怀宗折书一阅，第一行即列着满洲国主，遗书袁督师麾下，顿时大诧起来。及看到后文，无非是两下和议，偏又写得模模糊糊、隐隐约约，在可解不可解之间。若经明眼人一瞧，便已知是反间计。再三复阅，越觉动疑，意欲立召崇焕，诘问底细，无如京都危急，还想靠他保护，不得已暂时容忍。嗣有被敌擒去的杨太监，私下逃来，入谒怀宗，报称："督师袁崇焕，已与满洲主子，潜订和约，将为城下盟了。"怀宗沉着脸道："可真么？"杨太监道："敌将高鸿中等，自行密谈，由奴才窃听得实，所以乘夜潜逃，特来奏闻。"怀宗愤愤道："怪不得他按兵不动，停战了好几天。他已擅杀毛文龙，难道还要擅自议和么？"杨太监又说了几句坏话，惹得怀宗忍无可忍，遂召入崇焕，把他系狱。成基命慌忙入请，叩求怀宗慎重，怀宗怒道："'慎重'二字，就是因循的别名，有损无益。"不因循，便有益吗？基命复叩头道："兵

临城下，非他时可比，乞陛下三思后行！"怀宗不待说毕，竟
拂袖而起，返身入内。基命撞了一鼻子灰，只好退出。总兵祖
大寿、何可纲，闻崇焕被系，恐亦坐罪，遂拥众出走，径向山
海关外去了。

满洲太宗计中有计，不乘势攻打明京，反分兵游弋固安、
良乡一带，掳掠些子女玉帛，复回军至卢沟桥。明廷却用了一
个游方僧，名叫申甫，能制造战车，由庶吉士金声上荐，说他
善长兵事，特旨召见，擢为副总兵，令募新军。看官！你想申
甫平日，并没有经过战阵，无非靠了一些小聪明，造了几辆车
儿，哪里能抵挡大敌？况要他仓猝募兵，更是为难的事情。当
下开局召募，所来的多是市井游手，或是申甫素识的僧侣，一
时乌合，差不多有四五千人，竟到卢沟桥列着车营，阻截满
军。是谓不度德，不量力。满洲将士，呐喊一声，驱杀过来，申
甫忙饬众抵敌，哪知所有新兵，全然不懂打仗的格式，闻着号
令，吓得心胆俱裂；就是推车的人，事前本东驰西骤，无往不
宜，此刻竟麻木不仁，仿佛手足已染了疯病，不能动弹。那满
兵似狼如虎，提起大刀阔斧，杀入车营，见车就劈，见人就
杀，不到一时，已将申甫手下的新兵，扫除净尽，连申甫也不
知下落，大约已直往西方去了。白送性命。

满兵乘胜薄永定门，怀宗惶急得很，特设文武两经略，文
经略一职，简任尚书梁廷栋，武经略一职，就命总兵满桂充
当，分屯西直、安定二门。满桂主张坚守，与崇焕一样的规
划。怎奈怀宗此时，以廷臣多不足恃，仍在阉党余孽中，拣出
曹化淳、王应朝、吕凤翔等，作为心腹，不到两年，就易初志，
怀宗之致亡，即在于此。这班刑余腐竖，晓得甚么战略，只望两
经略杀退敌兵，便好放下愁肠，安享富贵，因此怂恿怀宗，屡
促两经略出师。廷栋是个文职，当然由满桂当冲，满桂不便抗
命，只得带领总兵官孙祖寿等，出城三里，与敌交绥。自午牌

起，杀到酉牌，尚是胜败未决。满洲太宗确是能军，潜令部兵伪作明装，趁着天昏地黑时，闯入明军队里，捣乱一场，满桂措手不及，竟与孙祖寿等，仓猝战殁，同作鬼雄。

明京危急异常，偏这满洲太宗，下令退军，竟率令全队，向通州而去。原来满洲太宗的意见，因明京急切难下，就使夺得，也是不能长守，一旦援军四集，反恐进退两难，不若四处骚扰，害得他民穷财尽，方好大举入京，占住那明室江山，所以得了胜仗，转自退去。怀宗本传宣密旨，饬备布囊八百，且令百官进马，意欲避敌迁都，嗣闻满兵退赴通州，方才罢议。

御史高捷、史𡎴本是魏阉党中的人物，不知如何漏网，仍得在职，大学士钱龙锡，平时很瞧不起这两人，两人怀恨在心，遂因崇焕下狱，讦奏龙锡。略说：“崇焕通款杀将，都由龙锡主使，当与崇焕并罪。”龙锡抗章申辩，高、史再疏力攻，那时龙锡心灰意懒，当即引疾告退。怀宗还算有恩，准他归休，不遑加谴。尚宝卿原抱奇，又劾奏首辅韩爌，谓爌系崇焕座师，也是主和误国，应并罢官。怀宗想去龙锡，已为群小所卖，所以劾奏韩爌，接踵而至。怀宗颇斥他多言，夺俸示罚。不防左庶子丁进，及工部主事李逢申，弹章又上。韩爌乐得引退，三疏乞归。爌先后入相，老成慎重，引正人，抑邪党，中外称贤。怀宗命定逆案，爌不欲刻意苛求，以致阉党尚存，终为所诬。怀宗也无意慰留，任他归去，当命礼部侍郎周延儒、尚书何如宠、侍郎钱象坤，俱为礼部尚书，入阁办事。

转眼间已是崇祯三年，满兵由通州东渡，克香河，陷永平，副使郑国昌，知府张凤奇等，一概殉节。兵部侍郎刘之纶，约总兵马世龙、吴自勉等，赴永平牵制满兵，自率部众直趋遵化，屯娘娘庙山。世龙等违约不赴，满兵竟趋击之纶，似橹并至。之纶带有木炮，出自手制，初发时，击伤满兵数十名，再发出去，那弹子不向前行，反向后击，自己打倒自己，

顿时哗乱起来。天意耶？人事耶？满兵乘隙进攻，之纶拼死再
战，足足的斗了一日，矢尽力穷，之纶知不可为，大呼道：
"死，死！负天子恩！"遂解佩印付与家人，令他走报朝廷。
家人才走数步，之纶已身中两矢，倒毙地上，所剩残兵，被满
兵一扫而空。满洲太宗复进拔迁安、滦州，直至昌黎，却由守
令左应选，誓死守城，屡攻不下。有此邑令，不愧应选二字。这
时候的孙承宗，已早由通州奉旨，调守山海关，继崇焕后任。
此笔补叙，甚是要紧，不然，满洲太宗至通州时，承宗岂竟作壁上观
耶？满洲太宗夙闻承宗重名，恐他截断后路，当即匆匆收兵，
回国去了。承宗正招谕祖大寿、何可纲，令他敛兵待命，大寿
亦上章自请，愿立功赎督师罪，明廷传旨宣慰，才免瓦解。嗣
闻满兵退归，承宗乃派兵西出，收复滦州、迁安、永平、遵化
四城，这也不在话下。

　　且说周延儒既夤缘入阁，遂替温体仁帮忙，竭力说项，大
学士李标见周、温毗连，不愿与伍，索性见机致仕。成基命也
辞职归里，体仁遂得奉旨入阁，居然为大学士了。应该奚落。
先是崔、魏擅权，体仁尝与相往来，杭州建魏阉生祠，他曾作
诗数首，颂扬魏阉功德。又尝私赂崔呈秀，求为援引。言官交
章讦发，怀宗还道他无党，攻讦愈众，信任愈专。真是南辕北
辙。阉党高捷、史䇓，遂仗体仁为护符，大出风头。他已弹去
钱龙锡，意尚未足，复由史䇓上疏言："龙锡主使崇焕，卖国
欺君，罪浮秦桧。且闻他罢职出都，尚将崇焕所畀重赂，转寄
姻家，谋为开复地步。"怀宗览疏动怒，立敕刑官定谳，限期
五日。刑部力为持平，呈上谳案谓："斩将是崇焕擅杀，议和
闻龙锡未许；罪坐崇焕，与龙锡无涉。"怀宗尚不肯信，召谕
廷臣，饬置崇焕极刑。且逮龙锡下狱，命群臣议罪。可怜这功
多罪少的袁督师，竟磔死市曹，平白无辜的钱故辅，复拘案待
质。温体仁与史䇓等，且欲力翻逆案，把"逆字"的恶名，

移加袁、钱两人身上，以袁为逆首，钱为次逆，还有一班持正不阿的大臣，均依次附名，更立一逆案，网尽群贤。商诸兵部尚书梁廷栋，廷栋不敢赞成。何不将他亦列入逆案？乃议龙锡大辟，立即取决。中允黄道周，上书为龙锡讼冤，怀宗把他贬秩外调，但心下颇也感动，只命将龙锡长系，既而减等论罪，遣戍定海卫，但已是冤屈得很了。论断平允。

且说明朝赋税，颇折衷古制，不尚烦苛，自神宗创行矿税，中官四出，任意诛求，海内为之渐困。至辽东事起，岁需边饷，又不得不尽情罗掘，加派民间，百姓益困苦得很。明廷又裁节内地兵饷数十万，减省各处驿站又数十万，兵不得饱，驿无遗粮，那时逃兵戍卒，往往亡命山谷，啸聚为盗，且乘时胁迫良民，同入盗薮，百姓既无恒产，哪有恒心？乐得投奔绿林，还好劫夺为生。自古祸乱，多原于此。天意也是奇怪，又迭降灾祲，只恐百姓未肯为乱，偏令他今岁水荒，明岁旱荒，弄得他寸草无生，只得相偕从盗，于是极大的乱端，就从崇祯改元以后，发生出来。

先是云南、贵州等处，蛮众作乱，首领奢崇明与安邦彦，统同一气，负嵎自固，总督闵梦得，敷衍了两三年，未曾奏效。应八十五回。怀宗即位，奢、安两酋，越发鸱张，崇明自号大梁王，邦彦称四裔大长老，出巢四扰，到处掳掠。怀宗复起用朱燮元为总督，调集云南、四川、贵州三路大兵，直捣贼巢，枭崇明，斩邦彦。安位穷蹙乞降，由燮元分设土司，筹垦荒田，筑堡置戍，立驿通道，庐井毕备，苗汉相安，西南一带，才得无事。承前启后，是最好销纳法。惟西北又复遭劫，连年饥荒，陕西巡抚乔应甲、延绥巡抚朱童蒙，又统是魏阉余党，专务虐民，不加体恤，遂酿成一班流贼，四出为殃，把大明一座完好江山，扰得东残西缺，地坼天崩。应首回流贼横行。

第一个作乱的盗魁，就是府谷民王嘉胤。嘉胤部下又有两大剧贼，一个就是李自成，一个就是张献忠。提出李、张独握纲领。献忠延安人，阴贼多智，尝与嘉胤往来。嘉胤劫富家粟，被有司悬赏缉捕，遂揭竿为盗，献忠纠众往从，尤称骁桀，贼中号为"八大王"。自成米脂人，狡黠善走，并能骑射，因家贫投为驿卒，驿站裁并，自成无所得食，亦奔投嘉胤。嘉胤拥众五六千人，聚居延庆府中的黄龙山，又有白水贼王二、宜川贼王左挂、安塞马贼高迎祥、饥民王大梁、逃兵周大旺等，率众响应，三边饥军，亦群起为盗，剽掠四方。陕西巡抚已改任刘廷宴，衰迈无能，讳言盗贼，至州县相继告警，尚叱退来使道："这是地方饥民，有何大志？略缓数日，自然解散了。"请你等着。嗣是贼氛愈炽，所在遭殃，刘廷宴无可如何，只好据实奏闻。怀宗授左副都御史杨鹤为兵部尚书，出督三边军务，剿捕流贼。杨鹤抵任，商洛道刘应遇，已击毙王二，追斩王大梁；督粮道洪承畴，亦击破王左挂，捕斩周大旺，贼渠半就诛灭。偏杨鹤主张从抚，檄令各军不得妄杀，遂至余灰复燃，转衰为盛。会满军入犯京畿，诏令各省派兵入卫，陕甘兵奉调东下，中途逃散，山西兵哗溃良乡，巡抚耿如杞逮狱论死，一班窜走的溃兵，不是向东，就是向西，结果是挺身走险，同为匪类。游兵不戢，必为国殃。

明廷复起前总兵杜文焕，督延绥、固原各兵，便宜讨贼。文焕檄谕王嘉胤、王左挂二寇，令他投诚。左挂时方穷蹙，与党羽王子顺、苗美等请降，独嘉胤不肯受抚，竟陷入府谷，据城抗命。总督杨鹤反匿不上闻，只遣官四出招贼，黠盗王虎、小红狼、一丈青、掠地虎、混江龙等，托词求抚，俱授给免死牌，安插延绥、河曲间。其实盗性未改，淫掠如故，不过形式上面，算是不放火，不杀人，就自称为安分的良民。百姓忍气吞声，无从控诉，孤男弱女，束手待毙，有一半刁狡强悍的，都随贼而去。朝旨复擢洪承畴为延绥巡抚，与副总兵曹文诏，协力搜剿。文诏忠勇过人，仗着一杆蛇矛，东西驰击，贼众似羊遇虎，多半被诛。王嘉胤不自量力，竟率众与他对垒，一场鏖战，杀得嘉胤大败而逃。文诏追至阳城，再与嘉胤接仗，嘉胤招架不住，遂被文诏刺死。八大王张献忠，率属二千人，奔降洪承畴；李自成走依高迎祥，迎祥为自成母舅，当然收留。还有嘉胤余党，另推李自用为首，绰号紫金梁，仍是瞽不畏死，出没西陲，并且纠合群贼，多至三十六营。这三十六营的贼目，真姓名多不可考，只有绰号相传，仿佛与梁山泊群盗一般。小子试录述如下：

神一元	不沾泥	红军友	老回回	八金刚	扫地王
闯塌天	破甲锥	邢红狼	乱世王	混天王	显道人
乡里人	活地草	革里狼	左金王	曹　操	关　索
混天星	过天星	独行狼	蝎子块	一字王	射塌天
混十万	可天飞	混天飞	点灯子	王老虎	金翅鹏
一条龙	满天星	混天猴	上天龙	马老虎	独头虎
上天猴	黑煞神	飞山虎	一只虎	撞天王	翻山鹞
整齐王	紫微星	托天王	十反王	小秦王	混世王
上天王	一连莺	一盏灯	钻天哨	开山斧	一座城
通天柱	爬天王	抓地虎	滚地龙	滚地狼	

以上诸贼，或一人为一营，或二三四五人，合为一营，分作三十六营。李、献两贼，不在其内，外此么么小丑，尚不胜数。小子有诗叹道：

区区三户足亡秦，况值关中尽乱民。
大好江山同瓦裂，半由天意半由人。

毕竟群盗能否扑灭，且至下回续详。

　　戮逆阉，定逆案，是怀宗第一英断，后人之推重怀宗，就在此着。乃曾几何时，而复用阉人，贻误国事，何始明而继又暗耶？杨太监既遭敌掳，安能骤然脱逃，况拘系敌营，宁肯以秘密军机，被其窃听？此在中智之主，当已可知为敌人狡计，陈平之间项羽，周瑜之间曹阿瞒，流传史册，怀宗宁独未闻？乃误信阉言，自坏长城若此。崇焕死而全辽危，谓非怀宗之自误，其可得乎？至宠任曹化淳、王应朝、吕凤翔等，尤属昏谬。阉党得志，善类复空，不特名将满桂，致陷沙场已也。厥后天怒人怨，相逼而来，陕西闹荒，嘉胤发难，星星之火，竟致燎原，天其既厌明德矣，彼偏听好猜之怀宗，尚能拨乱反正乎？论者谓明之亡，咎在熹宗不在怀宗，吾未敢信！

第九十三回

战秦晋曹文诏扬威　闹登莱孔有德亡命

却说三边总督杨鹤，专事招抚，如王左挂等一班盗目，概令免死。左挂复叛，后乃伏诛。鹤复招降神一元弟神一魁。一元陷保安，为副总兵张应昌击败，受伤身死。一魁以弟承兄，代领贼众，寻为总兵贺虎臣、杜文焕所围，弃城南走，转攻庆阳，陷合水。杨鹤遣使招降，一魁果至，伏地谢罪。别贼金翅鹏、过天星、独头虎、上天龙等，亦先后求抚，均至固原谒见。鹤命在城楼上虚设御座，遍竖旌旄，贼皆罗拜城下，齐呼万岁。当下传宣诏谕，令设誓解散，或归伍，或归农，贼众勉强应命，那心目中恰藐视杨鹤，见他军容未整，只仗着一个虚名皇帝，空作威福，有什么可怕呢？抚难于剿，全恃威德服人，方能就我范围，否则无不酿祸？随即起身同行，仍去做那盗贼生涯。就是一魁住城数日，因杨鹤诱诛同党刘金，也即叛去。御史谢三宾，及巡按御史吴甡，交劾杨鹤纵盗殃民，乃将杨鹤逮问，坐罪谪戍，特调延绥巡抚洪承畴，总督三边。承畴方收降张献忠，编为部曲，献忠奉命维谨，还道他真心诚意，不妨援例主抚，因此调往总督，也是随剿随抚，恩过于威。

会高迎祥、李自成等，收集山西溃卒，有众万人，推迎祥为闯王，自成为闯将，转寇山西、河南。且潜遣人勾结献忠，献忠遂叛了承畴，与高迎祥联合，横行山西，于是秦贼为一路，晋贼为一路，秦、晋世为婚姻，谁知变成盗薮？所过淫戮，惨不忍闻。或淫人妻女，令妇与夫面缚相观，稍一违忤，即被杀死。或令父淫女，或迫子淫母，待他淫毕，一概斩首。或掳住孕妇，剥去衣服，共猜腹中胎产，是男是女，剖腹相验，偶得猜中，大家贺饮，否则罚酒。又用大锅煮人油，掷入小孩，看他跳跃啼号，作为乐事，否则用矛刺入儿股，高举空中，令他盘旋矛上，叫号而死。或列木为台，令男妇共登台上，四面纵火焚烧，惨声震地，贼反拍手称快，狂笑不已。又或杀人剖腹，挖去脏腑，纳入人血米豆，用以喂马，使马肥壮，足以冲敌。最可恨的，是攻城不下，必使所掠妇女，裸体辱骂，稍一愧阻，乱刀交下，砍为肉泥。见有姿色的妇女，彼此轮奸，至奄奄就毙，即割去首级，把尸首倒埋土中，令下体向上，谓可压制炮火。惟一入人家，妇女欣然从淫，或还可以免死，因此贼兵过境，妇女不得不首先出迎，甚至自褫衣裳，供他侮弄，淫声秽语，遍达里闾，贼兵方才心欢，扬长而去。这真是古今罕有的奇劫，不知这明明在上的老天，何苦令若辈小民，遭此惨毒呢？我亦云然，大约天阍已闭，不见不闻。

　　且说总督洪承畴与总兵曹文诏，先拟剿除秦贼，次及晋贼。文诏转战而前，连败绥德、宜君、清涧、米脂诸贼，擒斩了点灯子，杀死了扫地王，再从鄜州间道，绕出庆阳，与甘肃总兵杨嘉谟、副将王性善合军，掩击红军友、李都司、杜三、杨老柴等，大战西濠。贼三战三北，杜三、杨老柴就擒，红军友、李都司脱走，转陷华亭，攻庄浪。文诏与嘉谟，从后追及，纵反间计，给令贼党攻杀红军友，复乘势击败贼众，贼众奔据唐毛山。游击曹变蛟，系文诏从子，鼓勇先登，余军随上，把贼众捕斩殆尽，惟李都司得脱，邀集可天飞、独行狼，及他盗郝临庵、刘道江等，围攻合水。文诏又星夜往援，将至城下，有羸贼千骑逆战，不到数合，纷纷退走。文诏麾众直进，已抵南原，忽闻胡哨四起，贼兵遍野而来，将文诏四面围住。城上守兵，互相惊告道："曹将军陷没贼中了，奈何奈何？"言未已，但见文诏挺着长矛，左驰右突，匹马盘旋，万众披靡。极写文诏。守兵暗暗喝采，也被他振起精神，鼓噪杀出，夹击贼兵，杀得尸横遍野，血流成渠。李都司等且战且走，到了铜川桥，十停中少去七八停，方抱头窜去。

文诏乃收兵回城，翌日黎明，复与宁夏总兵贺虎臣、固原总兵杨骐，会师追贼，驰至甘泉县的虎兕凹，贼众方才造饭，不期官军到来，惊得魂飞天外，大众弃了甲仗，拼命飞逃。可巧总督洪承畴带着锐卒，整队前来。原来承畴一军，与文诏分道扬镳，转战至平凉，途中适遇可天飞，便迎头痛击，可天飞正在逃命，怎禁得这支生力军，略略一战，当即毙命。李都司见不是路，慌忙下马乞降，独郝临庵、独行狼等落荒窜去，遁匿耀州锥子山。由文诏率军进攻，围堵山麓，贼众槁饿垂毙，自相残杀。独行狼、郝临庵等为众所戕，函首出降。适承畴督军继至，令贼众解甲缴械，把大小头目四百人，正罪伏法，余均遣散。是时神一魁叛据宁塞，为同党黄友才杀毙，友才又为副总兵张应昌击死，混世狼占据襄乐，亦被守备马科击败，授首部兵。关中巨寇，多半就诛，巡抚范复粹上书奏报，极言文诏为第一首功，应该优叙。巡按御史吴甡亦推奖备至，独洪承畴奏中，绝不提及。已蓄异志，无怪后来甘为贰臣。复粹再疏申请，兵部仍将他抑置，不得叙功，惟饬令赴剿晋贼。

闯王高迎祥及李自成、张献忠等，方分头四出，连陷大宁、隰州、泽州、寿阳诸州县，还有绰号"紫金梁"的李自用，绰号"曹操"的罗汝才，并邢红狼、上天龙各贼，骚扰太原、汾州等处。宣大总督张宗衡出堵平阳，巡抚许鼎臣出堵汾州，分地设汛，防贼阑入。已而参将李卑、贺人龙、艾万年率关中兵援晋，鼎臣檄令自卫，宗衡恨他专擅，独驱使还陕。群盗如毛，尚不协力堵御，何能底定？三将无所适从，坐看贼众鸱张，横行无忌。老回回、过天星、混世王等，皆乘隙窜入，大肆劫掠，亏得曹文诏渡河而东，越霍州，抵汾河，与贼众相值，屡战屡胜。贼众逃至盂县，又被文诏击败；转走寿阳，正与许鼎臣麾下张宰，兜头撞着。张宰系鼎臣谋士，所率从骑，也只有一二千人，他不过在途巡哨，并未尝有意堵贼，贼反被他吓退，随处乱窜。混世王纵马飞奔，冤冤相凑，碰了对头，被他一矛刺来，由胸贯背，好象一个穿心国内的人物，立刻坠马身死。来将非别，就是总兵官曹文诏。另换一种笔墨，益令文诏生色。文诏既刺死混世王，又奋力驰击，把寿阳、泽州的贼众，尽行逐去。紫金梁、老回回、过天星各贼，见了文诏大旗，便即飞遁。连高迎祥及李、献两盗，亦立脚不住，一古脑儿流入河北，有几股潜逾西山，大掠顺德、真定间，扰及畿南，为大名兵备副使卢象升，一鼓击退。有几股从摩天岭西下，直抵武安；副将左良玉率河南兵，驰往拦截，为贼所诱，陷入伏中，所有六七千兵士，死亡殆尽。良玉退走，贼氛大炽，河北怀庆、彰德、卫辉三府，所属州县，焚掠一空，潞王常淓，系穆宗孙，父名翊镠，曾就封卫辉，常淓袭封，闻流贼逼境，飞章告急，有诏遣总兵倪宠、王朴，率京营兵六千往援，并命内阉杨进朝、卢九德监军，复用太监干预戎政，然是可叹。一面促曹文诏移师会剿。

文诏奉命，自山西趋河北，到了怀庆，那贼首滚地龙，正在奸淫掳掠，非常高兴，猛闻文诏到来，不及遁走，却硬着头皮，上前抵敌，怎禁得曹军一股锐气，大刀阔斧，杀将过来，一时遮拦不及，好好一个头颅，被他砍去。滚地龙应改名滚头龙。余贼四散，由文诏追至济源，老回回望尘远遁。嗣与李卑、艾万年、汤九州、邓玘及左良玉诸将，迭破高迎祥、李自成、张献忠、罗汝才诸贼，方拟圈地兜剿，杀他片甲不留。哪知巡按御史刘令誉，挟着夙嫌，竟劾文诏恃胜心骄，致挂部议，调回大同。李广数奇，千古同慨。高迎祥等闻文诏调还，去了一个劲敌，心宽了一大半。但前面有河南兵，后面有京营兵，戈铤蔽空，无从飞越，他又想出假降的计策，把沿途所夺金帛，密赂各处带兵官，伪词乞降。各将不敢作主，独太监杨进朝，伸手要钱，代为入奏，且檄各将停战。总是若辈坏事。会值天寒冰合，高迎祥等潜从毛家寨渡河，狡脱而去。河南兵寂处寨中，无一出阻，等到渑池、伊阳、卢氏三县，相继告警，巡抚元默始督军会剿，贼众竟窜入卢氏山中，从间道入内乡，大掠南阳、汝宁，窜入湖、广去了。

小子叙了西边，又不能不夹叙东边。当西寇紧急的时候，登州游击孔有德、耿仲明等，竟纠众作乱。孔有德与耿仲明，同为毛文龙义子，文龙被杀，他曾通款满洲，逗留东江。见九十一回。东江参将刘兴治，戕害副将陈继盛，拥众叛去。有德与他异志，逃入登州。登、莱巡抚孙元化，尝居官辽东，素言辽东人可用，遂授有德、仲明为游击。还有孔耿同党李九成，亦得为偏裨。会满洲兵复寇辽东，围大凌城，元化遣有德赴援，有德佯为出师，至吴桥，天大雨雪，众不得食，顿时大哗。李九成与子应元，诱众为乱，入劫有德。有德本蓄异图，自然顺水推舟，拱手听命。李九成之主使，恐亦由有德主使。当下还兵大掠，陷陵县、临邑、商河，残齐东，围德平，转破新城、青城。

山东巡抚余大成遣兵往御，均为所败，正要亲自出师，忽来了登、莱巡抚孙元化，两下晤谈。元化尚力主抚议，前既误用，还要主抚，真是笨伯。大成也乐得少安。至元化归署，飞饬所属郡县，不必邀击，另派人驰谕有德，速即归诚。有德佯允来使，即与李九成直抵登州。总兵官张可大，方驻军城外，以有德狡诈宜防，不待元化命令，竟去截击有德。有德倒也一惊，两下交锋，斗了多时，眼看有德的军马，将要败阵下去，偏元化遣将张焘，谕令停战，可大军心一乱，反被有德杀了一阵。可大气愤愤的回入城中，有德尚在城外，见天色已暮，略略休息。夜餐毕后，忽见城内火光四起，料有内应，忙率众薄城。可巧东门大开，门首迎接的却有三人，为首的就是同党耿仲明，余二人乃是都司毛承禄、陈有时。有德大喜，进了城门，忙奔抚署，一入署中，见元化正图自尽，也要自尽么？当即阻住，且云：“蒙大帅恩，决不加害！”元化默然。此外同城各官，均被九成等拘住，惟总兵张可大，已将妾陈氏杀死，悬梁殉节了。不可有二，不能无一。有德推九成为主，自居次位，又次为仲明，又次为承禄、有时，即用巡抚的关防，檄征州县兵饷。且令元化移书大成，再行求抚。大成据事上闻，怀宗命将大成、元化，一并褫职候勘，另简徐从治为山东巡抚，谢琏为登、莱巡抚，并驻莱州，协力讨贼。

　　有德等已破黄县，陷平度，集兵攻莱，四面围住。从治屡出兵掩击，颇有斩获，只有德等终不肯退。相持数月，忽闻明廷特简侍郎孙宇烈，总督山东，统马步兵二万五千，浩荡东来。徐从治、谢琏等，总道是大军来援，可以即日解围，哪知这孙宇烈逗留中道，只管遣使议抚。有德等只把议抚条款，与他敷衍，且纵还故抚元化，及所拘官吏，表明就抚的意思，一面暗运西洋大炮，猛轰莱城。徐从治方登陴督守，不料炮弹无情，击中要害，立时殒命。莱城益危，又固守了月余，宇烈不至，城中已力竭难支。有德侦知消息，因遣人伪约降期，请文武官出城守抚。谢琏也料他有诈，留总兵杨御蕃守城，自与知府朱万年出城招降。有德与九成、仲明等，见了谢琏，下马跪拜，佯作叩首涕泣状。谢琏、朱万年也下马慰谕。未及数语，有德等陡然起身，指麾左右，把两人牵拥而去。杨御蕃见两人中计，忙紧闭城门，登陴守御。果然叛军大至，猛力扑城，城上矢石交下，才得击却。俄由叛军拥着万年，推至城下，胁令呼降。万年厉声道："我死了！汝等宜固守！"*我闻其言，如见其人。*御蕃俯视万年，不禁垂泪。万年又道："我堕贼计，死不瞑目。杨总兵！你快发大炮，轰死几个叛贼，也好替我复仇。"说到"仇"字，首已落地。*一死成名，死也值得。*御蕃大愤，即令军士开炮，"扑通""扑通"的放了数声，击死叛军多人，有德乃收兵暂退。谢琏竟绝粒自尽。怀宗闻这警耗，大加痛愤，遂逮宇烈下狱，诛元化，戮大成；命参政朱大典为金都御史，巡抚山东，一意主剿。饬中官高起潜监护军饷，兼程而进。*又是一个监军的太监。*

大典令副将靳国臣、参将祖宽为前锋，直至沙河，孔有德督军迎战。祖宽跃马突出，挺枪死斗，勇不可当。国臣驱军大进，一当十，十当百，饶你孔有德如何枭桀，也被杀得大败亏输，拨马奔走。祖宽等追至城下，有德等料不可敌，夜半东遁。莱州被围七阅月，至是始解，阖城相庆。越日，总兵金国奇等，进复黄县，斩首万三千级，活擒了八百多名。别将牟文绶驰救平度，阵斩贼魁陈有时。有德、九成、仲明等窜归登州，大典会集全师，进薄登州城下，亲自督攻。登州城三面倚山，一面距海，北有水城，与大城相接。水城有门，可通海舶，叛军恃此通道，所以屡攻不下。及被围日久，李九成出城搏战，中矢毙命。祖宽等乘胜驱杀，攻破水门外面的护墙，于是城中汹汹。孔有德忙收拾财帛，携挈子女，航海遁去。耿仲明、毛承禄及九成子应元等，相继出走，登州遂下。有德等奔至旅顺，忽由岛中驶出战舰数十艘，最先一舰，立着一位铁甲银盔的大将，持槊高叫道："叛贼休走！"正是：

　　　　濒海围城方幸脱，冤家狭路又相逢。

　　毕竟来将为谁？请看下回表明。

　　流贼不可抚，叛军愈不可抚。庸帅之所以纵寇，明廷之所以覆国，皆"抚"之一字误之也。观曹文诏之勇敢无前，所向有功，其得力全在一"战"字。朱大典一意进兵，不数月间，即荡平登、莱，其得力全在一"攻"字。可知流贼揭竿，叛军据险，并非不易剪除。其所以蔓延日甚，痈溃日深者，俱由于将不得人，志在苟安故也。是回叙剿流寇，而注意惟一曹文诏；叙讨叛军，而结局在一朱大典；此外不过就事论事，作为衬笔而已。藉非然者，满盘散沙，成何片段耶？

第九十四回

陈奇瑜得贿纵寇　秦良玉奉诏勤王

却说孔有德等北走旅顺，偏被一舰队截住，当先一员大将，乃是岛帅黄龙。有德令毛承禄、李应元等上前迎敌，自与耿仲明东走，投降满洲。毛承禄等敌不过黄龙，均被击倒。应元已死，承禄尚未毕命，当被黄龙生生擒住，押献京师。大逆不道的罪状，还有何幸？无非是问成极刑，磔死市曹。登、莱一带，总算平定了。

小子前回曾叙入满兵攻大凌城，未曾交代明白，不得不补叙清楚。自孙承宗督师关上，收复滦州、迁安、永平、遵化四城，复整缮关外旧堡，军声大振，偏来了辽东巡抚邱禾嘉，与承宗常要龃龉。承宗拟先筑大凌城，禾嘉恰要同时筑右屯城。工分日久，两城均未完工，满兵已进薄城下。禾嘉率总兵吴襄、宋伟，往援大凌，连战皆败，逃回锦州。大凌城守将便是祖大寿、何可纲两人，坚守了两三月，粮尽援绝，满洲招降书，屡射入城。大寿欲降，可纲不从，大寿竟坏了良心，把可纲杀死，开城出降。满洲太宗即班师回国。邱禾嘉被劾罢去，孙承宗亦致遭廷议，乞休回籍。叙此一段，注意在孙承宗免归，承宗去后，守辽自此无人。

那孔有德、耿仲明两人，奔降满洲，即怂恿满洲太宗，袭取旅顺。他的本意，无非恨着岛帅黄龙，想借了满洲兵力，灭龙复仇。虎伥可恨。满洲太宗乐得应允，先出兵鸭绿江，作为

疑兵；然后令孔、耿两人导引满兵，潜袭旅顺。黄龙果然中
计，遣水师阻截鸭绿江，岛中仅存千余人，至满兵到来，仓猝
堵御，已是寡不敌众。兼之军械军储，诸多单薄，孤守数日，
竟至不支，龙自刎死，部将李惟鸾、项祚临、樊化龙等均战
殁，满兵稳稳得了旅顺。旅顺岛外，有一广鹿岛，互为犄角，
副将尚可喜居守。可喜亦系毛文龙旧部，由孔有德贻书相招，
也率众出降满洲。当由满洲太宗，留可喜仍守二岛，令孔、耿
率兵归去。孔、耿以两岛为贽见仪，当然叙功给赏，孔得封满
洲都元帅，耿得封满洲总兵官，后来可喜亦得封满洲总兵，事
且慢表。

　　且说洪承畴调督三边，延绥巡抚一缺，用了一个陈奇瑜，
分遣诸将，擒斩贼目金翅鹏、一条龙等，又进攻延水关。关前
阻大山，下临黄河，势甚险固。贼首钻天哨、开山斧等，据关
负嵎，屡却官军。奇瑜佯遣兵他攻，自率精骑衔枚疾走，夜入
山寨。钻天哨、开山斧两人，正拥着妇女，大被长眠，蓦闻寨
外喊杀连天，揭帐一瞧，但见红光四绕，火星迸射，急得呼叫
不及，都赤条条的跃出床外，百忙中觅得短刀，出来迎敌。那
官军已如潮涌入，长枪巨槊，攒刺过去，两贼统是赤膊身体，
禁得住几多创痛，不到片刻，两贼中死了一双。贼众走投无
路，不是被火烧死，就是被官兵杀死。逆巢已破，大关随下，
偏冒冒失失的来了贼党一座城，带着悍徒千人，居然想抢还大
关。奇瑜麾军出击，不到一两个时辰，已把贼徒扫尽，一座城
也驰入鬼门关去了。*鬼门关中形势，比延水关何如？* 延水盗平，
奇瑜威名大振。

　　会值闯王高迎祥等，窜入湖、广，大掠襄阳、郧阳诸境，
老回回、过天星等又自郧阳入四川，径陷夔州。明廷遂擢奇瑜
兵部侍郎，总督河南、山、陕、川、湖五省军务。又以大名道
员卢象升知兵，调抚郧阳。奇瑜乃驰至均州，分檄陕西巡抚练

国事、河南巡抚元默、湖广巡抚唐晖，及郧阳巡抚卢象升，四面蹙击，大小数十战，擒住贼渠十余人，斩首至万余级。夔州贼驰还郧阳，来援楚贼，又被卢象升击败。贼众狂奔乱窜，或入河南，或趋浙、川，或走商雒，张献忠亦向商雒遁去，只高迎祥、李自成等，奔入汉中的车厢峡。峡在万山中间，有进路、无出路，里面山岭复杂，绵延数十里不断，闯王闯将误入此处，已陷绝地。贼众并无粮饷，单靠着四处劫掠，随夺随食，此时窜入山中，满山统是荆棘，何从得粮？这天空中又接连霪雨，淋漓了三四十日，弓脱胶，箭离干，马乏刍，弄得智尽力穷，无法可施；要想越出原路，那峡口外统是官军，枪戟层层，炮石累累，就是插翅也难飞去。高迎祥惶急万状，束手待毙，还是李自成集党商议，得了顾君恩诡计，搜集重宝，出赂奇瑜左右，浼令转达降意。奇瑜见贼众被困，渐有骄色，便命他面缚出降。自成竟自缚双手，大胆出来，叩首奇瑜马前，哀乞免死。何不一刀两段？奇瑜趾高气扬，率尔轻许，检阅贼众，共得三万六千余人，悉数遣归原籍。每贼百名，用一安抚官押送，且命所过州县，给发糇粮。高迎祥、李自成等均叩谢而去。贼众出峡已尽，离开大军，差不多有数十里，自成突起，刺杀安抚官，余贼也一同下手，把所有安抚官五十多人，尽行杀毙。沿途残戮，饱掠而西，一拥入秦中去了。

给事中顾国宝、御史傅永淳，交章劾奇瑜受贿纵贼，有旨逮问，戍边了事，别饬洪承畴代任。承畴不过一寻常将材，既要总督三边，又要兼辖五省，凭他如何竭力，也顾不得许多。并且山、陕、河南一带，不是水荒，便是旱荒，遍地哀鸿，嗷嗷中泽，怀宗虽下诏发仓，再三筹赈，怎奈区区粟帛，救不活几千百万饥民。还有黑心中使，奉旨经理，一半儿施赈，一半儿中饱。不诛群阉，能无亡国。俗语说得好："饿杀不如为盗。"一班饥民，统成千成万的去跟流贼。至闯王闯将，还走陕西，亡命无赖，随路收集，多至二十余万，蹂躏巩昌、平凉、临洮、凤翔诸府，惨无天日。承畴檄山西、河南、四川、湖广各路兵马，分道入陕。迎祥、自成，复东走河南。副将左良玉，方扼守新安、渑池，襄甲自保，任贼逸出。灵宝、汜水、荥阳诸处，又聚贼踪。承畴以秦中少靖，拟亲出潼关，督军讨贼。群贼闻得此信，遂大会荥阳，共计得十三家七十二营，列述如下：

高迎祥　李自成　张献忠　老回回　曹　操　革里眼
左金王　改世王　射塌天　横天王　混十万　过天星
九条龙　顺天王

　　这十三家七十二营，都是著名贼目，当下会集一处，议敌官军，彼此谈论纷纷，许久未决。李自成悍然进言道："匹夫尚思自奋，况众至一二十万，岂有半途自废的道理？官兵虽多，未必个个可用，为今日计，我辈宜各定所向，分认地点，与官兵决一雌雄，胜负得失，听诸天数，有甚么顾虑哩！"自成此言，恰是一个乱世豪雄，但何不申明纪律，收拾人心，所谓知其一不知其二，终弄到没有结局。大众见他意气自豪，都不禁磨拳擦掌道："闯将此言，很是有理，我等就这么办罢。"遂议定革里眼、左金王，抵挡川、湖兵；横天王、混十万抵挡陕西兵，过天星扼住河上，抵挡河南兵；迎祥、自成及献忠，出略东方；老回回、九条龙，往来策应。还恐陕兵势锐，更令射塌天、改世王，帮助横天王、混十万两人。所破城邑，子女玉帛，照股均分，总算公道。大家允议。

　　迎祥、自成、献忠三人，率众东出，陷霍州，入颍州，径趋凤阳。贼众至凤阳，留守朱国相，偕指挥袁瑞征、吕承荫等领兵三千名，拼死抵截，卒因众寡不敌，为贼所乘。国相自刭身亡，余皆战殁。贼遂焚皇陵，楼殿为烬，燔松三十万株，杀守陵太监六十余人，纵高墙罪宗百余人，因知府颜容暄，由迎祥、自成、献忠三人，高坐堂上，张乐鼓吹，把容暄活活杖死。又杀推官万文英等数十人，毁公私邸舍二万二千六百余间，光烛百里。献忠掠得皇陵小阉，颇善鼓吹，自成向他索请，献忠不与。自成遂怒，竟借迎祥走还，西趋归德。献忠独东陷庐江、巢县、无为、潜山，及太湖、宿松诸城邑，每陷一城，掠得妇女，必由献忠先择，拣取绝色数人，轮流伴寝。上半身令之艳妆，下半身褪去亵衣，令之裸体。或着五色背心一件，无论昼夜，一经淫兴勃发，立使横陈，任情污辱。宠爱数日，即将她们洗剥干净，杀死蒸食。至若掠得婴儿，亦视作羔儿豚儿一般，炮燔烹炙，用以佐酒。贼中残忍，无过献忠。献忠东掠数月，巡按凤阳御史吴振缨方将皇陵被祸，具奏上闻。怀宗素服避殿，饬逮凤阳巡抚杨一鹏及振缨下狱。一鹏弃市，振缨遣戍。别命侍郎朱大典，总督漕运，巡抚凤阳。

献忠闻大典将至，颇惮威名，更兼江北诸邑，素多山民，所在结寨，药弩窝弓，与贼相角，颇多杀伤。遂西出麻城，取道汉口，仍入陕西。高迎祥、李自成等因归德一带，官兵四集，也窜入陕境，秦中复为贼窟。往来无定，是之谓流贼。副将艾万年、柳国镇等先后阵亡。总兵曹文诏自调赴大同后，复奉命剿贼，至是闻秦中贼警，急趋信阳，谒见承畴，自请入陕一行。承畴怡然道："非将军不能灭此贼，但我兵已分，无可策应，将军若行，我当由泾阳趋淳化，自为后劲。"孤军深入，兵法所忌，承畴虽有后劲之言，然缓不济急，观前日抑功不奏，可知承畴之许，未必定怀好意。文诏乃只率三千人，从宁州进发，抵真宁县的湫头镇。见前面贼旗招展，蜂拥而来，当即布阵迎敌。从子变蛟带着前队，跃马出阵，横扫贼兵，斩首五百级，追奔三十里。文诏率步兵继进，天色骤晚，忽然贼兵大集，四面合围，流矢似飞蝗一般，射将过来。文诏左右跳荡，用矛刺杀百余贼，贼初不知为文诏，有叛卒大呼道："这是曹总兵，怪不得有此神勇呢。"贼且闻知"曹总兵"三字，怎肯轻轻放过？指麾群贼，合围益急。文诏尚挺矛乱刺，砉然一声，矛头竟断，身上复中了数矢，忍痛不住，竟拔出佩刀，自刎而死。游击平安以下，共死二十余人，惟变蛟得脱。贼众乘胜掠地，到处纵火，西安城中，光同白日。及承畴到了泾阳，文诏已战死数日，不过扼住中途，贼不得越。献忠仍出关东走，惟高迎祥、李自成尚留秦中。怀宗闻文诏阵殁，深为痛悼，钦赐祭葬，世荫指挥金事。一面命卢象升为兵部侍郎，总理江北、河南、山东、湖广、四川军务，与洪承畴分头讨贼。承畴办西北，象升办东南，双方各有责成，军务稍有起色。

　　承畴击迎详、自成，大战渭南、临潼间。自成大败东走，迎祥亦屡败，与自成分道东行，由河南至江北，围攻庐州，累日不下，转陷含山、和州，进犯滁州。总理卢象升，方招集诸将，出师凤阳，闻庐州被围，即率总兵祖宽、游击罗岱，驰抵滁州城下，击走贼众，追杀无算，伏尸蔽野，滁水为赤。迎祥、自成复渡河西走，再入陕西，时已崇祯九年了。百忙中标明年历，为下文接入清主称尊张本。

　　是年满洲太宗平定察哈尔部，收复内蒙古属境，获得元朝遗下的传国玺，遂自称为帝，易国号为大清，改天聪十年为崇德元年。惟察哈尔部酋林丹汗，向西遁走，清太宗恐死灰复燃，复派兵追赶，直到归化城，未见下落。军士捉不住林丹汗，遂顺路突入明边，骚扰宣州、应州、大同等处，夺得人口、牲畜七万六千，唱着凯歌，返旆自去。嗣又遣将入喜峰口，由间道至昌平，巡关御史王肇坤战殁。清兵连下畿内各州县，顺义知县上官荩、宝坻知县赵国鼎、定兴教谕熊嘉志及在籍太常少卿鹿善继、安肃知县郑延任，统同殉节。

　　警报飞达明廷，给事中王家彦，因陵寝震惊，奏劾兵部尚
书张凤翼，不知预备，有负职守。凤翼乃自请督师，命与中官
罗维宁，宣大总兵梁廷栋，互为犄角，防堵敌军。其实凤翼是
畏葸无能，只因言路纠弹，没奈何请命出师，杜塞众口。离都
以后，仍然逗留不进，作壁上观。那时畿辅告警，仍与雪片相
似，当由怀宗下诏，飞饬各镇兵入京勤王。且谕廷臣助饷，并
括勋戚、文武诸臣马匹，作为军需。粮马等物，索及廷臣，实乖
政体，何不将所有中官，一律查抄，较有着落。各镇或退缩不前，
或为流贼牵制，无暇入援。唐王聿键系太祖第二十三子桱七世
孙，袭封南阳，尝蠲金筑城，捍御流贼，至是独仗义勤王。行
至裕州，谁料朝命特下，反说他擅离封土，居心叵测，勒令退
还。聿键摸不着头脑，只好遵旨南归。后来部议加罪，竟把他
废为庶人，幽锢凤阳。叙入聿键，隐伏后文闽中拥立事。且申明怀
宗政令，出尔反尔，令人莫测。总理卢象升，鞠躬报主，闻近畿
各镇，多半观望，不由的慷慨洒泣，誓众入援。还有一位出类
拔萃的女丈夫，不惮千里，星夜奔波，竟自川东起程，入卫怀
宗。看官道是何人？便是前时助剿蛮酋、连破贼寨的秦良玉。
应八十四回。

　　原来良玉自永宁、水西，依次荡平以后，叙功加赏，得授
三品朝服。良玉遂撤去钗珥，除去环珮，竟改易男装，峨冠博
带，居然扑朔迷离，做了一个美貌的男子。并且挑选健妇，得
三五百人，也令她们易服相随，作为亲兵。当流贼窜入蜀道，
进陷夔州，她已出兵扼险，阻贼西进。应前回。及闻勤王诏下，
竟召集各部士兵，勉以忠义，倍道驰援。入都后，清兵已饱掠
飏去，京师解严。怀宗闻她到来，也觉诧异，立即传旨召见。
良玉仍朝服朝冠，登阶叩首，山呼万岁。当由怀宗温言慰勉，
她却不慌不忙，从容奏对。不但怀宗大悦，连朝右一班大臣，
均为改容起敬。当下颁布纶音，晋封良玉一品夫人，复由怀宗

亲制诗章，作为特别的宠赐。小子尚记得一绝句云：

> 蜀锦官袍手制成，桃花马上请长缨。
> 世间不少奇男子，谁肯沙场万里行？

后人诬谤良玉，说她勤王入都，公然带美貌男妾十余人，哪知她貌是男装，体属女身，并没有亏辱名节呢！力为良玉辩白，是替奇女子吐气。良玉拜赐后，仍带兵还蜀去了。欲知后事，且看下回表明。

闯王闯将，误入车箱峡，正陈奇瑜歼贼奏绩之时。况自成面缚乞降，不诛何待？设戮渠魁，赦胁从，则自成授首久矣，何至有甲申之惨变。然则纵寇误国之罪，实不容诛。崇焕磔死，奇瑜乃减至谪戍，功罪之倒置如此，几何而不亡国也。曹文诏忠勇冠时，复为群小挤排，陷入大敌，不死于滥刑，即死于贼寇，良将尽而国祚危矣。至清军入塞，勤王诏下，张凤翼、梁廷栋辈，毫无经济，徒事畏缩，各镇又多观望，入援者惟一义士卢象升，及一奇女秦良玉。象升固忠，并世尚有之；独如良玉者实难多得，特笔加褒，为女界吐气，即为男子示愧，有心人下笔，固自不苟也。

第九十五回

张献忠伪降熊文灿　杨嗣昌陷殁卢象升

却说卢象升奉诏入卫，至已解严，适宣、大总兵梁廷栋病殁，遂命象升西行，总督宣、大、山西军务，象升受命去讫。惟自崇祯三年至九年，这六年中，阁臣又屡有变易，如吴宗达、钱象坤、郑以伟、徐光启、钱士升、王应熊、何吾驺、文震孟、林钎等，差不多有一二十人，内中除郑、徐、林三人，在职病逝外，统是入阁未久，即行退免。看官听着！这在任未久的原因，究是为着何事？原来都是那材庸量狭的温体仁，摆布出来。

体仁自崇祯三年入阁，似铜浇铁铸一般，毫不更动，他貌似廉谨，遇着国家大事，必禀怀宗亲裁，所以边境杂沓，中原纷扰，并未闻他献一条陈，设一计议。怀宗自恃刚断，还道他温恭将事，任为首辅。哪知他专排异类，善轧同僚，所有并进的阁臣，无论他智愚贤否，但与他稍有违忤，必排斥使去。钱象坤系体仁门生，先体仁入阁，至体仁辅政，他便执弟子礼，凡事谦让，惟不肯无端附和，体仁以为异己，竟排他出阁。就是暗为援引的周延儒，应九十二回。也中他阴谋，致失上意，引疾告归。先是体仁见怀宗复任中官，遂请起用逆案中的王之臣等，讨好阉人。怀宗转问延儒，延儒谓："若用之臣，崔呈秀亦可告无辜。"延儒辅政，惟此二语，最为明白。说得怀宗为之动容，立将体仁奏牍，批驳下来。体仁由是挟嫌，阴嗾言官交劾延儒。延儒还望体仁转圜，体仁反暗中下石，及延儒察知，乃乞休而去。谁教你引用小人？给事中王绍杰、员外郎华允诚、主事贺三盛等，连疏弹劾体仁，均遭谴责。工部侍郎刘宗周，累疏指陈时弊，语虽激切，尚未明斥体仁，体仁竟恨他多言，拟构成宗周罪状，宗周因乞假出都。适京畿被兵，道梗不通，乃侨寓天津，再疏论政刑乖舛，至数百言，结末有"前后八年，谁秉国成，臣不能为首揆温体仁下一解语"云云。体仁大怒，竟入奏怀宗，情愿辞官。怀宗正信任体仁，自然迁怒宗周，当即传旨将宗周削籍。宗周山阴人，襆被归里，隐居讲学去了。后来宗周讲学蕺山，世称蕺山先生，殉节事见后文。体仁又倡言密勿宫廷，不宜宣泄，因此所上阁揭，均不颁发，亦未尝存录，所以廷臣被他中伤，往往没人知晓。但天下事若要不知，除非莫为，自己陷害别人，免不得为别人陷害。冤冤相报，总有一日。世人其听之！常熟人张汉儒，希体仁旨，讦奏钱谦益居乡不法，体仁遂拟旨逮问谦益。谦益惧甚，贿通关节，向司礼监曹化淳求救。化淳故王安门下，谦益曾为安作碑铭，一脉相关，颇有意为他解免。汉儒侦悉情形，密告体仁，体仁复白怀宗，请并坐化淳罪。化淳系怀宗幸臣，竟泣诉帝前，自请案治。最后查得体仁、汉儒，朋比为奸，乃始邀怀宗省悟，觉他有党，先将汉儒枷死，继将体仁免官。体仁还退食委蛇，自谓无虑，哪知免官诏下，惊得面如土色，连匕箸都失坠地下。弄巧成拙，安得不悔？归未逾年，即行病逝。不死何为？

怀宗复另用一班阁臣，如张至发、孔贞运、贺逢圣、黄士俊、刘宇亮、傅冠、薛国观等，大都旅进旅退，无所匡益，甚至内外监军，统是阉人柄政。京外的监军大员，以太监高起潜为首；京内的监军大员，以太监曹化淳为首。旋复召杨嗣昌为兵部尚书，兼东阁大学士，参预机务。嗣昌曾巡抚永平，丁父忧回籍，诏令夺情视事，当即入朝受职。他胸中没甚韬略，单靠一张利嘴，能言善辩，觐见时奏对至数百言，且议大举平贼，分各省官军为四正六隅，号为"十面罗网"，与景延广十万横磨剑相似。所任总督总理，应"从贼征讨"，复上筹饷四策：一因粮，每亩加输六合，岁折银八钱；二溢地，土田须核实输赋；三开捐，富民输资，得为监生；四裁驿，原有驿站，概属军官管理，裁节各费，悉充军饷。四策无一可取。统共预算，可增饷二百八十万，增兵十二万，怀宗一一照行，诏有"暂累吾民一年，除此腹心大患"等语。嗣昌复留意将才，引荐一人，就是陈奇瑜第二，叫作熊文灿。文灿就职广西，怀宗因嗣昌推荐，即遣中使往觇虚实，留饮十日，得贿数百金。开手即用贿赂，已足觇知品概。席间谈及中原寇乱，文灿酒酣耳热，不禁拍案痛詈道："都是庸臣误国，贻祸至此。若令文灿往剿，何异鼠辈？"中使起立道："上意方欲用公，公果有拨乱才，宠命且立下了。"文灿尚是抵掌狂谈，说个不休。次日酒醒，自悔失言，又与中使谈及，有五难四不可条件。中使疑他谦慎，敦劝再三而别。

过了数日，诏命果下，即授文灿为兵部尚书，总理南畿、河南、山西、陕西、湖广、四川军务，文灿也直受不辞，既知五难四不可，何勿上表辞职？大募粤人，用以自卫。弓刀甲胄，很是整齐，乃就道北行，东出庐山，谒僧空隐。空隐素有才学，因痛心世乱，弃家为僧，文灿与为故交，两下相见，空隐也不致贺，但对他唏嘘道："错了，错了！"文灿觉言中寓意，即屏去从骑，密询大略。空隐道："公此番受命将兵，自问能制贼死命么？"当头一棒，不啻禅偈。文灿踌躇半晌，答称未能。空隐复道："剿贼各将，有可属大事，独当一面，不烦总理指挥，自能平定剧贼么？"文灿道："这也难必。"空隐道："公既无一可恃，如何骤当此任？主上望公甚厚，若一不效，恐罪遭不测了。"文灿闻言，不禁色变，却立数步，嗣又问道：

"议抚何如?"空隐道:"我料公必出此计,但流寇与海寇不同,公宜慎重,幸勿自误误国!"文灿尚似信未信,即行别去。空隐说法,不亚生公,独顽石不知点头奈何?到了安庆,左良玉率兵来会,叙谈一番,很是投契。两人俱善大言,所以意气相投。当由文灿拜疏,请将良玉所部六千人,归自己直接管辖,得旨俞允。看官!你想良玉桀骜不驯,果肯受文灿节制么?彼此同住数日,良玉部下,已与粤军不和,互相诟詈,文灿不得已遣还南兵,只与良玉同入襄阳。

是时闯王高迎祥,为陕抚孙传庭所擒,解京磔死,贼党共推自成为闯王。自成欲由陕入川,甫出潼关,总督洪承畴檄令川陕各兵,南北夹击,斩贼数千级,将自成所有精锐,杀戮殆尽。连自成妻小,也都失去。自成走脱,欲依献忠,忽闻献忠已降熊文灿,没奈何窜走浙、川,投入老回回营,卧病半年,仍率众西去。看官谅可记着,前时献忠曾降顺洪承畴,旋即叛去。此次何故又降熊文灿?原来文灿驰抵襄阳,沿途刊布抚檄,招安群贼。献忠狡黠善战,独率众截击,不肯用命,偏被总兵左良玉、陈洪范二军,两路夹击,一败涂地。额上中了流矢,血流满面,险些儿被良玉追及,刀锋所至,仅隔咫尺,亏得坐骑精良,纵辔跳免。贼目闯塌天,与献忠有隙,竟诣文灿处乞降。献忠闻知,恐他导引官军,前来复仇,自己又负创过重,不堪再战,遂遣人至洪范营,献上重币,纳款输诚。献忠初为盗时,曾为洪范所获,因他状貌奇伟,释令归伍,他竟暗地逃去,至是复由来人传述,谓凤蒙大恩,愿率所部自效,杀贼赎罪。洪范大喜,转告文灿,受献忠降。文灿不鉴承畴,已是大误,洪范且不知自鉴,比文灿罪加一等。献忠遂至文灿营,匍匐请罪。文灿命起,详询余贼情状,献忠自言能制郧、襄诸贼,文灿信以为真,遂命他仍率旧部,屯驻谷城。献忠又招降罗汝才,汝才绰号"曹操",狡悍不亚献忠。当时湖、广、河南贼十五家，应推他两贼为魁桀。两贼既降，余贼夺气，文灿很是欢慰，拜表请赦，特旨准奏。哪知他两贼悍鸷性成，并非真心愿降，他因连战连败，进退无路，特借此投降名目，暂息奔波。暗中仍勾结爪牙，养足气力，那时再行叛逸，便不可当。这就所谓欲取姑与，欲奋先敛的秘计呢。议抚之足为贼利，阐抉无遗。

中原稍得休息，东北又起战争。清太宗征服朝鲜，又大兴兵甲，命亲王多尔衮、岳托，同为大将军，率左右两翼，分道攻明，入长城青山口，至蓟州会齐。蓟、辽总督吴阿衡败死，监军官太监邓希诏遁走，清兵乘势攻入，抵牛阑山，适遇总监高启潜，带着明兵扼守。启潜晓得什么兵事，平安时擅作威福，紧急时马上奔逃，一任清兵杀入，由卢沟桥直趋良乡，连拔四十八城，高阳县亦在其内。前大学士孙承宗，在籍家居，服毒自尽。子孙十余人，仗着赤手空拳，与清兵搏击，杀伤了数十人，次第毕命。明季将才，只熊廷弼、袁崇焕、孙承宗三人，至此无孑遗了。清兵又从德州渡河，南下山东，破州县十有六，并陷入济南。德王由枢，系英宗子见潾六世孙，在济南袭封，竟被掳去。布政使张秉文，巷战中矢，力竭自刎。妻方氏、妾陈氏，投入大明湖中，一同殉节。巡按御史宋学朱，及副使周之训等，或被杀，或自尽，大小忠魂，统归冥漠。只有巡抚颜继祖，已由杨嗣昌调赴德州，途中与清兵相左，因得免祸。但济南防兵，多随继祖北去，城内空虚，遂致仓猝失守，这也不能不归咎嗣昌呢。

嗣昌复檄宣、大总督卢象升，督兵入援，象升方遭父丧，固辞未获，遂缞绖从戎，忘家赴难。甫入京师，闻杨嗣昌与高启潜，有议和消息，心中甚以为非。会怀宗召对平台，谘询方略，象升慨然道："皇上命臣督师，臣意主战。"一味主战，也觉愚戆。怀宗不禁色变，半响方道："廷议或有此说，朕意何尝照准。"象升复历陈守御规划，怀宗也为点首，只命与嗣昌、起潜，会议战守事宜。象升退朝，与两人晤谈，当然未合，复入内复旨，即日陛辞。既出都门，又疏请与杨、高二人，各分兵权，不相节制。廷议以宣、大、山西三师属象升，山海关、宁远兵士属启潜。象升得晋职尚书，感念主恩，拟即向涿州进发。不意嗣昌亲到军前，与商和议，戒毋轻战。象升道："公等坚持和议，独不思城下乞盟，春秋所耻。长安口舌如锋，难道不防袁崇焕覆辙么？"嗣昌被他一说，顿时面颊发赤，徐徐方言道："如公所言，直欲用尚方剑加我了。"象升又愤愤道："卢某既不奔丧，又不能战，尚方剑当先加己颈，怎得加人？"语固近正，未免过激。嗣昌道："公休了！愿勿以长安蜚语陷人。"象升道："周元忠赴边讲和，往来数日，全国皆知，何从隐讳？"嗣昌无词可对，怏怏而去。原来周元忠曾在边卖卜，与边人多相熟识，所以嗣昌遣他议和，但亦未得要领，不过敷衍塞责。既要议和，亦须选一使才，乃委诸江湖卖艺之流，不特无成，且不免为敌人所笑。象升心直口快，索性尽情说透。

越日，象升复晤着起潜，两下谈论，越发龃龉。象升遂一意进行，道出涿州，进据保定，闻清军三路入犯，即遣将分头防堵。怎奈象升麾下，未及二万人，不敷遣调，清兵又疾如暴雨，驰防不及，列城多望风失守。嗣昌竟奏劾象升调度失宜，削尚书衔，仍以侍郎督师，象升恰不以为意。最苦是兵单饷薄，没人援应，每至夜间，独自饮泣，及到天明，又督厉部卒，有进无退。一面檄兵部输粮，偏被嗣昌阻住不发，看看粮饷已尽，将士皆饥，自知去死不远，遂于清晨出帐，对着将士下拜，并含泪道："我与诸君同受国恩，只患不得死，不患不得生。"言之痛心。众将士闻言，个个感泣，都请与敌军决一死战。象升乃出发巨鹿，检点兵士，只剩五千名。参赞主事杨廷麟，因起潜大营，相距只五十里，拟前去乞援。象升道："他肯来援我吗？"廷麟坚请一行，象升握廷麟手，与他诀别道："死西市，何如死疆场？我以一死报君，犹自觉抱歉呢。"

廷麟去后，象升待了一日，毫无音信，遂率兵径趋嵩水桥，遥见清兵如排墙一般，杀将过来，部下总兵王朴即引兵逃去，只留总兵虎大威、杨国柱两人，尚是随着。象升分军为三，令大威率左，国柱率右，自率中军，与清兵拼死相争，以一当十，兀自支持得住。大战半日，杀伤相当。傍晚各休战小憩，到了夜半，象升闻鼓声大震，料知敌兵前来，出帐一望，见自己一座孤营，已被清兵团团裹住，忙率大威、国柱等，奋力抵御。迟至天明，清兵越来越众，围至三匝，象升麾兵力战，炮尽矢穷，大威劝象升突围出走，象升道："我自从军以来，大小数十百战，只知向前，不知退后。今日内扼奸臣，外遇强敌，死期已至，尚复何言？诸君请突围出去，留此身以报国，我便死在此地了！"言已，竟手执佩剑，杀入敌阵，身中四矢三刃，尚格杀清兵数十人，力竭乃亡。一军尽没，惟大威、国柱得脱。起潜闻败，仓皇遁还，杨廷麟徒手回营，已成一荒郊惨野，暴骨盈堆，中有尸首露着麻衣，料是象升遗骸。惨心椎血，有如是耶？乃邀同顺德知府于颖，暂为掩埋，并联衔入奏。嗣昌已闻败耗，犹匿不上闻，及廷麟疏入，不便隐讳，反说象升轻战亡身，死不足惜。怀宗竟误信谗言，不给恤典。及言官交劾起潜，说他拥兵不救，陷没象升，乃将起潜下狱，审讯得实，奉旨伏诛。直至嗣昌败后，乃加赠恤，这且慢表。

且说象升已死，清兵未退，明廷急檄洪承畴总督蓟、辽，孙传庭总督保定、山东、河北军务。传庭疏请召见，嗣昌恐他奏陈己过，拟旨驳斥，只令他速即莅任。传庭愠甚，引疾乞休。嗣昌又得了间隙，遂劾传庭逆旨偷生。怀宗也不辨皂白，竟逮传庭下狱，削籍为民。还幸清兵只来骚扰，无意略地，一经饱掠，即班师回去，明祚尚得苟延了五六年。小子有诗叹道：

> 一蚁凭堤尚溃防，况令孤鼠握朝纲。
> 忠良惨死群阴沍，国祚何由不速亡。

清兵退后，中原流贼，又乘隙猖獗起来，待小子下回再表。

　　读此回，见怀宗之为国，非惟不得人，抑且不得法。寇不可抚而抚之，清可与和而不和，是实为亡国之一大祸苗。推怀宗之意，以为流寇吾民也，叛则剿，服则抚，抚则安民。清国吾敌也，只可战，不可和，和则怯敌。讵知寇已跳梁，流毒半天下，人人欲得而诛之，尚可言抚乎？清主本非同族，远峙关外，暂与言和，亦属何伤？设令一面与和，一面会剿，待扫平流寇，休养数年，再俟关东之隙，出师征讨，清虽强，不足平也。乃内则主抚，外则讳和，流寇忽降忽叛，清兵自去自来，顾西失东，顾东失西，将士疲于奔命，而全国已瓦解矣，欲不亡，得乎？或谓主抚者为熊文灿，不主和者为卢象升，皆非怀宗之咎，不知庙谟失算，众将纷呶，贷死之诏，自谁发乎？耻和之言，与谁语乎？尚得谓怀宗无咎乎？至若温体仁、杨嗣昌之得邀宠任，并及中官之滥用监军，贤奸倒置，是非不明，我更不欲责矣。

第九十六回

失襄阳庸帅自裁　走河南逆闯复炽

却说熊文灿既收降张、罗二贼，余贼胆落，湖、广、河南一带，稍稍平静。文灿遂上言"兵威大震，潢池小丑，计日可平"等语，怀宗优诏报答。至洪承畴调督蓟、辽，孙传庭无辜下狱，关、陕中失两统帅，张献忠遂密图自逞，拥兵索饷，日肆劫夺。谷城知县阮之钿，屡禀文灿，乞为预防，文灿不省。献忠遂杀之钿，毁谷城，胁众复叛。罗汝才闻献忠动手，自然起应，与献忠同陷房县，杀知县郝景春，及其子鸣鸾。左良玉率兵追剿，至罗山，遇伏败绩，丧士卒万人，并亡副将罗岱。杨嗣昌闻报大惊，亟面奏怀宗，请自出督师讨贼。无非恐文灿得罪，自己连坐，因请自出以试怀宗，自谋不可谓不巧，但人有千算，天教一算，奈何？怀宗乃削文灿官，降良玉职，命嗣昌代文灿任，赐尚方剑，及督师辅臣银印。临行时，由怀宗亲钱三爵，赐诗勒石。又弄错了。嗣昌拜谢而出，驰抵襄阳，此行恐非初志。入文灿军。文灿方在交卸，缇骑忽至，把他逮解京师，寻即弃市。空隐之言验矣。

嗣昌大会诸将，誓师穷剿，左良玉、陈洪范等毕至，良玉英姿特达，词辩生风，大受嗣昌赏识。以貌以言，宁可取人。嗣昌即奏良玉有大将才，请破格任用，应拜为平贼将军，有旨报可。良玉即佩将军印，偕诸将至枸平关，与献忠遇，出师合击，战败献忠。献忠遁入蜀界。良玉复从后追蹑，正驱军大进，忽接嗣昌来檄，令他驻兵兴平，遣别将贺人龙、李国安等，入蜀追贼。良玉愤愤道："我正要乘胜图功，剿灭此贼，乃无端阻我前进，真是何意？"言毕，把来檄掷诸地上，仍饬进兵，似此骄将，安肯受嗣昌笼络？直抵太平县境的玛瑙山。山势险峻，方拟倚险立营，蓦闻山上有鼓噪声，仰首眺望，见贼已踞住山巅，乘高大呼。良玉戒军士轻动，自己从容下马，周览一番，才分兵为三队，三面登山，且下令道："闻鼓声乃上。"各将踊跃听令，等了半晌，尚不闻有鼓声。大众惊疑参半，遥望山上各贼，或坐或立，阵势错乱，都不禁交头私议，谓此时不上山进攻，更待何时？偏偏中军帐下，仍寂无音响，大众未免焦躁。倏已天晚，突闻鼓声大起，随即三面齐登，直上山顶。献忠也拟乘夜下山，不防良玉已先驰上，且分军三路，堵不胜堵，顿时脚忙手乱起来。官军冲突入阵，锐厉无前，献忠料不可支，策马先奔。贼众见献忠一走，都是逃命要紧，纷纷四窜。怎奈天色已昏，忙不择路，有坠崖的，有陨涧的，稍稍仔细，徐行一步，便被官军杀死。贼党扫地王曹威，白马邓天王等十六人，统不及逃避，陆续毙命。只献忠逃至山后，回顾残众，仅得数百人，连自己的妻妾，也不知去向了。此时无暇寻觅，但急急忙忙的遁入兴归山中。罗汝才自旁道出，犯蜀夔州，偏遇石柱女官秦良玉，率众来援，智曹操碰着勇貂蝉，一些儿没有胜着，大纛旗被她夺去，所率勇悍贼目，又被她斫死六人，没奈何遁入大宁。

　　杨嗣昌闻两贼穷蹙，飞檄左良玉及贺人龙，令他穷搜会剿，指日歼除。哪知左良玉不肯深入，贺人龙也是逗留。原来玛瑙山未战以前，嗣昌以良玉违令进兵，拟夺良玉封印，给与人龙，且曾与人龙面谈，嘱令尽力。至玛瑙山捷报驰至，嗣昌又左右为难，不得已婉告人龙，静待后命。主见未定，如何做得统帅？良玉虽未曾夺印，闻着这个消息，心中很是怏怏。人龙也好生怨望，遂致你推我诿，把贼寇搁起一边。献忠复遣人游说，至良玉营，与语道："献忠尚在，所以公得见重，否则公亦无幸了。"木朽蛀生，即此可见。良玉也以为然，乐得观望徘徊，按兵不动。献忠遂得潜收溃卒，西走白羊山，与罗汝才会合，再出渡江，陷大昌，攻开县，沿途追胁，气焰又张。

嗣昌闻贼又啸聚，自出赴蜀，驻节重庆。监军评事万元吉，入白嗣昌谓："左、贺两军，均不足恃，贼或东窜，必为大患，须亟从间道出师，截他去路，方为万全。"嗣昌不从，只檄令左、贺各军，蹙围贼众，毋令他逸。人龙本屯兵开县，托词饷乏，引军西去，良玉迟久方至。嗣昌拟水陆并进，追击献忠，且下令军中道："汝才若降，免罪授官。献忠罪在不赦，若得献忠首，立赏万金，保举侯爵。"此令下后，过了一日，那行辕里面，四处张着揭帖，上面写着："能斩督师杨嗣昌，赏银三钱"。妙不可言。嗣昌瞧着，不胜骇愕，还道左右皆贼，遂限令进兵，军心已变，速进何益？自统舟师下云阳，令诸将陆行追贼。总兵猛如虎、参将刘士杰，奋勇前驱，与献忠相值。士杰当先突阵，贼众辟易。献忠遁入山中，凭高俯瞰，但见如虎一军，有前无继，遂想了一计，命部下悍贼，绕道山谷中，抄出官军后背，自率众从高驰下，夹击官军。士杰与游击郭开，先后战死。惟如虎突围而出，甲仗军符，尽行失去。良玉军本在后面，不但不肯进援，反且闻风溃走。献忠遂席卷出川，复入湖北，途次虏嗣昌使人，从襄阳返四川，询知襄阳空虚，遂将他杀死，取得军符，密令二十八骑，改易官军衣饰，令持符入襄城，潜为内应。

襄阳为嗣昌军府，军储军械，各数十万，每门设副将防守，监察颇严。及贼骑夜至城下，叩门验符，果然相合，遂启城纳入。是时城内官民，未得开县败报，个个放心安睡，不意到了夜半，炮声震地，火光烛天，大家从睡梦中惊醒，还是莫名其妙。至开门四望，好几个做了无头之鬼，才知贼兵入城，霎时间阖城鼎沸，全局瓦解。知府王承曾，潜自出走，望见城门洞开，一溜烟的跑了出去。兵备副使张克俭、推官邝曰广、游击黎民安，仓猝巷战，只落得临阵捐躯，表忠千古。旌扬忠烈，阐发幽光。贼众纵火焚襄王府，襄王翊铭，系仁宗子瞻墡六世孙，嗣爵袭封，至是被虏，由贼众拥至南城楼。献忠高坐堂皇，见襄王至，命左右持一杯酒，劝王令饮，且语道："王本无罪，罪在杨嗣昌。但嗣昌尚在川境，不能取他首级，只好把王头一借，令嗣昌陷藩得罪，他日总好偿王性命，王宜努力尽此一杯！"悍贼亦解调侃。襄王不肯遽饮，顿时恼动献忠，将他杀害，投尸火中。宫眷殉节，共四十三人。还有未死宫女，都被贼众掠去，任意淫污。所有军资器械，悉为贼有。献忠觅得自己妻妾，尚在狱中，不禁喜慰，遂发银十五万两，赈济难民。乐得慷慨。留居二日，又渡江陷樊城，破当阳，入光州。杨嗣昌方追贼出川，至荆州沙市，闻襄阳失陷，急得魂魄俱丧，飞檄左良玉军往援，已是不及。寻又闻李自成陷河南府，福王常洵被害，不禁掩泣道："我悔不听万元吉言，今已迟了。"言已，呕了好几口鲜血，又自叹道："失二名郡，亡两亲藩，此系何等重事，皇上岂肯赦我？我不若自尽，免得身首两分。"遂绝粒数日，竟致饿死。还算硬朗。

看官听说！前回说到李自成穷蹙无归，亏得老回回留他在营，卧病半年，才得逃生，此时何故势焰复盛，陷入河南呢？说来话长，且听小子说明底细。自成率领残众，窜入函谷关，又被官军围住，不得他逸，意图自尽。经养子李双喜力劝乃止。官军围攻甚急，杨嗣昌时在襄阳，独檄令军中道："围师必缺，不若空武关一路，令他出走，追擒未迟。"又是他的妙计，放令出柙。诸将依令而行。自成将所掠妇女，尽行杀毙，单率五十骑，从武关逃出郧阳，纠合诸贼，再出淫掠。总兵贺人龙等，屡剿屡胜，擒滚地狼，斩蝎子块，所有混十万、金翅鹏、扫地王、小秦王、托天王、过天星、关索、满天星、张妙子、邢家米，及自成部将火天王、镇天王、九条龙、小红狼、九梁星等贼，相继投诚。惟自成始终不降。

自成有骁将刘宗敏，本蓝田县锻工，随从自成，独得死力，至是见众势日蹙，亦欲归降官军，自成察得隐情，便邀他走入丛祠密语道："人言我当为天子，不意一败至此。现有神明在上，且向神一卜，如若不吉，你可断了我首，往投官兵。"宗敏闻言，即与自成一同叩祷，三卜三吉。神明亦助剧贼，想是劫数难逃。宗敏跃起道："神明指示，谅必不差，我当誓死从汝。"自成乃道："官军四逼，除非人自为战，无可突围。我的妻小，前已失去，所掠妇女，亦都杀死，单剩一个光身子，倒也脱然无累。只兄弟们多带眷属，未免累坠，一时不能尽走，奈何？"宗敏道："总教你得做皇帝，撤去几个妻妾，亦属何妨。"随即相偕归营。到了次日，宗敏携着两颗首级，入见自成。自成问首级何来？宗敏道："这是我两妻的头颅，杀死了她，可同你突围，免生挂碍。"自成大喜道："好！好！"人家杀死妻妾，还连声称好，可见得是盗贼心肠。宗敏把两妻首级，掷示余党道："古人说的妻子如衣服，衣服破碎，尽可改制。我已杀死两妻，誓保闯王出围，诸君如或同志，即请照办。他日富贵，何愁没有妻妾，否则亦任令自便。"贼党被他激动，多半杀死妻孥，誓从闯王。又是许多妇女晦气。自成又尽焚辎重，微服轻骑，从郧阳走入河南。适河南大饥，斗斛万钱，自成沿路鼓煽，不到一月，又得众数万人，破宜阳，陷永宁，连毁四十八寨，势又猖獗。

杞县举人李信，系逆案中李精白子，尝出粟赈济饥民，百姓很是感德，争呼"李公子活我"。会绳妓红娘子作乱，把李信掳去，见他文采风流，硬迫他为夫妇。李信勉强应允，趁着空隙，孑身逃归。地方官糊涂得很，说他是盗，拘系狱中。红娘子闻知，竟来劫牢，饥民相率趋附，戌官破狱，把信救出。信见大祸已成，不得不求一生路，遂与红娘子及数百饥民，往投自成，备陈进行规划。自成大喜，与他约为兄弟。同是姓李，应做弟兄。信改名为岩，且遗书招友，得了一个牛金星。金星系卢氏县举人，因磨勘被斥，颇怨朝廷，既得信书，遂挈了妻女，往依自成，为主谋议。自成初妻韩氏，本属娼家出身，在米脂时，与县役盖君禄通，被自成一同杀死，旋即为盗，掠得邢家女郎，作为继妻。邢氏矫健多智，自成令掌军资，每日发给粮械，必由贼目面领。翻天鹞高杰，曾在自成部下，尝至邢氏营领械支粮，邢氏看他状貌魁梧，躯干伟大，不由的意马心猿，暗与他眉来眼往。高杰也是个色中饿鬼，乐得乘势勾引，遂瞒着自成，背地苟合。既有红娘子，又有邢氏，正是无独有偶。两人情好异常，想做一对长久夫妻，竟乘夜潜逃，降顺官军。自成失了邢氏，又掠得民女为妻，潼关一战，仍然失去。牛金星既依自成，情愿将自己爱女，奉侍巾栉，又荐一卜人宋献策。献策长不满三尺，通河洛数，见了自成，陈上谶记，有"十八子主神器"六字。十八子隐寓"李"字。自成大喜，封为军师。李岩又劝自成不妄杀人，笼络百姓，复将所掠财物，散给饥民。百姓受惠，不辨为岩为自成，但浑称："李公子活我。"岩又编出两句歌谣，令儿童随处唱诵，歌词是"迎闯王，不纳粮"二语。前六字，后亦六字，语不在多，已足煽乱。百姓方愁加税，困苦不堪，听了这两句歌词，自然欢迎闯军。

自成遂进攻河南府，府为福王常洵封地，母即郑贵妃，受赏无算，豪富甲天下。应七十九回。先是援兵过洛，相率哗噪，统称王府金钱山积，乃令我等枵腹死贼，殊不甘心。前尚书吕维祺，在籍家居，适有所闻，即劝王散财饷士，福王不从。至自成进攻，总兵陈绍禹等入城守御，绍禹部兵多变志，从城上呼贼，贼亦在城下相应，互作笑语。副使王胤昌厉声呵禁，被绍禹兵拘住。绍禹忙为驰解，兵士竟噪道："敌在城下，还怕总镇甚么？"自成见城上大哗，立命贼众登城，贼皆缘梯上升；城上守兵并不堵御，反自相戕害，绍禹遁去。贼众趁势拥入，竟趋福王府。福王常洵，与世子由崧，慌忙逸出，被贼众入府焚掠，所有金银财宝，一扫而空。守财虏听者！自成大索福王，四处搜寻，福王正匿迎恩寺，遇前尚书吕维祺。维祺道："名义甚重，王毋自辱！"语尚未毕，贼众大至，将福王一把抓住，连那尚书吕维祺，也一并被拘。惟福王世子由崧，赤身走脱。后来就是弘光帝。自成怒目数福王罪，吓得他觳觫万状，匍匐乞命。维祺又羞又恼，不由的愤怒交迫，诟骂百端。自成大怒，喝将维祺杀死，一面见福王体肥，指语左右道："此子肥壮，可充庖厨。"侍贼应命，将福王牵入厨中，洗剥脔割，醢作肉糜。又由自成命令，羼入鹿肉，并作菹酱，随即置酒大会，取出肉菹，令贼目遍尝，且与语道："这便是福禄酒，兄弟们请畅饮一卮！"言毕大笑。贼众无不雀跃。欢宴三日，又搜掘富室窖藏，席卷子女玉帛，捆载入山，令书办邵时昌为总理官，居守府城，自率众围开封。巡抚李仙风正率军阻贼，与贼相左。那时开封城内，只留巡按高名衡，及副将陈永福等数人，幸城高且坚，尚得固守。周王恭枵，系太祖第五子楠十世孙，嗣爵开封，因发库金五十万，募死士击贼，贼毙甚众，退避数舍。可巧李仙风收复河南府，复督军还援，内外夹击，一日三捷，自成乃解围引去。福王惜金被虏，周王发金解围，得失昭然。道遇罗汝才率众来会，势复大震。

汝才本与献忠合，因献忠陷入襄阳，所得财帛，悉数自取，遂为之忤，自引部众投自成。自成已拥众五十万，至是益盛。会献忠东犯信阳，为左良玉等所败，众散且尽，所从止数百骑，亦奔投自成。自成佯为招纳，暗中却有意加害。还是汝才入白自成，谓不如使扰汉南，牵制官军，自成点首称善。汝才乃分给五百骑，纵使东行，自偕闯众掠新蔡。陕西总督傅宗龙，与保定总督杨文岳，方率总兵贺人龙、李国奇等，出关讨贼，途次为闯、罗二贼所袭，人龙先走，国奇继溃，文岳亦径自驰去。单剩宗龙孤军当贼，被围八日，粮尽矢绝，夜半出走，宗龙马蹶被执，贼拥宗龙攻项城，大呼道："我等是秦督官军，快开门纳秦督！"宗龙亦奋呼道："我是秦督傅宗龙，不幸堕入贼手，左右皆贼，毋为所绐！"贼怒甚，抽刀击宗龙，中脑立仆，尚厉声骂贼。寻被贼劓鼻削耳，遂惨死城下。小子有诗叹道：

> 杲卿骂贼光唐史，洪福晋奸报宋朝。
> 明季又传傅总督，沙场应共仰忠标。

宗龙被杀，贼众遂猛攻项城，毕竟项城是否被陷，且至下回表明。

本回全叙闯、献事，闯、献两贼，非有奇材异能，不过因饥煽乱，啸聚为患耳。假令得良将以讨伐之，则贼焰未张，其势可扑；贼锋屡挫，其弱可擒；贼党自离，其衅可间。虽百闯、献，不难立灭。乃献忠屡降而不之诛，李闯屡败而不之掩，一误于陈奇瑜，再误于熊文灿，三误于杨嗣昌，而闯、献横行，大局乃瓦解矣。襄阳陷而粮械空，河南失而财帛尽，腹心既敝，手足随之，观于此回，而已决明之必亡矣。

第九十七回

决大河漂没汴梁城　通内线恭进田妃枭

却说陕督傅宗龙，惨死项城，全军覆没。项城孤立无援，怎禁得数十万贼兵？当即被陷，阖城遭难。贼又分众屠商水、扶沟，进陷叶县，杀死守将刘国能。国能就是闯塌天，初与自成、汝才结为兄弟，旋降官军，为汝才所恨，遂乘胜入城，拘住国能，责他负约，把他杀害。再进攻南阳，总兵猛如虎正在南阳驻守，凭城拒战，杀贼数千；嗣因众寡不敌，城被贼陷。如虎尚持着短刀，奋力杀贼，血满袍袖，力竭乃亡。唐王聿镆，系太祖第二十三子桱七世孙，袭封南阳，至是亦为所害。贼众连陷邓县等十四城，再攻开封。开封巡抚李仙风，已坐罪被逮，由高名衡代为巡抚。名衡及副将陈永福，登陴力御，矢石齐下。李自成亲自招降，被永福拈弓搭箭，"飕"的一声，正中自成左目。自成大叫一声，几晕马下，经贼众掖住，始得回帐，便勒众退至朱仙镇养病去了。惜不射死了他。

先是陕抚汪乔年，接奉密旨，令掘自成祖茔。乔年即饬米脂县令边大绶，遵旨速行。大绶募役往寻，一时无从搜掘，嗣捕得李氏族人，讯明地址，乃迫令导引，去县城二百里，乱山中有一小村，叫作李氏村，约数十家，逾村又里许，蹊径愈杂，荒塚累累，有十六塚聚葬一处。内有一塚，谓系自成始祖坟，穴由仙人所造，圹内置有铁钉檠，仙人言"铁钉不灭，李氏当兴"云云。大绶即督役开掘，穴发过半，但见蝼蚁围集，火光荧荧；再斫棺验视，尸骨犹存，黄毛遍体。脑后有一穴，大如制钱，中蟠赤蛇长三四寸，有角隆然，见日飞起，高约丈许。经兵役奋起力劈，蛇五伏五起，方才僵毙。乔年乃拾尸颅骨，并腌腊死蛇，遣官赍奏。未几，自成即被射中左目，伤瞳成瞽，世人因称为"独眼龙"。堪舆之言不可尽信，若果风水被破，则自成应被射死，何至仅中左目？

汪乔年以李坟已破，遂会师出讨，得马步军三万名，令贺人龙等分领各军，兼程东下，直抵襄阳城。襄阳新遭兵燹，守备未固，乔年迟疑不敢入。襄城贡士张永祺，率邑人出迎，不得已屯扎城下，立营才定，贼兵大至，贺人龙等未战即溃，余众骇散，只剩乔年亲卒二千名，随乔年入城拒守。贼尽锐猛攻，历五昼夜，守兵伤亡过半，遂被陷入。乔年自刎未死，猝遇贼兵，将他絷去，骂贼罹害。自成立索永祺，永祺匿免。吕氏本支共九家，杀得一个不留。又因此恨及诸生，捕得二百人，一半刖足，一半割鼻，并杀守将李万庆。万庆就是射塌天，弃贼降官，因遭杀死。贼众一住数日，复出陷河南各州县，进攻开封。贺人龙等溃入关中，沿途淫掠，不亚流寇。左良玉逗兵郧城，只说是防堵献忠，并不赴援。

河南警报到京，日必数起，急得怀宗没法，只好向诏狱中释出孙传庭，再三奖劳，授为兵部侍郎，令督京军援开封。急时抱佛脚，毋乃太晚。传庭行至中途，又接旨令任陕督，且密谕诛贺人龙。原来自成再围开封，仍然未克。开封军报少纾，乃调传庭入陕，另简兵部侍郎侯恂，出援开封。传庭不敢违慢，便驰入秦中，召集各将。固原总兵郑家栋、临洮总兵牛成虎、援剿总兵贺人龙等，均率兵来会，传庭不动声色，一一接见，至人龙参谒，即叱令左右，将他拿下。人龙自称无罪，传庭正色道："你尚得称无罪么？新蔡、襄城迭丧二督，都是你临阵先逃的缘故。就是从前开县噪归，献贼出柙，迄今尚未平定。

你自己思想，应该不应该么？"遂不由人龙再辩，将他斩首，诸将均战栗失容。人龙勇力过人，初出剿寇，杀贼甚众，贼呼为"贺疯子"，及为杨嗣昌所欺，始有变志，正法以后，贼众酌酒相庆，争说贺疯子已死，取关中如拾芥了。贺人龙之罪应该论死，但亦为杨嗣昌所误，我嫉人龙，我尤嫉嗣昌。

　　孙传庭既诛贺人龙，即命将人龙部兵，分隶诸将，指日讨贼。适朝旨又下，命他速率陕军，驰援开封。开封佳丽，为中原冠，贼众久欲窥取，只因城坚守固，急切难下。自成前后三攻，总想把他夺去。明廷恰也注意开封，令河南督师丁启睿、保定总督杨文岳，及左良玉、虎大威、杨德政、方国安四总兵，联军赴援。再命兵部侍郎侯恂，作为后劲，总道是兵多势厚，定可胜贼。哪知各军到了朱仙镇，与贼垒相望，左良玉先不愿战，拔营径去，诸军继溃。启睿、文岳也联骑奔汝宁，是谓土崩，是谓瓦解。反被贼众追击，掠去辎重无数。朝旨逮问启睿，谴责文岳，仍促孙传庭出关会剿。此段是承上起下文字。传庭上言："秦兵新募，不能速用，应另调别军。"廷议只促他出师，传庭不得已启行。甫至潼关，接得河南探报，开封失陷。传庭大惊，问明侦骑，才知开封被陷详情。开封被围日久，粮械俱尽。人且相食。周王恭枵，先后捐金百余万，复捐岁禄万石，赡给守兵，仍不济事。高名衡因城濒大河，密令决河灌贼，期退贼军，偏偏被贼骑侦悉，移营高阜，亦驱难民数万决河。河水自北门灌入，穿出东南门，奔声如雷，士民溺死数十万。名衡猝不及防，忙与副将陈永福等，乘舟登城，城内水势愈涨，周王府第，尽成泽国。王率宫眷及世子，从后山逸出，露栖城上七昼夜。幸督师侯恂，率舟迎王，王乃得脱。这尚是捐金的好处，否则不为贼虏，百姓亦未必容他自走。名衡等见不可守，亦航舟出城，贼遂浮舟突入，搜掠城中，只有小山土阜，及断垣残堞上面，尚有几个将死未死的难民，一古脑儿掳将拢来，不过数千人。此外满城珍宝，尽已漂没，贼亦无可依恋，但将所遗子女，掠入舟中，驶出城头。河北诸军，遥用大炮轰击，贼舟或碎或沉，或弃舟逸去，被掠子女，夺回一半。

　　贼众竟移攻南阳，传庭因得此警报，倍道至南阳城，用诱敌计，杀败自成。自成东走，沿路抛弃粮械。陕军正愁冻馁，恣意拾取，无复纪律。不意贼众又转身杀来，一时措手不迭，当即奔溃。传庭也禁喝不住，没奈何回马西走，驰入关中。自成声势大震，老回回、革里眼、左金王、争世王、乱世王五营，统归入自成，连营五百里，再屠南阳，进攻汝宁，总兵虎大威中炮身亡。保定总督杨文岳，正走入汝宁，城陷被执，大骂自成。自成令缚至城南，作为炮的，几声轰发，可怜这文岳身中受了无数弹子，洞胸糜骨，片刻而尽。兵备金事王世琮，前屡却贼，中矢贯耳，仍不为动，贼呼为"王铁耳"，至是亦被执不屈，均遭杀害。知府傅汝为以下，一同殉难。河南郡县，至此尽行残破，朝廷不复设官。遗民各结寨自保，如洛阳李际遇、汝宁沈万登、南阳刘洪起兄弟，自集民兵数万，或受朝命，或通贼寨，甚或自相吞并，残杀不已，中原祸乱，已达极点。张献忠且乘隙东走，据亳州，破舒城，连陷庐州、含山、巢、庐江、无为、六安诸州县，径向南京，下文再行交代。

　　且说清太宗雄据辽、沈，闻中原鼎沸，不可收拾，正好来作渔翁，实行收利。当下入攻锦州，环城列炮，抢割附近禾稼，作为军粮。城中守兵出战，统被击退。蓟、辽总督洪承畴，及巡抚邱民仰，调集王朴、唐通、曹变蛟、吴三桂、白广恩、马科、王廷臣、杨国柱八总兵，统兵十三万赴援，到了松山，被清兵截击，败了一阵。最要紧的是辎重粮草，屯积塔山，也被清兵劫去。承畴部军大溃，八总兵逃去六人，只有曹变蛟、王廷臣两总兵，随着洪、邱两督抚，被困松山，相持数月，粮尽援绝，副将夏承德，竟将松山城献了清军，开门延敌。邱民仰自杀，曹变蛟等战殁，承畴披掳，杏山、塔山一齐失守。怀宗闻警，不胜惊悼，且闻承畴已经死节，诏令设坛都城，赐承畴祭十六坛，民仰六坛，并命建立专祠，洪、邱并列。正拟亲自临奠，那关东传来奏报，承畴竟叛降清廷，不禁流涕太息，愁闷了好几日。松山战事，详见《清史演义》，故此特从略。

兵部尚书陈新甲，以国内困敝，密奏怀宗，与清议和，怀宗颇也允从，嘱令新甲缜密，切勿漏泄。何必如此。新甲遂遣职方郎中马绍愉，赍书赴清营，与商和议。清太宗倒也优待，互议条款。绍愉当即密报新甲，新甲阅毕，置诸几上，竟忘检藏，家僮误为塘报，付诸钞传。顿时盈廷闻知，相率大哗。言官交劾新甲，到了此时，还要意气用事，口舌相争，实是可杀！怀宗以新甲违命，召入切责，新甲不服，反诩己功，遂忤了上意，下狱论死。清太宗以和议无成，攻入蓟州，分道南向，河间以南多失守。至山东连下兖州等府，攻破八十八城，鲁王以派，为太祖第十子檀六世孙，袭封兖州，被执自杀。清兵又回入京畿，都城大恐。

复由大学士周延儒，奉命督师，出驻通州。这延儒曾为温体仁所排，回籍有年，此时何复入相。见九十五回。原来体仁免官后，即用杨嗣昌为首辅，所有旧任阁臣，如张至发、孔贞运、黄士俊、傅冠、刘宇亮、薛国观等，或免职，或得罪，另用程国祥、蔡国用、方逢年、范复粹及姚明恭、张四知、魏照乘、谢陛、陈演等一班人物，尤觉庸劣不堪，朝进暮退。怀宗复记及周延儒，可巧延儒正夤缘复职，私结内监，贿通宠妃，遂因此传出内旨，召延儒重为辅臣。看官欲问宠妃为谁？就是小子九十回中叙及的田贵妃。田妃陕西人，后家扬州，父名弘遇，以女得贵，受职左都督。弘遇以商起家，素好侠游，购蓄歌妓，恣情声色，田妃生而纤妍，长尤秀慧，弘遇遂延艺师乐工，指授各技，一经肄习，无不心领神会。凡琴棋书画，暨刺绣烹饪诸学，俱臻巧妙。尤善骑射，上马挽弓，发必中的，确是个神仙俦侣，士女班头。既入信邸，大受怀宗宠幸。如此好女，我愿铸金拜之，无怪怀宗宠爱。怀宗即位，册为礼妃，嗣进皇贵妃，每宴见时，不尚妆饰，尤觉得鬒发如云，美颜如玉，芳体如兰，巧舌如簧，有时对帝鼓琴，有时伴帝奏笛，有时与帝弈棋，无不邀怀宗叹赏。又尝绘群芳图进呈，仿佛如生，怀宗留供御几，随时赏玩。一日，随怀宗校阅射场，特命她骑射，田妃应旨上马，六辔如丝，再发并中。内侍连声喝采，怀宗亦赞美不已，赏赍有加。

惟田妃既受殊遇，自炫色泽，免不得恃宠生骄，非但六宫妃嫔，看不上眼，就是正位中宫的周皇后，及位次相等的袁贵妃，亦未曾放入目中。这是妇女通病。如秀外慧中之田贵妃，犹蹈此习，令人叹惜！周皇后素性严慎，见她容止骄盈，往往裁以礼法。一年，元日甚寒，田妃循例朝后，至坤宁宫庑下，停车候宣。等了半晌，并没有人宣入，庑下朔风猎猎，几吹得梨涡成冻，玉骨皆皴。周后亦未免怀妒，累此美人儿受寒。及密询宫监，才知袁贵妃先已入朝，与后坐谈甚欢，因将她冷搁庑下。至袁妃退出，方得奉召入见。后竟华服升座，受她拜谒，拜毕亦不与多言，令即退去，气得田妃玉容失色，愤愤回宫。越日得见怀宗，即呜呜泣诉，经怀宗极力劝慰，意乃少解。

过了月余，上林花发，怀宗邀后妃赏花，大众俱至，田妃见了周后，陡触着前日恨事，竟背转娇躯，佯若未见。周后瞧不过去，便走近上前，诉称田妃无礼。怀宗亦佯若不闻，周后仍然絮述，反至怀宗惹恼，挥肱使退。怀宗颇有膂力，且因心中恼恨，挥手未免少重，周后立足不住，竟跌仆地上。宫人慌忙搀扶，走过了十二名，才将周后掖起。后泣道："陛下不念为信王时，魏阉用事，日夜忧虑，只陛下与妾两人，共尝苦境，今日登九五，乃不念糟糠妾么？妾死何难？但陛下未免寡恩。"言讫，径返坤宁宫。越三日，怀宗召坤宁宫人，问后起居，宫人答言："皇后三日不食。"怀宗为之恻然，即命内监持貂裀赐后，传裀慰解，且令田妃修省。后乃强起谢恩，勉为进餐。惟田妃宠眷，仍然未衰。周延儒得悉内情，遂向田妃处打通关节，托为周旋。怀宗因四方多事，夜幸西宫，亦常愁眉不展。田妃问长道短，由怀宗说入周延儒，遂旁为怂恿，即日传旨召入延儒，仍为大学士。

怀宗非常敬礼，尝于岁首受朝毕，下座揖延儒道："朕以天下托先生。"言罢，复总揖诸阁臣。怎奈延儒庸驽无能，阁臣又只堪伴食，坐令中原涂炭，边境丧师，驯至不可收拾。到了清兵入境，京都戒严，延儒也觉抱愧，自请视师。怀宗尚目为忠勤，比他为召虎裴度，并赐白金、文绮、上驷等物。延儒出驻通州，并不敢战，惟日与幕友饮酒自娱，<small>想学谢安石耶？</small>一面伪报捷状。怀宗信以为真，自然欣慰，进至西宫，与田妃叙欢。宫中后妃，要算田妃的莲钩，最为瘦削，如纤纤春笋一般。差不多只有三寸。是日应该有事，怀宗瞧见田妃的绣舄，精巧异常，不由的将它举起。但见绣舄上面，除精绣花鸟外，恰另有一行楷书，仔细一瞧，乃是"周延儒恭进"五字，也用金线绣成，顿时恼动了怀宗皇帝，面责田妃道："你在宫中，何故交通外臣？真正不得了！不得了！"田妃忙叩头谢罪，怀宗把袖一拂，掉头径去。后人有诗咏此事道：

> 花为容貌玉为床，白日承恩卸却妆。
> 三寸绣鞋金缕织，延儒恭进字单行。

未知田贵妃曾否遭谴，且至下回再详。

　　李自成灌决大河，汴梁陆沉，腹心已溃，明之亡可立足待矣。说者多归咎高名衡，谓名衡自溃其防，坐令稽天巨浸，反资贼手。吾以为名衡固未尝无咎，但罪有较大于名衡者，左良玉诸人是也。四镇赴援，良玉先走。开封被围日久，饷尽援穷，至于人自相食，名衡为决河计，亦出于万不得已之策，其计固非，其心尚堪共谅。假使此策不用，城亦必为贼所陷。自成三攻乃下，必怒及兵民，大加屠戮，与其汗刃而死，何若溺水而死？且精华尽没，免赍寇盗，不犹愈于被掠乎？惟怀宗用人不明，坐令寋帅庸相，丧师失地，殊为可痛。至清兵入犯，复令一庸鄙龌龊之周延儒，出外督师，讳败为胜，推原祸始，实启宠妃。传有之："谋及妇人，宜其死也。"怀宗其难免是责乎？

第九十八回

扰秦楚闯王僭号　掠东西献贼横行

却说田贵妃所着绣鞋，上有"周延儒恭进"五字，顿时恼动天颜，拂袖出去，即有旨谴谪田妃，令移居启祥宫，三月不召。既而周后复侍帝赏花，袁妃亦至，独少田妃。后请怀宗传召，怀宗不应。后令小太监传达懿旨，召使出见，田妃乃至。玉容憔悴，大逊曩时，后也为之心酸，和颜接待，并令侍宴。夜阑席散，后劝帝幸西宫，与田妃续欢，嗣是和好如初。可见周后尚持大度。惟田妃经此一挫，常郁郁不欢，且因所生皇五子慈焕，及皇六七子，均先后殇逝，尤觉悲不自胜，渐渐的形销骨立，竟致不起。崇祯十五年七月病殁。怀宗适祷祀群望，求疗妃疾，回宫以后，入视妃殓，不禁大恸。丧礼备极隆厚，且加谥为恭淑端慧静怀皇贵妃。亏得早死二年，尚得此饰终令典，是美人薄命处，亦未始非徼福处。

田妃有妹名淑英，姿容秀丽，与乃姊不相上下，妃在时曾召妹入宫，为帝所见，赠花一朵，今插髻上。及妃病重，亦以妹属托怀宗。怀宗颇欲册封，因乱势愈炽，无心及此，只命赐珠帘等物，算作了事。国破后，淑英避难天津，珠帘尚在，寻为朝士某妾，这也不在话下。

且说周延儒出驻数月，清兵复退，延儒乃还京师。怀宗虽心存鄙薄，但因他却敌归朝，不得不厚加奖励。嗣经锦衣卫掌事骆养性，尽发军中虚诈情事，乃下旨切责，说他蒙蔽推诿，应下部议。延儒亦席藁待罪，自请戍边。怀宗怒意少解，仍不加苛求，许令驰驿归田。还是田妃余荫。又罢去贺逢圣、张四知，用蒋德㻛、黄景昉、吴甡为大学士，入阁办事。

是时天变人异，不一而足，如日食、地震，太白昼现，荧惑逆行诸类，还算是寻常变象。最可怪的，是太原乐静县民李良雨，忽变为女，松江莫翁女已适人，忽化为男，密县民妇生旱魃，河南草木有战斗人马及披甲持矛等怪状。宣城出血，京师城门哭，声如女子啼。炮空鸣，鬼夜号。蕲州有鬼，白日成阵，行墙屋上，挪揄居人，奉先殿上，鸱吻落地，变为一鬼，披发出宫。沅州、铜仁连界处，掘出古碑，上有字二行云："东也流，西也流，流到天南有尽头。张也败，李也败，败出一个好世界。"又于五凤楼前得一黄袱，内有小函，题词有云："天启七，崇祯十七，还有福王一。"

到了崇祯十六年正月，京营巡捕军，夜宿棋盘街，方交二鼓，忽来一老人，嘱咐巡卒道："夜半子分，有妇人缟素泣涕，自西至东，慎勿令过！若过了此地，为祸不浅，鸡鸣乃免。我系土神，故而相告。"言毕不见。巡卒非常诧异，待至夜半，果见一妇人素服来前，当即出阻，不令前行，妇人乃返。至五鼓，巡卒睡熟，妇已趋过，折而东返，蹴之使醒，并与语道："我乃丧门神，奉上帝命，降罚此方，你如何误听老人，在此阻我；现有大灾，你当首受！"言讫自去。行只数武，也化气而去。巡卒骇奔，归告家人，言尚未终，仆地竟死。既有丧门神，奉天降罚，土地也不能阻挠。且土地嘱咐巡卒，虽系巡卒自误，也不至首受疫灾，此事未能尽信。疫即大作，人鬼错杂；每届傍晚，人不敢行。商肆贸易，多得纸钱。京中方哗扰未已，东南一带，又迭来警报。李自成已陷承天，张献忠又占武昌，闯、献僭号，自此为始，故另笔提出。小子惟有一枝秃笔，只好依次叙来。

自成连陷河南诸州县，复走确山，向襄阳，并由汝宁掳得崇王由樻，令他沿路谕降。由樻系英宗第六子见泽六世孙，嗣封汝宁，自成把他执住，胁令投降。由樻似允非允，暂且敷衍度日。自成乃带在军间，转趋荆、襄诸郡，迭陷荆州、襄阳，进逼承天。承天系明代湖广省会，仁宗、宣宗两皇陵，卜筑于此。巡抚宋一鹤，偕总兵钱中选、副使张凤翥、知府王玑、钟祥令萧汉固守，相持数日。偏城中隐伏内奸，暗地里开城纳贼，贼众一拥入城。宋一鹤下城巷战，将士劝一鹤出走，一鹤不听，挥刀击杀贼数人，身中数创而死；总兵钱中选等亦战殁。惟萧汉被执，幽禁寺中。自成素闻汉有贤声，戒部众休犯好官，并嘱诸僧小心服侍，违令当屠。<small>剧贼亦推重贤吏。</small>汉自贼众出寺，竟自经以殉。自成改承天府为扬武州，自号"顺天倡义大元帅"，称罗汝才为"代天抚民德威大将军"，遂率众犯仁宗陵。守陵巡按李振声迎降，钦天监博士杨永裕，叩谒自成马前，且请发掘皇陵。<small>天良何在？</small>忽闻陵中暴响，声震山谷，仿佛似地动神号一般。自成恰也惊慌，饬令守护，不得擅掘。<small>明代令辟，无逾仁宗，应该灵爽式凭。</small>

先是自成毫无远图，所得城邑，一经焚掠，便即弃去。至用牛金星、李岩等言，也行点小仁小义，收买人心。且因河南、湖、广，已为所有，得众百万，自以为无人与敌，俨然想称孤道寡起来。牛金星献策自成，请定都荆、襄，作为根本，自成甚以为然，遂改襄阳为襄京，修葺襄王旧殿，僭号"新顺王"，创设官爵名号，置五营二十二将，上相左辅右弼六政府，要地设防御使，府设尹，州设牧，县设令，降官降将，各授伪职。并封故崇王由樻为襄阳伯，嗣因由樻不肯从令，把他杀害。杨永裕且覥然劝进，牛金星以为时尚未可，乃始罢议。自成以革、左诸贼，比肩并起，恐他不服，遂用李岩计，佯请革里眼、左金王入宴，酒酣伏发，刺死两人。兼并左、革部众。又遣罗汝才攻郧阳，日久未下，自成亲率二十骑，夜赴汝才营，黎明入帐，汝才卧尚未起，自成即饬骑士动手，把汝才砍作数段，一军皆哗，七日始定。于是流寇十三家七十二营，降死殆尽，惟李自成、张勉忠二寇，岿然独存，势且益炽。

河南开州盗袁时中，最为后起，横行三年，至是欲通款明廷，亦被自成分兵击死。自成行军，不许多带辎重，随掠随食，饱即弃余，饥且食人。所掠男子，令充兵役，所掠妇女，随给兵士为妻妾。一兵备马三四匹，冬时用裯褥裹蹄。割人腹为糟，每逢饲马，往往将掠得人民，割肉取血，和刍为饲。马已见惯，遇人辄锯牙欲噬。临阵必列马三万，名三垛墙，前列反顾，后列即将它杀死，战久不胜，马兵佯败，诱敌来追。步卒猝起阻截，统用长枪利槊，击刺如飞。骑兵回击，无不大胜。自成所著坚甲，柔韧异常，矢镞铅丸，都不能入。有时单骑先行，百万人齐跟马后，遇有大川当前，即用土囊阻塞上流，呼风竞渡。攻城时更番椎凿，挖去墙中土石，然后用柱缚绳，系入墙隙，再用百余人猛力牵曳，墙辄应手坍倒，所以攻无不陷。如或望风即降，入城时概不杀戮；守一日，便杀死十分中的一二；守两日，杀死加倍；守三日，杀死又加倍；三日以上，即要屠城，杀人数万，聚尸为燎，叫作"打亮"。各种残酷情状，惨不忍闻。

自成有兄，从秦中来。数语未合，即将他杀死。惟生平纳了数妻，不生一子，即以养子李双喜为嗣。双喜好杀，尤过自成。自成在襄阳，构殿铸钱，皆不成，令术士问紫姑，数卜不吉。紫姑亦知天道耶？因立双喜为太子，改名洪基，铸洪基年钱，又不成。正在愤闷的时候，闻陕督孙传庭督师出关，已至河南，他即尽简精锐，驰往河南抵御。前锋至洛阳，遇总兵牛成虎，与战败绩，宝丰、唐县，皆为官军克复。自成忙率轻骑赴援，至郏县，复被官军击败，自成狂奔得脱。贼众家眷，多在唐县，自唐县克复，所有流贼家口，杀戮无遗，贼因是恸哭痛恨，誓歼官军。孙传庭未免失计。会天雨道泞，传庭营中，粮车不继，自成复遣轻骑出汝州，要截官军粮道。探马报知传庭，传庭即遣总兵白广恩，从间道迎粮，自率总兵高杰为后应，留总兵陈永福守营。传庭既行，永福兵亦争发，势不可禁，遂为贼众所乘，败退南阳。传庭即还军迎战，贼阵五重，已由传庭攻克三层，余二重悉贼精锐，怒马跃出，锐不可当。总兵白广恩，引八千人先奔，高杰继溃，传庭亦支持不住，只好西奔。为这一走，被自成乘胜追击，一日夜逾四百里，杀死官军四万余人，掠得兵器辎重，不计其数。传庭奔河北，转趋潼关，自成兵随踪而至。高杰入禀传庭道："我军家属，尽在关中，不如径入西安，凭坚扼守。"传庭道："贼一入关，全秦糜烂，难道还可收拾么？"遂决意闭关拒贼。已而自成攻关，广恩战败，传庭自登陴，督师力御，不料自成遣侄李过，绰号"一只虎"，从间道缘山登崖，绕出关后，夹攻官军，官军大溃。传庭跃马挥刀，冲入贼阵，杀贼数十名，与监军副使乔迁高同时死难。传庭一死，明已无人。

自成遂长驱入秦，陷华阴、渭南，破华商、临潼，直入西安，据秦王宫，执秦王存枢，令为权将军。存枢系太祖次子樉九世孙，嗣封西安，至是竟降自成，惟王妃刘氏不降，语自成道："国破家亡，愿求一死。"自成不欲加害，独令存枢遣还母家。存枢无耻，何以对妻？巡抚冯师孔以下，死难十余人。传庭妻张氏在西安，率三妾二女，投井殉节。不没烈妇。布政使陆之祺等皆降，总兵白广恩、陈永福等亦降。永福曾射中自成目，踞山巅不下，经自成折箭为誓，乃降自成。自成屡陷名城，文武大吏，从未降贼，至此始有降布政、降总兵。惟高杰曾窃自成妻，独走延安，此时邢氏若在，应有悔心。为李过所追，折向东去。自成遂改西安为长安，称为西京。牛金星劝令不杀，因严禁杀掠，民间颇安。自成复率兵西掠，乃诣米脂县祭墓，改延安府为天保府，米脂为天保县。惟凤翔、榆林，招降不从，自成亲攻凤翔，数日被陷，下令屠城，转攻榆林。兵备副使都任，督饷员外郎王家禄、里居总兵汪世钦、尤世威、世禄等，集众守陴，血战七昼夜，妇人孺子，皆发屋瓦击贼，贼死万人，城陷后阖城捐躯，无一生降，忠烈称最。贼复降宁夏，屠庆阳。韩王亶堵，系太祖第二十子松十世孙，袭封平凉，被贼掳去，副使段复兴一门死节。贼复移攻兰州，雪夜登城。巡抚林日瑞、总兵郭天吉等战死，追陷西宁、甘肃，三边皆没。越年，自成居然僭号，国号顺，改元永昌，以牛金星为丞相，改定尚书六府等官，差不多似一开国主了。

明总兵左良玉，因河南陷没，无处存身，遂统帅部兵东下。张献忠正扰乱东南，为南京总兵刘良佐、黄得功等所阻，未能得志。又闻良玉东来，恐为所蹙，即移众沂江而上，迭陷黄梅、广济、蕲州、蕲水，转入黄州，自称西王。黄州副使樊维城，不屈被杀，官民尽溃，剩下老幼妇女，除挑选佳丽数名，入供淫乐外，余俱杀死，弃尸填堑。复西破汉阳，直逼武昌，参将崔文荣凭城战守，颇有杀获。武昌本楚王华奎袭封地，华奎系太祖第六子桢七世孙，前曾为宗人华越所讦，说系抱养楚宫，嗣因查无实据，仍得袭封。应七十九回。华奎以贼氛日逼，增募新兵，为守御计，那知新兵竟开城迎贼，城遂被陷。文荣阵亡，华奎受缚，沉江溺死。故大学士贺逢圣，罢相家居，与文荣等同筹守备，见城已失守，仓猝归家，北向辞主。载家人至墩子湖，凿舟自沉；妻危氏，子觐明、光明，子妇曾氏、陈氏，孙三人，同溺湖中。逢圣尸沉百七十日，才得出葬，尸尚未腐，相传为忠魂未泯云。历述不遗，所以劝忠。献忠尽戮楚宗，惨害居民，浮胔蔽江，脂血寸积；楚王旧储金银百余万，俱被贼众劫去，辇载数百车，尚属未尽。何不先行犒军，免为内应？献忠改武昌为天授府，江夏为上江县，据楚王府，铸西王印，也居然开科取士，选得三十人，使为进士，授郡县官。

明廷以武昌失守，飞饬总兵左良玉，专剿献忠。良玉召集总兵方国安、常安国等，水陆并进，夹攻武昌，献忠出战大败，弃城西走。良玉遂复武昌，开府驻师。黄州、汉阳等郡县，以次克复。献忠率众攻岳州，巡抚李乾德，总兵孔希贵等，三战三胜，终以寡不敌众，出走长沙。献忠欲北渡洞庭湖，向神问卜，三次不吉，他竟投笅诟神，麾众欲渡。忽然间狂风大作，巨浪掀天，湖中所泊巨舟，覆没了百余艘。何不待献忠半渡，尽行覆没，岂楚、蜀劫数未终，姑留此贼以有待耶？献忠大怒，尽驱所掠妇女入舟，放起大火，连舟带人，俱被焚毁，光延四十里，夜明如昼，献忠方才泄忿，由陆路赴长沙。

长沙系英宗第七子见浚故封，七世孙慈煃嗣爵，料知难守，与李乾德会商，开门夜走；并挈惠王常润，同趋衡州，投依桂王常瀛。常润、常瀛皆神宗子，常润封荆州，为李自成所逐，奔避长沙。常瀛封衡州，见三人同至，自然迎入。偏贼众又复驰至，桂王情急得很，忙与吉王、惠王等走永州。献忠入衡州城，拆桂王宫殿材木，运至长沙，构造宫殿，且遣兵追击三王。巡抚御史刘熙祚，令中军护三王入广西，自入永州死守。永州复有内奸，迎贼入城，熙祚被执，囚置永阳驿中。熙祚闭目绝食，自作绝命词，题写壁上。贼再三谕降，临以白刃，熙祚大骂不已，遂为所害。献忠又陷宝庆、常德，掘故督师杨嗣昌墓，枭尸见血。再攻辰州，为土兵堵住，不能行进，乃移攻道州。守备沈至绪，出城战殁，女名云英，涕泣誓师，再集败众，突入贼营。贼众疑援军骤至，仓皇骇散。云英追杀甚众，夺得父尸而还，州城获全。事达明廷，拟令女袭父职，云英辞去，后嫁昆山士人王圣开，种梅百本，阶隐以终。也是一个奇女。献忠复东犯江西，陷吉安、袁州、建昌、抚州诸府，及广东南韶属城，嗣因左良玉遣将马士秀、马进忠等，夺还岳州，进复袁州，遂无志东下，转图西略，竟将长沙王府亦甘心弃去，挈数十万众，渡江过荆州，尽焚舟楫，窜入四川去了。献忠志在偏隅，不及自成远甚。

　　怀宗以中原糜烂，食不甘味，寝不安席，默溯所用将相，均不得人，乃另选吏部侍郎李建泰、副都御史方岳贡，以原官入直阁务。寻闻自成僭号，惊惶益甚，拟驾出亲征，忽接得自成伪檄一道，其文云：

　　　　新顺王李，诏明臣庶知悉！上帝监视，实惟求莫，下民归往，祇切来苏。命既靡常，情尤可见。尔明朝久席泰宁，浸弛纲纪，君非甚暗，孤立而炀蔽恒多；臣尽行私，比党而公忠绝少。赂通官府，朝端之威福日移；利擅宗神，闾左之脂膏殆尽。公侯皆食肉绮袴，而倚为腹心；宦官悉龁糠犬豕，而借其耳目。狱囚累累，士无报礼之心；征敛重重，民有偕亡之恨。肆昊天聿穷乎仁爱，致兆民爱苦乎禨灾。朕起布衣，目击憔悴之形，身切痌瘝之痛，念兹普天率土，咸罹困穷，讵忍易水燕山，未苏汤火，躬于恒冀，绥靖黔黎。犹虑尔君若臣未达帝心，未喻朕意，是以质言正告，尔能体天念祖，度德审几，朕将加惠前人，不吝异数。如杞如宋，享祀永延，用章尔之孝；有室有家，民人胥庆，用章尔之仁。凡兹百工，勉保乃辟，绵商孙之厚禄，赓嘉客之休声，克殚厥猷，臣谊靡忒。唯今诏告，允布腹心，君其念哉！罔怨恫于宗公，勿贻危于臣庶。臣其慎哉！尚效忠于君父，广贻谷于身家。檄到如律令！

怀宗阅罢，不禁流涕涔涔，叹息不止。可巧山东佥事雷演祚入朝，讦奏山东总督范志完纵兵淫掠，及故辅周延儒招权纳贿等情。怀宗遂逮讯志完，下狱论死，并赐延儒自尽，籍没家产。晓得迟了。一面集廷臣会议，欲亲征决战。忽有一大臣出奏道："不劳皇上亲征，臣当赴军剿贼。"怀宗闻言，不禁大喜。正是：

> 大陆已看成巨浸，庸材且自请专征。

未知此人是谁，且看下回交代。

语曰："不嗜杀人者能一之。"李闯为乱十余年，忽盛忽衰，终不得一尺寸土。迨用牛金星、李岩等言，稍稍免杀，而从贼者遂日众。可见豪杰举事，总以得民心为要领。凶狡如李闯，且以稍行仁义，莫之能御，况其上焉者乎？张献忠则残忍性成，横行东西，无恶不作，卒至长江一带，无立足地，厥后窜入西蜀，尚得残逞二三年。盖由中原无主，任其偏据一方，莫之过问，蜀中受其涂毒，至数百里无人烟，意者其劫数使然欤？然国必自亡，而后人亡之，闯、献之乱，无非由明自取。观李闯伪檄，中有陈述明弊数语，实中要肯，君子不以人废言，读之当为怅然！

第九十九回

周总兵宁武捐躯　明怀宗煤山殉国

却说怀宗令群臣会议，意欲亲征，偏有一大臣自请讨贼。这人就是大学士李建泰。建泰籍隶曲沃，家本饶富，至是以国库空虚，愿出私财饷军，督师西讨。若非看至后文，几似忠勇过人。怀宗喜甚，即温言奖勉道："卿若肯行，尚有何言？朕当仿古推毂礼，为卿一壮行色。"建泰叩谢，怀宗遂赐他尚方剑。越日，幸正阳门，亲自祖钱，赐酒三卮。建泰拜饮讫，乘舆启程，都城已乏健卒，只简选了五百人，随着前行。约行里许；猛闻得砉然一声，舆杠忽断，险些儿把建泰扑跌。建泰也吃了一惊，不祥之兆。乃易舆出都。忽由山西传来警报，闯军已入山西，连曲沃也被攻陷了。这一惊非同小可，方悔前日自请督师，殊太孟浪，且所有家产，势必陷没，为此百忧齐集，急成了一种怔忡病，勉勉强强的扶病就道，每日只行三十里。到了定兴，吏民还闭城不纳，经建泰督军攻破，笞责长吏，奏易各官，一住数日，复移节至保定。保定以西，已是流贼蔓延，没有一片干净土，建泰也不敢再行，只在保定城中住着，专待贼众自毙。完了。

怀宗以建泰出征，复命少詹事魏藻德，及工部尚书范景文、礼部侍郎邱瑜，入阁辅政。景文颇有重名，至是亦无法可施。小人之使为国家，菑害并至，虽有善者，亦无如之何矣！怀宗虚心召问，景文亦惟把王道白话，对答了事。此时都外警耗，日必数十起，怀宗日夜披阅，甚至更筹三唱，尚赍黄封到阁。景文等亦坐以待旦，通宵不得安眠。一夕，怀宗倦甚，偶在案上假寐，梦见一人峨冠博带，入宫进谒，且呈上片纸，纸上只书一"有"字，方欲诘问，忽然醒悟，凝视细想，终不识主何兆验。次日与后妃等谈及，大家无非贡谀，把大有、富有的意义，解释一遍。嗣复召问廷臣，所对与宫中略同。独有一给事中上言道："有字上面，大不成大，有字下面，明不成明，恐此梦多凶少吉。"可谓善于拆字。怀宗闻言，尚未看明何人，那山西、四川的警报，接连递入，便将解梦的事情，略过一边。当下批阅军书，一是自成陷太原，执晋王求桂，巡抚蔡懋德以下，统同死节。一是献忠陷重庆，杀瑞王常浩，巡抚陈士奇以下，统同遇害。怀宗阅一行，叹一声，及瞧完军报，下泪不止。各大臣亦面面相觑，不发一言。怀宗顾语景文道："这都是朕的过失，卿可为朕拟诏罪己便了。"言已，掩面入内。景文等亦领旨出朝，即夕拟定罪己诏，呈入内廷，当即颁发出来。诏中有云：

> 朕嗣守鸿绪，十有七年，深念上帝陟降之威，祖宗付托之重，宵旦兢惕，罔敢怠荒。乃者灾害频仍，流氛日炽，忘累世之豢养，肆廿载之凶残，赦之益骄，抚而辄叛；甚至有受其煽惑，顿忘敌忾者。朕为民父母，不得而卵翼之，民为朕赤子，不得而怀保之，坐令秦、豫邱墟，江、楚腥秽，罪非朕躬，谁任其责？所以使民罹锋镝，陷水火，殰量以毙，骸积成邱者，皆朕之过也。使民输刍挽粟，居送行赍，加赋多无艺之征，预征有称贷之苦者，又朕之过也。使民室如悬磬，田卒污莱，望烟火而凄声，号冷风而绝命者，又朕之过也。使民日月告凶，旱潦荐至，师旅所处，疫疠为殃，上干天地之和，下丛室家之怨者，

又朕之过也。至于任大臣而不法，用小臣而不廉，言官首鼠而议不清，武将骄懦而功不奏，皆由朕抚驭失道，诚感未孚，中夜以思，踽踽无地。朕自今痛加创艾，深省厥愆，要在惜人才以培元气，守旧制以息烦嚣。行不忍之政以收人心，蠲额外之科以养民力。至于罪废诸臣，有公忠正直，廉洁干才尚堪用者，不拘文武，吏兵二部，确核推用。草泽豪杰之士，有恢复一郡一邑者，分官世袭，功等开疆。即陷没胁从之流，能舍逆反正，率众来归，许赦罪立功，能擒斩闯、献，仍予封侯之赏。呜呼！忠君爱国，人有同心，雪耻除凶，谁无公愤？尚怀祖宗之厚泽，助成底定之大功，思免厥愆，历告朕意。

这道谕旨，虽然剀切诚挚，怎奈大势已去，无可挽回。张献忠自荆州趋蜀，进陷夔州，官民望风逃遁。独女官秦良玉驰援，兵寡败归，慷慨誓众道："我兄弟二人，均死王事，独我一孱妇人，蒙国恩二十年，今不幸败退，所有余生，誓不降贼。今与部众约！各守要害，贼至奋击，否则立诛。"部众唯唯遵令。所以献忠据蜀，独石柱免灾。全国将帅，不及一秦良玉，我为愧死。四川巡抚陈士奇已谢事，留驻重庆。适神宗第五子瑞王常浩，自汉中避难来奔，与士奇协议守御。献忠破涪州，入佛图关，直抵重庆城下。城中守御颇坚，贼穴地轰城，火发被陷。瑞王、士奇等皆被执。指挥顾景，亦为所掳，泣告献忠道："宁杀我！无杀帝子！"献忠怒他多言，竟杀瑞王，并杀顾景，又杀士奇等。天忽无云而雷，猛震三声，贼或触电顿死。献忠指天诟詈道："我要杀人，与你何干！"遂令发巨炮，与天角胜。帝阃有灵，何不殛死这贼？复大杀蜀中士人，尸如山积。后更攻入成都，杀死巡抚龙文光，及巡按御史刘之勃。蜀王至澍，系太祖第十一子椿九世孙，袭封成都，闻城已被陷，率妃妾同投井中，阖室被害。献忠更屠戮人民，惨酷尤甚。男子无论老幼，一概开刀，甚且剥皮醢酱。所掠妇女，概令裸体供淫，且纵兵士轮奸，奸毕杀死。见有小脚，便即割下，叠成山状，名为"莲峰"。随命架火烧毁，名为点"朝天烛"。又大索全蜀绅士，一到便杀，末及一人，大呼道："小人姓张，大王也姓张，奈何自残同姓？"献忠乃命停刑。原来献忠好毁祠宇，独不毁文昌宫，尝谓："文昌姓张，老子也姓张，应该联宗。"且亲制册文，加封文昌。不知说的什么笑话，可惜不传。此次被执的人，自己并不姓张，因传闻此事，遂设词尝试，也是命不该绝，竟得活命。献忠复开科取士，得张姓一人为状元，才貌俱佳，献忠很是宠爱，历加赏赐，忽语左右道："我很爱这状元，一刻舍他不得，不如杀死了他，免得记念。"遂将状元斩首。复又悬榜试士，集士子数千人，一齐击死。相传张献忠屠尽四川，真是确凿不虚。或谓献忠是天杀星下凡，这不过凭诸臆测罢了。

献忠入蜀，自成亦入晋，破汾州、蒲州，乘势攻太原。巡抚蔡懋德，与副总兵应时盛等，支持不住，与城俱亡。晋王求桂，系太祖第三子㭎十世孙，嗣封太原，竟为所掳，后与秦王存枢，俱不知所终。秦王被掳事见前。自成遂进陷黎晋、潞安，径达代州，那时尚有一位见危致命，百战死事的大忠臣，姓周名遇吉，官拜山西总兵，驻扎代州。硕果仅存，不得不郑重出之。他闻自成兵至，即振刷精神，登城力御，相持旬余，击伤闯众千名。无如城中食尽，枵腹不能杀贼，没奈何引军出城，退守宁武关。自成率众蹑至，在关下耀武扬威，大呼五日不降，即要屠城。遇吉亲发大炮，更番迭击，轰毙贼众万人。自成大怒，但驱难民当炮，自率锐卒，伺隙猛攻。遇吉不忍再击难民，却想了一条计策，密令军士埋伏门侧，亲率兵开关搦战。贼众一拥上前，争来厮杀，斗不上十余合，遇吉佯败，返奔入关，故意的欲闭关门。巧值贼众前队，追入关中，一声号炮，伏兵杀出，与遇吉合兵掩击，大杀一阵。贼众情知中计，不免忙乱，急急退出关外，已伤亡了数千人。自成愤极，再欲督众力攻，还是牛金星劝他暂忍，请筑起长围，为久困计。果然此计一行，城中坐毙。遇吉遣使四出，至宣、大各镇，及近畿要害，请饷增兵，偏偏怀宗又用了一班腐竖，如高起潜、杜勋等，分任监军，统是观望迁延，捱住不发。怀宗至此尚用这班腐竖，反自谓非亡国之君，谁其信之？遇吉料难久持，只是活了一日，总须尽一日的心力，看看粮食将罄，还是死守不懈。自成知城中力毙，也用大炮攻城，城毁复完，约两三次；到了四面围攻，抢堵不及，遂被贼众捣入。遇吉尚率众巷战，徒步跳荡，手杀数十人，身上矢集如蝟，才晕仆地上，仓猝中为贼所得，气息尚存，还喃喃骂贼不已，遂致遇害。遇吉妻刘氏，率妇女登屋射贼，贼纵火焚屋，阖家俱死。城中士民，无一降贼，尽被杀毙。

自成入宁武关，集众会议道："此去历大同、阳和、宣府、居庸，俱有重兵，倘尽如宁武，为之奈何？不如且还西安，再图后举。"牛金星、李岩等，亦踌躇未决，但劝他留住数日，再作计较。忽大同总兵姜瓖，及宣府总兵王承允，降表踵至，自成大喜，即督众起行，长驱而东，京畿大震。左都御史李邦华，倡议迁都，且请太子慈烺，抚军江南，疏入不报。大学士蒋德璟与少詹事项煜，亦请命太子至江南督军，李建泰又自保定疏请南迁。有旨谓"国君死社稷，朕知死守，不知他往"等语。一面封宁远总兵吴三桂、唐通，及湖广总兵左良玉，江南总兵黄得功，均为伯爵，召令勤王。唐通率兵入卫，怀宗命与太监杜之秩，同守居庸关。又是一个太监。自成至大同，姜瓖即开门迎降，代王传济被杀。传济系太祖第十三子桂十世孙，世封大同，阖门遇害。巡抚卫景瑗被执，自成胁降，景瑗以头触石，鲜血淋漓，贼亦叹为忠臣，旋即自缢。大同已失，宣府当冲，太监杜勋，蟒玉鸣驺，出城三十里，恭迎贼兵。巡抚朱之冯登城誓众，无一应命，乃南向叩头，缢死城楼下。自成遂长驱至居庸关，太监杜之秩首议迎降，唐通亦乐得附和，开关纳贼。怀宗专任内监。结局如是。贼遂陷昌平，焚十二陵。总兵李守镈战死，监军高起潜遁去，督师李建泰降贼，贼遂直扑都城。都下三大营，或降或溃。

襄城伯李国桢，飞步入宫，报知怀宗，怀宗即召太监曹化淳募兵守城，还要任用太监，可谓至死不悟。且令勋戚大珰捐金助饷。嘉定伯周奎，系周皇后父，家资饶裕，尚不肯输捐，经太监徐高奉命泣劝，仅输万金。国戚如此，尚复何言？太监王之心最富，由怀宗涕泣而谕，亦仅献万金，余或千金、百金不等。惟太康伯张国纪，输二万金。怀宗又搜括库金二十万，充作军资。此时守城无一大将，统由太监主持。曹化淳又托词乏饷，所有守陴兵民，每人只给百钱，还要自己造饭。大众买饭为餐，没一个不怨苦连天，哪个还肯尽力？城外炮声连天，响彻宫禁，自成设座彰仪门外，降贼太监杜勋侍侧，呼城上人，愿入城见帝。曹化淳答道："公欲入城，当缒下一人为质，请即缒城上来。"杜勋朗声道："我是杜勋，怕甚么祸祟，何必用质？"降贼有如此威势，试问谁纵使至此？化淳即将他缒上，密语了好多时。无非约降。勋又大胆入宫，极言自成势大，皇上应自为计，怀宗叱令退去。还不杀他。诸内臣请将勋拘住，勋笑道："有秦、晋二王为质，我若不返，二王亦必不免了。"乃纵使复出。勋语守阍王则尧、褚宪章道："我辈富贵自在，何必担忧？"穷此一念，何事不可为？当下缒城自去。

曹化淳一意献城，令守卒用空炮向外，虚发硝烟，尚挥手令贼退远，然后发炮。就中只有内监王承恩，所守数堵，尚用铅弹实炮，击死贼众数千人。兵部尚书张缙彦，几次巡视，都被化淳阻住。转驰至宫门，意欲面奏情形，又为内侍所阻。内外俱是叛阉，怀宗安得不死？怀宗还是未悟，尚且手诏亲征，并召驸马都尉巩永固入内，令以家丁护太子南行。也是迟了。永固泣奏道："亲臣不得藏甲，臣那得有家丁。"怀宗麾使退去。再召王承恩入问，忽见承恩趋入道："曹化淳已开彰义门迎贼入都了。"怀宗大惊，急命承恩迅召阁臣。承恩甫出，又有一阉入报道："内城已陷，皇上宜速行！"怀宗惊问道："大营兵何在？李国桢何往？"那人答道："营兵已散，李国桢不知去向。"说至"向"字，已三脚两步，跑了出去。待承恩转来，亦报称阁臣散值。

　　是时夜色已阑，怀宗即与王承恩步至南宫，上登煤山，望见烽火烛天，不禁叹息道："苦我百姓！"言下黯然。徘徊逾时，乃返乾清宫，亲持硃笔写着："成国公朱纯臣，提督内外诸军事，夹辅东宫。"写毕，即命内侍赍送内阁。其实内阁中已无一人，内侍只将硃谕置诸案上，匆匆自去。怀宗又命召周后、袁贵妃，及太子永王、定王入宫，原来怀宗生有七子，长名慈烺，已立为皇太子，次名慈烜，早殇，三名慈炯，封定王，这三子俱系周后所出；第四子名慈炤，封永王，五名慈焕，早殇，俱系田贵妃所出；还有第六、第七两子，亦产自田妃，甫生即逝。百忙中偏要细叙，此为详人所略之笔，即如前时所述诸王，亦必表明世系，亦是此意。此时尚存三子，奉召入宫。周后、袁贵妃亦至，怀宗嘱咐三子，寥寥数语，即命内侍分送三人，往周、田二外戚家。周后拊太子、二王，凄声泣别，怀宗泣语周后道："尔为国母，理应殉国。"后乃顿首道："妾侍陛下十有八年，未蒙陛下听妾一言，致有今日。今陛下命妾死，妾何敢不死？"语毕乃起，解带自缢。怀宗又命袁贵妃道："你也可随后去罢！"贵妃亦叩头泣别，自去寻死。怀宗又召长公主到来，公主年甫十五，不胜悲恸。怀宗亦流泪与语道：

"你何故降生我家?"言已,用左手掩面,右手拔刀出鞘,砍伤公主左臂,公主晕绝地上。袁贵妃自缢复苏,又由怀宗刃伤左肩,并砍死妃嫔数人。乃谕王承恩道:"你快去取酒来!"承恩携酒以进,怀宗命他对饮,连尽数觥,遂易靴出中南门,手持三眼枪,偕承恩等十数人,往成国公朱纯臣第,阍人闭门不纳,怀宗长叹数声,转至安定门,门坚不可启。仰视天色熹微,亟回御前殿,鸣钟召百官,并没有一人到来。乃返入南宫,猛记起懿安皇后尚居慈庆宫,遂谕内侍道:"你去请张娘娘自裁,勿坏我皇祖爷体面。"内侍领旨去讫,未几返报,张娘娘已归天了。怀宗平时颇敬礼张后,每届元日,必衣冠朝谒,后隔帘答以两拜,至是亦投缳自尽。或谓懿安后青衣蒙头,徒步投成国公第,殊不足信。怀宗复啮了指血,自书遗诏,藏入衣襟,然后再上煤山,至寿皇亭自经,年只三十五岁。太监王承恩与帝对缢,时为崇祯十七年甲申三月十九日。特书以志明亡。

李自成毡笠缥衣,乘乌骏马,入承天门。伪丞相牛金星,尚书宋企郊等,骑马后随。自成弯弓指门,语牛、宋两人道:"我若射中'天'字,必得一统。"当下张弓注射,一箭射去,偏在天字下面插住,自成不禁愕然。金星忙道:"中天字下,当中分天下。"自成乃喜,投弓而入,登皇极殿,大索帝后不得。至次日,始有人报帝尸所在,乃令舁至东华门,但见帝披发覆面,身著蓝袍,跣左足,右朱履,襟中留有遗诏,指血模糊,约略可辨。语云:

> 朕凉德藐躬,上干天咎,致逆贼直逼京师,此皆诸臣误朕,朕死无面目见祖宗于地下。自去冠冕,以发覆面,任贼分裂朕尸,毋伤百姓一人。

　　自成又索后尸，经群贼从宫中舁出，后身着朝服，周身用线密缝，容色如生，遂由自成伪命，敛用柳棺，覆以蓬厂，寻移殡昌平州，州民醵钱募夫，合葬田贵妃墓。先是禁城已陷，宫中大乱，尚衣监何新入宫，见长公主仆地，亟与费宫人救醒公主，背负而出。袁贵妃气尚未绝，亦另由内侍等救去。宫人魏氏大呼道："贼入大内，我辈宜早为计。"遂跃入御河。从死的宫人，约有一二百名。惟费宫人年方十六，德容庄丽，独先与公主易服，匿智井中。至闯贼入宫，四觅宫娥，从智井中钩出费氏，拥见自成。费宫人道："我乃长公主，汝辈不得无礼。"自成见她美艳，意欲纳为妃姜，乃问及宫监，言非公主，乃赐爱将罗某。罗大喜，携费出宫，费宫人又道："我实天潢贵胄，不可苟合，汝能祭先帝，从容尽礼，我便从汝。"罗立从所请，于是行合卺礼。众贼毕贺，罗醉醺始入，费宫人又置酒饮罗，连奉数巨觥，罗益心喜，便语费道："我得汝，愿亦足了。但欲草疏谢王，苦不能文，如何是好？"费宫人道："这有何难，我能代为，汝且先寝！"罗已大醉，欢然就卧。费乃命侍女出房，挑灯独坐，待夜阑人寂，静悄悄的走至榻前，听得鼾声如雷，便从怀中取出匕首，卷起翠袖，用尽平生气力，将匕首刺入罗喉。罗颈血直喷，三跃三仆，方才殒命。<small>读至此，稍觉令人一快。</small>费氏自语道："我一女子，杀一贼帅，也算不徒死了。"遂把匕首向颈中一横，也即死节。小子有诗咏费宫人道：

> 裙钗队里出英雄，仗剑枭仇溅血红。
> 主殉国家儿殉主，千秋忠烈仰明宫。

　　还有一段明亡的残局，请看官再阅下回。

怀宗在位十七年，丧乱累累，几无一日安枕，而卒不免于亡。观其下诏罪己，闻者不感，飞檄勤王，征者未赴。甚至后妃自尽，子女沦胥，啮血书诏，披发投缳，何其惨也？说者谓怀宗求治太急，所用非人，是固然矣。吾谓其生平大误，尤在于宠任阉珰。各镇将帅，必令阉人监军，屡次失败，犹未之悟。至三边尽没，仍用阉竖出守要区，宁武一役，第得一忠臣周遇吉，外此无闻焉。极之贼逼都下，尚听阉人主张，勋戚大臣，皆不得预。教猱升木，谁之过欤？我读此回，为怀宗悲，尤不能不为怀宗责。臣误君，君亦误臣，何怀宗之至死不悟也？

第一百回

乞外援清军定乱　覆半壁明史收场

却说费宫人刺死罗贼，便即自刎，贼众排闼入视，见二人统已气绝，飞报自成。自成亦惊叹不置，命即收葬。太子至周奎家，奎闭门不纳，由太监献与自成，自成封太子为宋王。既而永、定二王，亦为自成所得，均未加害。当时外臣殉难，叙不胜叙，最著名的是大学士范景文，户部尚书倪元璐，左都御史李邦华，兵部右侍郎王家彦，刑部右侍郎孟兆祥，左副都御史施邦曜，大理寺卿凌义渠，太常少卿吴麟征，右庶子周凤翔，左谕德马世奇，左中允刘理顺，检讨汪伟，太仆寺丞申佳允，给事中吴甘来，御史王章、陈良谟、陈纯德、赵昶，兵部郎中成德，郎中周之茂，吏部员外郎许直，兵部员外郎金铉等，或自刎，或自经，或投井亡身，或阖室俱尽。勋戚中有宣城伯卫时春，惠安伯张庆臻，新城侯王国兴，新乐侯刘文炳，驸马都尉巩永固，皆同日死难。襄城伯李国桢，往哭梓宫，为贼众所拘，入见自成，自成令降，国桢道："欲我降顺，须依我三件大事。"自成道："你且说来！"国桢道："第一件是祖宗陵寝，不应发掘；第二件是须用帝礼，改葬先皇；第三件是不宜害太子及永、定二王。"自成道："这有何难？当一一照办！"遂命用天子礼，改葬怀宗。国桢素服往祭，大恸一场，即自经死。还有一卖菜佣，叫作汤之琼，见梓宫经过，悲不自胜，触石而死。江南有一樵夫，自号犟樵，亦投水殉难。又有一乞儿，自缢城楼，无姓氏可考，只衣带中有绝命书，是"身为丐儿，也是明民，明朝既亡，我生何为"十余字。正是忠臣死节，烈士殉名，樵丐亦足千秋，巾帼同昭万古，有明一代的太祖、太宗，如有灵爽，也庶可少慰了。插此转笔，聊为明史生光。统计有明一代，自洪武元年起，至崇祯十七年止，凡十六主，历十二世，共二百七十七年。结束全朝。

李自成既据京师，入居大内。成国公朱纯臣，大学士魏藻德、陈演等，居然反面事仇，带领百官入贺，上表劝进。文中有"比尧、舜而多武功，迈汤、武而无惭德"等语。无耻若此，令人发指。自成还无暇登极，先把朱纯臣、魏藻德、陈演诸人，拘系起来，交付贼将刘宗敏营，极刑拷掠，追胁献金。就是皇亲周奎，及豪阉王之心各家，俱遣贼查抄。周奎家抄出现银五十二万，珍币也值数十万，王之心家抄出现银十五万，金宝器玩，亦值数十万。各降臣倾家荡产，还是未满贼意，仍用严刑拷逼，甚至灼肉折胫，备极惨酷。那时求死不遑，求生不得，嗟无及了，悔已迟了。卖国贼听者！未几自成称帝，即位武英殿，甫升座，但见白衣人立在座前，长约数丈，作欲击状，座下制设的龙爪，亦跃跃欲动，不禁毛骨俱悚，立即下座。又命铸永昌钱，字不成文，铸九玺又不成，弄得形神沮丧，不知所措，惟日在宫中淫乐，聊解愁闷。

一夕，正在欢宴，忽有贼将入报道："明总兵平西伯吴三桂，抗命不从，将统兵来夺京师了。"自成惊起道："我已令他父吴襄，作书招降，闻他已经允诺，为什么今日变卦呢？"来将四顾席上，见有一个美人儿，斜坐自成左侧，不禁失声道："闻他是为一个爱姬。"自成会意，便截住道："他既不肯投顺，我自去亲征罢！"来将退出，自成恰与诸美人，行乐一宵。次日，即调集贼众十余万，并带着吴三桂父吴襄，往山海关去了。

　　看官听着！这吴三桂前时入朝，曾向田皇亲家，取得一个歌姬，叫作陈沅，小字圆圆，色艺无双，大得三桂宠爱。嗣因三桂仍出镇边，不便携带爱妾，就在家中留着。至自成入都，执住吴襄，令他招降三桂，又把陈圆圆劫去，列为妃妾，实地受用。三桂得了父书，拟即来降，启程至滦州，才闻圆圆被掳，怒从心上起，恶向胆边生，当即驰回山海关，整军待敌。可巧清太宗病殂，立太子福临为嗣主，改元顺治，命亲王多尔衮摄政，并率大军经略中原。这时清军将到关外，闯军又逼关中，恁你吴三桂如何能耐，也当不住内外强敌。三桂舍不掉爱姬，索性一不做，二不休，便遣使至清营求援。*为一美人，甘引异族，这便叫作倒行逆施。*多尔衮得此机会，自然照允，当下驰至关前，与三桂相见，歃血为盟，同讨逆贼。闯将唐通、白广恩，正绕出关外，来袭山海关，被清军一阵截击，逃得无影无踪。多尔衮又令三桂为前驱，自率清军为后应，与自成在关内交锋。自成兵多，围住三桂，霎时间大风刮起，尘石飞扬，清军乘势杀入，吓得闯军倒退。自成狂叫道：“满洲军到了！满洲军到了！”顿时策马返奔，贼众大溃，杀伤无算，沟水尽赤。三桂穷追自成，到了永平，自成将吴襄家属，尽行杀死，又走还京师。怎禁得三桂一股锐气，引导清军，直薄京师城下。自成料知难敌，令将所得金银，熔铸成饼，每饼千金，约数万饼，用骡车装载，遣兵先发，乃放起一把无名火来，焚去宫阙，自率贼众数十万，挟太子及二王西走。临行时，复勒索诸阉藏金，金已献出，令群贼一一杖逐。阉党号泣徒跣，败血流面，一半像人，一半像鬼。*阉党昧尽天良，狗彘不若，处以此罚，尚嫌太轻。*

　　那时京师已无人把守，即由三桂奉着大清摄政王整辔入城。三桂进了都门，别事都无暇过问，只寻那爱姬陈圆圆。一时找不着美人儿，复赶出西门，去追自成。闯军已经去远，仓卒间追赶不上，偏偏京使到来，召他回都，三桂无奈，只好驰回。沿途见告示四贴，统是新朝安民的晓谕，他也无心顾及，但记念这圆圆姑娘，一步懒一步，挨入都中，复命后返居故第，仍四处探听圆圆消息。忽有一小民送入丽姝，由三桂瞧着，正是那日夕思念的心上人，合浦珠还，喜从天降，还管他甚么从贼不从贼，当下重赏小民，挈圆圆入居上房，把酒谈心，格外恩爱，自不消说。惟此时逆闯已去，圆圆如何还留？闻说由圆圆计骗自成，只说是留住自己，可止追兵。自成信以为真，因将她留下。这是前缘未绝，破镜重圆，吴三桂尚饶艳福，清朝顺治皇帝，也应该入主中原，所以有此尤物呢。冥冥中固有天意，但实由三桂一人造成。

　　清摄政王多尔衮，既下谕安民，复为明故帝后发丧，再行改葬，建设陵殿，悉如旧制。就是将死未死的袁贵妃，及长公主，也访知下落，令她辟室自居。袁贵妃未几病殁，长公主曾许字周世显，寻由清顺治帝诏赐合婚，逾年去世。独太子及永、定二王，始终不知下落，想是被闯贼害死了。结过怀宗子女。京畿百姓，以清军秋毫无犯，与闯贼迥不相同，大众争先投附，交相称颂。于是明室皇图，平白地送与满清。清顺治帝年方七龄，竟由多尔衮迎他入关，四平八稳，据了御座，除封赏满族功臣外，特封吴三桂为平西王，敕赐册印。还有前时降清的汉员，如孔有德、耿仲明、尚可喜、洪承畴等，各封王拜相，爵位有差。

　　清廷遂进军讨李自成，自成已窜至西安，屯兵潼关。清靖远大将军阿济格，定国大将军多铎，分率吴三桂、孔有德诸人，两路夹攻，杀得自成走投无路，东奔西窜。及遁至武昌，贼众散尽，只剩数十骑入九宫山。村民料是大盗，一哄而起，你用锄，我用耙，斫死了独眼龙李自成，并获住贼叔及妻妾，及死党牛金星、刘宗敏等，送与地方官长，一并处死。李岩已为牛金星所谮，早已被自成杀死，不在话下。红娘子未知尚在否？自成已毙，清廷又命肃亲王豪格，偕吴三桂西徇四川，张献忠正在西充屠城，麾众出战，也不值清军一扫。献忠正要西走，被清将雅布兰，一箭中额，翻落马下。清军踊跃随上，一阵乱刀，剁为肉浆。闯、献两贼，俱恶贯满盈，所以收拾得如此容易。

河北一带，统为清有，独江南半壁，恰拥戴一个福王由崧。由崧为福王常洵长子，自河南出走，见九十六回。避难南下。潞王常淓，亦自卫辉出奔，与由崧同至淮安。凤阳总督马士英，联结高杰、刘泽清、黄得功、刘良佐四总兵，拥戴由崧，拟立为帝。南京兵部尚书史可法，秉性忠诚，独言福王昏庸，不如迎立潞王。偏这马士英意图擅权，正想利用这昏庸福王，借他做个傀儡，遂仗着四总兵声势，护送福王至仪真，列营江北，气焰逼人。可法不得已，与百官迎入南京，先称监国，继即大位，改元弘光。用史可法、高弘图、姜曰广、王铎为大学士，马士英仍督凤阳，兼东阁大学士衔。这谕甫下，士英大哗，他心中本思入相，偏仍令在外督师，大违初愿，遂令高杰等疏促可法誓师，自己拥兵入觐，拜表即行。既入南京，便与可法龃龉，可法乃自请督师，出镇淮扬，总辖四总兵。当令刘泽清辖淮海，驻淮北，经理山东一路；高杰辖淮泗，驻泗水，经理开归一路；刘良佐辖凤寿，驻临淮，经理陈杞一路；黄得功辖滁和，驻庐州，经理光固一路，号称四镇。分地设汛，本是最好的布置，怎奈四总兵均不相容，彼此闻扬州佳丽，都思驻扎，顿时争夺起来。还是可法驰往劝解，才各归汛地。未曾遇敌，先自忿争，不亡何待？可法乃开府扬州，屡上书请经略中原。

弘光帝独信任马士英，一切外政，置诸不理。士英本是魏阉余党，魏阉得势时，非常巴结魏阉，到魏阉失势，他却极力纠弹，做一个清脱朋友。至柄政江南，又欲引用私亲旧党，作为爪牙。会大学士高弘图等，拟追谥故帝尊号，称为思宗，士英与弘图不合，遂运动忻城伯赵之龙，上疏纠驳，略言："'思'非美谥，弘图敢毁先帝，有失臣谊。"乃改"思"为"毅"。先是崇祯帝殉国，都中人士，私谥为怀宗，小子上文叙述，因均以怀宗相称，至清廷命为改葬，加谥为庄烈愍皇帝，所以后人称崇祯帝，既称怀宗，亦称思宗、毅宗，或称为庄烈帝，这也不必细表。

且说马士英既反对弘图等人，遂推荐旧党阮大铖。大铖冠带陛见，遂上守江要策，并自陈孤忠被陷，痛诋前时东林党人。他本有些口才，文字亦过得去，遂蒙弘光帝嘉奖，赐复光禄寺卿原官。大学士姜曰广，侍郎吕大器等，俱言大铖为逆案巨魁，万难复用，疏入不报。士英又引用越其杰、田卿、杨文骢等，不是私亲，便是旧党。吕大器上书弹劾，大为士英所恨，遂阴召刘泽清入朝，面劾大器，弘光帝竟将大器黜逐。适左良玉驻守武昌，拥兵颇众，士英欲倚为屏蔽，请旨晋封良玉为宁南侯。良玉与东林党人素来联络，闻士英斥正用邪，很以为非，即令巡按御史黄澍，入贺申谢，并侦察南都动静。澍陛见时，面数士英奸贪，罪当论死。士英颇惧，潜赂福邸旧阉田成、张执中等，替他洗刷，一面佯乞退休。弘光帝温谕慰留，且令澍速还湖广。澍去后，诏夺澍官，且饬使逮问。良玉留澍不遣，且整兵待衅。

弘光帝是个糊涂虫，专在酒色上用功，暗令内使四出，挑选淑女。内使仗着威势，见有姿色的女子，即用黄纸贴额，牵扯入宫。居然用强盗手段。弘光帝恣情取乐，多多益善。且命太医郑三山，广罗春方媚药，如黄雀脑、蟾酥等，一时涨价。阮大铖又独出心裁，编成一部《燕子笺》，用乌丝阑缮写，献入宫中，作为演剧的歌曲。复采集梨园弟子，入宫演习。弘光帝昼看戏，夜赏花，端的是春光融融，其乐无极。乐极恐要生悲，奈何？刘宗周在籍起用，命为左都御史，再三谏诤，毫不见从。姜曰广、高弘图等，为了一个阮大铖，不知费了多少唇舌，偏弘光帝特别加宠，竟升任大铖为兵部侍郎，巡阅江防。曰广、弘图及刘宗周等，不安于位，相继引退。士英且再翻逆案，重颁《三朝要典》，一意的斥逐正人，蒙蔽宫廷。史可法痛陈时弊，连上数十本章疏，都是石沉大海，杳无复音。清摄政王多尔衮闻可法贤名，作书招降，可法答书不屈，但请遣兵部侍郎左懋第等，赴北议和。此时中原大势，清得七八，哪肯再允和议？当将懋第拘住，胁令归降。懋第也是个故明忠臣，矢志不贰，宁死毋降，卒为所害。

　　清豫王多铎，遂率师渡河，来夺南都，史可法飞檄各镇，会师防御。各镇多拥兵观望，只高杰进兵徐州，沿河设戍，并约睢州总兵许定国，互相联络，作为犄角。不意定国已纳款清军，反诱高杰至营，设宴接风，召妓侑酒，灌得高杰烂醉如泥，一刀儿将他杀死，翻天鹞做了枉死鬼，但未知邢氏如何？定国即赴清营报功。清军进拔徐州，直抵宿迁，刘泽清遁去。可法飞书告急，南都反促可法入援。原来宁南侯左良玉，以入清君侧为名，从九江入犯，列舟三百余里。士英大恐，因檄令可法入卫。可法只好奉命南旋，方渡江抵燕子矶，又接南都谕旨，以黄得功已破良玉军，良玉病死，令他速回淮扬。可法忙返扬州，尚拟出援淮泗，清兵已从天长、六合，长驱而来。那时扬州城内的兵民，已多逃窜，各镇兵无一来援，只总兵刘肇基，从白洋河赴急，所部只四百人。至清军薄城，总兵李栖凤，监军副使高岐凤，本驻营城外，不战先降，单剩了一座空城，由可法及肇基，死守数日，饷械不继，竟被攻入。肇基巷战身亡，可法自刎不死，被一参将拥出小东门。可法大呼道："我是史督师！"道言未绝，已为清兵所害，戎马蹂躏，尸骸腐变。直至次年，家人用袍笏招魂，葬扬州城外的梅花岭，《明史》上说他是文天祥后身，是真是伪，不敢臆断。<small>南都殉难，以史公为最烈。</small>

惟扬州已下，南都那里还保得住？清兵屠了扬州，下令渡江，总兵郑鸿逵、郑彩守瓜州，副使杨文骢驻金山，闻清兵到来，只把炮弹乱放。清兵故意不进，等到夜深天黑，恰从上流潜渡。杨、郑诸位军官，到了天明，方知清兵一齐渡江，不敢再战，一哄儿逃走去了。警报飞达南京，弘光帝还拥着美人，饮酒取乐，一闻这般急耗，方收拾行李，挈着爱妃，自通济门出走，直奔芜湖。马士英、阮大铖等，也一并逃去。忻城伯赵之龙，与大学士王铎等，遂大开城门，恭迎清军。清豫王多铎，驰入南都，因是马到即降，特别加恩，禁止杀掠。休息一天，即进兵追弘光帝，明总兵刘良佐，望风迎降。

是时江南四镇，只剩了一个黄得功，他前曾奉命攻左良玉，良玉走死，乃还屯芜湖。会值弘光帝奔到，不得已出营迎驾，勉效死力。隔了一日，清兵已经追到，得功督率舟师，渡江迎战，正在彼此鏖斗的时候，忽见刘良佐立马岸上，大呼道："黄将军何不早降？"得功不禁大愤，厉声答道："汝为明将，乃甘心降敌么？"正说着，突有一箭飞来，适中喉间左偏，鲜血直喷，得功痛极，料不可支，竟拔箭刺吭，倒毙舟中。<small>史公以外，要推黄得功。</small>总兵田雄见得功已死，起了坏心，一手把弘光帝挟住，复令兵士缚住弘光爱妃，送至对岸，献入清营，一位风流天子，只享了一年艳福，到了身为俘虏，与爱妃同解燕京，眼见得牺牲生命，长辞人世。江南一带，悉属清朝，遂改应天府为江宁府。大明一代，才算得真亡了。<small>点醒眉目，作为一代的结局。</small>

后来潞王常淓，流寓杭州，称为监国，不到数月，清兵到来，无法可施，开门请降。故明左都御史刘宗周，绝粒死节。

鲁王以海，自山东航海避难，转徙台州，由故臣张国维等，迎居绍兴，亦称监国，才历一年，绍兴为清兵所陷，以海遁入海中，走死金门。唐王聿键，前因勤王得罪，幽居凤阳，南都称帝，将他释放，他流离至闽，由郑芝龙、黄道周拥立为帝，改元隆武。明贼臣马士英、阮大铖二人，私降清军，导入仙霞关，唐王被掳，自尽福州。马、阮两贼，也被清军杀死。马、阮之死，亦特别提明，为阅者雪愤。唐王弟聿𨮁，遁至广州，由故臣苏观生等，尊他为帝，改年绍武，甫及一月，清军入境，聿𨮁又被掳，解带自经。桂王由榔，系神宗子常瀛次子，常瀛流徙广西，寓居梧州，南都已破，在籍尚书陈子壮等，奉他监国，未几病殁，子由榔曾封永明王，至是沿称监国，寻称帝于肇庆府，改元永历。这永历帝与清兵相持，迭经苦难，自清顺治三年起，直熬到顺治十六年，方弄得寸土俱无，投奔缅甸。居缅两年，由清降将平西王吴三桂用了兵力，硬迫缅人献出永历帝，把他处死。明室宗支，到此始尽。外如故明遗臣，迭起迭败，不可胜记，最著名的是郑芝龙子郑成功，芝龙自唐王败殁，降了清朝，独成功不从，航海募兵，初奉隆武正朔，继奉永历正朔，夺了荷兰人所占的台湾岛，作为根据，传了两世，才被清军荡平。

小子前编《清史通俗演义》，把崇祯以后的事情，一一叙及。清史出版有年，想看官早已阅过，所以本回叙述弘光帝，及鲁、唐、桂三王事，统不过略表大纲，作为《明史演义》的残局。百回已尽，笔秃墨干，但记得明末时代，却有好几首吊亡诗，凄楚呜咽，有巫峡啼猿的情景，小子不忍割爱，杂录于后，以殿卷末。

诗曰：

盈廷抛旧去迎新，万里皇图半夕沦。

二百余年明社稷，一齐收拾是阉人。
画楼高处故侯家，谁种青门五色瓜？
春满园林人不见，东风吹落故宫花。
风动空江羯鼓催，降旗飘飐凤城开。
将军战死君王系，薄命红颜马上来。
词客哀吟石子冈，鹧鸪清怨月如霜。
西宫旧事余残梦，南内新词总断肠。

本回举三桂乞援，清军入关，闯、献毙命，南都兴废，以及鲁、唐、桂三王残局，统行包括，计不过五千余字，得毋嫌其略欤？曰：非略也。观作者自道之言，谓已于《清史演义》中一一叙明，此书无庸复述。吾谓即无《清史》之演成，就明论明，亦应如是而止，不必特别加详也。盖《明史》尽于怀宗，《明史演义》即应以怀宗殉国为止，后事皆与《清史》相关，当列诸《清史》中以分界限。不过南都半壁，犹可为明室偏安之资，假令弘光帝励精图治，任贤去邪，则即不能规复中原，尚可援东晋、南宋之例绵延十百年，谓为非明不可得也。自南都破而明乃真亡，故本回犹接连叙下。至如鲁、唐、桂三王，僻处偏隅，万不足与满清抗衡，约略叙及，所以收束全明宗室，简而不漏，约而能赅，全书以此为终回。阅者至此，得毋亦叹为观止乎？